Trans+

Trans+

Trans+

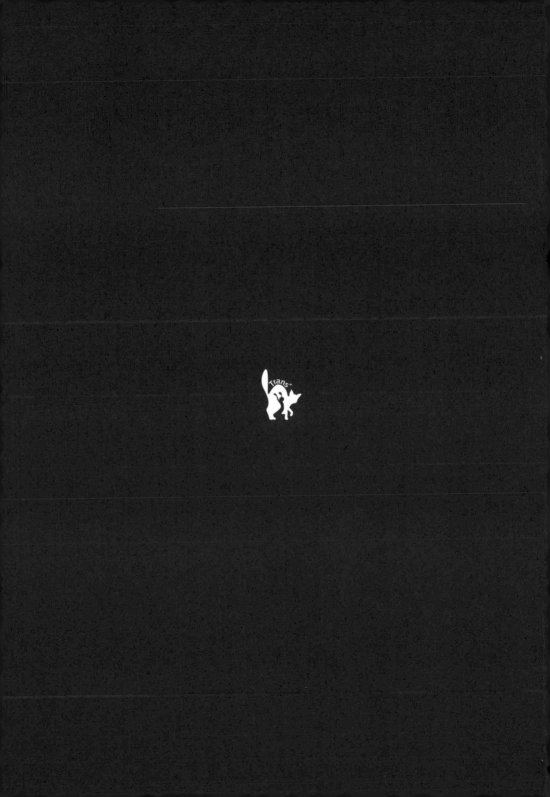

Trans+

Strange & Mesmerizing

SM 41

荒境列車之旅
The Cautious Traveller's Guide to the Wastelands

作者：莎拉．布魯克斯 Sarah Brooks
譯者：艾平
責任編輯：沈子銓
校對：李筱婷
封面設計：許慈力
內文排版：宸遠彩藝
印務統籌：大製造股份有限公司
法律顧問：董安丹律師、顧慕堯律師
出版：小異出版
台北市 105022 南京東路四段 25 號 11 樓
TEL：（02）87123898 FAX：（02）87123897
www.locuspublishing.com
發行：大塊文化出版股份有限公司
台北市 105022 南京東路四段 25 號 11 樓
讀者服務專線：0800-006689
TEL：（02）87123898 FAX：（02）87123897
郵撥帳號：18955675 戶名：大塊文化出版股份有限公司

總經銷：大和書報圖書股份有限公司
地址：新北市新莊區五工五路 2 號
TEL：（02）89902588 FAX：（02）22901658
初版一刷：2024 年 7 月
定價：新台幣 580 元
ISBN：978-626-98317-0-8

荒境列車之旅

THE CAUTIOUS TRAVELLER'S GUIDE TO THE WASTELANDS

SARAH BROOKS

莎拉·布魯克斯——著　艾平——譯

獻給我的家人

第一部
第一天至第二天

第二部
第三天至第四天

第三部
第五天至第八天

第四部
第九天至十四天

西伯利亞列車本身即是一項時代創舉，是人類創造力的里程碑，也是人類夙夜匪懈渴望主宰地球的證明。二十節車廂長，兩扇聖安德魯座堂大門高，首尾各矗塔樓一座——這輛列車儼然是輛裝備精良強悍的移動堡壘，昂然呼嘯於綿長壯觀的鐵路之上，以新的世界奇觀稱呼它當之無愧，更堪稱工程學上的一項奇蹟，讓我們得以再一次跨越那道超乎人類想像的距離。面對這片前人紛紛鎩羽而歸的土地，西伯利亞鐵路公司取得了空前的成功，締造了所有最頂尖的工程師都堅稱不可能的壯舉。他們跨越了那塊自上世紀結束以來便險惡難涉的土地，他們挺身面對人類尚且無以言狀之事物，他們打造了一條鐵路，帶領我們穿越一段驚險的旅程，安然無恙地抵達彼方。

一聽見大西伯利亞荒境的名號，諸位謹慎的旅人想必立刻心生卻步，因為該處是那麼廣袤無垠、凶險無度，流傳的故事也太過駭人，有違我們對正直、人道及良善的認知。但筆者有個微薄的心願，那就是能牽起諸位旅人的手，成為諸位旅途上的良伴。倘若你在途中見我信心動搖，便可知筆者生來也是小心謹慎，而在這趟旅程中，我也確實曾被恐怖的事物嚇得手足無措，屢次目睹常理無法解釋之事。

我曾經也是心性篤定的虔誠之人。這本書實可做為一份紀錄，載明我沿路所失去的種種，同時，這也是一本獻給後人的旅遊指南，希望能陪伴諸位度過這趟詭譎之旅，在不平靜的夜晚也更能安睡。

摘自《謹慎旅人指南：荒境篇》，導讀第一頁

瓦倫汀・羅斯托夫著

莫斯科米爾斯基出版社，一八八〇年出版

THE CAUTIOUS TRAVELLER'S GUIDE TO THE WASTELANDS

第一部

◆

第一天至第二天

鐵路開通一年之際，我終於決定要從北京出發，踏上我的旅程。北京和莫斯科之間的距離約為六千四百公里，西伯利亞鐵路公司保證十五天就可抵達，與迄今其他跨洲移動所需的數週時間相比，這段旅程所需的時間實在短到不可思議。當然，西伯利亞列車這項計畫本身早已醞釀多年，早在一八五〇年代，也就是歷史上最早出現變異記錄的半個世紀之後，鐵路公司便提出了建造鐵路的構想，那時也正是長城竣工、封鎖整片荒境（當時便已出現這個稱呼）的二十年後。鐵路公司決定從中國和俄羅斯兵分兩路，分頭鋪設軌道，並且建造特製火車，讓工人前往鋪設軌道時，無須暴露在外在的危險中。此項計畫普遍不被世人看好，認為公司是在豪賭，批評這種野心實在過於狂妄。儘管如此，在耗費了整整二十年，投入了數萬、數十萬人力後，西伯利亞鐵路公司終於成功貫穿荒境，用一條很長很長的金屬絲線串起了歐亞兩洲。

《謹慎旅人指南：荒境篇》，第二頁

騙子

北京，一八九九年

月臺上有位化了名的女子。

她的雙眸倒映著蒸汽，唇上嘗得到汽油的味道。刺耳的列車汽笛急促驟響，附近有個年輕女孩哭了起來，一旁的小販奮力叫賣著品質低劣的護身符，號稱能減緩穿越荒境時的不適。她逼自己抬起頭，仰望正前方那輛傲然聳立的火車，聆聽它噴氣、低鳴、蓄勢待發，積壓的動力使地面隨之振動。瞧瞧這輛列車，它是多麼地巨大，多麼地堅不可摧。車身足足有三臺四輪馬車那麼寬，與它的雄偉一比，車站倒顯得像個簡陋的兒童玩具。

女子想辦法專注在自己的呼吸上，致力清空腦中一切雜念，吸氣、吐氣、吸氣、吐氣。過去這六個月，她天天都在演練；她會坐在家中窗邊，眺望街上的竊賊和販子，任憑念頭沖刷，讓思緒像清水一樣流轉。她會在腦中召喚一條緩慢流動的灰色河流，但願這麼做就能把自己交給河水，帶她飄去安全的所在。

「瑪麗亞．佩卓芙娜夫人？」

過了幾秒她才意會過來行李員是在叫她，於是猛然轉身。「是！我是。」為了掩飾自己的糊塗，她喊得太大聲了。新名字的音節聽起來仍太過陌生。

「您的包廂已經備好了，行李也先幫夫人送上去了。」行李員的額頭上掛著斗大的汗珠，衣領也浸出一圈深色的汗漬。

「謝謝。」她很高興聽見自己的聲音沒有顫抖，因為瑪麗亞・佩卓芙娜理當無所畏懼。這是她的第二人生。現在的她只能向前走，跟著行李員的身影消失在蒸汽中，朦朧的視野隱約竄出綠色的油漆和金色的字，有英文、俄文也有中文。西伯利亞特快車。北京—莫斯科；莫斯科—北京。搞定這些油漆和拋光鐵定花了好幾個月的時間，因為一切都是那麼的完美閃亮。

「從這邊上去就是您的包廂了。」行李員轉身面向她，抬手抹了抹額上的汗，留下一塊黑黑的油漬。瑪麗亞身上的衣服不是很舒服，在高溫下摩擦她的肌膚，黑色絲綢吸收了太多的熱，脖子被上衣緊緊勒住，裙子狠狠咬進腰間，讓她無法不去在意。可她無暇顧及自己的儀容，因為行李員正僵硬地伸出手，示意她登車。她踩上那高高的階梯，另一位身著制服揖身的工作人員幫忙抓住她的手，她在混亂中被推入走道，腳下厚厚的地毯提醒著：她真的上車了，而且已無回頭的餘地。

在她前方，一名留著絡腮鬍、戴著金框眼鏡的男人從窗戶探出頭來，用足以壓過所有聲響的音量用英文喊道：「我要找站長，他人呢？小心搬那些箱子！喔，抱歉，女士。」瑪麗亞經過時，他縮起身體緊貼窗戶，並稍微欠身致意。她拘謹地報以一個淺淺的微笑，點了下頭，讓對方繼續去找人發飆。她不想社交，也對那些好奇她、讚美她的男人沒興趣，那些人的視線早已逗留在她一身黑色的喪服上，也注意到她獨自旅行。注意到就注意到吧，她只想自己一個人待在包廂，關上門，拉上窗簾，與令人心安的寂靜共處。

但她還無法允許自己這麼做。還早得很。

「說真的，妳別忙了，我當然可以照顧自己。」一名身穿深藍色絲綢的老婦人從車廂的另一端走來，身後跟著她的侍女。「這裡真的是頭等車廂嗎？」她瞄了瑪麗亞一眼，又瞥了一眼旁邊的包廂門。「有人跟我說，最近金錢所能買到的最好的東西，就是這班列車的車票了。但我得老實說，還真是看不出來……」

在這距離聖彼得堡那寬闊街道和高聳房屋數千公里遠的地方，竟聽見熟悉的富裕階級口音，瑪麗亞的心因思鄉之情猛地揪了一下。

「夫人，您的包廂到了。」乘務員朝瑪麗亞鞠了個躬，但眼神卻緊張兮兮地盯著老婦人看。老婦人一掌拍開侍女的手，阻止侍女往她的肩膀上再披上一條披巾，並向瑪麗亞搭話：「孩子，妳一個人來旅行嗎？」

瑪麗亞讀出老婦人的眼神中混雜著憐憫與譴責，臉上感覺一陣熱辣。

「我的侍女沒辦法來，長途旅行會讓她神經耗弱。」

「真可憐。不過我只能說，好在我們的神經健壯多了。我那幾個沒膽的姪子也一直搬出一堆危言聳聽的故事，勸我取消這趟旅行，鬧了好幾個月呢，但在我看來，他們只是在嚇自己。」她露出一抹微笑，輕輕拍了拍瑪麗亞的手，讓瑪麗亞大感意外。「好啦，所以我的包廂到底在哪？如果薇拉沒有在接下來幾分鐘之內把我塞進一張舒服的椅子，再給我遞上一杯熱茶的話，我可不敢保證會發生什麼事。」

「您的包廂就在這，伯爵夫人。」乘務員鞠了一個比剛才更深的躬，並且誇張地大手一擺。侍女，也就是薇拉，小心翼翼地打開門，彷彿裡面藏了什麼可怕的東西。

「真巧！所以我們是鄰居。」伯爵夫人說，瑪麗亞朝她行了個屈膝禮。

「繁文縟節就免了吧。我叫安娜·米哈伊洛芙娜·索羅金納。我該怎麼稱呼妳？」

瑪麗亞的呼吸突然紊亂，彷彿她沒注意到腳下有階梯而踉蹌了一下。還好，伯爵夫人似乎並未察覺。「我是瑪麗亞·佩卓芙娜·馬可娃。」她回答。

「很高興認識妳，瑪麗亞·佩卓芙娜小姐，期待有機會多聊，畢竟我想，我們有得是時間。」語畢，伯爵夫人便示意小侍女領她進入包廂，而後者方才一直垂著眼偷看瑪麗亞。

「還有什麼我能為您效勞的嗎？」乘務員舔了舔嘴唇，吞了吞口水。他在害怕，瑪麗亞心想，而不知為何，這倒給了她一些勇氣。

「不用了。」她的回答比想像中更堅定。「你可以走了。」

她的行李已經整齊地疊放在床上方的層架，床則被鋪成日間能坐臥的沙發，擺了幾顆渾圓飽滿的靠枕。所有的家具擺設目測都很新，可見鐵路公司一定砸了重金。靠枕上的金絲刺繡、牆上光可鑑人的黃銅，以及她腳下柔軟的深藍色地毯，在在顯示公司對這條路線的信心。西伯利亞鐵路公司的字樣隨處可見，不僅纏繞在花瓶和燈具上，也壓印在窗邊小桌擺著的瓷杯與杯托上。小桌旁有張扶手椅，她的隨身手提箱就擱在那。椅背後方，藍色天鵝絨窗簾和百葉簾框出窗戶的所在，玻璃窗外則橫著兩根粗壯的鐵條。她盯著鐵條看了一會，然後移步至另一側的牆面，拋了光的桃花心木牆上開了兩扇門，一扇是衣櫃，裡頭不曉得已經被誰掛上了她的禮服和頭巾；另一扇則是壁櫃空間，擺著一個小巧的白瓷洗手臺，銀色水龍頭閃閃發亮，旁邊有個架子，架子上放著一把梳子和幾小罐來自巴黎的面霜，架子上方還掛著一面銀框鏡子。

瑪麗亞還小的時候就很著迷於母親臥室那面框上貼滿金箔的古董鏡子。鏡面的銀光曾經讓她覺得自己看起來像個幽靈，不是從陰間爬出來的，就是從湖底游上岸的那種，端看她那天的心情而定。接著，她會短暫享受角色扮演的感覺，直到媽媽喚她下樓與祖母一起喝茶，或被爸爸出的心算題打斷。瑪麗亞曾經以為自己會隨著年紀增長而越發自信，進而更清楚自己想成為怎樣的人。但如今，這個全新的瑪麗亞，她想要的是什麼呢？

她關上小房間的門，不想去看，改從手提箱拿出一本舊舊的書，書封被磨得厲害，書頁也因經常翻頁而發皺。她早已熟記書中的每一個字，甚至能憑記憶畫出每一幅插畫，但每一次摸到實體書還是帶給她一股莫名的欣慰。這本書是瓦倫汀．羅斯托夫的《謹慎旅人指南：荒境篇》，是她父親的藏書，她以前總偷偷拿來讀，想像火車的模樣和窗外的世界，並幻想自己有一天能登上它。不過，此刻的情形與她的幻想相距甚遠，她從沒想過自己竟會孤身一人。一陣突如其來的寂寥狠狠地吞噬她。火車都還沒發車，她就已經違反了羅斯托夫的第一條建言：最重要的是，除非你確定自己心情平靜，否則別踏上這趟旅行。

月臺上的行李員和乘務員幫助最後一批散客趕上列車，並勒令淚眼汪汪的家屬退回剪票口外；

滿臉油汙的火車技師在列車旁大步移動，很清楚自己要去哪裡；一大群吵吵鬧鬧、手裡拿著筆記簿的人，被一臉焦頭爛額的站長阻擋在外。突然，一道亮光閃過，她看見一名男子從攝影器材後的黑布踏了出來。都還沒啟程呢，這輛火車就已然是個令人津津樂道的故事，明天一早，便會登占各大報紙版面。

一連串的哐噹聲宣告門已上鎖，鐵桿跟著降下。瑪麗亞繼續專注在呼吸上，吸氣、吐氣、吸氣、吐氣。外面的東西進不來，裡面的東西也不會傷害我們。她緊咬著唇，嘗到了血味。鋼鐵會保護我們。月臺已淨空，只剩下站長渺小的身影。她望著站長舉起旗幟，看了看車站的時鐘。月臺剪票口後方的一張張臉，和列車窗框後的一張張臉相互凝望，其中一些人頻頻拭淚。瑪麗亞的腦海中突然浮現羅斯托夫的文字：有人說，每位穿越荒境的旅人都必須付出代價，而且這分代價遠不僅是車資而已。

羅斯托夫所付的代價是他的信仰，也有些人認為是他的性命。他所寫的《謹慎旅人指南》系列讓他的名聲響遍全歐洲，為無數旅人指路，帶他們造訪最衛生的餐館、最值得一逛的博物館和最乾淨的海灘，他也一一點名了那些最精緻的教堂，列舉值得一訪的祭壇裝飾、壁畫、殉道者與聖人，讓旅人無論遊蕩到歐洲的哪個角落，都能知道上帝必然伴隨自己左右。然而，他最後一本書的主題，寫的卻是一個只能躲在玻璃背後觀看的地方：大西伯利亞地區荒境。這裡沒有教堂、藝廊、噴泉和公共藝術，沒有任何寄託能講述那些人類熟悉的故事。

月臺上一片靜默，維持的時間比預期的還長。接著，旗幟落下，在蒸汽逐漸釋放的聲音與機具和車輪的嘎吱傾軋中，西伯利亞特快車緩緩開動。當列車奮力駛出月臺，攝影師的閃光燈此起彼落，有那麼一瞬間，讓她眼前一團團的蒸汽放射出耀眼的光芒。

瑪麗亞往後退了幾步，眼睛被突如其來的亮光閃得連眨了好幾下眼。然後，火車便駛出了北京火車站，朝著前方的未知奔去。

列車之子

還是上路的日子好，鐵路人都這麼說。還是得有鐵軌在腳下，有車輪在跑，有遠方的地平線可以奔赴比較好。這般心願在列車出發日最為濃烈：等待終於結束了。這一趟，他們實在等得太久了。長達十個月的強制停駛，就算是平時最冷靜的人都能陷入瘋狂。十六歲的張薇薇站在窄小的連接走廊窗戶前，再過去就是只有工作人員才能進去的車廂。這裡是離引擎室最近的地方，包含了列車組員休息室、花園車廂和倉儲室，乘客禁止進入，所以此刻只見行李員和乘務員行色匆匆，沒人有空理睬她。薇薇望著車站那堅固的石造建築逐漸遠去，圍住軌道的高牆上有幾群小孩大步追逐著列車，臉上的面具將他們一個個變成長著黃角、鼓著腮幫子的怪獸，一邊揮舞著雙手一邊手舞足蹈，不知道是象徵著送別、警告還是喝采。牆的另一側，沿途大街小巷的百葉窗啪地一聲關上，爐上如果正在燒著熱水，會被當成被汙染的穢物潑掉，人們喃喃念起能避凶除厄的咒文。整座城市豎起耳朵、屏息以待，唯有等到再也聽不見鐵軌與汽笛的聲響時，才會大吐一口長氣，繼續回到手邊的工作，安心地將蟄伏在北方的惡夢給拋諸腦後。

她嗅了嗅，發現自己無比懷念車上刺鼻的氣味，以及機械嘰嘎作響的聲音，想念這股過去熟悉的恐懼和興奮感，也懷念背景那永無止境的噪音——習慣到唯有當噪音消失不見了，才意會到它的存在。她還意識到過去這幾個月的自己是多麼渴望上路、渴望馳騁，迫切的程度宛如三等車廂裡那些雙眼通紅、急著找酒喝的男人，就著酒瓶喘著粗氣，眼巴巴乞求最後一滴甘霖，要是一滴也不剩便暴跳如雷。

不過，如今列車真的啟程後，空氣中反而飄著一股緊張的氣息。她聽見工作人員竊竊私語：太早了，現在還不是上路的時候，為何不能等到冬天，等自然因天冷而打起瞌睡，等森林無法包庇危險，那時的雪路不是更安全嗎？夏天的荒境不僅生機勃勃，更飢腸轆轆，此刻出發未免太過冒險。

但對薇薇來說，現在出發都嫌晚。不過話說回來，就像阿列克謝常說的，她對於冒險總是太過熱衷。

「火車上有誰不是這樣？」她回嘴，而阿列克謝不得不承認，承認他們——全體組員——大概都已經被荒境症折磨得半瘋半傻，全都抱著一種既渴望又害怕的心情。這種感覺難以言表，卻也正是這項特質，驅使他們前去西伯利亞鐵路公司應徵。這群人都是在安全的城市與家中聽說了荒境的事蹟後，無法抵抗偉大火車之召喚的人。他們主動投奔這頭商業巨獸位於倫敦的公司總部，或是前往位於北京的白雲街、莫斯科的維利卡亞街的辦公室，敲了敲那著名的木門，站在一群不苟言笑的老男人面前，忍受他們嚴厲的審視，回答憑什麼認為自己有能力勝任的問題。多數人都會被刷掉，至於被選中的少數人，得繼續接受測驗與評估，觀察他們身上是否有任何易受景色所擾的跡象。這種景致會扭曲人們的心智，驅使他們撲向列車玻璃，用手指在車門上抓出血痕，發瘋似地想要接觸外面的世界。倘若測驗結果確認無此傾向，他們就能拿到一套西伯利亞特快車的深藍色制服、一紙合約、一本工作手冊，以及一本用來向女王宣誓效忠的《聖經》。從那一刻起，他們便正式成為列車上的一員——成為勢力橫跨半個地球的西伯利亞鐵路公司的一分子。

但薇薇與其他人不同。她是在列車上出生的，不屬於這裡，也不屬於那裡，不是任何一個國家的國民，也不受哪位皇帝的福澤庇蔭。她的母親在列車駛至荒境中心時拋棄了她，在一個平原上的生物都被磷光變成幽靈的夜晚，將她留在三等車廂的臥鋪地板上大聲哭嚎。於是，薇薇小小的身軀被裹在印有公司官方圖樣的床單中，在行李員、廚師和一位從三等車廂找來的奶媽懷間輪轉。兩週後，當火車在俄羅斯邊境牆邊停下時，嬰兒薇薇頓時尖聲哭鬧，這是因為打從出生以來，她就只認識移動中的世界，只熟悉無止境的噪音。公司位於莫斯科的高層不知該拿她怎麼辦才好，畢竟這是他們頭一次碰上棄嬰事件。（薇薇母親把孕肚藏得天衣無縫，還向一起旅行的同伴聲稱她在這世上孤苦伶仃。）儘管公司對為人母親如此草率的行動滿腔不滿，他們還是決定，最好的辦法是由下班火車把嬰兒送回北京，將她交還中國政府管轄。

就這樣，在奶媽的照顧，以及所有當下正好有空幫忙的列車組員齊心協力下，嬰兒薇薇被人輪流抱著、哺餵、清理穢物。沒想到，等到火車終於駛抵北京，列車長準備將她移交給中國政府時，司爐的工人卻跳出來稱讚這個嬰兒是他們的幸運星，讓一路上的煤炭燒得比平時更旺；廚工們則表示這趟的奶油焦得特別香，竟首次為主廚贏得了頭等車廂乘客的讚美，而這可是前所未見的事；夜班服務生也跳出來補充，坦承他們喜歡有她作伴，描述她是如何用那張肅穆的小臉蛋聽他們講黃色笑話，一聲抱怨都沒吭。事已至此，列車長只好說（至少薇薇聽到的版本是這樣）：「只要她有所貢獻，就可以讓她留下。火車上容不下多餘的零件——她必須跟我們所有人一樣，證明自己是有用的人。」

於是，「幸運星」成了她在火車上的第一份工作，或者也可說是吉祥物。她多半睡在溫暖的廚房裡，或是行李車廂的帆布袋疊織的網中，有時，她也會跑去跟引擎擠在一起。後來，司爐的人才注意到，她是如何帶著鄭重的眼神凝視紅通通的煤炭，彷彿小小年紀就明白這些炭火對她的安危至關重要。之後，她被改派去傳遞口信，在列車頭和列車尾之間跑來跑去。那時的她已經六歲大了，像隻機靈的小老鼠一樣對整臺火車熟門熟路。她是每個人的小孩，卻不屬於任何人；她除了是火車的孩子，誰的孩子都不是。

「張薇薇，妳在摸魚嗎？」

來者是阿列克謝。他不過比她年長幾歲，就已被拔擢為總工程師，總是擺出一副「我是鐵路人」的樣子在走廊上大搖大擺，上衣袖子捲到某個高度，高到能露出前臂上的複雜刺青——那是公司裡的每一位工程師，在每順利完成一趟旅程後，為了慶祝而刺上的圖案。既是兄弟之情的象徵（薇薇從沒見過女工程師），也是一項紀念。有時，當他們談起過往的旅程，談到失靈的手把和幾乎失控的變速器時，他們會碰碰自己的手臂。火車上大大小小的齒輪化做抽象的圖騰，烙印在他們的肌膚上，成了記憶的方式。她很想看看是否有新的圖案出現，代表上一趟旅程的圖樣，但阿列克謝一注意到薇薇在看，便立刻放下袖子。

列車停在北京車站的這幾週，薇薇幾乎沒怎麼見過他，即便他們所有人都住在車上，為出發做準備。工程師、乘務員、行李員、廚師、駕駛和司爐工，這些人是列車上無數個零件，幫助火車慢慢重返軌道。他們的動作略顯生硬，沒有先前那麼俐落，曾經倒背如流的例行公事突然變得磕磕絆絆，多了一層以前沒有的猶豫，彷彿他們都不敢動得太快，生怕碰壞了什麼東西。薇薇少數幾次瞥見阿列克謝時，他的腳步都未曾停過，散發一種因長達數月的停駛而焦躁不安的氣場。

「第一趟巡檢？」她開口打破沉默，並瞄了一眼牆上的鐘。距離整點還有兩分鐘。

「第一趟巡檢。」他回答。工程師每天的工作就是檢查再檢查、測試再測試，反覆照表操課，仔細檢視車上每一寸精密的零件。這也是總公司成天最愛拿來吹噓的，列車安全固若金湯的證明。「公司要我們加倍檢查……看來這一趟連稍微喘口氣的機會都沒了。」

他們說的是「鐵路話」，也就是列車上專屬的語言。這套混雜了俄文、中文和英文的語言，是當初建造軌道的工人帶頭開始使用的，不過總公司對此很是不滿，一直要求他們改說英文。

「而你覺得這代表他們不信任你。」薇薇脫口而出，一見他表情一沉，連忙改口：「我不是那個意思——」

「無所謂。」他擺了擺手，示意話題到此結束。以往車上的輕鬆氛圍已不復在，薇薇頓時感到一陣強烈的傷感。又多了一樣被上一趟旅程奪走的事物。

「小心一點，張薇薇。」他看起來還想再說點什麼，但整點報時聲恰好響起，身為鐵路人的他自然不可能忽視。「小心就對了。」他再次強調。薇薇對他話中的假設很火大，彷彿是在嫌她不夠小心似的。

＊

薇薇往阿列克謝離去的反方向走，朝組員休息室移動。沒在值勤的人很常聚在那邊，不是玩骰子，就是躺在床位上休息，要不就是坐在組員用餐區狼吞虎嚥地吃飯喝湯。這地方就跟火車上其他地方一樣忙亂，唯有一處不同。在車廂最末端的牆面上，嵌了個小小的神龕，裡面供奉著一幅聖瑪蒂達的肖像，以及一尊元觀的雕像。聖人與神祇，不止守護旅人，也保佑靠火車吃飯的鐵路人。這群人雖然相信機械、車輪、汽門和燃油的力量，但為了以防萬一，他們也不介意向超自然的存在禮貌地獻上一點敬意。畢竟，他們之中誰沒在荒境目睹過比這些傳說中曾經創造奇蹟的聖賢更加不可思議的事呢？有名乘務員在薇薇面前低頭默禱，然後放了某樣東西在神龕上，動作相當隱密。他緩緩起身，偷偷環顧四周，彷彿害怕被人注意到。他合攏雙手，再次點頭敬拜後便匆匆離去。

他離去後，薇薇上前查看他留下了什麼。由窗戶射進的光線在神龕上拉出一道漾著藍的綠光；那是一顆小巧圓潤的玻璃彈珠。

博物學家

觀景車廂最遠處的窗戶前，有名男士正在賞鳥。一大群學名為 *Cyanopica cyanus* 的灰喜鵲在火車呼嘯而過時從柳樹上振翅飛起，長長的尾羽在午後暖陽的烘托下呈現虹彩的光澤。當亨利．格雷看見生物，他看見的是一套由血管構建成的系統，以一種無限的交織法一條條相互牽連。他很想再靠近一點，渴望觸摸每一根跳動的肌腱，以及每一絲牽連的肌肉，去感受指尖下傳來的生命脈搏。他開始在腦中幻想一幅畫面：自己走在一棟巨大玻璃建築的走廊上，經過的每個房間都擺滿了驚奇的展物，這些生物躲在一片片玻璃之後，眼珠子溜向他所在的位置，等待他來揭露牠們的祕密。亨利．格雷感受得到牠們的急迫，一直以來都感受得到——自然界在等著他、挑戰他。他抬頭仰望天空，每一隻鳥都在天空書寫著他渴望理解的字句；他低頭俯視，大地在腳下因應許而飽滿。

腹部傳來一陣劇痛，他整個人揪縮起來，連忙伸進口袋翻找北京外國人醫院開給他的一小瓶藥丸。院方說是潰瘍，勸他多休養，不該過於勞累。「身心都要注意。」一位矮小的義大利醫生說。這名醫生和所有格雷在北京遇見的外國人一樣，嗓門總是太大，語速也太快，彷彿他們的注意力永遠都放在別處。他吞下一顆藥，在車廂正中間的一排沙發椅上坐下。這些沙發的用意，是要讓乘客舒服靠坐，透過環繞車廂整整三面的觀景窗，將窗外風景盡收眼底。觀景車廂位於列車的最後一節，就連屋頂都是玻璃做的，不過，跟其他窗戶一樣，玻璃外頭依然可見十字交叉的鐵欄杆。格雷眺望遠方，首都低矮華麗的建築逐漸消失，鐘樓和瓦片屋頂被火車的蒸汽抹去。他發現這是座喧囂嘈雜、令人疲憊的城市，過於自以為是，而且太熱衷敲老百姓竹槓。

「再十五天。」他對自己說。十五天後，他們就會抵達莫斯科，抵達萬國博覽會現場，而他也總算有機會一雪前恥。他的胃又擰了一下，但這次是出於如饑似渴的企盼，一股近乎愉悅的痛楚。這種感覺，跟他在研究上就快有所突破時會嘗到的感受是同一種。當他發現點子就在咫尺之外逗弄著自己時，當他在岩石下或溪流中找到某樣未知的奇妙物種時，都感受過這種痛。

車廂突然響起一陣爽朗的笑聲，打斷了他的沉思。一對講法語的年輕夫妻進入車廂，格雷對那位丈夫的第一印象不太好，只覺得他髮量太多、牙齒也太多。倒是那位夫人，有種白皙而精緻的美。他生硬地對他們點頭致意，隨即便將目光轉回窗外。遇見同車旅客令他局促不安，他沒那個意願結交新朋友。這樣的旅人，他在過往的旅行中可見多了，在飯店和那些充斥歐洲語言的旅社中也遇過不少；這些旅社提供的餐點雖然遠稱不上是正餐，只能湊合著吃，但至少可以使用熟悉的餐具。他在這些人身邊度過太多乏悶的夜晚，對於他們竟能暢聊如此沒營養的話題很是驚訝。儘管他們人可能就在最壯麗的山巒上，或是最令人驚豔的城市中，這些人的視野卻跟窩在自己家一樣局限狹窄。

他吞了第二顆藥，低頭瞥了一眼藥罐，覺得它的重量不該這麼輕才對。早知道就該找機會多囤一點的，但有鑑於前幾個月的一事無成，過去幾週他都埋首於繁忙的研究與準備中，抽不出身。

入境中國時，格雷走的是一條漫長又危險的路線，得先搭船繞過好望角，緩慢遠渡印度洋，再從南方進入中國。自從在倫敦出盡洋相之後（他不應該再想這件事，即使只是簡單提及，都會讓他的胃痛再次發作），他的資金短缺了許久，好險還有書的版稅撐著，而要是這回成功的話——唉呀，往後就不必再為錢所苦了。為了採集他需要的生物樣本，他整整在外旅居了八個月，所有成果卻在一場不幸的災難中毀於一旦——雲南一場罕見的暴雨引發了洪水，將他所有的生物樣本以及大部分的身家財產都給沖走了。當他好不容易抵達北京，身上幾乎已經一毛不剩，這趟採集之旅的所得，也只剩下幾隻釘在毛氈上的昆蟲、一些壓扁保存的草木花卉，以及他的素描。更令他晴天霹靂的是，西伯利亞特快車居然暫停行駛，復行時間未定。那時，他幾乎就要放棄了。不過後來，在上帝的指引下，他遇見了能帶領他踏上雪恥之路的人。這就是證據，他心想，上帝寄望於他的證據。

＊

法國男子的笑語越發猖狂，格雷再也忍無可忍。他用力打直了背轉過身，準備送他們一張冷臉讓他們閉嘴，沒想到那名男子正好牽起太太的手，彷彿四下無人一般，大膽地往唇邊一送。亨利感覺雙頰一陣燥熱，趕緊縮回沙發裡，但為時已晚。

「唉呀，請容我致歉！」男子用帶有法國口音的英文驚呼，向格雷欠了欠身。「還請閣下原諒一名情不自禁的丈夫，是我失態了。在下是紀堯姆．拉封丹，這位是我妻子，蘇菲．拉封丹。」

格雷勉強擠出一個微笑，在他可以掌控的範圍內以最小的幅度點了下頭。「我是亨利．格雷博士。」他報上自己的名號，留意他們臉上是否浮現任何嘲弄的跡象，例如抽動的嘴角，或是斜睨的一瞥。他現在已經能分辨這些端倪了，也能看出皇家科學協會的那些長舌蠢蛋對他在倫敦出的糗是多麼樂在其中，甚至，就連他逃離英國後，也躲不掉旁人意味深長的凝視與謔笑。世界各國的科學期刊都報導了他的滑鐵盧事件，消息甚至向外擴散至大眾媒體，濃縮成幾格嘲笑他的刻薄漫畫。不過，他在拉封丹夫婦的臉上找不到一絲顯示他們知情的馬腳，因而稍微放鬆了下來。

「我們一定能成為朋友。」拉封丹接著說。「希望能有時間多聊。我一直很期待認識車上的其他乘客，問我太太就知道了。」

無知的過路客，格雷不屑地想。那個墮落的羅斯托夫和他那本破書要為此負起很大的責任——要不是他，這輛火車上便只會有貨真價實、知道自己所為何來的旅人，而非擠滿這群愚蠢的賭徒，嫌自己銀子和時間太多，才會找個刺激的方式花掉它。他們搭乘這輛火車不過是為了收集一種體驗，就像買一個漂漂亮亮的紀念品，好讓他們帶回家掛在牆上，向朋友炫耀。他們最終還是會回到原本舒適的生活，回到他們愛去的沙龍和咖啡館，對旅途所見的奇觀不為所動。格雷鄙視他們，並且發現這種感覺頗為愉悅。

「我來旅行是為了做研究，拉封丹先生，」他說，「恐怕沒有時間享受聊天的樂趣。」

「怎麼這麼說呢，格雷博士？」拉封丹說，「我們當然有得是時間在這座移動的堡壘上做任何我們想做的事。您說，還有什麼比這更好的機會，能讓我們擺脫那些畫廊、博物館和作古已久的雕塑家刻出的雕像，跳過那些所謂不能不去的景點，釋放出大把大把的時間？多虧了火車，讓我們不用再為了做決定而痛苦。今晚我們該上哪家餐廳吃飯，親愛的？唉呀，只有一間可去！您瞧，這是多麼令人幸福的解脫啊！」

格雷報以僵硬的笑。「是很值得慶幸沒錯。但我們也不能忘記我們身處何處，這可不是一趟隨隨便便的旅程。」

＊

時序朝正午邁進，前來觀景車廂參觀的乘客逐漸多了起來，不過當中有些人一看到一覽無遺的窗戶和廣闊的天空便立刻掉頭離開。一名教士走了進來，他的手裡握著一把鐵製十字架和一串玫瑰念珠，臉上滿是擔憂。他站在最遠的那扇窗戶前，手指一邊撥弄念珠，一邊用說不過去的音量大聲朗誦禱詞。

格雷推測教士念的是俄文，雖然他一個字都聽不懂，但是禱詞的音韻和他在故鄉的禮拜儀式上聽到的類似，因此頗為耳熟，都帶有一種包含著應許與祈求的抑揚頓挫。伴隨著禱詞，他們逐漸駛離北京，穿越一片片田野，經過散落其中的農舍。沿路的農民紛紛停下手邊的工作，靜靜目送火車急馳而去。有些人摘下帽子低頭致意，有些人在空中比畫起神祕的符號，祈禱厄運別找上門。

同行者

列車之子身手矯捷又聰明伶俐。她沒能長得跟自己想要的一樣高，不過拜這點之賜，長大後的她依然擠得進最狹窄的空間，也能爬上列車最隱密的角落。她對車上所有的祕密瞭若指掌：她知道如何偷偷穿過廚房並順手摸走一顆熱餃子；如何躡手躡腳穿過花園卻不驚擾那群脾氣差勁的雞；如何在管線或電路出問題時趕至現場。（沒錯，列車是會故障的，而且發生的頻率比總公司所希望的，或者說，願意向投資人透露的，還要高。）她能配合列車行進的節奏奔跑，步伐半搖半晃，在車廂狹窄的通道中曲折前行，閃過那些跌跌撞撞的乘客，留他們一臉困惑地杵在原地。她會在三等車廂廚房停下，悄悄溜進去，只是為了要從打瞌睡的廚工男孩眼皮子底下偷走一把果乾。

「張薇薇，別給我裝無辜，我知道妳一定幹了什麼好事！」負責三等車廂的主廚安雅．卡莎莉娜一向火眼金睛。薇薇轉過身，雙手一攤，聳了聳肩。安雅發出她那標誌性的爽朗笑聲，往一名廚工的頭上巴下去。「說！是誰讓老鼠溜進我美麗整潔的廚房？你們的皮都要給我再繃緊一點！」

廚工還來不及找她算帳，薇薇便腳底抹油，溜了。

頭等車廂廚房和三等車廂廚房中間，有一處狹小的空間，是組員們口中的「分水嶺」，有時也會諷刺地戲稱為「二等車廂」。薇薇始終找不到一個明確的答案解釋，為何這輛火車只有頭等和三等車廂，獨缺二等。關於這點，羅斯托夫在他的書中主張，是因為總公司當初請來打造火車的設計師花用過度，導致資金不足所致。不過多數組員卻堅稱，設計師只不過是忘了而已。不論是哪種原因，總之在西伯利亞特快車上，二等車廂只存在於這個過渡的空間。兩邊的主廚和廚工會來這裡打個小盹，或是閒聊乘客的八卦，讓這個空間充滿一種不尋常的中立氣氛，打破了因應乘客階級的不同，兩邊的工作人員連帶也有高下之分的階級感。儘管頭等車廂的主廚聲稱三等車廂的伙食連街頭老鼠都不屑吃，儘管安雅．卡莎莉娜一口咬定頭等車廂的餐點連隻蚊子都餵不飽，還是時常有人目睹，兩位主廚會一起坐在分水嶺的窄長凳，一邊共喝一壺茶，一邊悠哉地打牌。

此外，這裡也是列車組員可以暫時遠離乘客、喘口氣的地方，所以薇薇很習慣在進去前先把耳朵湊到門上，看看有沒有機會探得能讓接下來的漫漫旅程刺激一點的八卦。她凝神細聽。

「……但她打算怎麼辦？他們覺得她已經我行我素太久了。」

「但她應該不會輕易冒這個險，硬要上路吧？除非她真的認為……」

「你忘啦，她看待風險的方式和其他人不一樣。這也是他們的疏忽，誤以為她也一樣害怕。她的腦袋可不是這樣運作的，你說是吧？」

說話的人是兩位乘務員，他們都是二等車廂的常客。他們在講的人是列車長，他們總是這樣談論她，又是景仰，又是畏懼。

「可是，經過上次的事件之後，不顧所有人的性命……就算是她應該也不……」

「你覺得她有在顧慮這些嗎？」

乘務員的聲音忽大忽小。薇薇能想像他們一定不時回頭留意是否有人接近。組員間流傳，每次只要有人在背後議論，列車長都會知道。大夥總說，她會在你還來不及換氣時就出現在門後。其他人總愛大講列車長的各種事，多到難以分辨哪些是真的，哪些又是訛傳已久的列車傳說。

不過，至少有一點，他們確定是真的——列車長的祖先來自如今被長城圍起的土地，她的族人曾在那片草原上養牛騎馬，直到被突如其來的變異驅逐：動物的皮膚漸漸變成半透明，鳥兒從天空墜落，不明的幼苗像水裡的氣泡一樣迅速竄冒出土，速度快到令人費解，還長出陌生的葉子。正是因為如此，列車長才會一次又一次地駕著火車長驅直入，返回祖先失落的家園，碾壓那片變節的大地，看荒境是否有膽反抗她。

在眾多傳聞中，薇薇最喜歡的還是列車長年輕時的故事——關於她一把剪掉長髮，偽裝成男孩成為列車職員的那個故事；關於她是如何隱瞞身分，一步步當上駕駛，竟從未被人發現的故事；關於她如何加入西伯利亞特快車成為最初一批員工的故事；以及，被任命為列車長的那天，她是如何在公司高層面前揭露女兒身，讓所有人大吃一驚（故事是這麼說的），而當高層們終於回過神時，她早已登上火車、攀上瞭望塔的頂端，讓世界各家媒體的攝影師捕捉自己的身影，不給高層任何食言的機會。

薇薇也在她這端向後張望，暗暗期待列車長會突然現身，彷彿聽見了她的想法——小時候，薇薇感覺列車長經常這麼做，總是在她鬼鬼祟祟溜達、趴在門上偷聽時忽然現身，就像現在。可惜，今天的走道空空如也，薇薇感到一陣失望。此刻要是列車長真的走過來，她一定會又驚又喜。

「依我看，」其中一位乘務員繼續說，「這是個不祥的徵兆。他們應該要讓我們照常舉行祈福的……」

對話停頓了一下。那人的腳想必正忐忑不安地摩擦地面，一隻手擔憂地搔搔鼻子。

「總之呢，這趟旅程充滿了不祥之兆。」她聽見其中一位乘務員朝手掌吐了口口水，然後敲敲窗子上的鐵件。「而且他們都心知肚明，總公司知道，列車長也知道，儘管她半個字也沒提。他們知道這些徵兆都是事出有因。」

薇薇不願再聽下去，於是掉頭離開。過去，為了保佑旅途平安，列車組員會在出發前舉行祈福儀式，由每位組員手持一捆柳枝，伸進水缸裡沾水，然後輪流朝引擎揮灑，看著水化為嘶嘶蒸氣、緩緩上升。水缸中還會放著一些當季的蔬果，以及出發站周圍的泥土，好讓列車帶著一小塊北京或莫斯科的土壤上路，保護列車不受車輪下那片大地的敵意影響。

然而，這次卻沒有祈福。也就是說，這是一趟未被保佑的旅程。

總公司向來看不慣任何他們覺得是迷信或落後的事物，不過，一直到近期之前，雙方還算是井水不犯河水。只要列車組員保持低調，只要把乘客伺候得服服貼貼，就能繼續保有這項小儀式，也能繼續敬拜他們想拜的聖人和神明。沒想到前陣子，組員接獲通知：改變的時刻到了。世界即將邁入新的世紀，客人們想要的已經不再是神祕主義，而是現代化。於是總公司宣布：車上將全面禁止此類活動。

自那之後，列車組員便開始私下抱怨，認為公司下令廢止祈福儀式，不過是再一次證明了，那些坐辦公室的人根本就不懂火車真正需要的是什麼，而這種態度難道還不夠觸霉頭嗎？他們難道忘了先前那些凶兆了嗎？不是有一隻白色的貓頭鷹大白天出現在平和寺嗎？不是才在河裡目擊了一隻背上有飛鳥圖案的雙頭龜嗎？

車上的兩名行李員，最近才剛到職沒多久，就為了更安穩的工作跳槽去東南鐵路。三等車廂的助理乘務員也在前一天提出辭呈。他眼神飄忽，說是太太剛生小孩，儘管內心百般掙扎，但不管怎麼想，還是不敢再登上這輛火車。

打從薇薇有記憶以來，列車沒有一次在沒祈福的情況下就啟程。儀式的缺席就像一包重擔壓在他們心頭，阻止他們前進。她咬指甲時，嘴裡也失去了土壤的味道。

*

三等車廂內瀰漫著汗水、焦慮，以及食物變質許久的氣味。這裡由兩節臥鋪車廂組成，每節各有三十張雙層床，排放成三列。兩節車廂的位子皆全數售罄，才剛出發沒多久就悶熱不已。總公司原本擔心票會賣不完，還事先調降了價格，沒想到，縱使前方之路危險重重，還是有大量的人擠破頭想上車。每次見她經過，乘客都會伸手抓住她的外套猛問：「廁所在哪裡？要上哪喝水？我們該如何是好？」他們的問題就跟他們緊抓不放的手一樣焦躁煩亂，不過薇薇知道，他們真正想問的問題是：「這裡安全嗎？我們不是來送死的吧？」而她無法給出他們想聽的答案。

在兩節三等車廂中的頭一節，乘客們有的獨自蜷縮，有的兩兩擠在一塊，彷彿把恐懼當成斗蓬罩在身上。反觀第二節的乘客，已經自然而然形成了一個小型社會：有位女子把鮮紅色的蜜餞傳給其他人；兩名商人玩著竹製的牌，輪流就著表面斑駁的銀色酒瓶喝酒；一名年輕牧師手裡捏著一串木珠，用薇薇不認識的語言大聲朗誦著一本皮革裝訂的書。

沒有一個人朝窗外看。

一個人都沒有，除了一名男士。他有著一頭凌亂的銀白鬈髮，長長的四肢縮起，整個人窩在從車廂牆面上壓下來的一小張椅子上，凝神注視著窗外。不管周圍的乘客再怎麼擠來擠去，將茶水濺在他外套背上，手裡的餐盤驚險掠過他的頭頂，他似乎都渾然不覺。

「教授？」薇薇拍拍他的肩膀，用俄語打招呼。男士彷彿被什麼東西燙到一樣迅速轉身，不過一見是她，臉上便綻放出微笑，加深了兩側的皺紋。他笨拙地抱了薇薇一下，那瘦削的懷抱令薇薇感到一陣寬慰，原來有些東西依然沒有改變。即便發生了這麼多事，有些東西還是跟以前一樣。

這位教授並不是真的教授，雖然他的外型完全符合薇薇對教授的想像。薇薇到了某個年紀後，教授就開始特別關照她，堅持她應該要接受良好的教育，「而車上顯然沒有提供這項服務。」薇薇說，車上的司爐工、工程師、乘務員、行李員甚至列車長本人，都已經下定決心要教會她這輛火車的每件大小事。「我指的是由書本提供的那種教育。」教授說。

據薇薇所知，教授未曾讀過任何一所大學，未曾去那些地方實踐他的研究熱情，因為他這輩子所賺進的每一分錢，都花在了西伯利亞特快車的車票上，好讓他能仔細研究窗外的景觀。大西伯利亞變異研究協會（更為人知的名稱為荒境協會）的會員是這條路線的常客；列車組員對這些人身上散發的執念心有戚戚焉，總是多少能同理他們。不過，對於那些只會死讀書的學者，組員們便頗為不屑，尤其是那些看了書之後決意自己也要來寫一本的人，那種人心目中的荒境只不過是一堆扶疏的紙和蜿蜒的墨，虛幻不實，就像他們自己一樣。

可是教授不一樣。他幾乎和列車組員一樣，成了火車上的一分子，而且不像某些協會的會員，教授的生活很充實，有其他能打發時間的興趣。在薇薇不時的幫助之下，他學了中文，雖然有點怪腔怪調，總是讓薇薇聯想到生鏽的鍋子互相摩擦的聲音，但用來溝通倒是沒什麼大問題。

「教授，你不想在這裡做研究嗎？」某一回，他們停留在莫斯科時，教授帶她去到一棟巍峨的石造建築，兩人駐足在門口時，薇薇如此問道。教授告訴她，這裡是人類認識世界的地方，她聽了很困惑，因為這裡的牆又高又厚，彷彿是為了將世界隔絕在外。他們看著一位位青年小跑步進入建築，腋下夾著書本，領子高高翻起，外套隨風鼓動，薇薇暗自納悶，待在那麼多石頭之下，難道他們不怕被壓垮嗎？教授聽了她的問題只是笑笑，並張開雙臂。「我們要那些沾滿塵埃的教室幹嘛呢？」他們在火車上時，教授總愛這麼說。「我們已經擁有了這一切。」他會這樣說，用飛揚的語氣讚嘆，雙臂大張，彷彿要將外頭的景色悉盡擁入懷中。「這所有的一切。」

「孩子，妳來了！」他溫暖地說，並牽起她的手，彷彿是想好好看看她。「我剛才還在想，妳什麼時候才會大駕光臨呢。『難道她升官了嗎？已經不會來三等車廂這種地方了？』我自己在猜。『難道已經過了這麼久，久到她把老朋友都給忘了嗎？』」

「這只能怪你自己。」薇薇說。「誰叫你把我教得這麼好，大家都要來問我問題，一刻都不得閒。就連製圖師也堅持要我為他正在畫的地圖出點意見。」

教授故意誇張地咳了一聲。「如果真是那樣就好囉！」

薇薇假裝瞪他一眼。雖然教授用心良苦，但她從來就不是個好學生，老是坐不住，太容易分心。「好吧，但至少我很忙是事實。」她說。「有些組員沒有回來報到，所以總公司要我們做兩倍的工作，更不用說還得應付那些麻煩的客人，有些人就是特別難纏。」

「我相信妳一定會對他們一視同仁，解決他們的問題。不過話說回來，要是妳多用點心念書，也許就能升遷了，再也不必處理這些麻煩事。」

薇薇不理會他的話，也假裝沒看見他嘴角的抽動。「那你呢？你的工作進展如何？」她用一種輕鬆聊天的口吻問道，但仔細留意他的反應。

教授沒有馬上回答，反而轉頭望向窗外飛逝的草原。「我想，像我這樣一個老頭，是該偶爾休息一下了。」他沉吟片刻後才說道。「在發生了這麼多事之後。」

他抬頭看她，但還來不及開口，表情就先僵住。她順著他的視線往門口一看，那裡站著兩個男人，掃視著車廂內部。他們一身黑，穿著燕尾服，從某個角度看去宛如一對翅膀。

「唉呀，」教授輕聲說，「是我們那兩隻帶來厄運的鳥兒。」

＊

只要聽見皮鞋的喀噠聲，就知道他們來了。那是他們全身上下唯一講究的地方，鞋面黝黑發亮，是歐洲的款式，鞋舌帶有大大的扣環。腳踝以上的其餘部分就跟總公司的其他人一樣平凡無奇：穿著深色西裝，戴著金屬邊框眼鏡，掛著皮笑肉不笑的表情。

依據官方說法，李黃晉和李歐尼．佩卓夫的頭銜是顧問，但組員私下都叫他們「烏鴉」。他們總是成雙成對現身，就跟總公司的其他顧問一樣——一位來自中國，一位來自俄羅斯——倫敦辦公室的高層們特別注重這個平衡。他們會用總公司那套又臭又長的英語句構說話，以致每次他們話才講一半，薇薇就已經忘記開頭說了什麼。烏鴉二人組總是晃著他們光可鑑人的皮鞋扣環噠噠噠地在列車上來回走動，對組員東啄西探，就連列車長也無法叫他們走開。不過，薇薇倒是看得出來，他們倆看不慣列車長那副看似禮貌實則冷淡的態度，也不喜歡她那對和他們一樣無情的目光。

某一次列車行駛時，薇薇在走道上奔跑，想測試看看自己能不能在兩道門之間屏住呼吸（模擬車廂被荒境毒氣滲透的狀況），結果竟一頭撞上其中一位烏鴉，頓時向後跌了幾步，還是多虧烏鴉伸手抓住她的肩膀，才沒摔在地上。

「妳急著要去哪？為什麼跑這麼快？」從薇薇的角度往上看，烏鴉變得驚人地高，以致她看不見他眼鏡鏡片後方的雙眼，只看得見自己的倒影。對於烏鴉，她向來能避則避，他們驚人的對稱性老是令她發毛，儘管她也說不上為什麼。但眼前的烏鴉竟然落單？薇薇腦中突然閃過一個念頭，認為下一秒他的雙胞胎就會像伸展四肢一樣從他身體裡冒出來。

他彎下腰，雙手撐在膝蓋上，對她露出燦笑，那個笑容比任何乘務員暴躁起來的樣子還要令她害怕。「瞧瞧妳，像個瘋子一樣跑，妳到底是列車之子，還是荒境之子？妳既然是公司的員工，就要有員工的樣子。」

她啞口無言地盯著他。

「妳可知道，那些被公司認定不適任的人，最後都去了哪？」烏鴉把她拽到最近一道連接走廊門前，門後是一處狹窄的空間，再過去就是另一道真的通往外面的門。他拿出一串沉甸甸的鑰匙，解鎖並打開了裡面那道門。中間的狹窄空間只夠兩個人站立，他先關上身後的門，接著轉開第二道門的門鎖。過程中，他的手始終搭在她後頸上。透過門上的一小扇窗戶，薇薇能看見外面的苔原向後飛逝，也能瞥見草下如骸骨般凍白的大地。烏鴉把她推向門邊，並伸手握上外側門的把手。她再也忍不住剛才竭力壓抑的恐懼，發出一聲害怕的尖叫。

他向後退了一步，遠離門邊，但手依然架在她的脖子上，強迫她往窗外看。「我們把他們丟去外面，丟在他們該去的地方。」

後來，每當她經過那些門，偶爾還是會想起當時那股緊繃的恐懼。若是某趟旅程烏鴉留守北京或莫斯科，沒和組員一起登車，她總會感到鬆一口氣。不過，近年來，基於總公司強制加開班次，烏鴉登車值勤的次數也越發頻繁。儘管如此，薇薇看出他們的動作笨拙依舊，無法依照火車行駛的韻律調整腳步。你應該要讓自己去順應火車，和鐵路攜手合作，而不是試圖抵抗或駕馭它，這是所有在鐵路上混的人都知道的道理。

此刻，他們倆正穿過一排排的床位，朝薇薇和教授所在的方向靠近，沿路不忘對乘客微笑致意，佩卓夫先生（他們堅持要被稱呼為先生，彷彿名字本身太單薄，沒氣勢）甚至彎下腰揉了揉一位小男孩的頭髮，獲得小男孩面無表情的回望。薇薇大翻了一個白眼。她看出他們並未打算駐足，很快就會繼續前往頭等車廂，去向總公司偏愛的那些貴客噓寒問暖，因為這些乘客更符合公司想要的形象。

「妳得控制一下表情，別瞪得太狠。」教授低聲提醒。

但她就是無法強迫自己乖乖戴上總公司喜歡他們戴的面具。

烏鴉二人組漸漸往車廂中段靠近，她站著的身子又挺得更直了些，並感覺到身後的教授也緊張了起來。烏鴉敷衍地對她點了下頭。「您真是我們最忠實的顧客，感謝再次搭乘。」李黃晉對教授說。「聽說協會內部最近有一些分歧，希望問題都解決了？」

教授淡淡一笑，像是看不清楚似地瞇起眼睛，透過架在鼻梁上的眼鏡打量他們，一副老學究的模樣，不構成任何威脅。「是啊，不過分歧正是科學研究的原動力，你們說是不是？」

「這倒是，您說的沒錯。」烏鴉們投以微笑。

「他們說的『分歧』是什麼意思？」烏鴉走掉後，薇薇問，但教授只是搖了搖頭。

「現在不太方便。」他輕聲說，扭頭往車廂後門看去，好像覺得烏鴉會突然衝回來似的。

薇薇又等了一會，期待教授多解釋兩句，不過他看起來不願多談。

烏鴉是罪惡的象徵，列車組員總說。當荒境開始變異時，唯一還會飛越長城的鳥類只剩下烏鴉。牠們會飛去啄食土地變異後留下的腐肉，用腳爪拎著一些亮晶晶的小飾品或石頭飛回來。這也就是為什麼，中國北部的居民見到烏鴉會朝牠們扔石子：烏鴉已非潔淨之身。

薇薇還小的時候曾經以為，總公司派來的代表都會飛。她相信他們的黑色外套上有可以展開的翅膀，會像荒境中的黑影鳥一樣於空翱翔，還會張大嘴，用急促嘈雜的英文彼此對話。他們會像撿拾石頭一樣，用爪子揪出火車上所有的罪行，那身影刺眼到無法直視。

長城

交誼車廂裡擁擠不堪，空氣悶熱，加上瀰漫著濃濃的香水味，讓瑪麗亞呼吸困難。這裡到處都是不同材質的織品，又塞進了太多的絲綢和天鵝絨，她覺得自己就要因布料窒息而死。

為了眺望即將映入眼簾的長城，頭等車廂的乘客們全部齊聚在此，準備遵循列車上的傳統，一同舉杯慶祝它的現身。天氣若是夠晴朗，出北京後只要再開八十公里，就能瞥見城牆的蹤影。

瑪麗亞聽說，儘管鐵路公司賣力宣傳，搭乘頭等車廂的乘客還是較平時來得少。不過此時的交誼廳依然人潮洶湧，女士們紛紛朝臉頰揮舞扇子，紳士們憋在硬邦邦的上漿襯衫裡，臉上被熱氣和侍者用銀托盤端上的一輪輪烈酒給燻得紅通通的。瑪麗亞啜了一小口，眉頭立刻緊皺。

「他們已經好幾個月沒辦法正常進貨了，連一瓶夠格的俄羅斯伏特加都沒有。」伯爵夫人安座在一堆軟墊與抱枕之中，宛若端坐於王座之上，就像一位嬌小而易怒的君主，統治著一個迷你的國家。「我們怕是只能將就將就了。」她搖頭嘆道。「剩下的旅程恐怕也不太好過。我剛才碰巧瞥見了今晚的菜單，還真是令人食欲全失。可憐的薇拉，她的消化系統已經無法再承受任何別具風味的蔬菜了。」

薇拉噘起嘴，點頭默認。

瑪麗亞在腦中搜尋得體的回應，但一無所獲；她已許久沒和這麼多陌生人共處一室了。同時，她也首次意識到，和這些男男女女鮮豔的行頭相比，自己身上穿的裙子簡直呆板至極。她不禁擔心臉上會露出破綻，讓別人一眼看穿她是假貨。她擔心這位瑪麗亞會像一件不合身的禮服，從她身上滑落。

然而，伯爵夫人不覺有異，繼續用她那對挑剔的眼睛掃視她的王國，一邊不停發表評論。她的絮絮叨叨意外讓瑪麗亞平靜下來；瑪麗亞什麼都不必做，只要聆聽、時不時應聲附和即可。她的丈夫過世前是外交官，伯爵夫人說，「不過呢，他是聽他父親的話才去當外交官的，要是照他自己的意思，我們恐怕一輩子都會困在彼得堡裡。所以啦，一直要到他去世後，我才有那個心思享受旅行的樂趣。」瑪麗亞注意到，伯爵夫人身上保有不少外交人員必備的特質，例如對旁人特別刻薄。

「那位正在看報紙的紳士，他呀，是位非常富有的絲綢商。當然啦，他都是多虧了這輛列車才有今天。我忘記他的名字了，那些中文名可真夠拗口。我還聽說，旁邊那位紳士的姓名非常美妙，叫做歐瑞斯托・圖德，來自尚吉巴。我得承認，要不是薇拉向我保證，我還以為那地方是他胡謅出來的。唉呀，差點忘了申克先生，那邊那位臉又圓又紅的人，他在銀行還是什麼之類的地方工作。我在加爾各答的大使館見過他一次。」

「夫人，是在德里。」薇拉提醒。

「喔對，沒錯，德里。這下妳就懂了，他這人有多麼乏味，毫無記憶點，讓我連整座城市都給一起忘了。薇拉，如果他往我們這邊來，記得假裝我頭暈發作。」

薇拉輕點了下頭。

這些商人和貴族可真悠哉，一點都不緊張，瑪麗亞暗忖。他們看都不看窗外一眼，也不張望一下即將出現的長城，只顧盯著彼此看，頂多偶爾瞥一瞥吧檯上方貼了金箔的鏡子。

「但不得不說，申克先生也是家財萬貫。」伯爵夫人周到地補上一句。

這還用說嗎，不然誰能付得起這張車票？富豪不止會買房地產和珠寶而已，瑪麗亞心想，還會花錢買「保證」。他們掏錢買下的是一分信念，相信這趟旅程一點都不危險。這股自信讓瑪麗亞嫉妒不已。

「既然他很富有，那就沒必要有趣了。」瑪麗亞一派輕鬆地說，假裝沒聽見自己刻意努力的痕跡。「而且我聽人家說，在這輛車上，想像力太豐富是件危險的事。」

「妳說的沒錯。」伯爵夫人說。「那妳呢，親愛的？年紀輕輕就一個人旅行……」她的一雙利眼直勾勾地盯著瑪麗亞。

「我這趟是為了回家，回聖彼得堡。我的丈夫和父母都過世了……死於一場霍亂……」她垂首望向地面，謊言彷彿有千斤重。

「喔，我很抱歉。我們不必談這個，不要壞了妳的心情。」伯爵夫人傾身拍了拍瑪麗亞的手背。她讓瑪麗亞想起了祖母在聖彼得堡的朋友；那些一身黑衣的寡婦已經習慣從不幸中獲得滋養，她們消化壞消息就像是吸入一口涼爽的海風，只聞得到重生的氣味。「不要有負擔，妳不用逼自己碰觸那些痛苦。」

伯爵夫人很明顯渴望她娓娓道來，所以她迅速轉移話題：「那邊那位紳士又是誰？」她用下巴朝一位男士指了指，是那位在列車準備出發時訓斥行李員的人。此刻他正在和一對俊美的年輕夫婦聊天，更精準地說，是兩位男士在說話，年輕的夫人則面向窗外，用手托著下巴。

「他呀，就是那位丟光了臉的亨利．格雷博士。」伯爵夫人把聲音壓得更低了些，但藏不住滿滿的幸災樂禍。「真是個可憐蟲，讓人不禁都為他難過了。出醜對於這些科學界的紳士們來說，可是名譽掃地的大事。」

這件事被媒體津津樂道了好一陣子，伯爵夫人接著說——格雷博士在英國某處海灘的海豹屍體中發現了一顆化石，化石裡可以看到一個與嬰兒身形完美符合的物體，宛若有個嬰兒蜷在媽媽的子宮。博士聲稱，他的發現足以證明動物體內藏有生物進化的藍圖，能揭露動物進化完成時的終極形式，也就是人類——然而後來證明，他的假說錯得離譜。那個他說是人類嬰兒的物體，其實不過是某種古代海洋生物而已；那隻生物捲起來後，被崖壁的石灰岩所困，又被無辜的海豹誤食。格雷博士的主張在眾目睽睽之下轟然倒塌。那位很得意自己提出形態演化論的法國科學家吉哈爾，就在巴黎學院的講臺上公然嘲笑此事。「誰會把螃蟹誤認為嬰兒？只有英國佬做得到！」

瑪麗亞頓時對這名男士產生某種親切之情——她能理解名譽掃地是何等重創，以及隨之而來的生計問題。

「我想，他大概是要去參加博覽會吧。」伯爵夫人繼續說。「我們只能抱持期待，看看他會變出什麼把戲了。說不定是條美人魚，好證明我們人類曾經能在水裡呼吸？」她用扇子敲了敲薇拉的手臂，被自己的笑話逗得樂不可支。薇拉擠出一個盡忠職守的微笑。「妳會去嗎？」伯爵夫人問瑪麗亞。

「去……哪裡？」

「莫斯科萬國博覽會呀，親愛的。」輪到瑪麗亞被摺扇給輕敲了一下。「整棟建築都是玻璃造的，大家都說簡直是座宮殿。在我看來是有點過於賣弄了，但話說回來，誰也不知道人類想出的下一個點子會是什麼，所以我想，為了要炫耀我們有多聰明，一棟玻璃宮大概還不算最糟的吧。」

瑪麗亞咬著下唇。「真期待親眼一見。」語畢，別處似乎有什麼東西吸走了伯爵夫人的注意，讓她鬆了一口氣。

＊

列車繼續向前奔馳，此時長城已經進入肉眼可見的範圍，從地平線上冒出頭來。城牆上一個個垛口清晰可見，宛如巨人居住的巨型城堡，占據了整座王國。在那長城之上，更高聳的守望臺矗然挺立，一眼望去讓人產生錯覺，讓長城看起來比實際上更近。乘客們紛紛舉杯慶祝。

「真是幅奇景！」伯爵夫人驚嘆。

沒有任何言語足以形容這一幕。尤其，一想到這堵牆一共綿延了數千公里之長，上頭立著六百座時時刻刻嚴陣以待的看臺，更為其增添了不可思議的色彩。瑪麗亞將雙手合攏在胸前，好止住顫抖的肌肉，下一刻突然意識到這個姿勢頗有幾分祈禱的味道，差點笑出聲來。她一旁的薇拉倒是真的在禱告，嘴唇急切地動著，喃喃祈求上天保佑。伯爵夫人只是一臉陶醉地凝視逐漸逼近的長城，露出孩子般驚豔萬分的表情。

「真是太壯觀了，妳們難道不覺得嗎？妳曾經想過自己有一天能親眼看見它嗎？」伯爵夫人望向瑪麗亞。瑪麗亞又一次心想，沒想過會在這樣的情況下見到。

守望臺居高臨下傲視緩緩減速的列車，眼前的長城變得越來越巨大，布滿孔洞的灰色石牆被下午兩三點左右的光線照亮，整節車廂陷入肅穆的沉默。瑪麗亞是聽長城的故事長大的，她很熟悉一千多年前皇帝下令修築長城的故事，也曾聽聞工人們的遺骸是如何一起長眠於石塊之中。她當然也聽過宋天風的英雄事蹟，也就是那位當荒境開始往中國擴張、侵犯到中國領地時，跳出來指揮眾人，打造出新長城的建築師。瑪麗亞聽過他是如何將原始的地基向北移了一百六十公里，神乎其技地從北方採石場運來數千塊大石塊，再用鐵加工；也聽過他是如何穿越西伯利亞大平原，將這個消息傳進俄羅斯王朝，並教導他們如何建造自己的長城。

瑪麗亞想到那些為了建造城牆而奉獻性命的百姓。倘若沒有他們的犧牲，荒境的魔爪是否就會伸入北京和莫斯科，甚至一路蔓延到更遠的地方？邪惡之氣是否會在鄉間遊蕩不止，趁月黑風高的夜晚潛入城市？

列車越開越慢，緩緩滑入守望臺正下方後，車子完全停了下來，只見一座龐大的石頭拱門赫然矗立他們之上。再往上一點，還有駐守在看臺上的衛兵——十位遙望中國，十位眺望荒境。瑪麗亞知道，這些衛兵頭上都戴著鑄成龍臉和獅臉形狀的鐵頭盔及面具，向任何膽敢靠近的東西宣示：我們這裡也是有掠食者的。

其他的衛兵在列車外排排站。這世上還有哪間公司聘有私人軍隊？不過，想也知道，世界上還有哪間公司達到過這等成就？瑪麗亞對鐵路公司的背景倒背如流——誰不是呢？她知道，西伯利亞鐵路公司最早並非蓋鐵路起家，而是可以追溯到十七世紀中的一間貿易公司——由一群貪圖絲路利益，眼饞西伯利亞土地富饒礦產的英國商人創立。他們在倫敦開了總部，公司規模一路壯大，成員的財富也日益豐厚，為自己買下議會的席次與影響力以及鄉間別墅。當變異發生時，許多人認為公司會因此垮臺。然而，危機就是轉機。公司就是在那時決定投入資金與決心搭建鐵路，誓言將兩片大陸用鋼鐵連接起來。

然而，儘管這些衛兵抬頭挺胸，盡可能擺出雄赳赳氣昂昂的模樣，從火車居高臨下的視野看出去，這些總公司派駐的衛兵顯得格外渺小。他們臉上戴的面具——連同那空洞的眼神和呼吸管——都讓他們看起來像是人類的仿冒品。

「這些可憐人，他們一定一度以為再也沒機會向火車行禮了。」伯爵夫人說。「被送來這裡可真是天大的懲罰。」

「這些衛兵們將這份工作視為榮耀。」中國絲綢商來到他們所在的窗邊，微微欠了欠身，報上他的姓名，吳金縷。「他們是在保家衛國。」他說道。

可是，瑪麗亞從這些保家衛國的衛兵那裡聽過不少關於幻覺和惡夢的傳言，說那些打長城回來的衛兵曾經吐露自己會在夜半聽見奇怪聲響，還會沒來由地發燒。

「我聽人說長城的軍營鬧過鬼。」伯爵夫人說。

「啊哈，夫人說的想必是兵營幽魂吧！」商人笑道。「我也略有耳聞。」

他的俄語說得很流利，不過音調略尖，瑪麗亞心想，還帶有一點莫斯科紡織市場的粗野。

「當然啦，西伯利亞鐵路公司不會喜歡我們聊這些的。」他繼續說道。「鬼魂這種事對他們來說太落伍、太不現代了，而且我相信，他們不會希望多一張嘴住在軍營白吃白喝。唉呀……」他說到一半打住，然後用下巴朝遠處的車廂盡頭指了指。「說人人到，說鬼鬼到。」

瑪麗亞順著他的目光望去。只見兩名身穿黑西裝的男子踏進車廂，其中一位是歐洲面孔，另一位應該來自東方，他們時不時停下腳步和一些紳士握手，偶爾也生硬地對女士欠身。其中一個人剛好轉頭，迎面對上她的視線，他鼻梁上架著的鏡片反射出光線，瑪麗亞頓時耳鳴大作。

「這對紳士想必就是總公司派來的吧？」伯爵夫人說，連聲音都懶得壓低。

「沒錯，真沒想到他們會大駕光臨呢。」吳金縷說。「他們是佩卓夫和李黃晉，一對投機客。」他淺笑著解釋。

伯爵夫人揚起眉毛。「你這話是什麼意思？」

「他們表面上的職稱是顧問，實際上是來做生意的——蒐集風聲，再放給總公司，告訴他們什麼時候該買進，什麼時候該賣出，在中間幫忙協商一些交易，這類的事。他們會用那對敏銳的眼睛留意北京的女士們最近愛擦哪一款口紅，觀察巴黎沙龍裡的紳士們都喝哪支酒。也就是說，他們交易的商品，是他們認為將由火車創造的未來。」

「這招厲害。」伯爵夫人說。「我還傻傻以為，我們這些乘客才是車上最珍貴的資產呢。」

「我相信他們會繼續大費周章讓我們深信這一點。」絲綢商說。「不過啊，會在這時候現身歡迎乘客和宣達提醒事項的人通常都是列車長才對。結果她不但沒來，從我們上車到現在，就連她的人影都沒看到，挺怪的。」他四下張望，彷彿以為她會因為被提起而憑空出現。「但話說回來，這趟旅程特別——」他猶豫了一下才說：「關鍵。」

瑪麗亞從服務生手上再拿了一杯伏特加，猴急地乾了它。她企圖裝出一副沒事的樣子，但她能感覺到伯爵夫人的目光落在她身上。這位銳利的老婦人鐵定能察覺她的脈搏加速，看穿她那熱辣的臉頰。伯爵夫人此刻肯定因為有祕密可挖、有八卦可探而興奮不已。

「女士們，先生們，日安。」總公司的兩位代表正式發言，用的是英語。「抱歉占用各位一兩分鐘的時間。我們代表西伯利亞鐵路公司，在此誠摯歡迎您的蒞臨，希望這輛偉大的列車能帶給您一段舒適美好的時光。諸位想必都知道，本趟旅程之所以特別受到矚目，是因為終點站將會停靠莫斯科萬國博覽會——歡迎諸位貴賓屆時一同加入我們——在那裡，這輛火車也將做為本次西伯利亞鐵路公司最主要的展品參展。不僅藉此機會向全世界展現我們的工作成果，也象徵本公司對即將到來的新世紀抱持莫大的信心。」

瑪麗亞聽見伯爵夫人不以為然地哼聲。「真不知道他們哪來的自信。」她說。

絲綢商人的嘴角抽搐了一下，露出一個頗為玩味的微笑，低聲說：「妳們知道列車組員都是怎麼叫他們的嗎？烏鴉。我認為真是再適合也不過了。」

烏鴉。厄運的象徵。瑪麗亞的父親結束上一趟西伯利亞橫跨之旅後，雙手顫抖地返家，接著便把自己鎖進書房，不吃不喝。很快，火車發生的慘烈意外傳遍了全城，各種版本的謠言滿天飛。他們的管家表示，這樁憾事似乎成了人們唯一關心的事，但她父親始終閉口不言。

＊

父親返家的幾天後，總公司的兩位代表出現在她家門口，身穿一襲宛如出席喪禮用的黑西裝。母親站在書房門外，哄父親出來。總公司的人低聲與父親交談時，瑪麗亞就躲在門口，隱約聽得見零星幾個字：「有瑕疵……出事……過勞……」

公司的人離開後，父親又躲回書房，母親卻在壁爐邊呆坐良久。瑪麗亞等了好一陣子才走去她身邊。母親的視線別向別處，開口說：「妳爸的粗心釀下這場大禍。」

瑪麗亞記得自己彷彿凍結在原地，聽母親繼續說道：「他們說都是因為玻璃。玻璃……有疏失。他花了那麼久打造出來的玻璃，卻出現了重大瑕疵。裂了。」她看向女兒。「玻璃本應該保護乘客，卻讓邪惡有隙可乘。」

母親雙手緊握她那本皮革封面的聖經，不停抿咬嘴唇上乾裂的皮，咬到滲出一抹血。

「爸爸才不是粗心的人。」瑪麗亞說。「那兩個男人，他們搞錯了。」她感到一股前所未有的憤怒湧上心頭，在她胸臆間暴走。瑪麗亞很想一拳重重砸在玻璃桌上，再一拳擊碎懸掛的鏡子。那鏡中映著母親茫然的表情，也映著自己面無血色的那張臉。

「我早就告訴過他，一旦你踏上那塊土地，不可能毫髮無傷。」母親了無生氣地接著說下去。「但他就是不聽，他不相信上帝已經拋棄了那塊土地，無法拯救那裡的靈魂。那麼多的靈魂全都迷失了，全都慘遭詛咒。而他將會首當其衝。」

母親說對了，她總是對的。不出一週，瑪麗亞就在書房發現癱倒在桌上的父親。醫生說是心臟病發，說他平時操勞過度，身體狀況本來就不佳，再加上火車意外的衝擊，成了壓垮他的最後一根稻草，誰都無能為力。瑪麗亞突然一陣頭暈想吐。她實在不忍抬眼去看眼前這幕——至少不是今天，不是現在。

＊

「我們能向您保證，西伯利亞鐵路公司始終堅守最高安全標準。不過，也要在此提醒您，諸位已於行前簽署了同意書，證明您已理解這趟遠大的旅程會伴隨的所有風險。」

貴賓們在椅子上忐忑地扭動。站在頭等車廂候車室氣定神閒地在一張紙上簽名是一回事，但真的搭上車後去細想當中的意涵又是另一回事了。乘客係在充分認知本趟旅程風險的情況下登車。若乘客旅途中身體不適，應立即通報駐車醫師。對於旅途中發生的疾病、傷殘或身亡情況，西伯利亞鐵路公司一概無須承擔任何責任。

無須承擔任何責任，瑪麗亞暗忖。說得可真明白。

＊

總公司的男人第二次來到她家，是在父親過世的幾天後。當時她縮在自己的床上，母親則坐在掛滿黑紗的客廳，枯等著不會上門悼念的賓客。管家跑進瑪麗亞房間，求她下樓。「小姐，有兩位男士吵著要進妳那可憐父親的書房。」她說。「夫人傷心過度，根本沒力氣阻止他們。他們說，老爺所有的工作成果都是屬於他們的。」

但是瑪麗亞感覺頭好重好重，一片霧茫茫的，根本不可能從枕頭上抬起，不知道也不關心要跟陌生人說些什麼。她閉上了眼睛，公司代表則順利帶走了她父親留下的所有工作資料，也掃光了他僅剩的一點名譽。她從未原諒過自己；她永遠無法原諒自己。

＊

此刻，那兩位男人，也就是這兩位烏鴉，正在介紹車上隨行的醫生，而醫生則介紹起眾人稱之為「荒境症」的病，列舉可能的症狀與發病跡象。瑪麗亞對這個病很熟悉，她在羅斯托夫的書中讀過——起初，患者可能會覺得疲憊想睡，沒什麼精神，但若繼續惡化下去，就會產生幻覺。患者可能會覺得有人在後面追趕他，也可能會湧上一股衝動，認為自己非得下車不可。他們可能會忘了自己是誰、忘了自己的姓名、忘了自己當初為什麼會上火車。儘管即時接受治療或許可以讓患者恢復理智，但並非所有人都如此幸運。荒境症不會有任何生理上的病徵，它的禍害遠比那更陰險——那是一種心智的喪失，羅斯托夫如此寫道。

「如果我們發現身邊有人出現這些症狀，該怎麼辦？」一名嬌小的女士坐著發問。她一隻手緊緊抓住身旁丈夫的手，另一隻手則焦躁地把玩著脖子上的珍珠項鍊。

「一樣。為了行車安全，您必須立刻向我通報。」醫師的語氣相當嚴肅，讓那位女士握住丈夫的手抓得更緊了些。

「若沒有其他問題，我們就不繼續占用諸位貴賓寶貴的時間了，讓各位繼續暢飲暢聊，藉此機會互相認識認識。我們相信，諸位一定能在旅程中找到志同道合的朋友。」語畢，公司代表帶著笑容鞠了個躬，底下零零星星地報以幾個禮貌的掌聲。

「結尾顯然沒什麼說服力。」伯爵夫人下此斷語。「但也是情有可原。」她瞪了一眼那位戴珍珠項鍊的女士。然後，瑪麗亞還來不及做好心理準備，兩隻烏鴉便翩然來到她們桌邊，殷勤地揖身致意。

「我希望貴公司已經走出了上回的陰霾。」伯爵夫人劈頭就說。「不然事情就難辦了。我之前一直擔心，要是我們再多被困個幾天，我這老骨頭就要葬身北京，還得騙其他親戚出面負擔我的葬禮費用了。」

烏鴉二人組一下子啞然失語，但伯爵夫人毫無顧忌地接著說：「我知道外頭有很多流言蜚語，但我想，只要是貴司想要的事，沒有什麼難辦的，不是嗎？總之呢，我和瑪麗亞．佩卓芙娜女士都希望那些懷疑論者的論點是錯的。」

伯爵夫人送給他們一個雍容大度的微笑，反觀瑪麗亞，似乎無法擠出她想要的表情。她早就預料到會有這樣的時刻，但直到此時真的遇上了，她才發現自己還沒準備好接受考驗——要是他們第一次去她家時就看見了躲在門邊偷聽的她呢？要是他們對她的臉有印象呢？要真是如此，她的假名和仿冒的身分文件也就無濟於事了。瑪麗亞突然覺得呼吸困難。然而，兩名男士向她投來的視線中只有漠然的禮貌，向她保證火車相當安全，並再三強調他們對這趟旅程很有信心，接著便將注意力放回伯爵夫人身上。他們的眼中沒有好奇，也沒有懷疑；不過又是位年輕的寡婦，準備回俄羅斯孤老終身。瑪麗亞心想：對，那天晚上他們並沒有看見她，對於被他們摧毀的男人的女兒，他們沒有興趣；他們不害怕她生氣，也不怕她悲傷。他們壓根沒把她放在眼裡。

車身突然一陣震動，乘客紛紛轉頭看向窗外，那些帶著面具的衛兵也跟著動了起來，所有人同時向後跨了一步，簡直跟發條玩具一樣。衛兵們抬手朝列車敬了個禮後，便緩緩消失在火車吐出的蒸汽中。車身猛地一晃，便緩緩起步，再次上路，開出了長城底下，徐徐駛進一處重兵固守的封閉區域，裡頭豎著好幾根高聳的桿子，頂端垂掛著燈籠。其中一側則立著一座巨大的水鐘。

這裡，正是守夜哨。戴珍珠項鍊的女士嚇得發出一聲尖叫，不停朝臉上搧風。許多乘客紛紛別過頭。

瑪麗亞逼自己繼續看。

「真的會發生嗎？」車廂內的死寂襯得伯爵夫人的聲音特別響亮。「我是說，封鎖火車。」

薇拉的唇幾乎失去血色。某處有人不小心砸了手上的玻璃杯。

那兩位公司代表，剛才刻意跳過守夜檢查不談，瑪麗亞恍然大悟。也許他們覺得有些事最好別講得太明白。更何況，乘客出發前簽署的同意書也已白紙黑字記載。此刻，車上每個人肯定都在想著同一件事：在這趟旅程平安結束前，竟然還得在俄羅斯長城外待上一天一夜。又或者，有人會想起羅斯托夫簡潔扼要的解釋：假如守夜結束後，列車內外部皆未發現生物生長的痕跡，就能放行入境。但要是出現了荒境生物的蹤跡？列車將會全面封鎖，車上所有人也將會為了帝國存亡而捐軀。

「從未發生過。」那位俄羅斯的代表語氣僵硬，稍早的殷勤姿態一掃而空。「我們也會繼續確保它永遠不會發生。」

但還是有可能發生，瑪麗亞心想。過去從未發生過，不代表往後就不會發生。總公司絕對會這麼做，他們別無選擇——他們不可能冒著傳播荒境毒素的風險，讓火車通過長城。那意味著感染，意味著滅亡。

「但是上一趟……」絲綢商人開口。

「上一趟運行證明了列車的保護措施相當有效。」公司代表提高了音量。「正如諸位所知，列車確實通過了守夜的檢查。」

儘管在通過檢查之前，至少已有三名乘客喪生，報紙寫道。然後她的父親——再次地，她打住自己。總有一天她將別無選擇，只能仔細回想。但那天不是現在。

火車駛出了守夜哨，又穿過一道高大的鐵門。瑪麗亞在車窗上看見自己憔悴煩亂的臉，簡直像個幽靈。從這一刻開始，一直到抵達荒境的另一端，直到抵達俄羅斯長城的門前，西伯利亞特快車將不再停下腳步。而守夜檢查，就在那裡等著他們到來。

第一夜

薇薇在三等車廂忙進忙出，協助乘務員將旅客趕進餐車用餐，然後再把酒足飯飽的人給請出來，同時盡量在已經一片狼藉的車廂導入某種秩序，解決個人物品蔓延散落的問題。這種事其實只要照著標準流程做就行，但她今天對這一切感到有些生疏，怎麼做都很彆扭，彷彿突然忘記了一套早已爛熟於心的舞步。她抓不到音樂的節奏。

薇薇伸手貼上窗戶玻璃，這麼做總是能讓她平靜下來。她用指尖感受引擎那急切、飢渴的動力，感覺鐵軌震動的節拍。玻璃宛如充滿了能量，在她的肌膚下跳舞。她任由這股動能淹沒腦中烏鴉的腳步聲，沖淡前一趟旅程支離破碎的記憶。

都是玻璃害的，總公司說。玻璃有瑕疵，有裂縫。荒境就是從那裡乘隙而入。

她迅速縮回手。車窗玻璃已全面換新，總公司找來了新的負責人接管玻璃工廠，他們讚揚這位師傅比前一任更厲害，儘管她分辨不出來。（「比前一任便宜。」阿列克謝說。）

直到現在，薇薇還是會想起安東．伊凡諾維奇，想起他在機廠的玻璃工坊戴著工作面罩的樣子，在研究車廂彎腰觀測望遠鏡的神情，想起列車組員放飯時他總是形單影隻。他的眉頭永遠深鎖，臉上老是寫滿失望，彷彿他永遠達不到自己設下的嚴苛標準。薇薇回想起每一次見到他貼著玻璃檢查再檢查的畫面。這個男人只在意細節，不在乎旁人的看法。他的人緣不是很好——他就跟他的玻璃一樣，組員總這麼說。剛硬不屈。他很少找薇薇說話，似乎是認為沒這個必要。但她清楚記得有一次，他就像薇薇此刻一樣站在窗戶旁邊，說：「鐵、木頭和玻璃之間，存在著某個平衡點，就像某個特定的音準，只要到達那個平衡點，它們就會同步呼吸。」薇薇試著去體會，但不知道到底該留意聽什麼。

「那是什麼？」

某處傳來女子驚慌的喊聲，打斷了她的思緒。她急忙轉過身。「那是什麼？」是每趟旅程必定重複出現的臺詞，就像歌曲的副歌一樣。列車組員早已習以為常，知道不該有所反應。也許是某隻爬蟲，又或是幽靈，總之是些見怪不怪的奇異景象。車上的組員已經適應了荒境的不可預測性，每趟旅程所面臨的威脅都不同，會不停地變化、扭曲。好比幾年前的那次，外頭出現了某種黃色，只要看見的人都會嚴重地噁心想吐。那抹黃色會出現在最不可能出現黃色的地方，例如茂密的樹枝上，或是清澈的河水中；那是一種不對勁的顏色，不該出現在那裡——結果整趟行程大多數的時間，列車組員都不得不忙著照顧那些不小心瞥了一眼的乘客。

薇薇順著女人的目光望去，看見外頭真有些動靜——有道形影扭動著朝她逼近，把她嚇得向後一彈。然而，這位顫抖的女人卻突然笑了起來，薇薇這才領會她看見的是自己的倒影，只不過被她頭上的制服大盤帽拉成了詭異的形狀。

「幫幫忙好嗎，把窗簾拉上。」三等車廂乘務員突然出現在她旁邊。「否則大家都要被自己的倒影嚇死了。」

＊

薇薇一向厭惡第一夜。乘客們要不吵個沒完，要不巴著工作人員不放，要不就是爛醉如泥，而三者同時發生更是最常出現的情況。這一趟尤其嚴重，整臺火車都瀰漫在緊張的氣氛當中，難以成眠。沒有人願意閉上眼睛，他們害怕可能會在漆黑中看見什麼——怕惡夢那細長的手指朝他們的眼皮探去，怕那些傳言、那些故事，也怕此刻的現實，因為他們已經脫離了安全的懷抱。車廂外再也看不見溫暖的燈光、敞開的大門和友善的篝火，只剩下牢不可破的一片漆黑。他們還有難以想像的漫漫長路要走。

有位乘客拉起一把破舊的小提琴，曲調哀戚。「拉點開心的歌吧，老兄！」有人大喊。

「可惜，俄羅斯的歌沒有一首不悲傷的。」教授說。

他依然坐在窗邊的老位子，但薇薇不禁注意到，教授明顯比以往來得安靜許多。

「烏鴉為什麼要提起協會的事？」她追問。

「不知道，我一向不懂那些政治。」教授回答。

她瞪了他一眼。「這話鬼才會信。」說完，她看見教授的嘴角抽動了一下，便稍微鬆了一口氣。薇薇很了解教授這個人，知道他逼不得，於是改口問：「你這次有拿到一樣的床位嗎？」

她指的是車廂中排中層的那張床。從那個位置可以觀察到周圍發生的一切，同時保持適當的距離。白天的時候下鋪會被當成公共區域任人坐臥，上層又離天花板太近，很有壓迫感，所以中層的床是最好的。她總是愛開他玩笑，嫌他太容易被猜透，太一板一眼。

「對，老樣子，同一張。」他回答，頗為突然地站起身，但被薇薇搶先一步留意到蹊蹺之處。教授通常沒什麼行李，每次要搭車時，他都會把用不到的衣物留在莫斯科或北京下榻的旅舍。但此刻他的床位上不僅堆滿大包小包，還有一個攤開的箱子，裡頭裝了十來本書。

「我本來想早點和妳說的。」他開口。

「你要去——」她打住。

「我老了，孩子。遲早不能再像現在這樣旅行。」

「但距離那天應該還早吧，還有好幾趟旅行等著你不是嗎？」她說，努力掩飾顫抖的聲音。

教授笑笑。「很難說。我想，也許是該回家了，回莫斯科，讓我這身老骨頭休息一下。別擔心，我們一定還會見面的。每次火車進站時，我都會去月臺找妳。」

「家？你的家明明就是這裡。」薇薇不是故意要用指控的語氣說話。「而且你的工作怎麼辦？不寫書了嗎？大家都在期待你……」

「我的工作啊。」教授悠悠地說，而薇薇看見他臉上的疲憊。教授真的老了，但不該這麼快才對。「過去這幾個月我努力過了，」他接著說，「努力去理解到底發生了什麼事。但無論我有多努力，似乎都徒勞無功，所以何必還要繼續寫呢？若我腦中已經沒有東西了，再去提出那些假說、繼續高談闊論，又有什麼意義呢？」

「但……這不就是協會存在的用意嗎？」

教授不禁失笑。「唉呀，薇薇，妳把我們想得也太沒用了。我不是一直教妳，看事情不要只看表面嗎？」

「不，我不是那個意思——」

「我知道妳的意思，孩子，我沒有生氣。」他按了按眼角。「但妳也很清楚，有些事情變了，對嗎？」聞言，薇薇想起上一趟旅程那些破碎的記憶——那些她湊不起來的記憶碎片。有位男人在哭。有人用手指刮著窗戶，不停地刮呀刮的，刮到玻璃上沾了血。有人大喊她的名字。

「沒有，沒有什麼變。」她低聲回應。她所需要的一切，她所在意的一切，全都在這輛火車上。什麼都沒變。

教授搖了搖頭。「是這樣的話就好了。」

＊

車廂裡面越來越吵。拉小提琴的人演奏起一首吉格舞曲，一名英俊的金髮男子牽著妻子跳起舞來，另一對夫婦也接著加入，其他的乘客在一旁鼓掌起鬨，就連牧師也加入鼓噪的行列。第一晚總是如此。人們以為音樂與歡笑就能阻絕外頭的鬼影幢幢。

可是薇薇感覺得到，陰影正緩慢朝列車逼近。她得暫時離開這些喧鬧，去喘口氣，遠離乘客緊張的交談聲，遠離教授悲傷的笑容。「什麼都沒變。」薇薇方才這樣告訴他，但她說的不是實話。

生平第一次，她開始覺得，周圍這些銅牆鐵壁或許沒有那麼堅不可摧。

＊

火車上所有能藏身的地方，薇薇都一清二楚。有幾處對她來說已經太小了；有些地方她得和廚工搶，他們都想找個聽不見主廚怒吼的地方躲起來，睡個清靜的午覺；有些位置會被技工先占了去，他身上總有淡淡的菸味，經常在花園車廂歇歇腿、抽根菸，惹得車廂裡的動物躁動不已。也就是說，有時候，即便是在世界最大的列車上，也很難找到可以獨處的空間。不過，薇薇可是列車之子，所以她知道一個只屬於她的地方。

乾燥的儲藏室是儲藏米、麵粉和豆子的地方，涼爽無窗，其中一側被一格格疊得頂天立地的小木抽屜占滿，每格抽屜上都貼有俄文和中文的標籤，標明各種草藥、香料、茶葉的名稱，彷彿在等待興致勃勃的女孩將它們一一打開，聞一聞、嘗一嘗，裡頭有令她舌頭發麻的花椒粒，還有在她口中放火的香料。車廂裡還放有等待交易的商品，像是中國南方產的茶葉，很受莫斯科和巴黎沙龍歡迎。在玻璃油燈昏暗的光線下，這裡看起來就像座適合攀爬的小山，讓孩子難以抗拒。薇薇正是在某次這樣的探險中，在天花板上發現了一道活門。

那道門刷上了和車廂內裝一模一樣的顏色，藏得天衣無縫，讓人幾乎看不見它的存在，唯有剛好爬上下方箱子的人才會注意到它。薇薇起初不解那塊東西是什麼，直到看出這節車廂的天花板比其他車廂來得低後，才意會過來。她輕輕推開門，朝門後隱藏的空間看去，等雙眼稍微適應了黑暗之後，她恍然大悟。夾在假天花板和真天花板之間的，是個高度剛好可供一名成年人跪立的狹小空間，裡頭藏著的是更多的貨物——一桶桶、一袋袋、一箱箱，還有一捆捆的絲綢與動物毛皮。

被隱藏起來的祕密。走私。

發現祕密的快感令她興奮不已。薇薇耐心等候，暗地裡監視著，等到列車抵達莫斯科後，她目睹尼古拉．貝列夫和楊鋒兩名行李員偷偷從火車頂一扇藏得比活板門還隱密的天窗卸下走私物。她默默記下這項情資，像是在收集硬幣或某種獎勵一樣，和她陸續收藏的其餘情報一起收藏在心裡，以防哪天派得上用場。此外，更重要的是，她發現這裡是個旅途中沒有人會靠近的地方，其他人要麼不知道它的存在，不然就是不想引起注意。於是，這裡自然而然成了她的祕密基地，讓她能帶著一本從阿列克謝那裡借來的冒險小說，窩在毛皮裡，就著她帶去的燈籠散發的溫暖光暈，享受一個人的獨處時光。

然而，走私夾層在這趟旅程竟空無一物。貝列夫和楊鋒兩人也是沒有回歸列車崗位的組員，而現在看起來，他們並未將此祕密傳承下去。過去那些勾當的痕跡如今只剩下幾個空空如也的桶子和麻袋，以及當初不小心灑出來，此刻壓在她膝蓋下的一些胡椒粒。原本放在這裡的東西都消失之後，整個空間似乎沒有之前那麼舒適自在，而且奇怪的是，體感上似乎比塞滿東西時更狹窄了。薇薇突然間意識到天花板有多低，低到就快碰到她的頭，也注意到她帶來的燈其實照不到最深處的牆，讓那區看起來猶如一團蟄伏的暗影，靜靜等待時機進逼。儘管如此，這裡還是太適合藏身了，其他地方沒有一處像這裡如此隱蔽，適合沉思，尤其是最近事情越來越令人費解的時候。

薇薇爬向她藏寶箱的地方，藏在這就能確保不會被那些愛打探的助理乘務員和廚工發現。寶箱裡有一本《謹慎旅人指南：荒境篇》，是教授送給她的，當時她才七歲，根本就看不懂。第一頁有教授提的字：但可別謹慎過頭了。她用手指輕輕撫過褪色的筆跡，微微一笑。這本書是她這輩子擁有的第一本書。當時，她在拆開外包裝的牛皮紙後對教授說，自己不需要旅遊指南。教授直視她的眼睛，說這只是為了以防萬一——以防之後有一天他不在了。薇薇闔上書，吸了吸鼻子，又趕緊眨了眨眼睛。旅遊指南底下，壓著幾張泛黃的舊剪報，一張她襁褓時期一位畫家為她畫的素描，一張她的照片，照片敘述寫著那是她的五歲生日，下一張則是她的十歲生日。「列車之子，與守護她的監護人。」其中一張相片上題了這樣的字。照片裡的她身穿迷你版的列車制服，頭戴制服帽，努力想伸手抓上面的控制桿，一旁站著臉上一點笑意也沒有的列車長。沒錯，這張照片完美捕捉了列車長擔任監護人時的神韻——她沒有打算出手幫薇薇搆到那根控制桿，只會從旁看薇薇如何自己想辦法做到。列車長的行事風格一向如此：標準嚴格又不帶感情，卻總會陪在她身邊，永遠在場，隨時準備接住她。

那她現在人在哪？

列車長淡出眾人視線的速度細微到難以察覺。上一趟列車返抵北京後，在那難熬的頭幾週，多數組員都回到了離車站不遠的宿舍，又或是待在城裡的歌館或旅舍。原本的生活紀律鬆懈了，他們之間緊緊相繫的紐帶也鬆開了。原先順暢運行的齒輪漸漸卡住，直至停止。當火車即將重啟的消息傳來，薇薇深信列車長一定能讓一切重新步上正軌，卻萬萬沒想到，列車長在消息宣布後幾乎沒露過臉，就連此刻上了火車，她的存在也不過是列車廣播中一個失了真的聲音而已。

薇薇吸了一下鼻子，迅速將紙張摺好放回去，改拿出阿列克謝從莫斯科跳蚤市場買到的一本廉價平裝書，闔上寶箱，準備沉浸在海盜女王與海怪的故事裡。她把燈挪近了些，此時，遠方角落突然有個陰影晃了一下，把她嚇了一跳。「別想太多，薇薇。」她喃喃自語。「想太多，危險多。」——車上的人總如此互相告誡。話雖如此，她還是讓燈火燃得更旺了一些，好抵禦那片黑暗。

——沒想到，那片黑暗動了，像一聲低語那樣隱晦難辨。

薇薇僵住不動，等了幾秒。也許只是她的錯覺。第一晚的威力就是如此強大——能夠擾亂人的心智，喚醒最深層的恐懼。第一晚，你一定不能相信自己，也最好不要獨處。薇薇試著讓自己放鬆下來。

但那黑暗又動了。這一次它轉身，變出一張蒼白的臉，被更濃郁的漆黑環繞。兩顆黝黑的眼珠目不轉睛地盯著她。

「是誰在那裡？」薇薇一喊完便覺得丟臉，準備好迎接一名廚工跳出來，笑到流淚，然後跑回去向其他人炫耀他是怎麼把列車之子嚇到尖叫的。她自己就時常幹這種躲起來嚇人的好事，所以很清楚，年輕的組員會以膽子大小來衡量一個人夠不夠格，測試你能否面無表情地對著一張突然出現的駭人面孔無動於衷地道聲「晚安」，能否光腳踩到某隻在床下爬行的東西而不驚叫出聲。所以她保持靜止瞪回去。

時間彷彿突然慢了下來，凝固了。她的呼吸聲顯得異常之大，耳朵嗡嗡作響。

下一秒，那對眼睛消失了。黑暗中沒有臉，沒有另一個呼吸聲，沒有東西在動。整節車廂靜靜酣睡。

薇薇向後一坐，頹然靠在牆上，然後連忙爬下活門、回到車廂。此處什麼都沒有，只有第一晚的幻覺，只有她的想像，驚慌地碰咚直跳。

等薇薇好不容易回到自己床位躺下，卻整晚都沒睡好，屢屢遭惡夢驚醒。

早晨來臨

瑪麗亞被節制有禮的敲門聲喚醒。一名乘務員端著托盤進來，上頭立著一只裝著熱咖啡的銀壺，旁邊還有一個小盤子，上面放了一塊熱麵包。他將托盤擱在瑪麗亞床邊的小桌上，拉開窗簾後便退出包廂。她把眼睛閉了回去。咖啡的香氣讓她想起在家的早晨——聖彼得堡的老家。海鳥在窗外嘰嘰嘎嘎地叫，水面倒映著灰濛的北國晨光。她的父親應該老早就出門去工作室了，熔爐的熱度會把他的臉烤得紅通一片。至於母親，至少還要再一小時左右才會起床。假如瑪麗亞仔細傾聽，就能聽見侍女忙進忙出，還有老鼠在地板下竄動的聲響。

不過此刻傳進她耳裡的，只有列車行駛在鐵軌上的噹啷聲，走廊的腳步聲，以及隔壁伯爵夫人堅定的嗓音。此時感覺到自己正在移動是個奇妙的體驗；分明躺在床上，卻知道底下的大地正一哩哩向後疾逝。

一個念頭突然掠過她腦海：在另一個平行時空，此刻的她應該和父母在一起，一同在回家的路上。這是鐵路公司要求父親在北京開一間費多羅夫玻璃廠時，母親向他開出的條件。隨著發車班次越來越密集，車窗玻璃也需要更常更換，而且統統要換上當今世界上最堅固的玻璃。「這對我們家族來說，是莫大的榮耀。」父親如此說道。於是母親答應給他五年的時間，因為五年後瑪麗亞就要成年了，屆時非得回去聖彼得堡踏入社交界不可。在北京的那幾年，時間感覺流逝得很慢。他們聽從母親堅持，一家人住在北京的俄羅斯租界，因而能遠離火車奔馳的聲音；再加上他們搬來時是走南邊的路進入中國的（儘管南方的路相當漫長，某種程度上與穿越荒境同樣危險，只不過危險多半來自人為因素，所以相對來說還能忍受），種種措施讓母親將鐵路和那邪惡的荒境拋諸腦後。母親認為他們已就她開出的條件達成共識，但瑪麗亞始終懷疑父親是否也這麼想。他總是閃爍其詞，不願正面談及回俄羅斯的計畫，還會問她，難道她不喜歡住在如此國際化的城市嗎？反觀母親，老是噘著一張嘴，吩咐侍女們關上百葉窗：「我們的女兒太白太瘦了。」她時常嘟囔。「這裡的空氣對她的皮膚不好。」這時父親便會朝瑪麗亞擠擠眉毛，並輕咳一聲，好掩飾自己的偷笑。

儘管母親命她不准靠近火車機廠半步，瑪麗亞總是能找到機會溜過去，站在柵欄外仔細觀察那頭剛結束一趟旅程的龐然猛獸，看車身上滿滿的凹痕與刮傷，好像被可怕的怪獸爪子給攫過一樣，車窗玻璃也彷彿被許多隻無形的手給刮得凌亂不堪。她會搜尋父親下車的身影，遠遠看著他抬頭仰望窗戶，好似在評估玻璃受損的狀況。她也曾目擊父親的表情是如何在見到她的那一刻驟變，宛如拉上一道窗簾，遮掩底下的擔心和疲倦。但瑪麗亞知道，那些擔憂並不會因此消失，反而一年比一年沉重，連帶地讓父親待在機廠的時間越來越長，越來越頻繁地隨著火車一同上路。

*

身體的飢餓訊號讓瑪麗亞不得不起床，將餐桌禮儀擱在一邊，大啖起麵包和奶油。在一次成功壓下想用手背擦嘴的欲望之後，她突然意識到——其實這麼做也無所謂。這是她生平第一次一個人吃早餐，沒有家人相伴，沒有同行旅伴監護，也沒有女傭候在門邊。父母相繼去世後，雖然她留下了一小部分的傭人，但還是在出發的前一天將他們全部遣散。管家抽噎著勸她，不明白一名妙齡女子怎麼敢隻身一人踏上如此遙遠又危險的旅程，關心她到了莫斯科之後要做些什麼，擔心她父母在天之靈看到她如此落魄會怎麼想？瑪麗亞伸手拿起杯子。的確，她將從此失去她習慣的生活，失去她從小被教導要繼承的一切。鐵路公司解僱她父親後，費多羅夫玻璃廠不僅關門大吉，多年累積的聲譽更是一夕掃地，債臺高築。好險，在還清了所有債務後，家裡還剩下微薄的資產。現在又更微薄了，瑪麗亞心想。在買了頭等車廂的票之後。她很快就得想個辦法討生活。她大喝一口咖啡，不小心燙到了嘴，連忙把杯子放回杯托上，發出哐啷的聲響。先別想這麼多了。她不需要任何人，眼前的事必須由她獨自完成。一個人最好，只要有羅斯托夫伴她便足矣。他們倆在各自的旅程中一樣孤獨。

窗外，草原在淡藍色的天空下鋪展開來，朝遠方閃閃發亮、界線模糊的地平線延伸，連綿成一片平靜無害的景色，空無一物，甚至連影子都沒有。當心了，羅斯托夫如此警告謹慎的旅人，沒有無害的景色這回事。倘若你發現自己開始恍神，請將目光從窗外移開。

但羅斯托夫自己最終也走了神，不是嗎？他成了眾人的笑柄，成天活在幻想中。他的家人曾試圖讓他的書下架，不再流通，但是想當然耳，這樁軼聞反而讓銷量一飛沖天。可憐的瓦倫汀·帕夫洛維奇，你後來怎麼了？有人說他溺死在涅瓦河，有人說他淪落到貧民窟，也有人說他倒在街邊爛醉如泥，以為自己還在荒境流連忘返。

「打擾了，女士……」她的肩膀被人碰了一下。瑪麗亞吃驚地轉頭，一臉困惑地看見身後站了位年輕的中國男子，略長的頭髮從帽子下凌亂地探出頭來。「我敲了門，」他用俄語說，「但沒有回應，然後妳就開始消失了。」

不，來者不是男子，而是一名年輕女子，一位少女。少女退後一步，摸了摸自己的鼻子。瑪麗亞不確定自己剛才是不是睡著了，還是進入了半夢半醒的恍惚狀態。「消失？」

「喔，這是我們在車上的用語，用來稱呼那些看起來在恍神的人。我們得把他們拉回來。」少女說話有些魯莽，雖然可能是因為她俄語講得不好的關係，語氣不假修飾，發音也含糊不清，不像她這個年紀會有的聲音。瑪麗亞努力讓自己打起精神，接著隨即領悟，眼前這女孩想必就是「她」了。瑪麗亞曾經在報紙上讀到過，就是那位在列車上出生、鼎鼎大名的列車之子。雖然現在的她顯然已經不是孩子，不過看起來頂多也才十六歲。她一定就是張薇薇。

「沒事，我只是想事情想到出神罷了。」瑪麗亞說。只不過，她想不起來剛才在想些什麼，甚至根本不記得自己在想事情，而此刻的她感覺腦袋昏昏沉沉，轉不太過來。她瞥了一眼牆上的時鐘，震驚地發現竟然已經過了兩小時。

女孩順著她的目光看去。「這很正常。你會感覺自己好像睡著了，但事實上你清醒得很。這就是為什麼我們得仔細看好客人，因為人人都認定這種事不會發生在自己身上。妳不該一個人待在包廂裡太久，最好不要落單。」

少女的視線帶有一點評判的意味，讓瑪麗亞覺得不太舒服。「我知道，我在旅遊指南上讀過。」她說，對自己聽上去充滿防衛感到氣惱。

女孩聳肩。「不夠，光是用讀的還是無法想像那是什麼感覺，就連羅斯托夫也做不到，而他已經算是很會寫的了。其他人都是半吊子。」她用一種很得意的方式發出「半吊子」的音。「要是妳讀的是那些人的書，有讀比沒讀更糟。」

瑪麗亞忍不住笑了。少女的視線依然黏在她身上，臉上略顯擔憂，不過除了擔憂之外還摻了點別的什麼，彷彿她看出了瑪麗亞笑容背後的贊同，但不確定那是哪來的。

「謝謝妳的關心。」瑪麗亞說，小心翼翼地抹去臉上的情緒。「我會更小心不要『消失』的。」話是這麼說，可是過往的瑪麗亞早就消失了；在她自己精心安排之下。也許如今這個新的瑪麗亞會覺得要消失太容易了，因為她才剛誕生不久，還是進行式；因為她根本沒有活在當下。

「如果妳有興趣的話。」女孩順口一提，「我可以教妳一個祕訣。這比那些旅遊指南上寫的廢話有用多了。」

「我有興趣。」瑪麗亞說。「妳人真好。」

「妳可以隨身攜帶一些亮晶晶的東西。」薇薇說。「明亮、有一定硬度，能夠捕捉光線的東西，好比一小塊玻璃。」就算女孩有察覺到瑪麗亞的緊張，她也沒有顯露出來，只是兀自從口袋拿出一顆小彈珠，對著窗戶舉高，陽光照進彈珠裡的藍色小漩渦上。「亮度很重要。有些人覺得拿尖銳的物品戳自己比較有效，但在我看來，我們真的需要的是刺眼的東西。」她轉動手上的彈珠，光線時而散射時而穿透，在房間裡起舞。瑪麗亞的胸口揪了一下，一股令人心痛的熟悉感湧上。

「這個小東西能把人抓回來。」女孩說。「雖然我也不知道是怎麼辦到的。」

「玻璃是固態的煉金術，是沙子、熱能與耐心的結晶。」每當她父親有感而發時總會這麼說。「玻璃能捕捉光線、利用光線、摧毀光線。」

「但不是每個人都同意我的看法，很多人不信。」薇薇噘起嘴。「有人說鋼鐵更厲害，但我覺得他們只是迷信。」她直直看著瑪麗亞，彷彿想看瑪麗亞敢不敢反駁她的說法。

「人們不懂玻璃真正的能耐。」瑪麗亞回應。

薇薇把彈珠遞給她。「妳想要的話可以拿去。我那裡還有。」

她猶豫了一下才伸手接過。她很確定這是父親的手藝，儘管最近一次見到彈珠的印象是她兒時趴在地上玩耍的時候。她看出裡面用了一種父親慣用的技術，能讓彈珠裡的顏色貌似一直在動。「謝謝妳。」瑪麗亞說。也許只是出於心理作用，但當她捏緊那顆彈珠時，她覺得腦袋頓時清明了起來。

少女再次扭捏了起來。「我被吩咐來看看您是否有任何需要，因為您沒帶侍女。」

瑪麗亞咬住嘴唇內側，竭力克制不要展露情緒。她知道像她這樣的女性獨自旅行很不尋常，但她沒料到竟會被如此公然議論。她腦中浮現伯爵夫人銳利的眼神，乘務員私底下的閒言閒語。他們是不是覺得她很可憐？還是說，背後打著別的主意？好比說猜疑，或是不信任。

「你們真是太貼心了。」她小心翼翼地措詞。「是那兩位鐵路公司的紳士派妳來的嗎？」

「不是，只要有獨自旅行的客人我們都會這麼做。」她又搔了搔腿，抓了抓鼻頭。「有什麼我能效勞的嗎，夫人？」

瑪麗亞允許自己稍微放下戒心。眼下的狀況有點好笑，因為這個小姑娘怎麼看都不是做侍女的料，瞧她那身皺巴巴的制服和帽子下散亂的頭髮就知道了。「妳真好心，但……」她正準備婉拒時突然想到，這輛車上應該沒有什麼事能逃過這名少女，也就是列車之子的眼睛。或許，她能幫瑪麗亞的忙。「我暫時沒有什麼需要，但如果之後有的話……可以再找妳嗎？」

「需要的時候請儘管開口，夫人。」少女答允，口氣不是很熱情，然後轉身準備離開。

「其實，有件事我想問妳。」瑪麗亞突然迸出一句，讓薇薇又再轉回來。但也許是瑪麗亞口氣中有些什麼引起了女孩的戒心，因為瑪麗亞覺得她看見一抹警戒掠過女孩的臉。她盡可能地用輕鬆的語氣說道：「火車上一次運行的時候，妳也在車上嗎？妳知道，外面流傳了太多各式各樣的說法，讓人很難不好奇發生什麼事……外面的傳言是真的嗎？妳真的一點都不記得了？」雖然她說出這話時臉上帶著淺淺的微笑，但薇薇臉上焦慮的神情這回錯認不了。

「如果您有任何疑問，請直接和公司代表聯繫，他們會很樂意協助您。」少女回答，語氣猶如背誦事先演練好的臺詞。

「當然，沒問題。」瑪麗亞說。「我理解。」

但薇薇轉身離去前還是猶豫了一下。「抱歉。」她開口，這回的口吻聽起來比較像她自己。「我真的……真的不記得了。」

她離開後，瑪麗亞嘆了口氣，手肘撐上桌面。她套話的方法得再謹慎一點才行。她得拿出狡猾敏銳的一面，以及所有那些被母親告誡避免的行為。「眼睛不要瞪那麼大，孩子，眼珠都快從腦袋掉出來了……淑女不應該貼在鑰匙孔上偷聽別人說話……淑女不應該問這麼多問題。」但瑪麗亞依然繼續觀察，依然總是在偷聽。她翻出她的筆記本。她從小就會在筆記本上寫滿她對旁人的觀察：家人不經意吐露的真話、祖母機智的話語、大人們偷偷交換的眼神。她逐漸領悟人們往往心口不一。過去幾年，瑪麗亞開始將描寫的焦點轉移到這座新落腳的城市，留意它的怪異與新奇，捕捉它的日常與律動。當母親以為她乖乖待在房間，或是去拜訪同樣住在外國人租界區的其他女孩時，其實她都在街道上閒晃，探訪那些羅斯托夫認為不值得出現在《謹慎旅人指南》中的地方。現在，她便要好好發揮她的那套觀察能力。瑪麗亞翻開筆記本，翻到夾著一張信紙的那一頁。信紙幾乎一片空白，只寫了他們在北京的住址，還有幾個英文字：親愛的阿提米絲。那是她父親的筆跡。她第一千零一次展開那張信紙。阿提米絲，希臘神話中掌管狩獵的女神，也是荒境協會期刊上那篇遠近馳名的專欄作者化名。儘管期刊登載了各式各樣關於荒境的歷史、地理、動植物群的報導和文章，這篇專欄才是讓瑪麗亞——以及其他許多人——迫不及待下一期出刊的原因。這篇專欄關心的主題是知名乘客的八卦，以及鐵路公司內部的種種謠言，並不時穿插描寫窗外見到的詭譎景象。有人說鐵路公司氣急敗壞想揪出阿提米絲的真實身分，說他或她提出的這些批評擁有左右公司股價漲跌的能力，也有人說英國議會曾就專欄內容進行過一番激辯。

如此重要的一號人物。她父親究竟想告訴這位神祕的阿提米絲什麼？

瑪麗亞用手指輕輕撫過父親的筆跡。她僅有這一樣父親遺物，是在他的書桌下找到的，大概是公司的人來搜刮父親書房時不小心掉在地上遺漏了。熟悉的羞愧以及對自己的惱怒再度湧上。公司來搜刮完後，她再次搜索過整間房子，但什麼也沒找到，沒有他經常徹夜撰寫的那些報告，也沒有他在餐桌上靈感乍現，不顧母親抗議立刻提筆塗寫的筆記。她讓父親失望了。她沒能守護父親的心血結晶。

瑪麗亞確定父親是打算寫信向阿提米絲揭露真相。還是他早就已經說了？她很想朝父親、朝眼前這一小張他的化身大喊——「你為什麼不選擇告訴我就好？你想隱瞞的到底是什麼？」

答案一定就在這輛火車上。

接下來，瑪麗亞會徹底執行她一直以來都在做的事；她會觀察，她會聆聽，她會記錄。這位阿提米絲神出鬼沒，甚至可能早就躲起來了，但她還是有機會找出他或她的蹤跡，同時調查關於上趟旅途的蛛絲馬跡，查明這輛火車上究竟發生了什麼事。

瑪麗亞在指尖來回搓動彈珠。就算從高處摔下，這顆彈珠也不會摔破，因為它比外表看起來還要堅強。

她太快站起身，陌生的火車震盪差點讓她跌倒。她比外表看起來還要堅強。比她感覺的還要強。她對玻璃工廠裡的熔爐有印象，也還記得父親將玻璃伸入熔爐滾燙內部的身影。就是那個，那就是她所需要的：胸臆間那股滾燙，那座她體內自帶的熔爐。她得將雙手湊近內心的火焰，去感受那股令她毅然決然割捨過往，並引領她搭上這班列車的衝動。

形態與分類

亨利．格雷昨天夜半被胃痛痛醒，整夜沒睡好，早餐餐桌上沒煮熟的醃魚和味淡如水的茶也沒能使他的心情開朗起來。不過，圖書室車廂的氣氛倒是令他寬慰不少；書本的氣味迎面而來，厚厚的綠色地毯吸收了原本不絕於耳的鐵軌聲，舒適的扶手椅招手擁他入懷。整節車廂裡除了他只有另一個人，是位年長的乘務員，坐在牆上掛的一大張火車路線圖下方。格雷仔細查看一排排書架，略帶讚許地注意到自然史類別的選書品味很不錯，多半是英文書和法文書。他快速掃過一遍，如同每次進到任何一間書店或圖書館會做的那樣，試圖尋找書皮寫著他名字的那本書。有了，在這裡，在比較下層的書架——《論自然界中不同擬態的形態與分類》。他取出那本書，享受一下拿在手上的實感，回味他為了觀察花園中的蜜蜂而砸下的大把時光，躺在草地上，動也不動，只為了搶先證明其中有些根本就不是蜜蜂，而是食蚜蠅，也就是花虻——標準的弱者披上強者外衣，偽裝成高等物種的戰術。這種擬態行為不僅讓牠們得以躲過掠食者的捕食，同時也證明了物種擁有持續進化自身、逐漸朝上帝的形象靠攏的能力。他的學說廣受肯定，他也因此備受讚美，暫別他位於約克的鄉間小屋，受邀前往倫敦和劍橋任教。格雷閉上眼睛，回想置身教室的感覺，整間房間盈滿著期待，那些傾注在他身上的急切目光。他翻開書頁，翻到印有他名字的那頁，竟發現有人在他名字旁潦草地寫了——虔誠的傻子。

他啪一聲闔上書本。隨後，他瞥見吉哈爾寫的那本討論演化和變異的書，便將書從原本顯眼的位置上抽出來，塞去車廂最陰暗的角落。乘務員看著他動作，但沒說什麼。

一會後，圖書室的門開了，是阿列克謝·史蒂帕諾維奇。這位列車工程師的鬍子刮得乾乾淨淨，說是學生也有人會信。他看起來應該是位慵懶坐在教室最後方發呆，滿腦子幻想心目中引擎模樣的男孩，而非此刻一肩擔起整輛列車未來的工程師。格雷感到不太自在，趕緊別開視線。他聽見工程師交待了乘務員幾句話，用的是那套似乎在列車組員間很常使用的、混雜了好幾種語言的奇特混合語，接著便傳來工具箱物品晃動的哐噹聲。

格雷繼續瀏覽書架，終於找到他在找的那本書——《歐陸鐵路橋史》。他小心翼翼從外套口袋抽出一個信封袋，夾進書的第一頁。工程師之前跟他說那本書從來沒有人借閱過，東西藏在那裡很完美。格雷闔上書本，壓了壓，信封感覺讓書變厚了一點。這是他身上僅剩的最後一點錢了。

*

引導亨利·格雷找到這位年輕工程師的是上帝。五個月前，身心俱疲的格雷在走投無路之下，前往西伯利亞鐵路公司不友善的北京辦公室，踏著沉甸甸的腳步在走廊來回奔走，著急地想和有權做決定的長官說上話——某位願意聆聽他的處境，同意火車非得復駛不可的人，並且還要能夠理解為什麼對於像他一樣的旅人來說，眼下沒有能快速回到歐陸的方法是極為荒唐的事。但是整間辦事處都塞滿了互相推擠的激憤民眾，一扇又一扇辦公室大門在他眼前大力甩上。最有建樹的一場會晤是與一位低階職員的面談，職員問他為什麼不直接走原路回去就好。「既然您能大老遠為了一點小嗜好來到中國，」職員說，「想必不缺錢吧？」

他當下差點哭出來，很想一把揪住那人的衣領前後搖晃，但他的胃痛近來一天比一天嚴重，最後只能勉強撐起自己，跌跌撞撞地走出那間氛圍惡劣的小辦公室，結果他雙腿一軟，倒在了大理石地板上。

當他再次睜開眼，他看見一位穿著西伯利亞鐵路公司制服的年輕男子跪在他旁邊，一臉擔憂，手裡還拿著一杯水。川流不息的人潮從他們身邊擠過，對倒在地上的格雷視若無睹，只有這位年輕男子堅持陪他去外國人醫院。格雷在那裡度過了一段不是很安穩的睡眠。

在他半夢半醒之間，西伯利亞列車載著他深入荒境，停在一大片輕輕隨風搖曳的草海中央。有一道門在他的碰觸之下開啟，他跨過那扇門，步入寂靜與安寧之中，他知道，這是神造的空間；昆蟲群唱，交織成複雜的合音，壯麗的鳥群在空中徐徐轉圈，上千對撲騰的翅膀圍繞在他身旁。*這裡就是伊甸園*，他心想。伊甸園蘊藏的富饒形態，是上帝創造萬物的關鍵。

退燒後，他終於有力氣在床上坐起，醫生再三強調他得好好照顧自己。格雷熱切地答允，保證一定會認真照料自己的身心靈，因為這些都是神賜的禮物，也因為他的內在如今燃起了一股新的篤定。他頓悟了：荒境不只是抵達的手段，也不只是得忍受的危險，而是一項機會。

接下來的幾週，他一邊等待身體逐漸康復，一邊盡可能地大量閱讀他能找到的所有關於荒境的學術研究。可想而知，大部分都是協會那邊的資料，而他們採用的方法明顯過於外行——多半不過是臆測，外加幾篇沒被引用過幾次的文章，還有鄉下神職人員的投書。但是，除了這些貨色之外，再也找不到其他更科學也更嚴謹的數據。當然，荒境開始變異的初期，人類不是沒採取過深入內陸的探勘行動，畢竟那是人類的天性——想繪製地圖、收集資料、釐清狀況的渴望。然而，卻沒有一個人活著回來。於是很快地，所有研究行動便宣告中止。在那之後，西伯利亞鐵路公司在他們所謂的「製圖師」幫忙下，成了唯一有能力進出荒境的人類，而他們向來小氣地嚴加守護他們在那裡發現的事物，只願意在他們自己發行的學術期刊上放出一些沒用的碎屑。*我們鐵定錯過了什麼發現，*格雷心想，*錯過多少學習和理解的機會？這種躲躲藏藏的態度，對人類的科學發展又有什麼好處？*

他開始醞釀一項計畫。與此同時，他也找到了先前救他的那名職員，驚訝地發現他竟然是西伯利亞特快車上的工程師。他用幾瓶雪莉酒以及針對火車力學原理的討論，贏得了工程師的信任。

格雷向阿列克謝闡釋他的觀點。他認為荒境中一定有能用來支持他擬態假說的證明——因為在那裡，萬物努力朝著更完美的形態演化。他試圖用簡單的話來解釋，好讓工程師能聽懂——荒境的存在，只有一種方式能理解，那就是：荒境是上帝用來教誨人類的一張巨型畫布。荒境就是新的伊甸園。

不消說，格雷花了好長的時間才終於讓工程師接受他的觀點，在那之後又花了更長的時間才說服他同意應該採取行動。這位年輕人對公司是多麼的忠誠啊，然而公司不過把他當成大機器的一個小齒輪，把他的才華視為理所當然——他還能做到更多，不是嗎？他難道看不見自己大有可為嗎？

只要他們兩個聯手，就能扭轉人類對世界的看法。「我們的名字會被後人記住。」他對工程師說。這不是人人夢寐以求的事嗎？不被後世遺忘，不只是帳本上的一行字，不要讓人生的總值只是自己為了讓別人發財而浪費的力氣。

這番話打動了工程師；格雷看見他眼底的覺醒。隔天，阿列克謝到格雷住的地方找他，興奮地說自己找到方法了——他想到該如何讓列車暫時停下，讓格雷有時間溜出車外，採集他需要的生物樣本。而就這麼湊巧，就在同一天，總公司正式宣布列車即將復駛，且抵達的日子剛剛好能趕上參加莫斯科萬國博覽會。更多的證據證明（如果還需要更多證據的話），他們的計畫背後是受到上帝祝福的。

*

格雷將書塞回書架上，踱步走向其中一張桌子。他聽見工程師開始收拾工具箱，彷彿突然想看看書似地走向書架。格雷小心克制自己不要抬頭看。不久後，他聽見車廂門關上的聲音。等他總算抬頭望去，發現《歐陸鐵路橋史》已經不在書架上了。一陣溫暖、勝利的感覺油然而生，他任憑這股感覺沖刷自己。行動要開始了。沒錯，前方是有許多未知的挑戰在等候，但等時間到了，他自然就知道該怎麼處理了。神將會指引他。信仰與他同在。格雷開始幻想他的理論要取什麼名字。格雷的萬物哲學……不，不好，聽起來太自大了。伊甸園新論……這個好像還不錯……

他從白日夢醒過來，只見那位年輕的寡婦——瑪麗亞？——進入圖書室，向乘務員詢問著什麼，而乘務員全神貫注地站著聆聽瑪麗亞的問題。

「……但你們怎麼能確定火車安全無虞？」她問。「車廂門真的有那麼堅固嗎？還有玻璃，你們真能確定那些玻璃能夠阻擋……一切嗎？」她用扇子對著臉搧了搧風，乘務員的背挺得又更直了些。格雷輕嘖了一聲。

「沒有東西進得了那些門，夫人，您絕對可以放心，不管是地表最凶猛的生物還是最會撬鎖的竊賊都一樣。這臺火車比世界上任何一間銀行的金庫都還堅固……」

「沒有東西進得了那些門，除非你湊齊兩把專用的鑰匙和一組每趟旅程都會更換的密碼。」工程師曾告訴他。「但我知道有個方法應該能弄到手……若是以前，機會恐怕很渺茫，但現在？我想能成。」

當然，踏出火車門也只不過是開始而已。

「……我還能保證，夫人，列車所採用的這些玻璃，就算遇上地震也不會有絲毫損傷。」

「但之前的確出過事，不是嗎？就在上——」

「絕對不會再發生第二次，夫人。我們已經找出了責任歸屬人，很遺憾，他當時的狀態並不好。現在，我們有了新的安全手冊——」

格雷刻意咳了一聲。再怎麼說，這裡可是圖書室啊。

「抱歉。」年輕寡婦說，格雷朝她擺了擺手。這個早上他不介意當個寬宏大量的人，因為他的光明未來已在不遠處向他招手，等著他過去。他十指指尖互觸，雙手拱成一小座尖塔，凝視窗外的草原，大地在如此寬闊的藍天下是多麼充滿希望。他幾乎能感覺土地在他腳下開展，微風吹拂髮絲，奇蹟就在咫尺之處，等待他一探究竟。格雷從外套口袋抽出一本筆記本，翻閱畫有手繪地圖的那幾頁，這幾張地圖是他照著工程師好不容易替他弄到手的地圖仔細謄過來的。每一幅地圖都仔細標了註記，但只有一幅打了星號，並且用紅筆畫了一個圈。*這裡*。在整段悠長的鐵路中，經過深思熟慮，他決定就是這裡。

「你們看！那是什麼？」對面的窗戶邊，年輕寡婦喊道，絲毫沒有要壓低音量的意思。格雷惱怒地嘆了一口氣，但還是忍不住轉頭去看。起初，他以為那是一塊白裡透紅的岩石，就臥在鐵軌旁邊，可是它會動——不，是它的表面在動，好像是活的一樣……他猛地站起，大步走到窗前，寡婦雙手貼在窗戶玻璃上。

「那是一輛火車。」她低聲說。

不，格雷心想，*那**曾經**是一輛火車*，雖然翻覆了，車身也鏽得很嚴重，但依然看得出引擎與車廂的形狀。不過，它現在完全成了另一種東西：一大群狀似螃蟹的生物寄居其上，蒼白的軀體彼此交疊，在火車表面亂爬亂竄，所以才讓那堆破銅爛鐵看起來格外詭異，宛如具有生命。

「您最好別看。」乘務員說。「如果真的忍不住，最好抓穩旁邊再看。」

「那輛火車怎麼會變成那樣？」格雷把手伸進胸前口袋靠近心臟的地方，抓住他放在那裡的鐵十字架。他越是盯著那堆殘骸看，就越覺得那些生物是依據某種規律在移動，就像蜂窩裡的蜜蜂繞著女王蜂轉一樣。

「火車剛通行的時候並不是每次都很成功，發生過好幾次事故，也脫軌過……他們不得已，只能把火車留在那邊，久而久之嘛，嗯……」

「你都不會怕嗎？」寡婦的聲音有些顫抖。「在這裡工作，不得不看見這些景象。你是怎麼撐過來的？」

乘務員搔了搔下巴，但視線沒往窗戶外看。「久了就習慣了。」他不是很篤定地說。

「真怪，」寡婦說，「我明明讀了那麼多關於荒境的書，卻怎麼也想不到……這可真是當頭棒喝，提醒了我們終究是人類，讓我們意識到自己……」她的語音漸弱，沒再繼續說下去。

提醒我們出錯會有什麼下場，格雷心想。

角落的陰影

薇薇的一天總是在忙個沒完的雜事與吼個沒完的指令中度過。永遠有新的任務要完成，地板要掃，黃銅要擦，遺失物品要找到，還有乘客得叫醒、得叮嚀幾句。與乘務員、行李工、司爐工、駕駛和警衛不同，她在火車上的職責範圍始終很模糊；這一點在任務無止境增生時可能很煩，但有時也相當好用，讓她有藉口在火車上任何地方溜進溜出，總能聲稱自己是在為某人跑腿。此刻，她的思緒飄忽不定。*昨天晚上她看見的東西是什麼？*沒什麼，不過是光線作怪罷了，跟乘客一樣神經兮兮。*還是是她的腦袋在作怪？*還有好多托盤要拿去頭等車廂，好多用過的碗盤要洗。*黑暗中有眼睛。*她在餐車撞上了一位乘務員，把茶灑到對方制服上，還忘記去後勤車廂取乾淨的床單。她招了乘務員不少咒罵，就連安雅．卡莎莉娜也怒吼她怎麼這麼不小心，高舉長杓把她一路趕出廚房。

組員休息室的牆上掛著一張大海報，是一位穿著總公司制服的年輕男子，表情開朗地說：「*感覺怪怪的？記憶力變差？請盡速就醫！*」薇薇低頭匆匆走過。「別吵。」她對海報說。可是，瑪麗亞．佩卓芙娜那天稍早的話語始終在她腦海流連不去：「妳真的什麼都不記得了嗎？」

＊

過去也曾有幾趟旅程發生過車上所有的人意識混沌、記憶模糊的狀況。有一次，一股令人疲憊的睡意忽然籠罩整列火車，乘客們一頭栽在餐盤上沉沉睡去，組員們也在各自的崗位上呼呼大睡。狀況持續了好幾天，只有司爐工是清醒的，持續為引擎的無底胃加火添煤。醫生對列車長說，據他推測，應該是鍋爐的高溫讓他們逃過一劫，沒受到侵襲其他乘客的神祕睡意影響。但是，組員之間私下都認為荒境是故意的。荒境沒讓司爐工睡著，是因為他們要負責餵飽火車，而火車就跟荒境一樣欲壑難填，荒境能感同身受。「它在火車身上找到某種親切感，我敢說一定是這樣。」安雅．卡莎莉娜很信這些神神祕祕的東西——但她絕對不會在烏鴉聽力所及的範圍內提起。在那趟旅程中睡著的人，全都做了同一個夢，他們夢見自己在雪地中行走，卻沒留下任何腳印，而且黑暗中有雙眼睛盯著他們看。還有另一趟運行，火車上所有人都被一股在牆上作畫的衝動所支配，在車身留下一幅幅他們聲稱從未見過的奇怪生物圖像。總公司費了好大的勁封住所有人的口，並且迅速處理掉那些大嘴巴的組員。

但是上一趟旅程與以往都不同。*妳真的什麼都不記得了嗎？*

記憶應該存在的地方只剩下一片空白。然後，就像是從一場無夢的睡眠中醒來，發現他們已經抵達了長城下的守夜哨，驚見車上每片鏡子都碎了，原先光滑的木頭牆面被刨出螺旋的弧度。薇薇揉了揉右手掌上凸起的疤痕。部分乘客始終不見好轉——他們的心智碎裂成一片片，就跟玻璃師傅曾經做給她的萬花筒一樣，圖樣千變萬化，大腦無從辨識。列車尚未抵達北京，三等車廂已有三名乘客身亡。

她突然停下腳步，怒瞪著海報中燦笑的人。不。她的腦袋才沒有問題。儲藏室裡絕對躲著什麼東西，不屬於那裡的東西。不屬於那裡的人。

要是平時，這種時候她就會去找教授，知道即使夜深了他也一定還醒著，窩在車廂內最後一盞還亮著的燈下看書。薇薇知道他會全神貫注聽她說話，不會打斷她或嘆氣或頻頻瞄向時鐘，而當她開口向他傾訴，無論她剛才的煩惱是什麼，都會像焚香一樣煙消雲散。他絕對不會對她說天花板上什麼都沒有，薇薇心想——教授會主動陪她一起確認。

但這一次，薇薇沒去找他。假設他很快就要離開，那麼她得從現在開始習慣才行，做好以後身邊沒有他的心理準備。

她甩甩頭，將這個念頭逐出腦海，從休息室拿出一個水壺裝滿水。以防萬一。她從其中一張桌子上拿了一塊麵包塞進外套口袋。就在這時，她感覺腳踝處傳來一道壓力，低頭一看，發現迪瑪正一臉希望地睜著那對大大的琥珀色眼睛仰望著她。

「貓咪是不吃麵包的。」薇薇對迪瑪說。儘管她知道，只要是吃的，牠都樂意嘗試。薇薇蹲下來撫摸牠那身濃密的灰毛，感覺牠在她手掌下發出令人安心的呼嚕聲。小偷渡客，她在心裡默默地說。他們是在組員餐車發現迪瑪的，五年前，就在他們剛駛出莫斯科不久後。那時的牠骨瘦如柴，狼吞虎嚥吃著掉在地板上的食物。那趟旅程格外艱辛——狂風暴雨，危機四伏——但這隻貓卻在火車上平靜自如，老神在在，就像在自己家一樣自在。雖然列車長很不高興竟然有動物溜上車，但就連她似乎也被迪瑪迷住，經常看著牠在走道上追著光線跑的身影。其中一名廚子幫他取了名字，名叫迪米崔——暱稱迪瑪——這是那位廚子的舅公的名字，她說小貓眼中貪婪的神情讓她想起他。

「你也想幫忙嗎？」薇薇問。迪瑪用臉頰蹭了蹭她的手背。

＊

列車長——至少他們印象中的那位列車長——格外小心防範偷渡客。過去曾經有過一些，一些即便可能遭罰天價罰金也願意奮力一搏的人，那些渴望到願意鋌而走險的人。薇薇遇過一次，就在她還只有五、六歲大的時候。當時正值冬季，鐵軌埋在雪裡，車窗被冰霜劃出一道道刮痕。那時列車剛起步，連長城都還沒出，她正在行李車廂裡玩，卻發現裡頭躲了一個男人，蹲縮在一疊防水布下面。那個男人身上滿是酒味及汗味，薇薇就是這樣發現他的。她翻遍層層布料，想找出這外來氣味的來源。即便她還小，她也知道那個東西不屬於這裡。薇薇至今仍記得他的手指抓住她手腕的感覺，記得他呼出的臭氣。「我不在這裡。」他低聲說。「聽懂沒？我不在這裡。」然後他掀開外套，讓她看見裡頭反射的刀光。

薇薇直奔去找教授。她也許年紀還小，但分辨一個人到底在不在的能力還是有的。她也知道刀子無法讓人隱形。教授抱起她直衝列車長室，氣呼呼地質問怎麼可以讓一個孩子遇上這種危險。

消息傳開後，其他組員紛紛視她為英雄。乘務員大讚她是個勇敢的女孩，廚師多送她一份甜點，安雅・卡莎莉娜將她摟在懷裡，叫她下次不要再做那麼危險的事。

他們不願意告訴她那個男人最後怎麼了。他是壞人，他們說。竟然不付錢躲在火車上，簡直跟偷竊沒兩樣。他就是個小偷。

一直要到很久以後，薇薇才終於得知真相。他們沒有等列車開抵長城再遣送他，而是當下就把他推進了雪地裡。這樁結局，是貝列夫和楊鋒，那兩位偷偷幹著走私勾當的組員，在某次出發前的休整空檔告訴她的。他們喝了很多酒，等待的閒暇時光讓他們開始吹噓，懷念起往日時光。他們告訴薇薇他們是如何打開車門想嚇唬他、教訓他一頓。冬天的火車開得很慢，推著雪緩緩前進。

「但你們是怎麼打開車門的？」她永遠都不確定他們倆的話到底可以信到什麼程度。「沒有人有鑰匙。」

貝列夫笑了。「小妹妹，妳應該比誰都清楚才對，在這臺火車上，你能得到任何你想要的東西。如果你真的想要，有得是辦法搞到鑰匙。」

她看了看貝列夫，再看了看楊鋒。「那後來呢？」

「我們幫大家省了時間和力氣。我們伸張了火車上的正義。」楊鋒擦了擦嘴說。貝列夫哼了一聲。「這些事列車長都知道。」

事情的經過就是這樣。正是火車上的正義，將身上帶著刀子的男人送進了天寒地凍的黑夜裡，不知何處是何方。是火車上的正義，將他從列車日誌和行車報告中抹去，沒有留下半點蹤跡，彷彿他從未登上過這班列車。一想到他身上只有那件看起來補了又補的外套，一個人待在冰天雪地裡，她不禁打了個寒顫。自那之後的每一趟旅程，薇薇都會想起他。

＊

迪瑪通常不被允許進入儲藏室，所以薇薇花了好幾分鐘才把牠哄離那些新奇的氣味和可以蜷縮的小角落。最後，她乾脆一把抱起牠，艱辛地爬上通往天花板隔層的簡易梯子。她放下油燈，屏息以待。儘管車廂裡很溫暖，空氣中卻瀰漫著一股潮溼感。平時熟悉的靜謐不再，取而代之的是某樣移動的東西突然靜止的感覺，有什麼事情準備要發生。她的肌肉繃緊，懷裡的迪瑪也靜止不動，爪子緊緊壓著她制服底下的肉，耳朵向後豎起，鼻頭一抽一抽的。接著，牠開始發出從腹部湧上的那種低沉咆哮，警告意味濃厚。

薇薇慢慢把貓放下。「那是什麼？」她低聲問迪瑪。「你聞到了什麼？」牠高拱著背，背上的每一根毛都豎了起來，耳朵緊緊貼著腦袋。牠和她一樣都不願再靠近那片陰影半步。

她可是列車之子——她什麼都不怕，才不用像小時候那樣奔去找教授。要是這裡真藏了個壞人，她會把他揪出來。偷渡的人就跟小偷一樣壞。偷渡者必須接受火車的正義制裁。她把燈舉在眼前，緩緩向前移動，讓光池逐漸深入角落。

絕對有東西躲在遠處角落，那附近如今還放著幾個老舊的大桶子。那邊有一個比周圍更深的陰影維持著同一個姿勢不動，它的姿態和迪瑪一樣緊張，宛如一頭被逼入絕境的野獸。

「你可以出來沒關係。」她用中文說。「我這裡有……麵包，和水。如果你肚子餓的話，我可以幫忙……」

一片寂靜。她又重複了一遍，這回改說俄語。

「麵包裡面有堅果……昨天才出爐的喔。」

陰影依然靜止不動，看上去純粹只是陰影。薇薇大嘆一口氣，很慶幸她沒對阿列克謝亂說什麼。他絕對會嘲笑她一輩子。她傾身向前準備拿回油燈——

——那塊陰影竟然動了一下。遠處傳來什麼東西在滑動的聲音，飄出一股潮溼腐爛的氣味。她腦海中的偷渡土匪身影開始扭曲，刀光的影像在黑暗中碎裂，但她無法將這些碎片拼湊回合理的圖像，她的腳不聽使喚。反觀懷裡的迪瑪連連尖聲喵叫起來，薇薇從來沒聽牠發出過這樣的聲音。陰影就快向她撲來，她卻只能手足無措地蹲在那邊，呼吸粗重而急促——

——陰影開始變形，捏出了一雙手、一雙腳和一張臉，臉部浮現高高的顴骨和一對寫滿警戒的眼睛，滑動的聲音也變成了絲綢的摩擦聲。

結果陰影不是土匪，也不是野生動物，而是一位少女。她身上披著藍色絲綢，頭髮散亂地垂在肩上。出乎意料的一幕遠超過了薇薇事先所想像的各種可能，讓她向後一跌，摔坐在地上。

迪瑪嘶地一聲，一溜煙消失在活板門下，留下薇薇和眼前的偷渡少女大眼瞪小眼。她的打扮讓她看起來比薇薇成熟，但等薇薇定睛一看，雖然很難百分之百確定，但她覺得對方應該跟她差不多大。她想仔細凝視女孩的臉，卻發現比想像中困難——女孩打量薇薇的方式讓她的脖子在制服領下發癢。她不習慣被人如此近距離關注；她習慣當觀察的那一方，而不是被觀看。

偷渡少女用俄語說：「妳也在逃跑嗎？」

「我為什麼要逃跑？這是我家。妳現在是在我的火車上。」薇薇說，很訝異自己的語氣聽起來充滿防備。

女孩鄭重地點點頭，手掌心貼上地板，彷彿在消化薇薇是此處所有者的資訊。「妳身上有水。」她說。她不是在發問，而是陳述事實，彷彿眼前發生的一切正如她的預想。

薇薇把水壺遞給她，女孩用雙手抓住，咕嚕咕嚕地大口喝下。薇薇等了一下才開口說：「妳決定要偷渡前，難道沒想過口渴的問題嗎？」

女孩直勾勾盯著她看，眼睛眨也沒眨一下，讓薇薇不得不承認對方確實有兩下子——她過去從未輸過任何一場眼神交鋒。最後，她從口袋掏出麵包，女孩從她手中搶過，然後轉身往更深的角落爬去。薇薇舉起油燈，看見一處類似巢穴的空間。

「妳一個人嗎？」這是她能想得到的第一個問題。她的大腦無法組織出其他的問句。

女孩點點頭，表情難以捉摸。

「妳是——」薇薇開了口卻又打住。眼前發生的事遠遠超出了她的想像，一時半刻難以消化。身上帶著刀、嘴巴上耍狠的男人可以理解，以武器和咆哮形態出現的危險也可以被處理、被對抗，然而這名孑然一人的少女是一種截然不同的危險。薇薇知道眼前有條她不能跨越的線。

「妳是怎麼溜上車的？」她改口問。「怎麼會不被發現？」

女孩遲疑了一下，說：「因為我很小心，又安靜不動。因為我不是他們在找的東西。」她的俄語怪怪的，有點呆板老派，好像在找尋很難想到的詞語。「但妳總得吃東西，也得喝水吧。」薇薇說。「妳一定知道這趟旅程要開多久，不可能永遠不吃不喝。妳難道不覺得這麼做很危險嗎？如果被人發現怎麼辦？」

女孩聳聳肩，這副模樣令薇薇感到不安，但她也說不上為什麼。「妳會幫我。」

薇薇將雙臂交叉在胸前。「如果我不願意呢？」

女孩意外地露出一抹微笑。「我覺得妳想幫忙。我覺得妳很會說謊，而且我覺得妳很聰明，因為妳帶了一隻貓來確認我到底存不存在。那些男人絕對想不到這個方法。」

「那些男人——」薇薇又打住。這名偷渡少女倒是觀察入微，跟表面上看起來不一樣，的確是有備而來。而且她的目光自始至終未曾離開過薇薇的臉。

太不尋常了，應該要立刻去向列車長報告，甚至連考慮都不應該考慮。組員對列車上的規章清楚得很，知道任何包庇偷渡犯的人會有何種下場：關禁閉，並於列車到站後立刻開除。規章中明令要求，列車全體工作人員必須對火車——對總公司——展現絕對的忠誠。*列車長呢？她對火車的忠誠去哪了？她把組員拒於門外，憑什麼要薇薇跑去找她展現忠誠？在她消失、不在的時候？*

「我會繼續帶水來給妳。」薇薇緩緩地說。「還有吃的，但我必須小心，不能帶太多，否則會被人發現。所以妳得乖乖待在這裡，躲起來。妳得答應我。」

女孩歪頭，好像在考慮要不要接受這項提案。「我會待在這裡。」她說。

薇薇點點頭，腦袋瞬間湧現她所有想問的其他問題。她選了一個最簡單的：「妳願意告訴我妳的名字嗎？」

女孩默不吭聲。

「不是真名也沒關係，如果妳不想說真名的話。我叫薇薇。」她把一隻手放在胸前，這是她從其他大人那裡學來的，他們每次對小孩說話都會這樣。大人和她說話時就經常這麼做。

女孩別過視線。「伊琳娜。」她終於開口，而薇薇心想：她在說謊。

＊

薇薇把油燈留在夾層，然後爬下活板門。「我很快就會回來。」她說，女孩點點頭，雙臂抱著膝蓋目送薇薇離去。

薇薇快步走回組員休息室，很確定自己現在一定滿臉內疚。那名偷渡客一點都不危險，她對自己說，她只是個少女，受到驚嚇、孤伶伶的少女。一定是發生了什麼可怕的事，才逼得她不得不冒這麼大的風險偷溜上車。不，她沒有對火車不忠——她自己也受過火車的保護，所以這次輪到她保護別人了。她會給女孩一些時間，等她自己和盤托出到底發生什麼事，講出她為什麼要逃跑，以及要逃去哪裡。

薇薇想得太入迷，以致當身旁的窗戶突然傳來一聲重擊，她忍不住飆出一句組員們會講的髒話，同時向後一彈，剛好撞上一位路過的廚工。

「有爬蟲！」那名廚工指向窗戶大喊。車窗玻璃外出現一隻餐盤大小的生物，纏繞在鐵欄杆上，牠的腳瘋狂地敲打著玻璃。牠的背上有殼，但底部沒有，淡肉色的腹部裸露在外，中間裂開一張嘴，以紊亂的頻率不停地一張一闔。廚工緊緊抓住薇薇的手臂。此時，又有另一隻掉到鐵欄杆上，然後又一隻，很快地整片窗戶都覆滿了一條條不停敲擊的腿和一張張不停開闔的嘴巴。

「牠們一定是從車頂上掉下來的……」話雖如此，但通常，這些生物只會待在廢棄的列車殘骸上，至今從未出現在行進中的火車上。

「我來通知槍手！」廚工興奮地大喊，蹦蹦跳跳跑向對講機。

薇薇朝窗戶挪近。外頭的生物數量已經多到牠們抓不住欄杆，一隻隻被吹離車體，腳也縮回殼中。一會兒後，幾聲槍聲響起，一隻隻淡肉色生物從車頂落下，撞到窗戶玻璃上。薇薇往臥鋪走，等她抵達時，助理乘務員正在吵鬧地打賭，賭每一扇窗戶會掉下幾隻生物。

「薇薇，妳要不要也來賭一把呀？」其中一人對她喊，但她搖了搖頭，爬上她睡的上鋪。一定是窗戶上那些生物的模樣害她如此心神不寧，她心想，不是躲在天花板夾層的偷渡少女。然而，她腦中還是不由得浮現羅斯托夫的話：還有什麼東西藏在我們看不見的角落？她已經選邊下注了，薇薇心忖，雖然還只是一股模模糊糊的感覺，就像天氣的轉變一樣。一項轉變有多關鍵，總是得過陣子才真相大白。

THE CAUTIOUS TRAVELLER'S GUIDE TO THE WASTELANDS

第二部

第三天至第四天

列車自北京出發三天後，自然界的一大絕景便會自地平線的邊緣浮現，像座海市蜃樓般，在夕陽的最後一點餘暉中閃耀著光芒。那是貝加爾湖。長約六百四十公里，至於深度呢，有人說足足深達一千五百公尺，是目前人類歷史已知最古老的湖泊。列車會沿著湖邊飛馳好幾個小時，駛到月亮高升，在水面灑下銀光。望著它，你很難不去想像湖面下有多漆黑，以及在那光線無法企及之處可能住有哪些生物。且讓筆者給諸位謹慎的旅人一個忠告：小心別盯著看太久。

為了開採礦脈，人類曾在這座偉大湖泊進行巨型水力工程。到了十八世紀晚期，金礦開始漸漸枯竭，有工人表示湖水出現異狀，說是在湖面下看見不明的陰影，可是沒人相信。不被採信的還有其他地方的居民：有人發現家禽出現奇怪行徑，空氣飄散著一股怪味；有人看見大批昆蟲成群結隊，鳥兒在農莊上方的低空盤桓。映照在水面上的陽光不尋常地燦亮。

有人說是因為人類從大地巧奪豪取了太多東西，大地才會變得終日飢渴。它舔舐各大帝國經年累月灑下的鮮血，吮啃長年以來被棄置的獸骨人骸。大地逐漸愛上死亡的滋味。

《謹慎旅人指南：荒境篇》，第二十二頁

貝加爾湖

亨利．格雷在腦中努力回想約翰．莫藍的一首詩，他記得其中有幾句是這麼說的：倒映於水面，於天際／祂那光輝之心。不，不對，不是這樣。他好像快想起來了，是水面映照著天空……他曾經背得滾瓜爛熟，這首詩是他在野外行走的良伴。水面如鏡，映照祂那光輝之心，他默念。不，還是哪裡怪怪的，但姑且就先這樣吧。此刻的天空像個淡藍色的碗，偉大的湖就在前方，若隱若現地躲在遠方的霧氣之後。格雷貪婪地想將一切盡收眼底，恨不得自己能再靠近一點。他看見窗外一群長著翅膀的昆蟲似乎聚成一圈，慢吞吞地兜著圈子飛。是狩獵的隊型？他拿出磨損得厲害的筆記本記下這個疑問，然後翻閱先前寫下的問題。文字旁邊擠了一堆素描，好像他沒空翻新的一頁似的。他舉起他的雙筒望遠鏡，仔細端詳湖岸附近的白樺樹，蒼白樹皮上形狀酷似眼睛的皮孔似乎在回看著他，彷彿一道道追著火車前行的目光。他十分確定有一隻眼睛眨了一下，但是當他將望遠鏡對準它們時，每一隻眼睛都睜得大大的，而且文風不動。他甩了甩頭，但還是在筆記本上記下：它們也在看嗎？

＊

格雷原以為能獨自享受向湖泊奔去的美景，沒想到一群紳士走進，在遠處窗前的沙發椅上舒舒服服地抽起雪茄，吐出的煙霧盤桓繚繞在臉部周圍，擋住了窗外的景色。他們針對湖的長度和深度高談闊論了一番，但沒有一句是對的。格雷為了避開他們而調整了一下椅子的方向，但效用不大。

「格雷博士，你今天看起來若有所思呢。要不加入我們，跟我們這群孤陋寡聞的人分享你在想些什麼，如何？」搭話的人是那位年輕的法國男子，妻子很漂亮的那位。他未等格雷答應，便擅自指揮起抽菸的夥伴，騰出了一個位子。「我剛剛才在跟男士們聊起你，說車上有位學識淵博的科學家，你竟然就出現了。也許博士願意給我們上上課？我們正在討論一個……該怎麼說好呢……個形而上的悖論。」

「俄國人最喜歡的那種悖論。」一位身材魁梧又蓄著絡腮鬍的中國男士補充道，他的英文出乎意料地流利。

「我們正在爭辯一項事物的危險是否會有損它的美麗。就好比說這座湖。」拉封丹用下巴指指窗外，但視線仍落在格雷身上。「它的美麗值得出動世界上最偉大的畫家去描繪，但它又是如此地有害，如此不淨……」

「我們無法確定湖水真的有害。」有人出言反駁。

「荒境裡的一切不都有害嗎？」

「不一定吧，這取決於你怎麼定義有害，而且除非我們真的相信鐵路公司的說法，相信他們真的曾派人去檢測，否則無法百分之百肯定——」

「那退一步來說吧，土地。」拉封丹打斷他。「我們至少都能同意，*這片土地對人類有害*。但同時，我們也能覺得它很美。」他雙臂大張地說道，身旁的男士紛紛低聲表示認同，唯有一名弓著背縮在沙發椅上的教士顯然不以為然。格雷知道他的名字是尤禮．佩托維奇。

「所以問題依然不變：事物蘊含的威脅會削弱它的美嗎？難道天鵝比老鷹更迷人，而溫和的鯨魚比嗜血的鯊魚更壯觀？」

這話題壓根不值得浪費脣舌，格雷暗忖，但他還是併攏指尖，對這番老生常談擺出一副深思的樣子。

「美麗自然是很主觀的。」他開口。「但是，只要是上帝創造出來的，一定都是美麗的，無論是最低微、常見的生物，還是最稀有的那些。身為一位科學家，以及上帝的子民，我認為，不論無害或危險，都不會改變生命壯麗的本質。這座湖——」他望向窗外，瞥見一抹銀光閃現，映出了一棵樹的輪廓。「對於闖入荒境的人類來說，這座湖也許足以令人致命，但我們又怎能保證湖裡沒有生生不息的生物悠游其中呢？」*湖水乃天堂之鏡*——還是是這樣說的？他感覺正確的詩句就卡在嘴邊，差一點就能構到。

「那上帝為什麼要製造這些混亂呢？為什麼要造出這塊無法無度，又缺乏意義的地方？」

「你說到重點了。」格雷興奮地向前湊近。每當他感到既懷疑又確信的時候，脊椎底部就會傳來一陣顫動，這時他便知道，自己又朝上帝靠近了一步。「意義。為什麼我們非得將混亂和缺乏意義畫上等號呢？難道思考這件事本身還不夠有意義嗎？這不正是上帝要我們做的事嗎？」他感覺自己的嗓音變得響亮有力。「我們正在穿越的這塊土地並非毫無意義，反而意義非凡！年輕人，你剛才問，美麗和危險是否互相牴觸。何必這麼思考呢？美麗與危險賦予了我們一層又一層的意義，讓我們可以去研究、去鑽研、去讚嘆。」他注意到幾位紳士若有所思地點著頭，但也有幾位顯然只是在看好戲。「約翰．莫藍有一首詩是這麼說的——諸位想必聽過他吧？」男士們毫無反應。「沒關係。他說——」

「於水中所映，於天空所現，乃天堂之鏡，乃上帝之眼。」尤禮．佩托維奇看都沒看他們一眼，用渾厚飽滿的嗓音吟道。

「正是這句。」格雷吃了一驚，說。「看來閣下很熟悉——」

「大西伯利亞的存在，」教士打斷他的話，堅定地一字一句說道，「只說明了一件事，那就是此處不受上帝之眼垂憐，無法被研究，人類不該奢望在如此邪惡之處找到任何意義。」

車廂頓時陷入安靜。尤禮．佩托維奇的視線依然盯著窗外，背也繼續駝著。這種人格雷見多了，這些被信仰壓得喘不過氣，卻又緊緊抓住信仰不放的神職人員。他們希望別人看見他們的苦難，好讓別人也一起受苦。

「可是，先生，」拉封丹說，「你卻選擇穿越這片你所謂的邪惡。」他靠回椅背上，語氣一派輕鬆。

「家父病危，」俄羅斯神父面不改色地說，「我沒有幾個月的時間去走南邊那條路。」

「真是令人惋惜。」格雷說，眾人又陷入沉默。

「沒必要惋惜，家父很快就會回到上帝身邊，不再為世間的墮落所擾。這分同情閣下可以自己留著。」

紳士們交換了一下眼神。煙斗再次點燃，尤禮．佩托維奇身旁的位子默默空了出來。「話說得真好聽，可他還不是坐頭等艙。」格雷聽見有人嘀咕。

格雷開口：「地球上的萬事萬物都是上帝的傑作。儘管有些看似費解，但終究有屬於它的一席之地。」

教士擠出一個扭曲的笑。「此處唯有惡魔穿行，所行之處淨是毀滅。」

「我的老天，幸好我們出發前有先乖乖去告解。」拉封丹回應，眾人一片輕笑。

儘管他還想繼續和教士辯下去，但對方的舉止中散發出某種訊息，讓格雷還是將注意力轉回筆記本上，繼續他的荒境觀察。不過，方才遇上的挑釁令他不禁興奮起來。惡魔？不，那教士說錯了，而他，亨利．格雷，一定會證明他大錯特錯。他抄下莫藍的詩句。他剛才馬上就要背出這首詩了，他心想。

＊

那天傍晚，格雷回到包廂打開衣櫃，準備更衣去用晚膳時，他發現原本掛著的衣服被推至一邊，騰出的空間出現一套防護衣、一頂頭盔、一副厚手套和一雙靴子。工程師開始兌現他的承諾了。格雷摸了摸防護衣那厚厚的棕色皮革，敲了敲頭盔上堅硬的玻璃，一陣興奮竄流他全身。

列車長室

瑪麗亞回到包廂，發現桌上多了一張卡片，上頭整整齊齊印著的銅版體告訴她，列車長邀請她出席今晚的晚宴。

八點準時開席

著裝要求：正裝

請洽乘務員領班回覆出席意願

雖然瑪麗亞知道這是能接近列車運作核心的大好機會，但她還是焦慮不已。列車長肯定是全車最能看穿假冒之事的人，如此近距離的接觸會不會讓她看穿瑪麗亞在故布玄虛，在她臉上看見父親的遺影？也許現在還不宜見面，她想，也許現在的她還禁不起這樣的考驗。

不。妳就是為此而來，瑪麗亞堅定地為自己打氣，儘管握著卡片的手正在顫抖。*這就是妳想要的。*要還父親一個清白，還她自己一個清白，因為一旦沒有了清白，還有什麼未來可言？也許她會去當個家庭教師，像抹影子一樣躲在有錢人家裡，縱使過去曾與他們在同張桌上平起平坐，屆時也

和佣人差不了多少。瑪麗亞突然為自己的動機不純而內疚，但這些確實都是她不得不去考慮的事，因為如今的她必須自食其力才能存活。失去的財富，失去的生活已不可能恢復原狀，但要是她能成功恢復家族清譽，至少她能抬頭挺胸撐下去。況且，不管怎麼說，拒絕列車長的邀請只會引人側目，會被嫌傲慢。在火車上，如果沒有其他邀約，實在沒有可信的藉口能找，而且還會惹人閒話：那女人以為自己有資格這麼目中無人？她是不是想隱瞞什麼？瑪麗亞很清楚，八卦就是火車上的貨幣，也是分心的良藥；當外頭危險當前，八卦能將乘客的注意力留在車內，不去注意窗外無情的山峰和可疑的風吹草動。旅客會聚在一起嚼舌根，一則則傳聞就這樣在交頭接耳間流傳、擴大，長出自己的生命。她之所以這麼清楚，是因為目睹伯爵夫人深諳此道；伯爵夫人從無端臆測中獲得滋養，最愛盯著他人的一舉一動，為每個人編織身世。她特別擅長嗅出他人之糗，挑人毛病是她人生一大樂趣。薇拉對此總是吸吸鼻子，表示不以為然。一想到不曉得伯爵夫人會在背後怎麼說她，瑪麗亞就感到不安。於是她答應出席晚宴。

畢竟，她其實巴不得會一會這位列車長，這位坐在男人之位上的女性。瑪麗亞讀過那些令人生氣的報導，有一篇說她是西伯利亞鐵路公司的「火車女郎」，另一篇質疑她是否真是女人。只要是有提到她的報導，或多或少都夾帶了獵奇又聳動的視角。當然了，儘管民眾紛紛懷疑女性是否有資格指揮列車上的諸位男士將勇，西伯利亞鐵路公司的風格向來是我行我素。撇開這些報導不談，列車長一職的特殊性讓瑪麗亞很難想像她本人會是什麼樣子，因為世上沒有其他可以比照參考的案例。

除此之外，值得一提的是，儘管列車長向來以神隱聞名，但她同時也無所不在。「列車長會不開心的」、「列車長常說」、「列車長表示理解」。她的頭銜總是被組員和那些過往的乘客掛在嘴邊。他們說起她的樣子，就像說起一位仁慈但強大的神，然而她本尊卻總是關在自己的房間裡，不見蹤影。「列車長正在忙。」乘務員時常幫忙緩頰。是躲起來了吧，瑪麗亞心想，決心更加堅定。

她十分確定父親很敬重列車長，儘管他鮮少開口分享工作上發生的事。「她的骨頭是鐵打的。」他有一次說道，而這是瑪麗亞自父親口中聽過最高的評價。可是如今，她躲在房間裡、對火車生活不聞不問的這副德性，一點都不像父親口中的列車長。

瑪麗亞穿上她最好的一件絲綢裙，這件晚禮服原本是淡藍色的，現在被染成了哀悼用的黑色，另外在脖子繫上一條細細的珍珠項鍊。鮮明的黑白對比讓她感覺自己活像從通俗小說插畫中走出來的人物。她走向桌上的一個盒子前，取出放在裡面的玻璃彈珠。彈珠在傍晚的餘暉下閃爍著溫暖的光芒。她把彈珠塞進襯衣，玻璃冰涼的觸感抵上她的肌膚。列車之子是怎麼說的？彈珠能把你抓回來。今晚，她不能忘記自己是誰，也不能忘記自己所為何來。

＊

今晚的座上賓還有博物學家亨利．格雷和伯爵夫人。幾名列車組員也會出席，她的邀請函上寫，但依然算是一場小型聚會。

兩名乘務員領著他們前往。一行人穿過頭等車廂的最後一節車廂時，門開了，烏鴉二人組現身，生硬地鞠了個躬。瑪麗亞瞥見他們身後的層架上塞滿了紙箱和文件。鐵路公司向來喜歡將祕密藏在身邊，她暗忖，愛將這些資料存起來以備不時之需。列車長室就在車頭附近，他們一行人經過三等車廂和組員休息室，接著被領進一處接待用的房間。跟用大量織品與色彩點綴的頭等車廂不同，這節車廂顯得格外簡約，木牆上掛著裱了框的地圖和過去三十年來的火車照片，地板是拋了光的拼木地板，放著弧形的木椅與飲料櫃。瑪麗亞發現這裡不像車上其他地方一樣到處都是總公司的飾章，也缺少跟他處一樣繁複的裝飾，給人一種簡潔的平靜感。角落的留聲機放著音樂——淒婉的弦樂四重奏為鐵軌沉重的低音伴奏，聽來不是很和諧。

「這是列車長的珍藏。」她身旁的男人看著留聲機說道。「從巴黎訂製的。」男人身型精瘦，頭頂黑髮，鬍子經過仔細修剪。他身著西裝，帶著金屬細框眼鏡。瑪麗亞馬上就認出了他——製圖師鈴木健司，是她父親少數提及過的名字之一，備受父親景仰。

「真好奇那些音樂家是否曾經想過，自己的音樂有一天會在這麼遙遠的地方播放，」瑪麗亞說，「在這片方圓千里沒有半間音樂廳的地方。」

「聽眾的身分出乎意料，卻是知音。」男人面帶微笑說。「敝姓鈴木，鈴木健司。」

「很高興認識您。」瑪麗亞說，然後清了一下喉嚨。「我讀過很多關於您的事，還有您的作品。」鈴木的名字曾多次出現在報導中，那些報導都是在討論鐵路公司在荒境中的發現。瑪麗亞老家的客廳就掛了一張他繪製的地圖，是複製品。她在報紙上看過他的肖像，也曾聽過父親稱他為自己的朋友，知道他自己坐擁一節有觀測塔的車廂。她父親一定也在觀測塔上面待過好些時間。他曾經自豪地說自己製作的鏡片成功幫助製圖師提升望遠鏡的效能，將外頭的地形看得更清晰。

「來杯葡萄酒嗎？」鈴木的話讓她回過神來，從塔上回到房間。

瑪麗亞原本打算滴酒不沾，擔心酒精會影響她的判斷力，但她此刻決定需要先讓自己平靜下來。她趁鈴木斟酒時仔細觀察他，覺得他和列車上其他職員不太一樣，比較沉默自持，更有自己的個性。她好奇鈴木究竟知道多少。他的工作就是觀看、觀察和記錄——自然應當知道上一趟旅程究竟發生了什麼事，也一定知道總公司聲稱她父親犯的錯是否屬實。除非他太沉浸在外頭的世界，沒空去注意車子裡面發生了什麼。

鈴木發現瑪麗亞在看他，她趕緊垂下視線，雙頰泛紅。

伯爵夫人走到他倆旁邊，堅持要鈴木給她看一眼他那大名鼎鼎的絕世地圖。

「當然沒問題，事實上，那裡的牆上就有一張。」他手臂一擺，然後越過伯爵夫人的頭頂，朝瑪麗亞投去淡淡一笑。

另一位在場的組員是總工程師阿列克謝·史蒂帕諾維奇。他比她預期的年輕許多，行為舉止卻充滿自信。不過，在他落落大方的背後，瑪麗亞看出他其實不知所措，在房間裡東張西望。

「列車長要來了嗎？」她問。主人邀請他們來，自己卻不見蹤影的話也太奇怪了。

「當然，她肯定……很快就會來了。」他這話說得有點結巴，還瞄了一眼緊閉的房門。「剛出發的頭幾天總是比較忙。」

「我聽說她真的忙到一點時間都沒有。」

工程師彎腰調整了一下留聲機的唱針。

「她一定大受打擊吧，畢竟你們上一趟發生了那種憾事。」

工程師手指一滑，唱針在唱片上刮出嘰的一聲。「全體組員比過去任何時候都還要堅強，列車也是。」他說。瑪麗亞注意到他說這話時就跟薇薇一樣像隻鸚鵡，機械式地複述總公司的話。公司把他們教得可真好，她心想，分辨不出他們是不願多談，還是不能多講。她原以為父親是自己選擇沉默的，刻意封閉自己，但是現在上了火車後，她便沒那麼肯定了。

正當她想進一步逼問工程師時，他倏地挺直了身子，立正站好。整個房間瞬間靜止，彷彿有個開關被關掉了一樣。

「諸位晚安。」列車長用英文說。

原來，瑪麗亞心想——這位就是傳說中鼎鼎大名的列車長？她個子不高，大約六十歲，一頭白髮向後梳整成辮子盤在頭上。她穿著和其他組員一模一樣的西伯利亞鐵路公司制服，唯一的不同之處只有袖子上的金色飾帶。不同之處當然還有她身為女人的這個事實。瑪麗亞確定她感覺到身後的伯爵夫人失望地一顫。我們到底期望看見什麼？她想。一名女戰士，一位高大、凶猛、不可一世的冒險故事英雄？沒錯，以上皆是。

一位乘務員推著堆滿佳肴的餐車進來，後面跟著一位高舉著大盤子的廚工。列車長往旁邊挪了一步讓他們通過，接著示意所有人一起進入餐廳。

瑪麗亞的位置被安排在製圖師和工程師的中間，對面坐的是那位英國來的博物學家。列車長坐在餐桌主位，除了絕對必須該說的話以外鮮少開口，留下的空缺則由伯爵夫人完美補足。伯爵夫人那自顧自發表高見的態度，彷彿知道別人必定會洗耳恭聽一樣。

第一道菜是燻魚慕斯，每一份都盛裝在一個小小的魚狀銀製模型裡。接著是冷盤和醃菜，再來是油淋辣味蒸雞。餐桌對側的伯爵夫人對這些菜色一臉提防，而製圖師每次為自己夾菜時都會順道為瑪麗亞也夾一點，疊在她越堆越滿的盤子上。

「夫人得多吃一點，」製圖師說，「不然等等我們的主廚就會擰著手來找我，求我告訴她今天的菜到底哪裡出了問題，還會逼我吃她做的每一道菜，不吃完不放我走。」

「我承認，車上的餐點比我預期的還要好吃很多。」瑪麗亞說。「雖然我唯一的參考來源只有羅斯托夫。」

「原來如此。自從他寫了這本指南後，車上的飲食精緻度就大幅提升了。我們的主廚三不五時就會罵他壞了我們的名聲。」

「我想很多內容應該都是誇大其辭吧。」

「老實說，並沒有。這人是個行家，他筆下描寫的那些景象，比大多數專業畫家畫的還要生動。我想，他的作品成就被他的遭遇和經歷給掩蓋掉了，扭曲到失去了原本的樣貌。」

「是啊。」聽見他大讚羅斯托夫令瑪麗亞莫名欣喜，也給了她信心開口好奇鈴木的工作。製圖師認真聆聽她的問題，也詳細地回答。她發現自己幾乎真心享受起這一切。

「我真失禮。」聊了一陣後，瑪麗亞說。「您一定很常被乘客問到這些工作的問題，想必回答得很煩了。」

「事實上，一點也不。很少有人問我這些問題。」

「真的嗎？那可怪了。」

他微微一笑。「可能也沒那麼怪吧。畢竟我給出的答案恐怕不討人歡心。」

他話中有話，瑪麗亞暗忖。而且她還有一種感覺，那就是無論他在暗示的是什麼，都不是講給她聽的。列車長的視線往他們這裡掃來，瑪麗亞第一次瞥見了她臉上極度堅毅，近乎冷酷的鋒芒，方才累積的自信開始動搖。她已經想好了一套介紹亡夫的說法，解釋他生前對協會及其成員的興趣，但不知道為什麼就是無法搬出這套精心編織的謊言。

瑪麗亞暫時把謊言放到一邊，趁膽子還沒完全消失之前開口：「我聽說荒境協會也立下了不少功勞。」

餐桌上的眾人瞬間鴉雀無聲。

亨利．格雷吸了吸鼻子。「是啊，他們的確娛樂了不少家庭主婦和退休神職人員。」他說。瑪麗亞發現工程師迅速抬頭看了他一眼，然後又低下頭繼續吃東西。

「我一直認為他們挺了不起。」伯爵夫人說。「那麼少的資源，竟然能做那麼多的事。前陣子我讀到一篇很有趣的文章，在介紹磷光。我沒說錯吧？作者是位男士，想來他在旅程中一定得過上日夜顛倒的生活，才能發現這麼多東西。在我看來，他的研究為科學做出了巨大的貢獻。」

在她父親剛過世的那幾個月，瑪麗亞讀遍了所有她能找到的關於協會的資料，想要藉此找出阿提米絲的真面目。當然，她早就聽說過協會的創立是源於一群業餘的自然學家，因為被歐洲和亞洲知名大學舉辦的各種荒境變異研討會和講座拒於門外，於是自己在餐廳、教堂和公共場所發起討論。這些聚會逐漸發展成為協會，對所有人開放，不必受邀就能入會，也不需要學術資格。協會自從創立之初便持續發表長篇文章，猛烈批評鐵路公司的路線規劃不僅危險，還會破壞那塊土地。

「不過，也許世界上有些事物就是無法參透。也不應該被參透。」

桌上所有人紛紛轉頭看向發言的人，也就是列車長。

「那些人想在這片土地上找尋意義，從中找出道理。」她繼續說。「但是，誰說這裡一定有道理可言？」

「當然有，這裡有上帝的旨意。」亨利·格雷說。列車長沒回話。

「那麼阿提米絲呢？」口乾舌燥的瑪麗亞抿了一口酒，說。「先不論這個人到底是誰。他是真的了解這輛火車嗎？還是說這位先生——或小姐，當然了——不過是個用八卦到處招搖撞騙的騙子？我一直很想知道。」

現場陷入一片緊繃的沉默。

「就是個騙子。」列車長說，臉上一絲笑意都沒有。

「最近協會內部似乎紛爭不斷呢。」伯爵夫人提起。「甚至可以說是分裂了。自從上次火車那場不幸的事件之後。」她貌似只是輕描淡寫地隨口一說，但瑪麗亞能看出老婦人的眼神銳利得很。喔，她太清楚自己在做什麼了。瑪麗亞自己也在報紙上看到了同一則諷刺漫畫，前幾天的事而已。

那幅漫畫將協會畫成配戴著牧師領和仕女帽的蒼蠅，用筆互相攻擊，旁邊爬了一隻詭異的、圓滾滾的蜘蛛，戴著一頂高帽踞伏在地圖上，蹲在橫跨各大洲的網中央，齜牙咧嘴地笑著。大快朵頤前，先看好戲上場，旁邊的敘述寫道。沒錯，鐵路公司一定非常樂見協會內部出現分裂。

「協會內部對於荒境的看法一直以來都有兩派路線。」鈴木說。「只要讀一讀他們的期刊就知道了。近期的事件讓部分會員認為，對荒境進行研究這件事本身已經不再可能，也不再正確。在我看來是可以理解的。」瑪麗亞看出他刻意迴避列車長的目光。「不過，有人挑戰並審視我們在鐵路公司做的事情，我認為是很健康的一件事。」

「這樣的話，你們應該多多分享你們的研究成果，好讓更多這種——套句您剛才說的話——『健康的審視』發生。」亨利．格雷口氣尖銳地說。

鈴木低下頭。「這件事您恐怕得向總公司反映。」

「在座的各位應該都注意到那位神祕的阿提米絲已經消失了好幾個月了吧。」伯爵夫人延續稍早的話題，彷彿剛才的交鋒從沒發生過。「我真想念他。」她頓了一下。「我還曾經希望有一天能被他寫進文章裡呢。」

「火車結束上一趟旅程之後，」瑪麗亞說，「他的專欄就再也沒有出現了。」她想，這是否意味著阿提米絲屬於那群認為人類不應該繼續研究荒境的人？

乘務員開始撤走餐盤，改端上一碗碗果凍和糖漬水果時，餐桌上的談話主題變得越來越五花八門。百葉窗降了下來，檯燈一盞盞點亮，要是此刻沒有列車行駛中持續不斷的搖晃感的話，他們可能以為自己身在某座城市的某間交誼廳裡，參加一場用來打發時間的小派對。沒錯；要是列車長、工程師和製圖師之間沒有奇怪的對峙氛圍的話，賓客恐怕真的會這麼想。要是他們沒有如此刻意營造天下太平的樣子的話。

＊

晚宴散場時夜已深。亨利．格雷體貼地讓伯爵夫人挽著他一起走回頭等車廂，不過瑪麗亞注意到他雙眉緊蹙，心思似乎都放在正在與工程師熱烈交談的列車長身上。她不禁好奇他在想些什麼，想知道他是否也有理由懷疑列車長。不過，當然了，他畢竟身為科學家，仔細觀察周遭本來就不是什麼奇怪的舉動。

「我有這個榮幸送您回車廂嗎？」製圖師問瑪麗亞。

「那就太好了，謝謝。」鈴木並未向她伸出胳膊，而是把手背在身後，單純陪她一起走。她想這應該是日本人的習慣，於是絞盡腦汁開始想她讀過哪些關於日本的書，但一下什麼也想不起來。他身上那股聞起來像是金屬拋光劑的氣味讓她分心，為他添了一種乾淨、光亮的氛圍，就像他創造出的作品一樣。從外觀上很難判定他幾歲，但她猜應該不超過三十。他身形纖瘦，只比她高一點點。她皺了皺眉，很慶幸他沒有要她挽著他的手。

「瑪麗亞．佩卓芙娜夫人，您是否——」他打住。「抱歉，我是想說——」他又搖了搖頭。「我們是不是在哪裡見過面？不知道為什麼，總覺得……您很面熟。」

瑪麗亞表面上保持鎮定，心裡卻很肯定鈴木一定能看透自己臉上的每一個表情。「抱歉，我沒有印象——」

「沒事，絕對是我搞錯了。」他提高語速。「容我向您道歉，一定是這回拖了太久才復工，讓我連禮貌都忘了。」

「別這麼說，您整晚都非常得體，儘管我問個沒完，您卻一次也沒打呵欠。」瑪麗亞知道自己該告辭了，再怎麼說，和他交談的時間越長，就越有可能讓他想起她為何這麼面熟。但瑪麗亞發現她並不想結束他們的談話。她已經很久沒和另一個人這樣放鬆地暢所欲言了。

「我想，您是依賴我們的朋友羅斯托夫依賴得太久了。雖然他身上有種種令人欽佩的特質，但他能告訴您的事還是有限的。」鈴木淺笑著說。

「確實如此！雖然我很喜歡他的書，但我還是希望，如果他可以不要那麼堅持『知道太多不好』就好了。對於一個人即將造訪的地方，有通盤的了解當然比較好，總不能只知道那些所謂舒適或正派的地方。我一直很想偷偷寫一本自己的旅行指南，我會把所有事、所有地方都寫進去，囊括那些可憐的謹慎旅人無從得知的一切資訊。」瑪麗亞暫時打住，臉頰發燙。這件事她始終沒跟任何人提起，為什麼要告訴他？她怕會被笑、被鄙視、被否決。這項心願只有她父親知道，父親也會默默鼓勵她。

沒想到鈴木竟然點點頭，說：「我希望您能把它寫出來。旅人的確應該要知道他們即將前往的地方的真相，又或者，至少能有機會親眼看看。」她聽得出來他的語氣很真誠，但除此之外，還有一些什麼，一些沒說出口的話。「我想，到頭來。這也許正是羅斯托夫所希望的。」

瑪麗亞不知該如何回應，兩人短暫陷入令人尷尬的寂靜。「剛才我提起阿提米絲的時候，希望沒有失言才好。」她打破沉默。「我知道他很常批評鐵路公司。我不是想表達我全然同意他的觀點。還有，我也不想惹列車長不開心。」

鈴木壓低聲音說道：「我們組員中有很多人也喜歡讀阿提米絲寫的東西，只是，想當然耳，這種事不能讓總公司知道。」

「我不會說出去的。」瑪麗亞說。此時她突然若有所悟，意味深長地看向製圖師。不，應該不是，假如他就是阿提米絲的話，她父親不可能不知道。

抵達她包廂門口後，他禮貌性地欠了欠身。「謝謝您陪我度過了一個充實的夜晚。」他說。「和您聊天很愉快。」

「我也是。」她真心地說。看著他離去的背影，瑪麗亞心想——她很想信任這個男人，也很欣賞他沉穩的談吐，但總覺得，他也在隱瞞著什麼。

夜間遊蕩

列車上的規矩很清楚，凡是協助窩藏偷渡犯的組員，一旦被發現，必得面臨火車正義的制裁。「出了這輛列車，就沒有法度可言。」列車長總是這樣說，夾雜在每次發車前她那不帶感情又簡潔扼要的演說中。她會依序掃視每位組員，讓每個人覺得她是在對自己說話，而且是只針對自己說。「因此，我們要守住自己的法度，這也就是為什麼要制訂這些規則。只要我們遵守規定，維持列車秩序，我們就不會有事。」

然而，偷渡少女為列車秩序劃開了一道破綻。破綻太多就會導致崩解。列車其實很脆弱，他們不是都知道了嗎？「別再想了。」薇薇自言自語。「不要想就對了。」如果她能乖乖藏好，誰會發現？一位少女是會給列車帶來什麼危險？但要是她真的不幸被人發現了，或者要是她生病了，那可怎麼辦？薇薇不敢去想。假如她現在就去通報列車長，其實也算是在幫伊琳娜的忙——至少她能確保伊琳娜不會落入組員手中，慘遭自發性的制裁。他們不會這麼做的，不會對一個比薇薇大不了多少的少女這麼做。她會受到照顧，有得吃也有得喝。火車就會恢復秩序。

＊

薇薇在傍晚時下定決心。她穿過一節節車廂，擠過三等車廂的乘客，乘客依照男女分開，一群一群地聚在走道上，偶爾有小孩子在不同群人之間跑來跑去，像顆被踢來踢去的球。薇薇經過三等車廂的餐車，人們還在排隊等著進去用餐，等著入座一張可容納六人的餐桌，等著一邊吵吵鬧鬧一邊挑剔廚師的手藝。經過頭等車廂餐車時耳邊傳入的則是瓷器餐具叮叮噹噹的碰撞聲，以及席間輕聲細語的交談。薇薇一路從車尾走到車頭，來到了列車長室。她的動作太快，還來不及三思，手就已經堅定地敲上列車長室的門。

＊

見到一名乘務員出來應門讓薇薇十分驚訝，而更吃驚的是，車廂內竟然傳來交談聲、音樂以及甜點的香甜味。留聲機播放著交響曲，樂音咿軋而幽怨。

「怎麼了，張薇薇？什麼事？我得趕緊回去，他們很快就會想喝咖啡了。」

「我……」她欲言又止。「列車長她……在宴客？」

乘務員倚著門說：「除非妳有急事，也就是說，除非軌道發生火災，或是車上發生火災，否則等等再來。不，明天再來。要敲人家的門也得要會挑時間啊。」

「但……我不懂。」越過乘務員，她能看見列車長室的餐廳。製圖師在那裡，還有收下薇薇彈珠的夫人也在，瑪麗亞·佩卓芙娜，她正因為某個人說了什麼而發笑。說話的人一定是列車長，坐在她這個角度看不見的主位上。這陣子不見蹤影的列車長，任憑他們自生自滅的列車長。她此刻竟然人就在列車長室裡，彷彿天下一切太平似的，和頭等車廂的乘客把酒言歡。

「明天再來。」乘務員強硬地撂下一句。薇薇還來不及爭辯，門就關上了。在門完全關上前的最後一刻，她看見瑪麗亞·佩卓芙娜抬起頭朝她瞥了一眼，沒做停留就把視線移開，沒有認出她的跡象。也是，不過是另一個穿著制服的僕人罷了。

薇薇站在空無一人的走道上怒瞪著緊閉的門，彷彿可以用眼神把門灼出一個洞來。就像回到了兒時的她，深信只要自己夠想要，就能逼世界悉聽尊便。

來之前她曾經幻想——在她想像得到的範圍內——自己會鍥而不捨地敲門，敲到列車長別無選擇只能讓她進去為止，然後她會向列車長坦承偷渡客的事，卸下心頭重擔。她想過要當個對公司盡忠職守的好員工，卻沒料到情況會是這樣。她大可明天白天再來一趟，但腦子裡有個憤怒的微弱聲音對她說，既然列車長都把火車丟給烏鴉，自己在那大吃大喝，她又何必這麼做呢？憑什麼要她當那個遵守規則的人？

*

有一次，薇薇好奇問列車長，為什麼當初會同意收留一名棄嬰。「我的存在不是打破了車上的規矩嗎？」她當時問。那時的她就已經知道規矩對於火車來說有多重要——每個人都要各司其職，每樣東西都要各就各位。

列車長沉默了半晌。「有一些人認為，」她開口，「我會答應讓妳留下是因為我是女人。那些人大概鬆了一口氣吧，發現原來我與他們所想的沒什麼兩樣。他們的反應差點讓我改變主意。」

「那後來為什麼沒有改變主意？」

列車長用手指敲了敲纏繞著瞭望塔的鐵欄杆。「我想，」她說，「應該是因為我想要證明，即使是在這裡，在如此混亂的環境，人類的生命也能戰勝一切。妳會是我們成功的象徵，代表我們拒絕向荒境屈服的決心。」

拒絕屈服的決心。此刻的薇薇想起這句話。沒錯。她轉身離開，遠離列車長室。這一區的走道一個人也沒有，所有的組員都各自忙著晚間的分內工作，讓她省下事先準備好的藉口。一股堅定、難以抗拒的衝動湧上。她感覺自己鬆了一口氣，嘗到一股放下的解脫感，就好像鬆手放掉了一直以來害怕會摔碎的寶貝一樣。

薇薇走到儲藏室，越過成堆的貨物，推開天花板的活門，瞇眼朝上方的陰影處望去。

「哈囉？」她低聲說。來到這裡之後，一想到要爬進偷渡少女藏身的那片黑暗，便令她忐忑起來。「妳在嗎？伊琳娜？」

陰影一片死寂。薇薇再往深處爬了一點，摸索四周的地板找她留下的燈。這裡的霉味還在，但當她點燃了燈，照亮的竟是空無一人的角落。女孩不見了。

＊

薇薇驚慌地在夾層中四處匍匐查看，一心一意想確認、想要百分之百確認，眼前所見是真的。

她為什麼離開？又去了哪裡？薇薇好想大哭，妳為什麼要冒這個險？要換成是她，張薇薇，也許能不被發現地在火車上移動，但那是因為她可是對這裡的運作和規律瞭若指掌的列車之子，整臺火車就在她的腦中，宛如一道精密的益智連環鎖：幾點換班，行李員何時可能會溜進廚房找酒喝，助理乘務員可能會在哪裡打盹，頭等車廂的乘客幾點準備更衣用膳。列車之子可以神不知鬼不覺地在車上穿梭，但一名外人絕對會露出馬腳，引發全面戒備。倘若偷渡少女被逮住、被審問，她會怎麼回答？要是她被問到是否受人協助，該怎麼辦？

薇薇爬下夾層，車廂內也不見人影。她離開車廂，踏上走道，忽然注意到空氣中有股氣味，地毯上還有幾塊地方溼溼的，留下淡淡的腳印，彷彿剛才有人赤腳踏過泥濘的水坑。這個人接下來會去哪裡？腳印很淡，不容易辨識方向，但她不停張望，沿路留意那股帶著霉味的潮氣，耳朵豎起，神經兮兮地覺得接下來隨時可能會傳來高喊——有人偷渡！有人入侵！有人霸占車上的空間和資源！然而車上一片死寂。夜晚的火車和白天很不一樣。當走道空空蕩蕩，當四周靜得只剩下鐵軌聲悄悄滲進你的骨頭時，你好像能更清楚感覺到火車在動，聽見夜晚的列車嘰嘎作響，喃喃低語。你會感覺火車好像變得更大了，彷彿要把白天行進的所有距離全都一口氣呼出來。

薇薇打開花園車廂的門。這裡的空氣感覺比其他地方更輕盈、也更清新。一排排整齊的花盆裡種著萵苣和香草，圍欄裡的雞昂首闊步，蘑菇在黑漆漆的櫃子裡生長。偶爾，當薇薇開始覺得火車的牆離自己越來越近的時候，會躲來這裡喘口氣。「伊琳娜？」她喊。然而，只有雞一臉困惑地看向她，而且這裡一處能躲的地方都沒有。

接著，她移動到三等車廂的臥鋪區。這裡十一點熄燈，所以此刻整節車廂是暗的，只剩門口上方那盞會亮一整晚的小燈。車廂裡有些許談話聲，但沒有絲毫騷動的跡象，女孩大概是偷偷摸摸成功穿過了車廂。薇薇不大情願地默默讚嘆她的身手。薇薇繼續移動到用餐區，確信女孩一定是來找吃的。但是三等車廂廚房的鎖不見有被動過的痕跡，而頭等艙的二廚正在烤隔天用的麵包。麵包的香味提醒了她今晚都還沒吃東西。她得發動全副的自制力，才能克制自己不要溜進去摸走一塊。薇薇小心翼翼地往裡看，有位廚工盧卡正睡眼惺忪地靠在烤箱上，手裡握著幾支餐具，如果他不小心睡著了就會哐噹一聲把他叫醒。但是，還是沒看見女孩的身影。如果不是要找東西吃，偷渡的人還會去哪？

然後，薇薇想到了——水。

她繼續悄悄移動，但速度提高了些，穿過空無一人的餐車和頭等車廂臥鋪，一路來到浴室。頭等車廂的每間包廂都設有洗手槽和廁所，在最初的車型中甚至還有自己的浴室。只是浴室實在耗費太多空間，也為火車工程中最複雜的一部分——供水——帶來極大的壓力，因此後來便改為另外設置專用浴室，讓乘客共用。

在任何一輛蒸汽火車上，水資源時時刻刻都是最迫切的問題，而對西伯利亞特快車而言更是一種執迷。這輛列車總是很渴，像要填飽無盡的貪婪，不停牛飲，一口接著一口，再大的煤水車也裝不下它飛越廣袤荒境要喝的量。因此鐵路公司的研究員、科學家和工程師只好打造了一座由管線、泵浦和水槽構成的迷宮，將使用過的水回收再利用，讓水在火車內重複循環。於是，車上便充滿了需要工程師側耳傾聽並勤加呵護的水管，需要駕駛與司爐工小心看顧、測量、監視的儲水空間，以及等待薇薇一邊擦拭一邊發出讚嘆的龍頭。但乘客似乎從來沒注意過那些被她擦得亮晶晶的，從走道上一路蔓延至車廂、廚房、浴室的水管，薇薇為此經常感到不滿。通常，乘客們只有在夜晚被金屬悶頓的撞擊聲吵到無法好好入睡時，才會注意到它們的存在。他們似乎不覺得轉開水龍頭就有水流出來是一件奇蹟，也不覺得他們能在一輛行進的火車上、在距離任何城市都有數天路程的地方泡澡有多麼不可思議。

這時，薇薇發現有水從浴室溢出，把浴室門附近的地毯浸成了更深的紅色。她遲疑了一下，然後緩緩推開門，推開一小道縫隙，溜了進去。

濃濃的水蒸氣包圍上來。這種情況讓人無法快速行走，蒸氣附著在她的頭髮和身上，令她行動遲緩。她眼中只能看見鏡子上方原先應該是燈的地方有一團黃色光暈，耳朵只能聽見水不停從水龍頭流出來的聲音。水積在她的腳邊，把鞋子都給浸溼了，而且還不停地從白色陶瓷浴缸邊緣湧出來。走廊的另一端傳來時鐘報時的聲音。午夜已至。

「有人在嗎？」薇薇緩緩地撥開霧氣、涉水前進，來到浴缸邊，腳下的黑白磁磚沿路倒映著粼粼的光線。

水中躺著一位溺水的女孩，她的長髮像水草一般飄在身旁，皮膚幾乎泡成了半透明的質地，雙唇微張。

然而下一秒，溺水的女孩睜開了眼睛。

薇薇沒有仔細思考便捲起袖子，將手伸進浴缸。她抓住偷渡客的手，感覺女孩強而有力的手指抓住她，要將她拉入水中。薇薇心想：原來這就是我聽過的那些故事，乘客們在百無聊賴的傍晚告訴她的故事，他們從自己家鄉和祖母那邊聽來的故事，關於水下的臉孔，以及那些不該涉足的遙遠邊境的故事。此刻她竟然還有時間思考這些，甚至還有時間想：真奇妙啊，人竟然能在這麼短的時間內思考這麼多事……薇薇距離水面越來越近，近到臉上能感覺到水散發的熱氣，感覺時間彷彿暫停，凍住了女孩和她，彷彿她們已經成為彼此的倒影，一個在水面上，一個在水面下。薇薇心想，假如她任由自己被拉進去就再也回不來了，不然就是會變異，像故事中的角色一樣，再也無法回到原本的生活。

於是薇薇開始用力地拉，用另一隻手撐住浴缸邊緣，使勁地拉、又拉、再拉，直到偷渡客被她拉出了水面，一波波的水晃出浴缸，潑在地板上。薇薇往後踉蹌了幾步。

少女的髮絲緊貼在頭上，眼珠是如墨的深藍色。她只有肩膀以上露出水面，看起來像個孩子，氣呼呼的，不開心有人打擾她的私人遊戲時間。

「妳在幹麼？是哪根筋不對……」薇薇一時語塞，很不熟悉這樣的自己。她激動地朝門口指了指。「如果有人進來怎麼辦？如果妳被人看見怎麼辦？妳不是……妳甚至沒有好好穿……」她四處張望，發現一件溼漉漉的藍色絲質裙子堆在地上。「妳到底在想什麼？」

伊琳娜歪了歪頭。薇薇覺得她看起來就像一隻看見一頓可口大餐的鳥兒，正在計算飛過去需要的距離、速度和可能性。「我想要水。」女孩開口，彷彿在想為什麼有人要為此大驚小怪。

「我們得趕快離開這裡。」薇薇說。她們待在這裡多久了？水蒸氣正在消散，四周的一切也跟著一點一點清晰了起來，所有的稜角起伏現在都看得清了，現實重新浮現。如今，她們不過是兩位不該出現在此處的女孩。薇薇仔細傾聽走廊是否有腳步聲，留意是否有人發現了外頭地毯上的水漬而驚呼。浴室裡滴滴答答的水聲已經大到足以讓乘務員飛奔起來。

「穿上。」薇薇撿起裙子遞給她，布料被水浸成了深藍色。

女孩起身接過裙子，絲毫沒有要遮掩自己裸體的意思，薇薇只好移開目光，內心相當震驚，但她不願承認。

她聽見女孩踏出浴缸後一腳踩到水裡，對此皺起了眉。水應該要漸漸排光才對，不該一直淹到現在。薇薇蹲下，戳了戳浴室角落的排水孔。照理說，水流下排水孔後，會排到一個地下的水槽回收再利用，接著送往龐大的煤水車，餵給引擎喝。不過此刻排水孔被像是土或泥巴的東西給堵住了，泥土溼腥的氣味讓她伸手遮住口鼻，回頭望向正在套上裙子的女孩。

「我該去找件別的衣服給妳穿。」薇薇又戳了戳排水孔，說。

「為什麼？」伊琳娜把兩手的短袖往上捲到肩膀，但隨即滑落。

「為什麼？因為如果妳打算繼續偷偷摸摸待在這臺火車上，大半夜穿成這樣在走廊上閒晃，恐怕不是什麼明智之舉吧，就好像——」

「好像什麼？」

薇薇遲疑了一下。「好像……就像……我也不知道啦——總之，如果妳真的要像現在這樣，做這麼荒謬，這麼危險的事，總該小心一點吧。」她知道自己說這話聽起來有多瘋狂、多愚蠢且情緒激動，但，瘋狂愚蠢的到底是女孩還是她自己，薇薇就不太確定了。

女孩再度擺出那副歪頭疑惑的表情。「對不起。」她說，不過那語氣聽起來實在太不真誠，讓薇薇忍俊不住笑了起來。

「妳知道，大部分人洗澡的時候，不會讓整間浴室淹水。」她想起阿列克謝，想像要是他人在這裡，那張臉會猙獰成什麼樣子，不禁笑得更厲害了。縱使這一切是如此荒唐，縱使列車長關在列車長室不聞不問，縱使外頭就是荒境，車上巡著烏鴉，還有她那湊不成段的破碎記憶，薇薇依然感覺到一股久違的舒暢自在。感覺好像牆被打破了一樣。

*

她們運氣不錯，走廊依舊空無一人。本該有人巡邏的地方，今晚卻一個人影也沒看見。薇薇內心忠誠良善的那一面感到一陣不安，而密謀想保護偷渡客的那一面則鬆了一口氣。

伊琳娜默默地跟在她身邊，腳步輕巧。她們躡手躡腳穿過漆黑的臥鋪，薇薇想像，從睡夢中轉醒的乘客若是看見兩個矮小的人影匆匆走過，想必會更加堅信車上鬧鬼的傳說吧。

她倆沒有交談。夜半時分不是個適合社交的場合。當她們抵達倉儲車廂前的連接走道時，偷渡少女突然停下了腳步。

「妳看。」她低聲說。

薇薇朝窗外望去，但此刻夜已深，她在玻璃上僅能看見她們自己陰森森的倒影。

「不是外面，是裡面。」伊琳娜指了指，薇薇這才會意女孩的目光所在——是一隻只有她手掌一半大的飛蛾，停在窗戶玻璃的內側，摺起的翅膀上有著黑灰相間的花紋。

她湊近一看，飛蛾便展開雙翅，露出一對宛如夜行鳥類的黑色大眼。薇薇吃驚地倒退一步，一旁的伊琳娜卻笑了，她將雙手捧成杯狀，迅速抓住那隻飛蛾後，稍微將手張開露出一道細縫。薇薇見那隻蛾不動如山，彷彿對此刻的狀況一點也不在意。牠的頭上叉出兩根狀如蕨類的細線，微幅擺動著。

「又一個偷渡客。」薇薇說。這隻飛蛾一定是在北京跟著他們一起上車的，牠摺起翅膀，躲過人們的視線。「牠真美。」儘管翅膀上的那對眼睛一直盯著她看，讓薇薇心裡發毛。

伊琳娜一語不發抬起手，將飛蛾像個髮飾一樣放在側邊的頭髮上。她左右轉動脖子，欣賞起自己在玻璃上的倒影。

「所有淑女看了都會想要一隻。」薇薇說。「妳會成為莫斯科的焦點。不過妳還是需要一件新衣服。」

伊琳娜低頭看向身上溼漉漉的藍色絲綢洋裝，撫了撫布料，頭偏向一邊——她穿得就像會出現在頭等車廂的優雅法國淑女一樣，薇薇心想。

「我從來沒穿過新衣服。」女孩說。「我很樂意。」

飛蛾張開雙翅，穩穩地安坐在她的頭髮上，此景讓薇薇突然湧上一股渴望。她想要那隻飛蛾。

不是為了妝點頭髮，而是想要當成寶貝珍藏，想要擁有一項屬於自己的物品，擁有一樣閃亮亮的東西。想要擁有那雙鑲著一圈白色的大眼睛。她身上的東西幾乎沒有一樣不屬於這輛列車——她只有一套衣服，而且還是列車組員的制服，唯一的私人財產只有偷偷藏起來的幾本書和幾張照片。她想要一些美麗的東西，一些只屬於她的東西。

「給妳——這是禮物。」彷彿能讀透薇薇的心，伊琳娜摘下飛蛾，讓牠沿著手指爬，頭上兩根蕨類般的觸鬚上下擺動，彷彿在嘗試品嘗女孩手上的水分。薇薇伸出手讓飛蛾爬上來，牠輕到幾乎感覺不到腳的存在，也感覺不到翅膀的輕拂。當牠爬過她的手，沿途留下一道閃著銀輝的乾燥痕跡，宛如鱗片。

潮浪

行過湖泊，列車駛入一片潮溼的沼地。瑪麗亞發現自己的視線被水窪表面的光澤吸引，黏稠、油膩，且隨著光線流轉而變色。頭等車廂的其他乘客用生硬的談話和自認高人一等的評論掩飾內心的不安，彷彿在自家遊園中看見巴黎來的「半上流社會」婦女經過一樣。

「其實看著看著還挺舒心的。我能看上一整天。」坐在交誼車廂的紀堯姆評論。他和妻子坐到了最好的位置，也就是車廂中段，刻意設計能將一切盡收眼底的絕佳角度。頭等車廂的乘客間逐漸發展出一種秩序，某種階級之分，而拉封丹夫婦位於最頂層。他們的雍容華貴以一種不費吹灰之力的姿態展現，輕描淡寫到他們自己也恍若渾然不覺。但是只要一到用餐時間，他們坐的那桌永遠是最熱鬧、最歡騰的，而在夜晚的交誼廳，其他乘客也像花朵索求陽光般圍著他們不放，儘管旁人永遠只能聽見紀堯姆的笑聲，聽靠在椅背上的他講起一個又一個故事，而蘇菲·拉封丹只是一個勁地低頭做她的針線活。紀堯姆和他在頭等車廂的一小群擁戴者似乎未曾注意過蘇菲的狀況，也並未放在心上。儘管她美麗又富有，而且受人愛戴，但她看起來很悲傷，瑪麗亞心想。穿著華服、披著金色頭髮的她雖然看起來閃閃發亮，呈現的卻是一種易碎且脆弱的光澤，彷彿她自己對這抹光澤也毫無信心。

位階僅次於拉封丹夫婦的是伯爵夫人，位居上位的理由包含她的年紀、財富與生動的口才。最後這一點呢，儘管會讓薇拉大翻白眼，但旁人倒是普遍覺得魅力十足。再往下，則是絲綢商人吳金縷，他有講不完的精采故事，同時也常大膽與女士調情，就連薇拉也被他逗笑過一次。接著是來自尚吉巴，以香料貿易致富的歐瑞斯托．圖德。在乘客眼中，這人相當具有異國情調，原因是車上所有的乘客（至少以頭等艙來說）幾乎都來自亞洲與歐洲，他的獨特性讓他的地位提升了不少，儘管他本人相當沉默低調。

階級的中位圈，有來自莫斯科的一對外交官夫婦，雷斯科夫，他們剛結束上一輪的外派。太太嘉琳娜．伊凡諾娃的話很多，丈夫則沉默寡言，在瑪麗亞看來，他們倆的相處模式似乎正是幸福生活的訣竅。不過，窗外哪怕是一點點的躁動都讓他們很緊張。這一階層還包含了瑪麗亞眼中那些留著學究型鬍子的紳士：亨利．格雷，以及伯爵夫人覺得很乏味的申克先生，還有一位不苟言笑的中國男人。他們都是因為職位與學識而受人尊崇的紳士，但社交規矩要他們避免過度分享自己的研究領域。

她自己的地位就很難說了。伯爵夫人將她納入麾下後，她的地位獲得了一定的提升，但她的寡婦身分又令他人敬而遠之。她有時會注意到自己身邊的座位空空蕩蕩，彷彿坐在她旁邊就會被她的悲傷傳染一樣。不過這樣正合她意。

教士尤禮．佩托維奇在這套位階中敬陪末座。他沒被受邀參加晚間交誼廳的小聚會，用餐時他也獨自坐在兩人桌。伯爵夫人覺得這個狀況很有趣，所以正在想方設法扶植他，不過到目前為止，伯爵夫人的努力只換來了關於女性的放蕩天性與貴族制度是如何腐敗的幾次講道。

「他跟我說，現在悔改我糜爛的生活方式還來得及。但我看，他恐怕是低估了我這把老骨頭的年紀。」伯爵夫人在某盞茶的時間向瑪麗亞透露。不過，儘管並非出於刻意，瑪麗亞還是對這人的存在感到不甚自在。也許是因為，她心想，佩托維奇和其他頭等車廂的乘客不同，從未試圖掩飾自己對窗外環境的不安，反而一直怒視著沼地上的枯樹，彷彿光憑他的不同意就能阻止變異一樣。

＊

到了第四天，頭等車廂的眾人已經自然形成一套打發時光的例行公事。上午在觀景車廂或圖書室打牌閒聊。瑪麗亞發現大家都喜歡熱鬧，不太願意落單。午膳過後，交誼廳有時會有陰鬱的音樂家弓著身子拉小提琴，或是坐在鋼琴前進行獨奏演出，有時則由列車組員為大家講述列車的歷史。今天正好輪到一位名叫高先生的副總工程師來介紹早期鐵路建築師的故事。瑪麗亞研判今天便是她的大好時機，她要拿頭痛當藉口溜去三等車廂，看看有沒有機會遇到任何協會的成員。到時，她那幻想中的丈夫終於能派上用場——一位為了尋找亡夫熟人而顧不上社交規矩的年輕寡婦，肯定會被原諒的。

然而，交誼廳的門打開，走進來的竟不是工程師，而是製圖師鈴木，手裡還抱著一臺笨重的投影機。

「鈴木先生！我們沒聽說今天是由你來帶我們長點見識。」伯爵夫人說。

製圖師放下投影機，向伯爵夫人欠了欠身。「高先生臨時有要事在身，因此由我代替，希望各位不會太過失望。」

「哪裡的事，怎麼可能會失望呢。」伯爵夫人說，然後對瑪麗亞擠了個意味深長的微笑，被她刻意裝沒看見。但也許她會考慮留下，聽聽製圖師談他的工作，也趁機更仔細觀察他。

鈴木將投影機架在車廂遠端，眾人將扶手椅調整成面對他的方向。他今天要分享的主題是「繪製不可思議的景觀」。他將窗簾降下，調暗燈光，一張張棕褐的圖片便伴隨著低沉的機器運轉聲與喀嗒聲躍現於投影幕上，展示起火車如今正穿行其中的同一片風景，每張圖片下方都有一個手寫的日期。演講剛開始時，觀眾的心情彷彿因為與外界隔絕而高漲，席間提問與閒聊不斷。然而不出多久，車廂裡便鴉雀無聲，觀眾們認真盯著一張張切換的圖片，一年又一年、一趟又一趟的旅程相繼映入眼簾。瑪麗亞發現自己緊抓著椅子扶手。投影幕上出現一棵柳樹，攝於三年前，垂下的枝葉輕輕掃過水面。下一張，同一棵柳樹的枝椏扭曲成了人類骷髏的形狀。再下一張，這回柳樹的上半部整個消失，彷彿被周圍的空氣咬斷吞噬。最後一張照片攝於上一張的幾個月後，柳樹的枝條張牙舞爪地指向天空，彷彿被捕捉到它爆炸的瞬間。

開門聲自身後傳來，瑪麗亞轉頭，看見公司代表走進車廂。原以為他們會找個位子坐下，結果他們只是繃著臉，緊抿著唇，站在門附近。

「正如諸位貴賓所見，」製圖師朝烏鴉站著的方向迅速瞥了一眼，說，「藉由在旅途定點拍攝照片做為紀錄，一張視覺化的地圖就此誕生。這張地圖將提供我們寶貴的資訊，告訴我們荒境變異的速度。」瑪麗亞覺得他的語氣中多了剛才沒有的謹慎，彷彿照著精心擬好的稿子念似的，彷彿他面對的是兩批不同的觀眾，說明的也是兩件不同的事。「打從一開始，荒境的變異就一直難以預測。成長、衰敗、重生、突變——這裡的循環比我們在自然界所知的任何一種週期都要快得多。我希望過去三年拍攝的這些照片能有機會在莫斯科萬國博覽會的鐵路公司展位上展出，向世人說明敝公司為荒境研究所做的貢獻。」

瑪麗亞冒險再瞥了烏鴉一眼。他們盯著鈴木的眼神讓她打了個冷顫，但當她轉頭看向製圖師時，他卻神情自若。她懂了，烏鴉不希望有人看見這些照片，不希望被這些肯定會去參加展覽會的人看到，尤其是，她心想，不想被這節車廂的乘客看見。鈴木正準備接著往下講，烏鴉卻鼓起了掌，觀眾們先是困惑地四下張望，然後也迷迷糊糊地跟著鼓起掌來。李黃晉拉開窗簾，佩卓夫感謝製圖師為大家帶來如此精采的分享。鈴木鞠了個躬，表情高深莫測，瑪麗亞想上前找他說話，想證實她的懷疑是否正確，但烏鴉早已搶先引導他離場。

演講結束後，大部分的乘客將椅子原地轉向，背對著窗戶開始聊天、打牌或閱讀。烏鴉根本無須擔心，瑪麗亞心想——這些人對鈴木方才介紹的景色一點興趣也沒有，他們才不願去思考有關變異的事。只有蘇菲・拉封丹一人向遠方眺了幾眼，然後才低頭看向躺在大腿上的寫生簿。不過，當瑪麗亞想探頭看看她在畫什麼東西時，她便將簿子翻往別的方向。

＊

牆上釘的廉價木材，腳下踩的地板，瀰漫在空氣中的廚房燙蔬菜味——在在都向瑪麗亞顯示自己已離開了頭等車廂的範圍，進入了三等車廂。這裡的餐車擠滿了人，但這些人要不是盯著窗外看，就是向慌亂的乘務員大呼小叫，總之沒人看她一眼。她在通往臥鋪的門前停了下來，躊躇不前。她曾經經過這裡一次，上回前往列車長室赴約的時候，但那次她身旁有其他頭等車廂的乘客與乘務員作伴，不像這次，只有她孤身一人。別人會怎麼看她？想來是有點荒謬，此時此地的外在環境分明驗證了人類建立的秩序有多可笑，自己竟然還在介意這種事。況且，話說回來，又沒有人規定頭等車廂的旅客不能到處亂跑。於是瑪麗亞決定挺胸推門而入。然而，才剛踏進去，一見到車廂內大批的人，她便立刻感覺自己精緻的喪服與量身訂做的馬甲有多麼格格不入，擔心人們會嫌她虛榮無恥，認定她在意時髦勝於為亡夫哀悼。一顆顆頭顱紛紛轉過來盯著她。在這裡，任何一丁點講究都很無恥。

「急著要去哪呀，小妞？」上鋪的一個聲音喊道。「上來我這，我一定會讓妳忘記要難過。」

「你這混蛋只會讓她更難過啦！」另一個人咯咯笑罵。

「別理他們。」一位年長的婦人對她喊。「這些人沒禮貌的程度就跟沒腦的程度一樣。」

瑪麗亞雙頰一陣熱辣，壓低頭繼續向前走。她還以為有了過去幾個月的經歷，自己應已堅強了許多；她找到了那間隱身於暗巷中的小店，找到了那位——只要付得起——便能提供她文件、讓她變身為別人的男子。她覺得自己是個冒牌貨，是故事中的某個角色，好像從一個世界掉到了另一個世界。而在這個新世界中，有人在暗處幹著勾當，有人的名字不是真名，孩子會在陰暗、骯髒、老鼠亂竄的地上玩耍。這個世界其實一直都在，只是她未曾睜眼去看。瑪麗亞還以為自己因此而長了見識，踏出了原本養尊處優的舒適圈。不過現在，她只覺得自己又蠢又赤裸，而且又是何必呢？大部分的窗簾都緊閉著，沒有人在看外面，絲毫不見有誰可能是協會成員的跡象。

但她也不想就這樣原路掉頭，不想再次忍受那些饒富興味的神情，那些把她當成待價而沽的商品一般打量的眼神。她強迫自己繼續向第二節臥鋪邁進。終於穿出臥鋪來到另一側的連結走廊時，她如釋重負地嘆了一口氣。

某個聲音說：「妳也想圖個清靜嗎？」

瑪麗亞嚇了一大跳。連結走廊的光線昏暗，乍看之下除了櫥櫃和箱子似乎別無他物，不過其中一扇窗戶旁倒因此多了一處能讓人坐著隱身的空間。有位身材很高、頂著一頭銀白亂髮的老人似乎方才就一直坐在那裡。他從低矮長凳上起身，說：「抱歉，我不是故意要嚇妳的。」

「喔，沒事，你沒有嚇到我。我是說，我只是沒料到這裡有人。」瑪麗亞希望自己看起來沒有她實際感受到的那樣驚慌，但這位老人似乎不覺得她的突然出現有何奇怪之處。

「這裡是我的祕密基地。」他用像是在分享機密的口吻說道。「乘客不會來這，工作人員也懶得理我。當然，我很樂意和妳共享。」他補充。

「我無意打擾您。」她說，然後注意到他手上握著的雙筒望遠鏡。

「啊。我知道，所有建議都叫我們不要這麼做。」老人說。「但我無法不看。」他用下巴朝窗戶示意，然後低頭看看他的雙筒望遠鏡，前後翻來翻去。「我無法不看。」他又重複一次。瑪麗亞覺得她看見老人的雙眸蒙上層霧氣。

「您在找什麼嗎？」她轉頭看向窗外問道，但話音未落，她便明白老人在看的是什麼了。瑪麗亞不敢相信她竟然沒有注意到火車開到了哪，羅斯托夫對這段景色的描述她明明讀了好幾遍。

「哇。」她驚呼。

「妳一定覺得我是個瘋癲的老頭。」他微笑著說。

「沒有這回事。」

這是羅斯托夫指南中最著名的段落之一：一道瀑布切穿岩石……我就是在這裡看見一個身影自瀑布下方的水池浮現。她的眼睛深邃，頭髮像水草一樣飄在臉旁。像個孩子，不過她打量我的方式看起來毫無稚氣。也像名少女，氣質卻與她周圍的水一樣狂野不羈。一名似像非像的少女。這段描述後來一再被人們研究爭辯。瑪麗亞看過雜誌上配的插圖——有些將她描繪成一位無辜的孩子，有些把她畫得很野蠻，最令人發毛的那些則把她畫成妖魅的女子。然而，因為後來便再也沒人見過類似的景象，所以人們普遍相信少女只是光影製造的幻覺，又或是羅斯托夫開始發瘋的徵兆。

「我知道人們都是怎麼說的，」老人說，「但我還是希望……我想，也許就再試這最後一次吧。」他的笑容變得悲傷。

瑪麗亞興奮起來，問：「您是常客嗎？」

「喔，是的，我搭過很多次。但，是時候讓這把老骨頭歇歇了。」

「上一次運行……的時候，您也在嗎？」

他再次翻弄手中的望遠鏡。「我在。」

和列車上的組員一樣，老人明顯不願多談，但瑪麗亞還是決定大膽進逼，即便她知道這番談話會讓他倆都很痛苦。「鐵路公司說問題出在玻璃上，說玻璃品質不佳，但我聽說有人不同意這樣的說法。」她試圖裝出一副只是八卦閒聊的樣子，就像一身黑衣的老嫗們在她們的小客廳分享誰又過世了一樣。「我聽說荒境研究協會認為事情並不單純。要是阿提米絲的專欄還在的話……」

老人臉上閃過一抹警戒之色，但很快就被禮貌性的茫然取而代之。「唉呀，親愛的，我老了，實在跟不上那麼多消息。不過，協會和鐵路公司意見不合，也不是什麼新鮮事了？」

他鐵定知道些什麼，瑪麗亞心想。他臉上的警戒她絕對沒看錯。「那是當然，您說的是，只不過是些惡意的風涼話罷了。」她露出一個希望看起來夠單純的微笑，不過老人的注意力已經被窗外某樣東西給吸了過去，眉頭深鎖。瑪麗亞順著他的視線望去，看見窗外的蘆葦泛起陣陣漣漪，彷彿有道巨浪碾過，接著又來一道，然後是另一道。不可能是風，因為地平線上立著一棵孤樹，樹葉和樹枝完全是靜止的。

「那是什麼？」瑪麗亞很懊惱談話被打斷，不過她也無法將視線從蘆葦浪上移開。

「是潮浪。」老人回答，然後幾乎是低聲對自己說：「但來得實在太早了。」他四處拍了拍外套口袋，找出一本明顯磨舊了的筆記簿，翻查起某一頁。

列車突然一陣晃動，瑪麗亞的胃擰在一起。父親曾經提過潮浪的事，就那麼一次。他說潮浪很像在玩弄火車，沒有任何規律可言，也無規則可循。「餐桌上不准談論不潔的話題。」她母親高聲宣布。

瑪麗亞抓住扶手穩住自己。父親說，潮浪是近幾年才出現的，沒人知道原因。火車必須小心翼翼地戰勝它，不可輕舉妄動。他還說潮浪變得越來越猛烈。又一陣比剛才更強勁的顫動來襲，她伸手抓住老人的手臂。他的手腕枯瘦到皮下的骨頭清晰可見，宛如樹上的樹瘤。

「我們該回去車廂了。」她邊說邊扶他進門。

瑪麗亞看見那位火車上誕生的女孩從反方向走來。「大家不用驚慌。」薇薇大喊，但是車身劇烈晃動，恐慌在車廂蔓延，行李從床上滾落，發出一連串沉重的撞擊聲。

「能冒昧請問您的大名嗎？」瑪麗亞問老人，但當他張嘴準備回答時，一道浪砸了過來。

難以形容到底發生了什麼事。空氣彷彿像把摺扇把自己摺疊了起來，火車的側身恍若被一雙無比強壯的大手推了一下，時間彷彿被拉伸、暫停，讓瑪麗亞不禁想像起列車巨大的車輪被抬離軌道，無助地翻覆傾倒。車上所有的家具、照明和牆壁都晃得嘰嘎作響，好幾片牆板哐啷一聲砸了下來，毛毯和包裹從牆壁裡掉了出來，彷彿列車內部塞滿由衣料及牛皮紙做的填充物一樣。走私品，瑪麗亞冷靜地看出。走私的人可要傷腦筋了。

然後就結束了，火車依然好端端地行駛在軌道上。不少乘客怕得啜泣，那名老人身子一軟，像個被人操縱到一半忽然放手的木偶般癱倒在地。

＊

醫生趕到，在昏倒的老人身邊騰出一塊空間後，瑪麗亞跌跌撞撞地從三等車廂回到她自己的包廂。她努力平復自己的呼吸，但平時常用的方法此時失了效，她找不到那條能讓自己平靜下來的和緩深河，肺部彷彿受到擠壓，心臟也好像失去了應有的穩定節奏。

她想起父親趴在書桌上的屍體。醫生手上捏著帽子。「是心臟病發。誰也無能為力。」可是，有一些細節醫生並未發現。那她自己呢，她真的看見了嗎？醫生說她傷心過度，並開了安眠藥給她。這很正常，畢竟發生了這種事。等她醒來後，屍體已經被移走了，進入制式的後事處理階段——她真的能相信自己的記憶嗎？父親的頭下有片水漬，臉上沾了沙粒。是哪來的？快清理乾淨，不要被其他人發現，不要讓她想起來剛才在做什麼。把她父親眼睛閉上，不要讓人看見他眼珠的樣子，像切割過的玻璃，洗去了顏色，就跟他製作的窗戶一樣蒼白，空洞。

似像非像的少女

列車組員一如既往開始收拾善後。他們邊清理殘局，邊努力安撫乘客，而列車則繼續在潮浪中蹣跚前行。薇薇見到阿列克謝和另一名工程師行色匆匆地走過，雙唇緊閉，臉色蒼白。火車不是沒受過潮浪的撞擊，但從來沒撞得這麼厲害。

這輛列車是有史以來最堅固的火車。

非常安全，非常安全。

然而現在的薇薇沒有之前那麼篤定了。甚至，早在上一趟旅程之前，他們組員就心裡有數，知道火車其實被操過了頭。不過他們同時也對自己說過的吹捧之詞深信不疑，為威風凜凜的列車神話建立過屬於自己的版本。所有人都深信列車將永遠運行下去。

「教授還好嗎？」一見薇薇走進廚房，安雅．卡莎莉娜吃力地起身問道。廚房和餐車一片狼籍，地上到處都是碎裂的餐具和潑出來的湯，鹽也灑得整張桌子都是。薇薇踮著腳尖小心翼翼地繞著走，碎玻璃在腳下嘰嘎作響。

「醫生在照顧他。」薇薇回答。

「傷得怎——」

「他身上沒有受傷，醫生認為可能是潮浪讓他精神耗弱。」他們不敢公然提起荒境症三個字，最好還是別想太多。不過所有乘務員皆隨身配有鎮靜劑，以防任何乘客或組員突然發作。

主廚在圍裙上擦了擦手。她對教授特別心軟，給他的飯菜總是比別人多，成天叫他要多吃一點、多長些肉。「我就說吧，」她故作開朗地說，「我們不是一直叫他別整天埋在那堆書後面嗎？在我看，他就是把自己搞得太累了。」

火車突然減速，薇薇看向窗外，看見另一道浪掠過，空氣泛起波紋，草地被壓平。安雅伸手摸了摸頸上戴著的聖瑪蒂達小鐵像，低聲嘟囔：「這可怎麼好，剩下的奶油可不能變質呀。」潮浪會擾亂火車上精密的平衡，讓葡萄酒發餿，讓廚工做事時笨手笨腳，讓組員無法安睡，還會讓性格最溫和的組員像吃了炸藥一樣發怒。

等餐車稍微找回表面的秩序後，廚師將一塊用棉布包好的葛縷子蛋糕塞進薇薇手裡。「妳去拿給教授，」她說，「胃要先顧好，神經才會好。」

然而，薇薇的雙腳卻帶她往儲藏室的方向走去。她向自己承諾等一下就會去探望教授，反正現在去的話八成會吃閉門羹，因為教授需要靜養，沒必要沒事吵他。她壓下擰成一團的罪惡感，盡可能忽略外套口袋裡那塊蛋糕的重量。教授現在需要的是休息，也需要一點時間沉澱這條鐵路對他的意義。*什麼都沒變*，薇薇信誓旦旦地對自己喊話。他們會繼續一起搭乘火車，直到永遠。

快到列車長室附近時，她再次習慣性地放慢腳步。假如她走得夠慢，假如她時間抓得剛剛好，列車長室的門或許就會打開，也許就能見上列車長一面。*不會的，她這個時間會待在瞭望塔*，薇薇心想。列車長會和製圖師一起緊盯著潮浪的動態，向駕駛下達必要的指令，告訴駕駛何時該減速，何時該等待，何時又該全速前進。

才經過門口，薇薇就聽見開門的聲音。她迅速轉身，看見的卻是阿列克謝，他額上黏著亂髮，手臂上滿是油漬。她大失所望，不過他臉上的表情還是讓薇薇停下了腳步。「發生什麼事了？」她問。「有東西壞了嗎？但你搞定了，對吧？」

「老天啊，薇薇，原來是妳……」他往走道瞥了一眼，然後示意她跟他走。他們快要走到車廂間的連結走廊時，三名維修工人匆匆趕過他們身邊，並朝阿列克謝點了點頭。每個人臉上都垮著同一副表情。

薇薇轉頭盯著他們走遠。她沒見過他們身上的工具。「怎麼了？他們要去哪？」

阿列克謝把她拉到連接走廊的角落，壓低了聲音說。「別跟任何人說。我們不想引起驚慌。」

「好。」她嚥了嚥口水。

「潮浪一定是擊中了其中一根通往煤水車的水管，讓水管移位了，但問題不大，應該很快能修好。重點是，現在整個系統跟著大亂，不知道怎麼了，竟然開始漏水。」

漏水，是列車組員心中最大的恐懼，是每一趟值勤都揮之不去，令人坐立難安的擔憂。擔心儘管他們事前傾注全副心力再三檢查，火車內部深處是否還是出了問題，活塞和管線之間是否有東西鬆動了，會不會引起連鎖反應，擔心最微小的故障會演變成無法挽回的大禍。

「漏水？怎麼會……漏了多少？」

阿列克謝沒有回答，但薇薇能從他前額溼漉漉的髮絲和被浸成深藍色的褲管推算出答案。「沿路還會經過一口井。」他最後開口說。「至少我們還有機會補上一些水。但是在那之前，我們得省著用了。」

「但我們離井不是還有好幾天的路程嗎？」她印象中，過去只發生過一次還兩次需要從井汲水的狀況。為了放下汲水裝置，火車必須大幅減速，這麼做的風險很高，所以倘若絕非必要，他們不會出此下策。

「沒錯，」阿列克謝不情願地承認，「所以我們不得不減速，節省剩下的水。」

一陣焦慮順著薇薇的背脊向下擴散。「所以得花更多天才能抵達井的位置？」

「我們別無選擇，只能求剩下的水夠用，限制大家喝水的量，然後向所有保佑鐵路的神明祈禱，下點雨吧。」

*

薇薇不知道為什麼自己第一個想到的竟是偷渡客。不知道為什麼，珍貴的水從水管一滴一滴漏出的畫面竟會讓她如此害怕。她擔心的不是時時刻刻飢渴的列車，而是那位幾乎可說是陌生人的女孩。薇薇想起她凝視灑滿月光的湖泊的樣子，想起她從浴室的水中浮起，想起那位溺水又重生的女孩。薇薇踏著不穩的腳步朝儲藏室前進。火車分明已經在減速了，但鐵軌的匡噹聲不知為何比先前更響亮、更堅決，彷彿看好戲似地提醒他們水井還有多遠，還要行駛多少看似遙不可及的距離，才能得到他們想要的救命之水。

早在缺水發生之前，女孩就已是車上多出來的一張嘴，要吃要喝，早已掠奪了不屬於她的東西。而如今車上的水已不夠供他們盡情使用，在每一滴都必須量入為出的情況下，她便成了列車必須擺脫的負擔。薇薇開始覺得反胃。走到房務車廂時她加快腳步，更多位行李員匆匆經過，忙亂到無心多問一句她要去哪。其他人也還在櫥櫃前收拾散落一地的殘局。她繼續穿過花園車廂——原本綠油油的一排排蔬菜已經枯萎凋零——然後終於抵達倉儲車廂。她祈禱伊琳娜有乖乖躲好，希望她沒被火車的顛簸嚇到。

但是女孩並沒躲在天花板夾層裡。她大大方方站在開放的走道窗邊，全心全意盯著窗外的景色，甚至沒注意到薇薇來了，所以薇薇只能從玻璃上的倒影看見她的正面——嘴脣微張，頭髮襯托著她的臉蛋，眼睛大而深邃——薇薇看見她的身影映在樺木前，像幽靈一樣閃著微光，指尖點在窗戶上，彷彿在和窗外的分身溝通。下一秒，玻璃上的伊琳娜眼珠一轉，直直地看著薇薇。有那麼一瞬間，薇薇以為是外面的女孩在看著自己。但隨後，女孩幾乎難以察覺地改變了站姿，再次模仿起薇薇的姿勢，變回薇薇所認識的伊琳娜。然而已經太遲了——薇薇早已目睹。這是薇薇第一次看見女孩的真面目，而非她假裝的樣子。薇薇早就該知道了不是嗎？她只是一直拒絕承認真相，不是嗎？這個女孩不是什麼因為迷路而嚇壞、需要人保護的偷渡客，而是來自荒境的生物，似像非像的少女。

THE CAUTIOUS TRAVELLER'S GUIDE TO THE WASTELANDS

第三部

第五天至第八天

荒境發生變異後，部分大西伯利亞地區的居民開始受森林與沼澤吸引而離家，且離家的天數越來越長，有些人甚至就這樣一去不復返。當然，這些為人父母、為人子女的居民為何會選擇拋下家人與原本的生活，我們旁人僅能猜測。說不定他們想住得離水與土壤更近些。對於習慣小心探索陌生城市和土地的諸位謹慎旅人來說，此舉或許顯得匪夷所思。但筆者得承認，親眼見到荒境生物後，我開始好奇，懷疑這名少女或許是能讓我們找到這些失蹤男女的線索。畢竟，誰能保證外頭沒有其他和她一樣的人，正待在對他們來說是庇蔭的化外之地注視著我們？

《謹慎旅人指南：荒境篇》，第三十五至三十六頁

伊琳娜

她們倆原地定格，站著不動。伊琳娜依然面向窗戶，一半的臉融入外面景色，目光卻緊緊盯著薇薇的雙眼。這一刻被拉長，時間進入一種只在她們身上作用的暫停狀態，鐵軌的嘎嘰聲似乎消失了。此刻的伊琳娜只不過是改變了姿態，巧妙的偽裝便逐漸蛻去，緩緩卸下此前一直扮演的角色。她的四肢在新的姿態下顯得更強壯，更有稜有角，眉眼間也添了幾分警惕和尖銳。她全身上下進入備戰模式，隨時準備逃跑，假如薇薇有所動作或開口說話，這瞬間便會應聲迸裂。屆時，無論她們之間剩下的是什麼，都會跟著煙消雲散。

伊琳娜文風不動。她停止躲藏，也不再偽裝。窗外的蘆葦已經退場，換上搖曳擺盪的蕨類世界，依稀可見狀如鰻魚的生物在葉叢間蛇行，爬過之處留下一道銀白色的痕跡。伊琳娜的目光從薇薇身上轉移至那些生物，她不再只是位好奇的乘客——她的眼神說明她認得這裡。她在看的不是陌生的景觀，而是她的家。薇薇意識到這點時不禁倒抽了一口氣，伊琳娜高度活躍的注意力瞬間壓回她身上。

薇薇還是沒有動作。

伊琳娜說：「我以為妳會怕。」

薇薇定定地迎上她的視線。「妳會傷害我嗎？」

「不會。」

「那我就不怕。」雖然她其實很害怕，而她也相信伊琳娜一定心知肚明。但反正她們都很擅長假裝。

伊琳娜轉身面向薇薇，看上去略顯猶疑。自從認識她以來，薇薇第一次看見她也有猶豫的一面。她一手支在身後的黃銅扶手，另一手平貼在車身的木牆上，彷彿在向火車尋求支持。

「妳一定覺得火車很奇怪吧。」薇薇大膽開口，用下巴對牆示意。

「好像有生命，但又像沒有。」伊琳娜說。

說得好，這句話確實能描述火車給人的感覺，阿列克謝也會認同這點，薇薇暗忖。有幾次，她曾經撞見阿列克謝和其他的工程師在對火車說話，還有幾次是在叱罵，也有連哄帶騙的時候。彷彿他們暗地知道火車不只是一臺精妙的機械，而是活的。

「所以妳才想來搭搭看嗎？」薇薇有一肚子的問題想問：妳是什麼？為什麼來這裡？但她隨即發現自己的語氣矯揉造作，糟透了，好像被迫在跟一個幾乎不認識的人寒暄客套。

反觀伊琳娜似乎放鬆了些，四肢的緊繃感沒那麼重了。她沒有要逃走，薇薇心想。至少不是現在，還沒。不過，她臉上倒是浮現一股方才沒有的警戒感。必須繼續讓她開口說話才行。

「我想知道它到底是什麼。」伊琳娜說。「它為什麼會讓大地震動，改變了空氣嘗起來的味道。我想知道它要去哪，又為什麼不停回到這裡。為什麼它呼吸時吐出的是深灰色的雲，為什麼它需要那麼多雙眼睛。」

「眼睛?」語畢,薇薇才意識到——是窗戶。列車的眼睛。「所以呢?妳做了什麼?」

「我沿著鐵路走,走到它消失的地方,那裡出現一座比森林還高的牆。我在池塘旁邊的蘆葦叢裡住下。我看見有人從牆後走出來,我從他們那裡得知了關於火車的事,知道他們害怕它、也崇拜它。我知道他們不想搭上列車,因為他們害怕。但是我不怕。我想知道高速穿越大地是什麼感覺。我想知道列車到底會開去哪裡。另外,我還知道了一個進入火車的方法——一個祕密的方法。」

「妳看見那些走私的人了。妳看見他們從天窗進出。」

「那些人聰明得很,動作很快,要很仔細觀察才能發現他們。衛兵會在車頂上叩個幾聲,試探一下,放出一切安全的訊號。接著,趁沒人注意的時候,他會用一根棍子打開天窗,包裹便會出現。然後衛兵就會朝車廂裡丟進幾個叮噹作響的袋子。」

「原來,難怪他們一直這麼有錢。」薇薇低聲嘟囔。

「看到這幕後我想——我可以用這個方法溜進去,這樣我就可以讓它帶我到它要去的地方了。但我很怕——」

「妳會怕?」薇薇驚訝地說。

伊琳娜伸出手掌在臉前晃了晃,完美模仿三等車廂乘務員平時常用來表達不屑的手勢。薇薇摀嘴,阻止自己笑出聲。

「一開始會怕,但總之我就邊看邊學,學著學著我就知道自己準備好了。可是,在那之後,火車竟然不再出現，衛兵們也開始說要離開。他們說火車再也不會來了。」

女孩說到這裡打住，薇薇覺得她似乎有什麼話沒說。「不過後來火車還是來了，」薇薇說，「所以妳就上車了。」

「所以我就上車了。」女孩附和。

「所以……」薇薇想著該怎麼問才好。「這裡跟妳想像的一樣嗎？」

伊琳娜抿了抿嘴。「我沒想到會這麼吵，好像它開在我腦中一樣。」

薇薇點點頭。「一直要等到火車停下來後，我才發現原來它這麼大聲。」每次噪音消失後，她的內心總會感覺到一股空洞和赤裸，彷彿衣服穿得太少似的。「那外面呢？」她問，雖然這個問題讓她焦慮不安。「待在外面是什麼感覺？」

伊琳娜又思索了片刻，然後她抓起薇薇的手，讓她的手平貼在車窗上，自己的手覆在上面。「就是這種感覺。」她說。薇薇感覺鐵軌熟悉的嗡鳴從手掌下傳來，流遍身上每根骨頭，感覺到腳下火車的節奏。她想起安東的話：「鋼鐵、木頭和玻璃——到達某個平衡點，它們就會同步呼吸。」那個平衡點正是他一直不停在尋找的，能讓玻璃堅硬不摧的點。她並未完全理解他的那句話，至少當時不懂。但現在，在移動中的火車與伊琳娜冰涼的膚觸之間，她覺得自己終於能體會他的意思。

「它在跳動，」伊琳娜說，「就像心臟一樣，外面就是這種感覺。但外面不只是外面而已，它是很多很多事物。所有的一切，集合在一起。」

「所有的東西都連結在一起。」薇薇說。安東不也這樣說過嗎?她能感覺到，感覺得到火車、鐵軌、伊琳娜和她自己的小手，感覺它們全都一起跳動著。

這時，牆上的鐘聲突然自身後響起，伊琳娜迅速抽回她的手。「妳還有工作要做。」她說。「妳該去餐車幫忙了。」

薇薇張嘴，想問伊琳娜是怎麼知道的，但想起她剛才說的話。我邊看邊學。

她轉念一想，改說：「妳該去躲起來了。」

*

時間變成了流體。儘管薇薇給車上所有時鐘上緊了發條，但這麼做似乎也無力阻止時間忽慢忽快地變形，她不禁懷疑起腳下的鐵軌能否好好把她固定在地上。每經過一扇車窗，她彷彿都能在裡頭看見偷渡少女的身影在她的視野邊緣閃爍，每一張同事的臉上好似都寫著懷疑與恐懼——他們眉頭深鎖，似乎是在說：妳，我們能感覺到妳身上藏了什麼，藏了外面來的髒東西。妳又做了什麼好事?他們彷彿這麼說。

她做了什麼?薇薇告訴伊琳娜自己不害怕，但那不是事實。她其實怕得要命，怕死了。

薇薇被派去三等車廂，幫忙乘務員監督水的配給狀況。他們對乘客說列車減速是正常程序，限水只不過是預防措施。大部分的人都很害怕，怕到願意相信他們的說法，乖乖接受配給，領取少得可憐的幾杯飲用水，並且答應共用洗臉盆，儘管水的表面很快就累積出一層汙垢。

越是告訴乘客不必擔心，薇薇就覺得自己的喉嚨越來越乾，乾得發癢。而在她忙著工作、勸誘、安撫的同時，腦中想著的淨是偷渡少女，在想著該怎麼開口問她：妳是什麼？

＊

有些問題在黑暗中比較好開口。

「我是什麼？」

午夜已過，燈籠也熄了，她們躺在天花板的夾層中，薇薇覺得自己能聽見伊琳娜在腦中反覆玩味這句話。「我曾經來自沼澤和蘆葦，來自水與土壤。可是，不對，在那之前……在我是一個什麼東西之前，曾經有人類被水吸引。當大地開始躁動，那些人便聽見了大地的召喚。他們變了。他們交談時的聲音變成了喀噠聲和喘息聲，皮膚變成了銀白色，脖子上長出鰓。他們開始茁壯生長。」

伊琳娜沉默許久，久到薇薇懷疑她是不是睡著了，一會後她才非常小聲地說：「他們擁有了他們想要的一切，但我想要的更多。」

「荒境還不夠嗎？它已經那麼大了。」薇薇試著去想像身在外面是什麼感覺，置身在那廣袤無垠的空間，那片巨大的天空下。

她聽見伊琳娜轉身。「你們為什麼要那樣叫它？」

「叫誰什麼？」

「你們幫那裡取的名字。你們說得好像外面沒有東西一樣，好像那裡一直都是空的，是被丟棄的，但外面明明充滿了有生命、有思想的東西。」

「呃，那是因為……」薇薇張口想反駁，但啞口無言。她從來沒質疑過荒境這個名字。

「外面的一切都是活的，」伊琳娜說，「會餓，會成長，會改變。我們的感覺就像這樣。」她伸手，再一次尋找薇薇的手，讓薇薇的手平貼在地面，讓鐵道的震動穿過她倆。

薇薇躺在那，雙眼在黑暗中睜得老大，一邊思索伊琳娜剛才說的話，一邊感受著火車跳動的心臟。雖然因為潮浪的關係，它跳得比應有的速度慢，跳得更小心翼翼。「但現在呢？妳現在是什麼？」她問。

她感覺伊琳娜聳了聳肩。「我不知道。」女孩說。

阻礙重重

亨利．格雷悠悠醒轉，覺得疲憊不堪。慢行中的火車整夜顛個沒完，把他晃得睡睡醒醒。雖然後續便沒再出現更強的潮浪，但出於一種預期心理，他的身體還是每每預先緊繃起來。

餐車內瀰漫著緊張的氛圍，好幾位乘客留在自己包廂沒出來，至於那些在座的乘客，各個眼帶血絲，沒什麼朝氣，侍者的動作也比平常笨拙遲緩。這頓早餐的水準令人失望，他的煙燻鮭魚端上來時盤子上有汙漬，要求加茶還被斷然拒絕。

坐在他隔壁桌的伯爵夫人要求再來點咖啡。「根本喝沒幾口就光了。難道咖啡的價格一夕上漲了不成？」

乘務員扭著雙手說：「夫人，這只是暫時性的措施，還請您耐心體諒體諒。」

格雷在內心小小慶祝了一番，慶幸自己不是那種略有不周就叫苦連天的乘客。

「夫人，我們都該忍耐點才是。」他忍不住插嘴。

「真是這樣嗎？」伯爵夫人用一種刻意強調的諷刺口吻質疑，和她身旁那位看上去筋疲力盡的小侍女一起冷冷地看著他。他不得不承認，車廂裡的其他乘客似乎都比較贊同她的看法。那位年輕的寡婦瑪麗亞一臉蒼白，沉默不語。格雷注意到她今天沒梳頭髮，手指上還沾有墨水。他再給自己塗了一片奶油吐司，默默心想：別的國家的人真是可悲，一點點不順心就崩潰了。

*

用完早餐後他躲去圖書館，希望能在那裡遇見阿列克謝。離他在地圖上圈起來的紅圈越來越近了——按照計畫，他們應該要在旅程的第八天抵達——但新的狀況讓火車的行程有所延誤。他開始胃痛，彷彿只要扭轉肌腱就能讓火車跑得更快似的。距離目標是如此接近。每天晚上格雷都待在自己的包廂裡，在工程師給他的製圖師圖表上塗塗寫寫，在他蒐集來的書籍和文章上記筆記，練習穿脫阿列克謝帶給他的笨重防護裝和頭盔，並戴上厚厚的手套熟悉樣本收集罐的操作。他準備好了。

然而，一小時後，格雷還是沒見到工程師的身影。工程師可收了他多大一筆錢啊。考量到這點，這種失約的行徑實在是令人難以接受。他胸中的挫敗越燒越旺，腹部的潰瘍也更加疼痛難捱。他無法忍受的正是這種對他人的依賴，這種面對他人無能與怠惰時的無力感。一名基督徒實在不該有這些偏狹的念頭。難道他不該更寬容一點嗎？上帝正在考驗他。沒錯，就是這樣。

牆上的鐘宣告時間又過了半小時，格雷決定改靠自己的力量解決。他心不甘情不願地拿出手帕遮住口鼻，前往三等車廂。堅果殼在他腳下嘰嘎作響，地板也黏黏的；這裡裝了好多的人，彼此之間是那麼地擁擠。他經過時，三等車廂的乘客上下打量著他，但沒人把他放在眼裡，一絲認出他是誰的跡象都沒有。空氣中飄著一觸即發的危險氣息，彷彿哪怕是一小簇火苗都能瞬間引爆一切。

下一節車廂的門上掛著一道用多種語言寫上「非工作人員禁止進入」的牌子，但格雷無視地走過，進入一處想來是員工用餐區的地方。鋪著樸素全白桌巾的桌子橫跨整節車廂，兩側放著沒有靠背的長凳。他進到車廂時，幾名組員散坐在桌邊匆匆忙忙地把食物塞進嘴裡，沒有人抬頭看他一眼，所以他大步穿過木質牆面的走廊，通過好幾扇關上的門，繼續前往下一節車廂。

格雷正要開始懷疑工程師鐵定刻意在躲著自己，就在一節看起來像是後勤車廂的地方撞見了另一頭的他。工程師正小心翼翼在梯子上保持平衡，一看見格雷走近便跳下梯子。

「我一直在找你。」格雷走向阿列克謝，轉頭確認附近沒人後說。「我們不是說好今天要碰面的嗎？」

「你不該出現在這裡。誰讓你進來的？」工程師低聲說，語速飛快，並拿了一塊髒布擦了擦手。「這一區不准乘客進入。」

「又沒人阻止我。而且又沒有別的方法能聯繫到你——」

工程師不等他說完，就把他拉進一間機室並關上門。他們身旁都是嘰嘎作響的管線，還有不時噴發的嘶嘶聲，溼氣附著在灰黑色的金屬上。「你聽好，我得告訴你，我做不到。」

格雷瞪視著他。「但我們說好了，你也收下我的錢了。你知道這件事有多重要。」

「我會把錢還給你，但我真的不能繼續下去——我們真的不能再繼續下去——這樣太危險了，尤其是現在——」

「怎麼了？尤其現在怎樣？」

工程師揉了揉額頭，留下一抹油漬。「潮浪來襲之後，車上出了一點……意外。」

「我知道車子出了一些小毛病，但那並不影響我們的計畫呀？我們不是已經討論過這個問題了？要執行一項偉大計畫的時候，剛開始難免會感到焦慮，實現野心從來就不是件簡單——」

「格雷博士，我能理解你的沮喪。但當初，我是因為相信那麼做不會危害到火車才同意的。」

「的確不會呀——你知道的吧，我絕對不會拿別人的性命冒險。」

「冒不冒險，這可不是你說了算。」

工程師吞吞吐吐、含糊其辭地跟他說明目前的狀況，當中包含了一些他聽不懂的技術細節，解釋車上的供水系統出現了問題。

「但你能修好。」

「當然，可是——」

「而且之後就有機會汲水，所以這件事真的不該阻礙我們——」

「格雷博士，你沒聽懂我的意思。目前的水量非常吃緊，況且抵達水井最快起碼也要三天。還有，就算我們補充了水，勉強度過這一關，火車的問題也無法完全解決，得等到抵達莫斯科後才能好好處理。」

格雷試著壓下內心升起的挫敗感。自從北京那糟透了的幾週以來，他從未這麼沮喪過；那時的他萬念俱灰、拖著腳步，在西伯利亞鐵路公司辦公室的走廊遊走，感覺世上所有希望都離他遠去。他的胃痛頓時加劇，嘴裡充滿苦澀。絕對不能讓自己被情緒左右——外國人醫院的醫生正色叮囑。

「凡事都不能過度，這是健康的關鍵——要管好你的飲食、行為和情緒。」

「可是，憑你的聰明才智，一定能想出辦法的吧？雖然才上車沒有幾天，但我已經注意到了，你真的很了不起。」他注視著工程師的臉，很高興上面浮現一絲驕傲。「雖然，」他小心翼翼地接著說，「貴公司的兩位代表似乎不明白你的價值。」

阿列克謝臉色一沉。「我跟那些人才不一樣，」他說，「他們根本不懂火車，對於保障行車安全是多麼精密複雜完全沒概念，以為人類可以對列車索求無度而不必付出代價。」他成功逼自己就此打住。「抱歉。」他說。「我真的別無選擇，我們的計畫得取消了。」

格雷看著阿列克謝離開，胃更痛了起來，痛得他一陣頭暈目眩，得伸手抓住扶手。不。沒有什麼取消，他暗忖。他都已經來到這裡了。

遊戲

潮浪襲擊後的隔天早晨，伊琳娜口很渴。

「很快就會到水井了。」薇薇說。等她終於有空回到倉儲車廂時，她的背已經因為搬了一早上的水瓶和水桶而痠痛不已。「到時候限水措施就會取消，但妳還是不可以大半夜泡澡。」她試圖降低語氣中的憂慮，強迫自己和伊琳娜對視，不過伊琳娜離她太近，注意力也太過敏銳，讓夾層顯得又小又封閉。不知道她會不會後悔離開自由自在的家園？如果車上的水不夠她用，會發生什麼事？這些問題懸在薇薇嘴邊，但她就是開不了口。伊琳娜舔了舔嘴脣。「很快是多快？」

「三天，」薇薇說，「再三天就到了。」

假如火車能撐下去的話。假如目前所剩的水還夠他們開到井邊的話。

過了一會兒，薇薇開口：「我教妳一個遊戲。」一個關於保持安靜與耐心潛藏，關於觀察和等待的遊戲。「妳常躲在沼澤裡，應該很會。但妳得做好心理準備，因為我也很厲害。」

這同時也是用來轉移注意力的遊戲，因為薇薇已無計可施。

遊戲只有一項規則。別被人發現。從她大到能獨自在火車上亂跑後就常玩這個遊戲。倘若車上那些年長的乘務員所言不假，搞不好能追溯到更早的時期。他們說薇薇小時候曾經不見好幾次，說她總是趁人不注意時爬走，最後才在三等車廂的床位下面找到縮成一團的她，或是發現她窩在儲物櫃的毛毯堆裡。後來，阿列克謝上車當起學徒後，遊戲便逐漸發展出複雜的加減分機制，變成一項比賽，判定誰的身手最矯捷，誰最擅長在乘務員的眼皮底下開溜，誰最會轉移乘客的注意力，以及誰最擅長躲進意想不到的角落。沒想到他一升上工程師後就嫌這遊戲對他來說太幼稚了。

「你只是因為太常輸我才這麼說。」薇薇說。

阿列克謝聳聳肩。「妳還小，我是故意讓妳的。」

那之後，薇薇便自己一個人玩。

她在失物招領箱翻出一套衣服給伊琳娜換，是件素面的藍色連身裙和外襯的圍裙，三等車廂的年輕女士會穿的那種。伊琳娜意興闌珊地舉起查看，臉上的表情讓薇薇笑了出來。「妳要是不想被人發現，就別大白天穿著絲綢走來走去。妳這件衣服到底打哪來的？」

「有時候，長城的軍營會出現一些穿得像夏天花朵的女生，我太想摸摸看了，所以就拿走她們丟在地板上的裙子。她們說我是鬼，但那些衛兵不相信，所以我就藏起他們的勳章，還把他們的鞋子丟進河裡。結果那些衛兵比女生還怕我，他們不僅點起蠟燭，還會留甜甜的米飯跟桃子給我。所以後來我就不再偷他們的鞋了。」

是兵營幽魂，薇薇心想。要是那些衛兵有天發現騷擾他們的不是不安分的孤魂野鬼，而是荒境來的生物，不知道會不會更怕？「妳把他們嚇壞了，」薇薇說，「他們一直在講妳的故事。」

伊琳娜看起來頗為得意。「但比起我，他們更怕火車。」她說。「每一次火車從你們所謂的荒境開回去時，他們都怕得要命。他們會把火車困在一個地方，像觀察一頭餓壞的野獸一樣觀察火車，彷彿火車會一口咬下他們的肉一樣。火車離開後，他們會洗好幾遍澡，還會說，如果再也洗不乾淨怎麼辦。」

＊

她們從工作人員區出發，悄悄潛入花園車廂，雞群一扯嗓啼叫便急忙離開，沿途躲遍雜物櫃、洗衣間和疊放著乾淨床單的櫃子。一如薇薇事前猜想，組員們大多忙於應付乘客需求，少數遇上的幾位也只是匆匆經過，輕易就能躲開。但風險還是很高。冒這種險很蠢很瘋，甚至有些病態。儘管車廂很熱，薇薇在和伊琳娜彎腰閃進牆上一扇經常被用來藏走私物品的活門時，還是不禁打了個寒顫，因為她們差一點就被兩名經過的行李員撞見。周圍任何風吹草動都逃不過伊琳娜的感官，身上每寸肌肉皆蓄勢待發。她好像在狩獵，薇薇心想。耐心、沉著，隨時一撲而上。

若說薇薇沒有從中感受到快感，沒有感受到與人共享火車祕密的喜悅，那她是在說謊。儘管鋌而走險，儘管掛心水源問題，儘管此刻的行為打破了車上所有規定，薇薇感覺這是她自上一趟旅程結束以來最清醒、也最有活力的時刻。她透過伊琳娜的眼睛重新認識了火車，為火車的力量和前瞻性感到自豪，用心回答伊琳娜的所有疑問。薇薇聽見伊琳娜低聲哼唱，不過與其說她是在哼歌，不如說她是在試圖感受火車的音調，想與火車同步歌唱。薇薇偶爾會發現偷渡少女雙眉緊蹙，好像找不到正確的音準，這時她就會急忙向少女展示一些新奇的事物，將她拉回現實。

「鍋爐。」她勾起伊琳娜的手臂，說。「妳說妳想看鍋爐。」

她們走到不能再近的地方；伊琳娜一直很想看看火車是如何張開它的血盆大口吞下那些煤炭的。她依舊無法想像，像火車這麼巨大的物體究竟要如何自行前進。伊琳娜的困惑讓薇薇明白光憑她的解釋遠遠不夠。然而，鍋爐所在的駕駛室屬於火車上時時刻刻受到看管之處，司爐工非常機警，從不掉以輕心。因此薇薇最多只能帶她走到駕駛室前的最後一節車廂，也就是兩節煤水車中的其中一節，讓她從門上的小窗戶偷看。可惜隔著厚玻璃其實很難看清黑暗中深橘火光之外的動靜，看不見戴著護目鏡、身穿厚重防護裝的司爐工細心呵護著爐火，彷彿伺候著聖人的侍僧。

進入乘客所在的車廂後，遊戲的難度也隨之提升。不過換個角度來說，三等車廂的乘客本來就多，再多一個也不足為奇。

「接下來，要完全不被看見是不可能的，」薇薇說，「所以規則改成，誰被搭話就扣一分。」

伊琳娜點點頭。沒想到，明明薇薇早就練就一身趁乘客用餐和爭執時悄然溜過的功夫，接連失分的人竟然是她。

「奇怪，他們為什麼都看不見妳？」她們一起躲進三等車廂餐車的角落，薇薇不滿地抱怨。

「現在要去頭等車廂了嗎？」

薇薇搖了搖頭，「那邊的人一看就會知道妳不是他們的人，而且那裡的乘務員比較小心，他們很怕被投訴。」

「但我想去看，他們不會注意到我的。不會投訴。」

「妳不懂那群人都是些怎樣的人。他們什麼事都能抱怨。」

「他們不會抱怨我的。」伊琳娜說完，一把抓住薇薇的手，將她拉出她們躲藏的角落，朝頭等車廂走去。

「我的鋼鐵啊！該死！」薇薇咒罵，「伊琳娜，不可以！」

伊琳娜身材嬌小，力氣卻很大，異常地大。她拉著薇薇穿過廚房進入餐車——謝天謝地沒人——然後來到包廂區。她直直走向瑪麗亞．佩卓芙娜的包廂，推開房門。

那位寡婦看上去心不在焉，頭髮也沒梳整。「薇薇，是妳啊！」她驚訝地說。「太巧了，我正好想找妳。」

薇薇僵在原地，麻木的知覺只感應得到身旁緊貼在車廂牆上的伊琳娜。

「昨天那位身體不適的老先生，他叫什麼名字？」寡婦繼續說。「我很想向他致意，希望他早日康復。」

「他是格里高利．丹尼洛維奇．貝林斯基。」薇薇徐徐地說。「不過大家都叫他教授。」

瑪麗亞．佩卓芙娜似乎稍微朝伊琳娜的方向望過去，但隨即揉了揉太陽穴，好像頭突然痛起來似的。「謝謝。」她說。「我一定……我一定會去問候他的。」語畢，她便起身，頭也不回地走向交誼廳。

薇薇目送她離去。「她沒看見妳。」她不敢置信地說。「她朝妳那邊看了，但沒看見妳。」

伊琳娜頗為得意地笑著說：「我就說吧。」

*

薇薇又嫉妒又興奮，兩種心情在內心拉扯。遊戲的重點變了。伊琳娜並非會隱形，事情沒有那麼單純——她有本事讓對方產生錯覺，讓人根本看不見她。

「怎麼做到的？妳在身上動了什麼手腳嗎？還是背景？為什麼我還是看得見妳？」現在換成薇薇有滿腹的疑問，輪到伊琳娜拿出耐心解答，同時還有點驕傲。

「我告訴過妳，我很擅長安靜保持不動。」

「但我能看見妳……」

「因為妳知道我在這裡，我騙不了妳。」

「所以到底是怎麼做到的？」

她們跑去交誼廳測試。薇薇一進去便緊張不已；有位美麗的法國女人在伊琳娜閃過時敏銳地抬頭看了一眼，伊琳娜馬上靜止不動，彷彿完全融入背景之中。法國女人雖然皺了皺眉，但目光最終還是落回了正在讀的書本。薇薇終於吐出憋了好久的氣。

法國女人身旁的丈夫自然什麼都沒注意到。典型的過路客，薇薇心想，只顧著想回家後該如何向朋友炫耀，根本什麼都看不見。

「孩子，妳還好嗎？」

薇薇回過神，發現伯爵夫人狐疑地看著她。

「唉呀，也許她能告訴我們，要等到什麼時候才能洗澡？」法國男人抬起頭，高聲問道。「要我們罔顧自己的健康到這種程度，有點太過分了吧。」

「我說啊，拉封丹，有很多研究顯示，洗澡洗得太多反而對身體不好。」另一位來自歐洲的紳士說。

「那些研究不適用於我們這些嗅覺比較敏感的人。」絲綢商人加入。

「親愛的，嘴巴張這麼大不太雅觀。」伯爵夫人對薇薇說。

薇薇趕緊闔上下巴，將目光從牆邊移開，伊琳娜正站在那邊憋笑。

這項能力太神奇了！太方便了！勝過薇薇曾經期望擁有的一切：一雙能看透火車上所有隱蔽空間的眼睛，一對能聽見乘務員講八卦的耳朵，好讓她能蒐集祕密，小心珍藏。

回到倉儲車廂後，伊琳娜模仿起三等車廂乘務員挺胸的樣子，還有酒保瓦希里那迷人的微笑；她拿起一旁棄置的麻袋，披在身上，化身威風赫赫的伯爵夫人；她抬頭凝望天空，完美複製薇拉虔誠祈禱的模樣。

反觀一旁的薇薇顯得心事重重。她剛才一直在等待合適的時機發問，等火車入夜後安靜下來，等她們回到了儲藏室，等伊琳娜小啜一口薇薇從自己的配給中設法省下來的水後。

「之前曾經有一個男人，」薇薇開口說，「他寫說自己有次從車窗看見了一位女孩，那女孩的身影便從此揮之不去，在他的書裡也揮之不去。後來他就沒再繼續寫作了。這是二十年前鐵路剛建好不久發生的事。妳覺得，他說的女孩會不會是——」她猶疑了一下，「會是妳嗎？」這聽起來似乎是天方夜譚，但製圖師總說荒境中的時間運作方式與人類社會不同，儘管薇薇知道製圖師自己也摸不透。

「我記得一個男人。」伊琳娜緩緩訴說。「在我所有注視過的男人中，只有一個人回看過我。他的手貼在窗戶上，張著嘴，好像想對我說話。」

「但是他怎麼看得見妳？」自從她發現伊琳娜的能力後，這個問題便反覆浮現在她腦海。「妳觀察人的經驗那麼豐富，又那麼會隱藏自己，他又是怎麼看見妳的？」

伊琳娜並未立刻回答。「我不知道。」她停了一晌才開口。薇薇聽出她語帶煩躁，臉蛋不禁浮上微笑。「也許有些人看得比較仔細，」伊琳娜接著說下去，「這種人不多，但的確有像妳這樣一直在尋找什麼的人，對自己擁有的事物不滿足的人。」

薇薇皺眉。「我才沒有在尋找什麼。」*我需要的一切都在這輛火車上*。她一直以來都很滿足，日子就跟以前一樣沒什麼變，儘管教授也許不同意。

過了一會兒，伊琳娜問：「他寫的書很有名嗎？」

「非常有名，是所有關於……呃，火車，關於這塊環境的書中最有名的一本。作者名叫羅斯托夫，他為了搭火車的人寫下這本旅遊指南，告知乘客旅途中可能出現的景象，這樣旅客就能更……小心。結果沒想到，他在那趟旅途中喪失了他的信仰，也有一些人覺得他失去了理智。」*不滿足*，薇薇暗忖。*也許伊琳娜說對了*。她讀過他的《謹慎旅人指南：北京篇》、《莫斯科篇》還有另外幾本，寫的是她未曾去過的地方。書中每一頁所呈現的他都是極為沉穩且自信十足的人：請看這個，請去那裡，這就是歷史，這就是意義，這就是真理。然而《荒境篇》格外不同。他的自信蕩然無存。他越是深入，就越不明白。難怪他再也回不去從前那個自己。

「那後來呢？他怎麼樣了？」伊琳娜的語氣有所轉變。

「妳說羅斯托夫嗎？沒有人曉得。寫完書後，他就……呃，大家說他瘋了，人間蒸發。」

「那妳怎麼看？」

薇薇頓了一下。「我希望他只是決定嘗試看看不同的生活，告別謹慎的那一面。繼續旅行。」

「繼續旅行。」伊琳娜複述，但薇薇更傾向懷疑他摔進了俄羅斯的涅瓦河，要不就是跌進了彼得堡的臭水溝，死狀慘烈。這就是那些人的下場，她腦中的某個聲音低語，那些在景色中迷失自我的人。那些不滿足的人。

製圖師

潮浪襲擊後第二個早晨，瑪麗亞早早離開早餐桌，覺得同車廂其他乘客的抱怨比食物本身還倒胃口。

「他們是想用這杯咖啡毒死我們嗎？」伯爵夫人斥罵。「還是存心讓我們再也睡不著？」今天的咖啡很濃，也很小一杯，乘務員再三向他們保證這只是暫時措施，補給後就會恢復正常。很快，非常快，乘客們聽說。

外頭望出去是一大片苔原，一路延伸至遙不可見的遠方。不過早餐時，乘務員勸他們別太仔細看，否則容易頭暈。外頭的景色看起來可能會像在搖擺，羅斯托夫寫道，彷彿它被畫在一層細緻無雙的薄紗上，然後被另一幅幾近相同但又不完全一樣的畫蓋了上去，接著又蓋了另一層。有時，觀看者會覺得好像能同時瞥見全部的景象，而這會為觀看者帶來極為不幸的影響。想當然耳，被人勸導不要多看只會讓瑪麗亞更想好好盯著看，儘管她明白羅斯托夫通常都是對的。

她試圖去探望格里高利・丹尼洛維奇——也就是教授——結果被薇薇料中，對方謝絕見客。她試著控制表情，別讓沮喪太過明顯，但很難做到，因為她確定他知道某些不願意告訴她的內幕。是因為她提起了讓他反應很大的阿提米絲嗎？還是因為上一趟旅途發生的某件事？

瑪麗亞拉上包廂窗簾，坐在窗邊的小桌前開始寫日記，盡量克制自己別用「不幸」這個詞。看見自己的思緒在紙上化為文字對她而言十分療癒。她停筆，揉了揉因為限水而總是沾著墨漬的手指。這讓她想起自己小時候，無論她多麼用力擦洗，手上老是留有一塊會為她招來責難的墨水印，讓母親和家庭教師經常搖頭，嘆問為什麼她就是不肯乖乖刺繡或是練習樂器。比起寫作，這些才是更適合淑女的消遣。

她的日記進度已經落後好幾天了，才剛寫到鈴木先生的演講而已。當她試著描述窗外一幕幕飛逝的景色變化帶給她的心境時，筆速慢了下來，一陣暈眩感湧上，彷彿她確信的事物正在溜走。不曉得除了觀察與記錄以外什麼也不能做的製圖師，又會有怎樣的感受呢？瑪麗亞擱筆，回想他提到變異及科學發現時說了什麼，也努力想解讀他看著烏鴉時的表情。她把日記本推到一邊，倏地起身。得再見他一面才行。

*

研究車廂的其中一側是走廊，走廊上有扇窗戶能看進鈴木的工作室，但被放下的百葉窗遮住了。瑪麗亞挺胸敲了敲玻璃門，沒人回應，於是伸手轉了轉門把，房門輕易地就打開了。

「鈴木先生？」她一踏進房間，便察覺剛才這裡似乎有動靜，但此刻一切都靜止下來，只有一股淡淡的潮溼味。

瑪麗亞環顧房間內部，心想，這裡應該叫做實驗室才對。這代表他是怎樣的人？都是些她早就知道的事。桌上擺著他在列車長室提過的儀器，用來觀測氣象和磁力，還有一臺看起來特別聰明的機器，滴答滴答地記錄著大氣溫度、溼度與氣壓讀數。

房間遠處的牆上釘著書架，上面擺滿各種不同語言的書——主要是日文書，但也有中文、俄文、英文和法文書。她向來無法抗拒書櫃的誘惑，於是慢慢移動到書櫃前，手指滑過一本本書背，在一本她認識的書上停了下來。瑪麗亞的臉上不禁浮上一抹微笑，她抽出那本熟悉的灰皮書，發現這本書充滿閱讀的痕跡，書頁上滿是拇指印，有幾頁還摺了角。

「想借哪一本都可以，請隨意。不過我想妳手上的那本，妳應該已經有了。」

瑪麗亞嚇了一大跳，差點把書掉在地上，只見製圖師正從旋轉樓梯上走下來。

「門沒鎖。」她對自己擅闖他人私人空間的行徑感到愧疚，然而同時也驚訝發現，自己竟然很開心能見到他。

「是我不對，我不應該打擾正在專心閱讀的人。」製圖師下到了最後一階，說。「我希望有一天能看到妳寫的書像這些書一樣擺在書架上，帶我認識新的地方。」

她笑笑。「那你恐怕得耐心等等了。在家母看來，光是在腦中想著要去哪個未經可信之人仔細走訪驗證過的地方，都是很不得體的行為，寫成書就更不用說了。」

例如孤身一人闖進這裡，她心想。闖進這個陌生的空間，和一名她不認識的男子侃侃而談。

「就算我們即將跨入新世紀也一樣？」他問。

「我想她會努力抓著現在這個世紀不放。容我道歉，我不是故意要打擾你工作的。」

「一點都不打擾，妳隨時都能過來。我一個人窩在這裡跟這些圖表和筆記相處得太久了，很高興有個伴。我記得妳對我在車上的工作很有興趣，讓我來為妳介紹一下。啊，如果我講的內容太無聊，請務必打斷我。乘務長曾經對我說，要是我再多講一個關於羅盤和磁力的字，他就要拿叉子捅自己的眼睛。」

瑪麗亞輕笑起來。和有乘客和其他組員在場的時候相比，鈴木先生在他的實驗室顯得自在多了，而她自己的呼吸似乎也變得比較順暢。他熱情地介紹起在觀測方面取得的進展，給她看記錄雨量、氣壓與溫度的儀器，並細心解說各式圖表，瑪麗亞不禁被他的熱情所感染。

過了一會兒，她開口問：「是什麼原因讓你來火車工作？」

「我想探險。」他略帶歉意地說。「我想這點也許妳能理解。」然後他接著說：「還有，因為製圖師這份工作過去一直由外人擔任。」

「外人？」

「既不效忠於沙俄，也不效忠於清廷的人。」

「啊，也是。」鐵路公司的中立態度舉世皆知。「不過日本……」瑪麗亞努力在腦中搜索她對那個國家的認知，印象中日本實施鎖國政策很久了。

「雖然我們不能去其他國家，但仍然可以對地球的樣貌感到好奇。教我製圖的師父這輩子從未離開過他出生的小島，那座島只有十六公里寬。『你所需要的一切都在腳下，』師父常對我耳提面命，『但想要了解它，得花上十輩子的時間。』可是我沒有那個耐心，我想用這一生去探索全新的、未知的事物。我認為這樣的犧牲很值得。」

沒錯，這跟她在書上讀到的一樣。離開的人有可能再也回不去。上世紀末，西伯利亞地區首次發生變異時，日本關閉了國境，因為他們認為光靠海洋不足以阻擋荒境的入侵。

她沒有繼續追問他家鄉的事，沒問他犧牲了什麼。瑪麗亞突然有種感覺，覺得製圖師溫和有禮的外表下其實藏著一顆孤獨的心，甚至從他的姿勢就能窺見端倪——他好像總是在周圍為自己留出一處安全的空間。

「我可以參觀觀測塔嗎？」她發問，但願這樣就能趕走製圖師臉上古怪而空洞的表情。

「當然可以。」鈴木說，神情恢復鎮定。

她跟著他循著蜿蜒的臺階而上，來到一個圓形的圓頂房間，四面全是玻璃，玻璃外交錯著鐵欄杆。儘管被欄杆遮蔽，這裡望出去的景色依舊令人驚嘆，感覺彷彿翱翔在這片風景之上，不受地面束縛。房間本身也毫不遜色，四處立著單筒望遠鏡，窗戶上也鑲嵌有放大鏡片，一落落地圖整齊地堆滿大桌。鈴木候在一旁，給她時間仔細欣賞地圖上精緻的細節——他總是先從鐵路線開始畫，再沿著周圍標記出每一塊大石、峽谷、高地。她發現，有些地圖是疊加在另一張地圖上畫的，一層又一層。詭異的紀錄，她默想。記錄那些發生改變的，或者遺失的事物，因為荒境讓地理知識變得不再可信。

「被看見、被承認很重要。」鈴木說。「即便已經消失了。」

她看見變化無常的此刻與過去交疊在一起，羅斯托夫對這片景色的描述彷彿在製圖師的手下化為實體。「頭等車廂有位教士認為，這些變異是道德淪喪的跡象，」瑪麗亞說，「是我們自找的，因為我們不夠虔誠。」

「很常見的想法，」鈴木皺著眉頭說，「不過我並不認同。唉呀，讓我為妳倒杯茶吧，我還留了一點水。」

製圖師把茶杯遞給她時，儘管他放下了袖子遮掩，瑪麗亞還是注意到他的手背上留有墨漬。以一位如此外表整潔、行事有條不紊的紳士來說，這點倒令人有點意外。看著他，瑪麗亞忍不住好奇他為什麼會來這裡工作，為什麼會選擇投身這充滿不確定性與變化的環境。這個人是如此冷靜自持，不受他人左右。觀測塔上的一切都井然有序，沒有半點多餘或冗誤。但也許正是因為如此——透過繪製荒境的改變，他就能固定住它們，製造出一種秩序，即便那些改變在墨水風乾之前就消失了。她能理解這股難以抑制的衝動。

瑪麗亞抿了口茶——很濃，也很苦——然後環顧起沿著弧面塔窗架立的單筒望遠鏡和鏡筒。其中有一架覆蓋著厚厚的布。

「那是什麼？」她問。

「只是個故障的型號。」他說。瑪麗亞注意到他的手在抽動，像是想阻止她看。她的叛逆心態開始作祟，要她去做任何被告誡不能做的事，而她屈服了，搶先伸手掀開布料。一個小巧的黃銅裝置映入眼簾，表面閃閃發光。她曾在父親的工作室看過它；父親去世前的那幾年，他一直在埋頭研究這個裝置。瑪麗亞不得不使勁掩飾她那並非初見的神情。父親對這個裝置無比自豪，得意於他所採用的新技術，製造出了能承受火車速度和震動的特殊鏡片，而且還想出辦法讓望遠鏡體積縮小，方便移動。但父親說過這還只是原型。如果一切按照計畫進行，費多羅夫玻璃廠就能開始著手生產這款鏡片。光是透過玻璃看出去是不夠的，父親對她說；「我們必須用玻璃去看，用玻璃拓展我們的視野，讓火車成為一輛會移動的天文臺。」

「它還無法正常使用，到了莫斯科後我得找人仔細檢查一下。」鈴木說，但他的語氣有種刻意的輕描淡寫，而瑪麗亞看見目鏡上了鎖。她努力掩飾沮喪，但願能更仔細查看這項與父親有關的明確線索。然而鈴木已經示意她前去看看另一架望遠鏡。「這架能看得更清楚。」他說，並解釋起它的用途。

這一架望遠鏡的方向朝向火車頭。瑪麗亞將眼睛湊上目鏡，在他們前面十幾二十節車廂處，她看見了瞭望塔，外觀與製圖師室所在的觀測塔如出一轍，但是她知道那些架在望遠鏡旁的東西是槍。時時刻刻都有手指貼在扳機上，緊盯著空中，等著射殺任何威脅列車前進的東西。在那人身旁，她認出列車長矮小精悍的身影。這只是她第二次見到列車長，瑪麗亞很好奇她有多少時間待在塔上，遠離乘客和喧囂，也遠離乏味的列車日常。她看起來比在晚宴時更強悍、更堅定。她雙手扶著欄杆直視前方，彷彿在督促著火車前進，駕著它駛過平原。

「轉動這裡就能看得更遠。」他指給她看。瑪麗亞感覺得到他非常小心維持距離，避免靠得太近。她調整望遠鏡，最初彷彿隔著覆滿蒸氣的窗戶看見藍綠色的模糊景象，接著逐漸清晰起來，變成一片湛藍的天空，底下則是座森林。她可以清楚看見一根根銀白色的細枝向上伸展，彷彿要將上頭的樹葉送往更遙遠的光明。

忽然，視野中飛入一隻翼幅很寬的鳥。牠出現得太過突然，讓瑪麗亞以為是自己的幻覺。

「好清楚……感覺我離牠好近。」近到能看見鳥兒紅褐色羽毛上的虹彩，在陽光下閃現一抹紅銅的亮色。那是隻猛禽，牠大張的翅膀鐵定有她雙手展開那麼寬。牠讓瑪麗亞想到帝國的象徵，雙頭鷹，一對頭顱同時注視著西方和東方，一雙眼睛時時圓睜，刻刻警惕。

從她的角度能看見另一條鐵路從他們正在行駛的軌道分岔出去。她試圖追蹤另一條鐵路的去向，卻半路被樹木吞沒。瑪麗亞知道，鐵路公司過去對荒境探勘抱有更宏大的願景，因此曾經蓋了其他鐵路。他們夢想在內陸建立研究站，也想讓火車在荒境中四處縱橫穿梭。然而，公司後來研判風險太高，因此那些鐵路很快就荒廢了，所有這些恢弘的抱負也隨之熄滅。

「你曾經想過，沿著這些鐵道走會是什麼感覺嗎？」瑪麗亞問，眼睛繼續貼在目鏡上。

「我很努力不去想。車上的組員都叫它們幽靈軌道，我知道這名字聽起來有點危言聳聽。總公司希望我們不要再那樣叫它，但大家似乎已經改不過來了。我們都知道羅斯托夫怎麼看待想像力的危險之處。」

「是啊，最好少想一點。當然了，我很努力遵循這項建議。」努力遵循她一生都被期許要遵循的建議——別想太多，別老是問問題，別胡思亂想。

遠方的天空漸漸出現一道黑影，一塊移動中的、搏跳著的黑影，像是片墨跡，在空中形成又重塑，扭動又旋轉。鈴木用日語說了句聽起來像是咒罵的話。

「太美了。」瑪麗亞情不自禁地感嘆。是鳥，好幾百隻鳥；不——幾千隻。方才在一望無際的天空中看見的那隻孤鳥已經變成一大群洶湧奔騰的物體，一會兒變成影子，一會兒又變成閃閃發光的虹彩寶石。

「這是正常的嗎？」她疑惑地問。

製圖師用另一架望遠鏡看去。「我們遇過鳥類群飛，在這類突變種中還算常見的現象，但是如此龐大的數量……」

突變種。一種鳥變成另一種鳥，一種物種改變行為、顏色、體型大小。羅斯托夫是怎麼說的？環境條件限制下的急速轉變。瑪麗亞的視線離不開那群鳥。「牠在做什麼？我是說，牠們在做什麼？」其實她已經不太確定這群鳥到底是很多隻還是一隻。

「沒什麼好擔心的。」製圖師迅速答話，不過眼睛仍然緊貼著望遠鏡不放。她在父親的工作室見過這副全神貫注的表情，體會過父親的興奮。一股劇烈的悲傷忽然湧上，瑪麗亞得緊緊抓住望遠鏡才能支撐自己。那群鳥像片搏動的雲在天空中移動，一下子延伸拉長，一下子聚攏收縮，然後又如水珠般滾落，最後在半空抓住自己，展開成蝴蝶翅膀的形狀。這些鳥怎麼知道該怎麼飛呢？彷彿牠們共享著集體意識一樣。她想像自己身在其中，羽翼大張，舞著一支她未完全參透的舞。

下一秒，房間變暗了。窗前每一寸都覆滿羽毛、眼睛和尖喙，幾千對翻騰的翅膀撲打著玻璃——她和製圖師置身於群飛的中心。

「不要看牠們！」鈴木向她大喊，但他的聲音似乎來自遙遠的彼方，而瑪麗亞看得目不轉睛；

一顆顆亮黃色的眼珠注視著她，明明有無數對眼睛，但都是同一雙，受同一個意識指揮，如此全然，全然陌生卻又無法抗拒。瑪麗亞無法移開視線，她不想移開，隱約感覺到鈴木走到她面前伸出雙臂，似乎是想在不碰到她的情況下將她圈起來，但是她不想被保護，她想要看。儘管被捲入羽毛與鳥爪的混亂中，她還是想起父親說的，仔細看好，於是她衝出製圖師雙臂圈出的範圍，將眼睛貼回目鏡。

一隻黃眼睛回看著她。

接著，一聲爆炸從上方傳來，鳥兒的活動發生變化，唰地瞬間飛走，彷彿高塔不過是個被牠們把玩一會兒就丟下的玩具。光線重新盈滿她的鏡片，煙霧從瞭望塔的砲口升起，飄向空中，鳥群的黑影朝北方扭轉而去。瑪麗亞感覺鈴木的手放在她背上，引導她離開望遠鏡。他的聲音在耳邊響起，但她無法理解他在說什麼；除了鏡片裡的那隻眼睛，她什麼都無法理解。那是一個意識，凝視著她。

烏群襲來的時候，薇薇和伊琳娜正在偷偷跟蹤烏鴉二人組。她們曾試著想跟蹤列車長，但就連伊琳娜也發現實在很難接近把自己鎖在房間的她。不像兩位烏鴉，總是在車廂間晃來晃去，在門口逗留偷聽。他們知道每一位乘客的名字，用銳利的目光留意組員的一舉一動。無論薇薇和伊琳娜去到哪裡，都能聽見鞋扣的喀噠聲，瞥見黑色大衣擺動。

伊琳娜很快便對他們心生厭惡。「他們口是心非又表裡不一。」她目睹他們將水占為己用，遠遠超出了每人能用的限額；薇薇不得不出面阻止，才沒讓她溜進烏鴉的車廂把水偷回來，儘管薇薇自己也很想這麼做。

「妳為什麼要那樣稱呼他們？」伊琳娜不滿。她們正在靠近列車長室的連接走廊，又一次痴痴地等候，等著看列車長一眼。

「妳說烏鴉？因為他們總是帶來厄運，還有他們的打扮……他們的西裝就像黑色羽毛，跟烏鴉很像。」對伊琳娜大聲將原因說出口，感覺很蠢。

「厄運？」

「對，因為烏鴉……很壞……」薇薇越說越小聲，腳後跟在地板上蹭了蹭。

「烏鴉就只是烏鴉。壞的是那兩個男人。」

她們正準備放棄等待時，伊琳娜轉頭望向天空，看見一大群鳥在天空迴旋，羽毛、翅膀、黑影、光線交織出一幅幅不同的圖樣。有些人可能會一頭栽進去，薇薇心想，再也出不來。她轉身找伊琳娜，只見偷渡少女將手平貼在玻璃上，臉上的神情接近恐懼，但也可說是嚮往。那叢飛舞攪動的鳥離火車越來越近、越來越近，直到盤旋在火車正上方，大量的羽翼將光線吞噬殆盡。

*

薇薇和阿列克謝在組員用餐區嗑著乾巴巴的餅乾和起司，一邊躲避外頭的乘客。廚師說目前暫停提供湯品，飲用水的量也持續嚴格管控。儘管中午才剛過，餐桌上已經傳起了一小瓶會令人胃酸過多的烈酒。薇薇偷偷地將她的那份倒進擺在桌子中央的花瓶。花瓶裡的花已經開始枯萎了。剛才那一大群鳥似乎打破了車上早就隱隱躁動的平衡，起初對於限水措施及緩慢車速的三兩抱怨及投訴如今儼然形成一股浪潮。無論是三等車廂還是頭等車廂，乘客只要一看見乘務員的制服出現，就會掀起一波憤怒的高聲抗議。

「列車長得出面了。」阿列克謝低聲說。「乘客不是傻瓜，他們知道車上出了問題，而且他們比我們還更不相信烏鴉。」

薇薇咕噥了幾聲附和。她沒有專心在聽阿列克謝講話，她的心思都在伊琳娜身上。自從鳥出現之後，她看起來心神不寧，興致缺缺，就連答應她再去偷看一次鍋爐也無法使她動心。薇薇乾瞪著天花板上的吊扇，車廂內的高溫使她頭腦遲鈍。「你就不能讓這些吊扇轉快一點嗎？」

「我們有在試了。」工程師揉揉眼睛。「我們沒辦法創造奇蹟。只要開到水井就好，一切就會好起來。」

但是距離水井還有好幾公里的路要走。

薇薇問他：「你有跟瑪麗亞．佩卓芙娜講過話嗎？」

「那個寡婦？沒耶，我為什麼要和她講話？」

「我也說不上來，只是……我聽說烏群飛來的時候她人正在塔上。而且她老是問東問西。烏鴉們也注意到了。」

「在烏鴉眼中，每個人都是協會派來的臥底。她大概只是寂寞無聊罷了。妳呀，就是愛管閒事，但那不代表別人也跟妳一樣。」

她努力擺出無辜的臉。「我只是覺得，既然你和格雷博士特別要好，應該很熟悉頭等車廂的動靜吧。」

阿列克謝被吃到一半的餅乾噎住。「我才沒有跟他特別要好。」

「我看見你和他說話，感覺你看起來——」

「妳的感覺錯了。」他直直盯著薇薇的眼睛。「既然妳這麼關心其他人，怎麼還沒看妳去探望教授呢？」

「醫生不讓任何人見他。」

「是嗎？我聽說安雅今天早上給他帶了點湯，醫生攔都沒攔就讓她進去了。」

薇薇正準備尖銳反擊時，一群行李員走了進來。

「真高興看到總工程師如此認真解決我們的水荒問題呢。」他們在隔壁桌的長凳上落坐，臉上掛著輕蔑的笑。

「別誤會，我們可不是在催你喔，我們知道工程師的腦時常需要放鬆一下。」

阿列克謝的目光固定在桌子上，但薇薇可以看見他緊緊握住手上的杯子。

「別理他們。」她說。

「還是說，我們的工程師都在忙著甜言蜜語？」

一陣哄堂大笑，阿列克謝倏地站起，他的餐盤摔在地上。車廂頓時陷入一片安靜，他大步離開車廂。

「這下你們滿意了嗎？」薇薇努力壓低自己的音量說道。眼前這群行李員喝得滿臉通紅、酒氣十足。她不喜歡這個狀況，不喜歡空氣中那股緊繃焦慮的感覺。

＊

同一天的下午及夜晚，薇薇都在打理雜務中度過，一邊還得處理乘客越來越難纏的要求。火車此刻行經的一帶彷彿有些什麼，總是惹得乘客焦躁不安。薇薇推測，大概是跟這一區乾燥的空氣、一叢叢的地衣、一片令人暈眩的黃與焦橙色有關。也因此，等她終於有空溜回天花板夾層時，天已經黑了。

伊琳娜皺著臉盯著薇薇帶給她的一小杯水。「味道好怪。」

「因為這批水回收過濾太多次了。」薇薇說。她自己也喝了出來，水中摻有金屬味，還有一股放了很久的味道。

「外面有東西。」伊琳娜突然抬起頭。「妳有感覺到嗎？」她抓起薇薇的手按在牆壁上。「就在外面……」

除了火車的震動，薇薇什麼也感覺不到。「鳥又飛回來了嗎？」她緊張地問，彷彿突然會聽見成千上萬雙翅膀鼓動的聲音。

「不是，」伊琳娜神色困惑，「是別的。」她側耳傾聽，然後伸手在屋頂上亂摸。薇薇半晌才意會過來，她是在找天窗。

「伊琳娜，不可以！」薇薇一把抓住伊琳娜正在摸索著開關裝置的手。「太危險了，妳會被人看見。」

伊琳娜的手強勁有力，緊繃的手臂也是。她完全可以把我甩開，薇薇暗忖，而且我無力抵抗。她比我強壯多了。

但伊琳娜停下動作盯著她。「妳不會有事的。」她柔聲說。

「什麼？」

「呼吸外面的空氣。不會傷害到妳的。」

「會，我們就出事過。」她的語氣不小心添了太多的譴責。「上一次運行的時候。」

「但妳還在這裡。一切都沒變。」

一切都沒變。「妳知道發生了什麼事嗎？如果妳一直在看著我們，如果外面的事物都是相連的，妳知道為什麼我們一點都不記得嗎？」

偷渡少女抿了抿嘴。接著，出乎薇薇意料，少女伸出雙手托住她的臉，好像想盡可能地將她看個仔細。「我不知道。」她說。「但妳為什麼想知道？這很重要嗎？」

她的眼珠不只有一種顏色，薇薇發現，而是混合了藍色、綠色和棕色。

「難道不重要嗎？」因為一切**確實**變了。因為她想知道真相。

「妳的好奇心不正是被不知道勾起的嗎？」伊琳娜說。「這不正是妳願意幫我的原因嗎？」

她鬆手放開薇薇的臉，一把拉下車頂的活門，荒境的空氣灌了進來。

嘈雜的噪音頓時充斥薇薇的雙耳，呼嘯的風聲吹散了湧上嘴邊的話，她驚慌地喘氣，肺部火辣辣的。她摀起臉，掙扎著後退，撞翻了放在地板上的燈。

「空氣不會傷害妳。」伊琳娜在她身邊說。「妳相信我嗎？妳看，抬頭看。」

薇薇慢慢讓身體放鬆下來，緩緩抬頭，瞄向車頂上露出的方形天空，仰望如萬花筒般璀璨的星夜。偷渡少女的肌膚在光線下看起來幾乎是半透明的。

「妳帶我認識火車，我帶妳認識這個。」伊琳娜準備站起來，卻被薇薇一把拉住。

「小心。瞭望塔上的人可能會看見我們。」

她們慢慢將身子探出天窗，薇薇被撲面而來的速度感震懾——感覺比在火車裡快太多了。兩座塔一片漆黑，但塔上的窗戶染上一層底下車廂流洩出來的光線，微微閃耀。她不禁想像起槍手歐雷格的視線在車頂來回掃視，透過瞄準鏡瞥見了不該出現在那裡的人影，移動準星鎖定她們。

風刮過薇薇的臉頰，扯動她的頭髮，讓她感到頭暈目眩；這感覺是如此恐怖、自由、馳騁。一想到她的肺如今裝著荒境的空氣，她便感到喉頭一緊，胸口發悶，然而當她覺得自己要被恐慌淹沒時，伊琳娜的手覆上了她的。

「妳看。」

薇薇順著伊琳娜的視線看去。倘若不是風偷走了她的嗓音，她一定會驚呼出聲，因為地平線上出現了好幾團巨大蒼白的形影，頭頂著類似鹿角的東西，笨重緩慢地移動著。這些形影的內部似乎透著月光，共有八、九隻，個頭相較於一旁樹木的輪廓高。薇薇從未見過或聽聞過這種生物，不知道原來火車經過時竟有生物在一旁悠悠地過著隱密的日子。除了鐵軌的轟鳴聲，她們聽見了另一個哀戚而低沉的聲音，薇薇心想——牠們在唱歌。她意識到，自己不曾想過荒境的聲音聽起來會是什麼樣子，即便她想過，她也肯定自己絕對猜不到聽起來竟像是歌聲。

「妳聽得懂牠們在說什麼嗎？」

伊琳娜默不吭聲，全神貫注地認真聽著。但薇薇捕捉到她的表情發生了細微的變化，眉間微微蹙起。「不懂。」伊琳娜等了一會兒才說。

她們盯著那些生物看了很久，直到火車將牠們甩在身後。星星開始被雲遮蔽，景色也黯淡了起來，但薇薇不希望這一刻就此結束，不想失去這種飛行的感覺。她們趴在車頂，下巴抵在手臂上；她可以在這裡待上一整夜，就她們倆，在大地與天空之間，彷彿失重般被拖曳劃過整片夜空。

薇薇時不時瞥見左右微光閃爍，彷彿這裡那裡有根火柴被點燃，在被風吞噬之前劃亮一抹藍焰。反觀一旁的伊琳娜望著天，將手掌伸向空中，然後舔了舔手指。

「有東西正在改變。」她說。

薇薇抬起頭。「要下雨了嗎？我們祈禱了好久，希望快點下雨把水櫃裝滿。搞不好會有風暴也說不定。」

伊琳娜默不作聲，只是繼續仰望天空。

從頭皮一路到手指，薇薇都感覺得到。空氣彷彿通了電般劈啪作響，彷彿天空在她們身旁迫不及待甦醒。

瓦倫汀之火

過去幾天的碧藍蒼穹變成了一片黯淡頹喪的灰，一隻鳥都沒有，感覺前所未有的低矮沉重，彷彿有層厚厚的面紗緩緩下壓，籠罩下方的森林。見識過這裡的一切後，她該抱著怎樣的心情回家呢？瑪麗亞想。當她見過骸骨所砌之景，當她見過群鳥漫天飛舞，要怎麼坐回裝潢精緻的小客廳，評論剛結束的獨奏會，閒聊宮廷裡的最新時尚呢？當她見過這片巍峨莊嚴宛如聖堂的樺木，又怎能忍受那些言談枯燥的年輕男子高談闊論自己的壯遊呢？

當然，她早就做好了心理準備，那種生活——儘管她並不嚮往——怎麼說也不可能持續太久。她得自食其力，而也許就連這點，在經歷了這一切後也會變得更加艱難。

「可是啊，親愛的，那場景鐵定令人毛骨聳然。妳嚇壞了吧？」伯爵夫人的摺扇輕敲了一下，打斷了她的沉思。鳥襲事件發生之後，瑪麗亞發現自己成了眾人矚目的焦點。紀堯姆和伯爵夫人把她塑造成了哥德風故事的女主角，而這也讓眾人發現他倆都對血腥的文學作品情有獨鍾。從早餐時拉封丹夫婦與她和伯爵夫人同坐的跡象看來，瑪麗亞意識到，她在頭等車廂的地位悄悄有所提升。她的隔壁桌坐著雷斯科夫夫婦和絲綢商人吳金縷，正留神傾聽她這桌的談話。

「妳一定得一五一十告訴我們到底發生了什麼事。」紀堯姆說。

「我看妳一定睡得很不安穩吧。」伯爵夫人啜了一口她的咖啡。

「我睡得挺好的，多謝夫人關心。」

「可是這裡簡直熱昏了，害我一刻也不能好好休息。如果妳有需要的話，薇拉那裡有一些厲害的酊劑。」

「如果是我在那上面，大概從此再也睡不著覺了。」嘉琳娜．伊凡諾娃在胸前劃起十字。「上帝一定給了妳更強健的體魄。」

瑪麗亞也但願如此。「我能向各位保證，事情發生得實在太快，我甚至記不清細節了。」這話當然是在說謊。她巴不得能將眼睛再一次貼上那片玻璃，去感受那被注視的感覺。羅斯托夫是怎麼說的？世界總是看似在咫尺之處，卻遙不可及。我伸手抓住它，卻只感覺它從我的指縫溜走。

難道這就是製圖師每天的感受嗎？她忖度。與漫天飛舞的異鳥僅有咫尺之遙。他此刻是不是也正在他的塔上凝望著遠方呢？

「倒是列車長。這樁攻擊發生時她跑去哪了？」嘉琳娜．伊凡諾娃緊緊抓住丈夫的手。「他們不是向我們保證過嗎，說一切都很安全？」

「槍手很早就發現了那群鳥。是他開槍把牠們嚇跑的。」瑪麗亞突然感到一陣疲憊。從前一天開始，她就一直被困在同樣的對話中，一遍又一遍。

「但要是下一次牠們沒那麼容易被嚇走呢？那該怎麼辦？」

「如果是那樣的話，夫人，我們得希望自己能像瑪麗亞．佩卓芙娜女士一樣處變不驚。」紀堯姆用餐巾優雅地壓壓嘴角。這不是瑪麗亞第一次欽佩他們，即便在如此混亂的處境下，仍然遵守社交禮節。

一位乘務員為他們端上一盤冷肉及片得薄薄的冬瓜。

「還是沒有粥嗎？」吳金縷質問。乘務員雖向他致上深深的歉意，還是請他再耐心等等。

「今天早上我洗澡的時候沒有水。」嘉琳娜．伊凡諾娃說。「這輛火車的品質與先前承諾的水準實在差太多了，真令人失望。」

「這讓我們的旅程變得更刺激了，不是嗎？親愛的。」雷斯科夫握住太太的手，妻子報以一個縱容的微笑。瑪麗亞忍不住好奇，要是她的手被鈴木牽著會是什麼感覺，被那令人安心的纖長手指握住會有怎樣的感受。她努力驅逐這個念頭。

「我太太總怪我太過沉迷於冒險，還有新奇的事物。」紀堯姆說。「但奇景當前，我們還能怎麼做？要是把此等奇蹟視為理所當然，豈不是太過自滿，甚至顯得不知感恩嗎？」

「還請諸位多多擔待我丈夫。」蘇菲開口。「迷人的觀眾一多，他就詩意了起來。」

「我的意思是，我們無須害怕。」紀堯姆帶著一種瑪麗亞不以為然的激情口吻說道，大快朵頤了起來。「難道我們沒看到這些銅牆鐵壁和窗戶是多麼的堅固嗎？」

「我想，有點怕反而比較健康。」蘇菲說。

「我同意。」瑪麗亞附和。她發現紀堯姆看看她、又看看自己的妻子，嘴角泛起一抹玩味的笑。這人心裡一定想，這並不衝突，她心想，因為女人本來就應當害怕，而男人理應勇敢無懼。

她還沒來得及離座，就被亨利．格雷纏上，他和其他人一樣想聽聽關於鳥的事。能不能描述得更詳細一點？妳說那些鳥翼幅很寬，究竟有多寬？群飛發生時，他在遠處也瞧見了，等他意會過來，便飛快奔上製圖師的塔樓想一看究竟，卻萬分可惜地沒能趕上。所以現在，格雷手捧著小筆記本，熱切地盯著瑪麗亞看。

她看見其他人彼此偷偷交換眼神。博士凜然嚴肅的舉止在這群人眼中實在俗氣得很，較真過頭的模樣更是令人發噱。

「鈴木先生說，雖然這不是他第一次遇上鳥類群飛，但沒見過規模這麼大的，也不曾離火車這麼近。」

格雷點點頭，在筆記本上塗塗寫寫，然後抬頭繼續露出興致勃勃的眼神。

「那些鳥的眼睛是黃色的，有著大大的黑眼珠。」而且透過望遠鏡直勾勾地瞅著她，彷彿守在那裡等她很久了，彷彿代表成千上萬隻鳥盯著她看。「身上的羽毛看起來像棕色，但光線照射時會出現別的顏色，像是綠色，還有金色。」

「可以描述一下牠們的行為嗎？天上有沒有其他掠食者，導致牠們開始群飛？還是說妳有注意到別的跡象？」

整間車廂都在側耳傾聽他們的談話，餐具碰撞的叮噹聲一時靜止，對話也暫時歇息。

感覺牠們是衝著我們而來，彷彿具有意識，會思考。

「沒有。」她說。「天上就只有那群鳥，沒有別的。但願我能分享更多，只是事情真的太突然了。唉，我如果是個博物學家，一定非常不稱職。」

「別這麼說。在那種狀況下，我能理解。」但格雷其實默默認同瑪麗亞給自己下的評語。

她正準備接話，伯爵夫人卻驚呼起來。「我的老天，那是什麼？」

眾人順著她的目光看向窗外。是火焰，蒼白中帶藍的火焰，在地上一閃一躍，如風中落葉般翻騰滾動，然後旋舞至空中，消逝不見。

一聲響亮的碗盤碰撞聲響起，是乘務員沒控制好力道，失手將托盤重重地放在餐桌上。

「我在書裡讀過，這叫瓦倫汀之火。」格雷說。「如果我記得沒錯，這現象相當罕見，只有在特定的大氣條件下才會發生。」

由車內望去，舞動的火焰似乎以火車與鐵軌為中心，向四周蕩漾。

瑪麗亞也在羅斯托夫的書裡讀過。這個現象得名自一位農家男孩的滿腔怒火：他生長的村莊被沙皇下令燒毀，男孩因失去家園與田地而哭泣，當他的眼淚落到土地上，竟化成了火焰。自那之後，每當沙皇對土地燒殺掠奪，火焰便再次復燃，暗示災難即將降臨。

「羅斯托夫說火焰的出現是個警告。」她說。

格雷搖搖頭，不屑一顧地反駁。「火焰是地底下的氣體遇上某種大氣狀況引起的。我能向您保證，它絕對沒有警告的意思。」

然而，瑪麗亞注意到，乘務員的臉瞬間失去血色，收拾餐桌的手也顫抖不止。

＊

早餐後，瑪麗亞陪伯爵夫人前往觀景車廂。薇拉拒絕陪同，無論她們怎麼安撫，都無法說服她相信藍色的火焰傷不著他們。

「都是那個天殺的尤禮．佩托維奇。他跟她說，那是從地底下燒上來的地獄之火。」薇拉一離開，伯爵夫人便開口。「她發誓自己絕對不會冒著賠上靈魂的風險去靠近它一分一毫。」

伯爵夫人自然是不必擔心自己的靈魂，瑪麗亞心想。只見伯爵夫人在沙發椅上滔滔不絕抱怨侍女的腦袋塞滿教士的胡說八道，說著說著眼皮越來越重，呼吸也越來越緩。

另一邊的瑪麗亞倒是相當清醒，覺得腦袋快要爆炸了——製圖師，還有那些鳥。她是否真的看見那隻炯炯有神的眼睛？這種感覺就像試圖抓住一個既鮮明又迅速流逝的夢境。還有，她獨自現身在他房門口，鈴木會怎麼想她？我太魯莽了，她責備自己。

「親愛的，妳知道，人們可能會議論妳那時為何出現在那裡，隻身一人。」彷彿被瑪麗亞的思緒吵醒，伯爵夫人目光銳利地盯著她。「雖說我也不想向細瑣的社交規矩屈服，但我更不希望看到妳讓自己……」她停了一下，思索著，「陷入尷尬。」她重新閉上眼睛。「當然，這只是其中一種看法。」

瑪麗亞靜靜地坐著。伯爵夫人說的當然有道理。但她又該如何得到她需要的解答呢？

「愛唱反調，你女兒就是這樣。」她母親曾經向她父親抱怨。「叫她別做，她偏要去做，簡直就是在挑釁。」但她從未想過要挑釁，她只是忍不住想知道做了會發生什麼事，這樣她就能記錄在日記上，讓事件固定不動，然後一個人躲在房間想辦法弄個明白。

不，故作端莊無法讓她得到她想要的答案。

等伯爵夫人睡著後，她先去圖書室挑了一本小說，接著昂首闊步穿越三等車廂，來到醫務室。瑪麗亞敲了敲門，迎接她的是一位身材矮小、樣貌整潔的男人，臉上掛著令人不安的微笑。他看瑪麗亞的眼神很專注，彷彿想將她困在顯微鏡下，一層一層剝開她的皮膚，觀察底下的東西並發出驚嘆。

「我只能讓您待一下下，不許累壞我的病人。」醫生說。「還有，容我冒昧，但現階段，閱讀應該對他的病情沒有幫助……他必須避免過度用腦，您知道的。」他取走她帶來的書，將它放在桌上，輕輕拍了拍封面。

醫生領她到隔壁的門前，拿出口袋的鑰匙開了門。「只是預防措施。」他瞧見瑪麗亞皺眉，補充道。

那位老人——薇薇口中的教授——靠坐在一張窄床上。儘管房間裡暖和得很，他的下半身還是蓋了一條毯子。

「就幾分鐘，」醫生說，「我會待在隔壁。」瑪麗亞聽見鑰匙插進鎖孔裡轉動的聲音，胸口一陣緊縮。這間房沒有窗戶，牆壁上鋪有軟墊。

「希望您不介意我冒昧拜訪。」瑪麗亞開口，並自我介紹，老人審慎打量的目光讓她有點不自在。她真希望醫生沒有拿走那本小說，這樣至少能有一個更合理的探視藉口，有個話題可聊。

「當然不會介意，親愛的。上次很可惜只聊到一半，很高興再見到妳。我感覺好多了，他們跟我保證，我並未染上……」他遲疑片刻，「染上任何會危害妳的疾病。雖然這裡看起來很嚇人。」他指了指鋪了軟墊的牆。眾所皆知，患上荒境病的人會因為接觸不到外面的世界而出現暴力傾向。瑪麗亞無法想像這位老人有辦法傷害她，但她讀過，患者發狂時會產生非比尋常的力量。

「我了解，只是預防措施。」她說，只見教授點點頭，但她能感覺到他的警惕。他理當警惕，提防她的化名和借來的裝束；這讓她對自己正在做的事感到一陣厭惡。不對——是鐵路公司逼她不得不這麼做。

房裡的沉默持續，瑪麗亞想不到更好的臺詞，於是開口：「吃的都夠嗎？要不要我幫你拿點什麼？我自己不舒服的時候，想吃的全是熟悉的食物，我很樂意幫你去廚房問問——」

「妳到底為什麼來這？」教授打斷她。在他文弱、學究的外表下，她瞥見鋼鐵一般的心智。

瑪麗亞結結巴巴地準備答腔，但他接著繼續說：「假如妳是鐵路公司派來的，那麼他們只是在浪費時間。我什麼都不知道。」他雙臂交叉抱在胸前，眼裡滿是不服。

「什麼？不，不是，沒人派我來這，請相信我。」

「但妳會來這，絕對不只是為了關心我的身體。」教授說。

假設她對他坦承以對，也許他也會如實以報。瑪麗亞深吸一口氣，用一種希望就算醫生此刻就站在門後偷聽也聽不到的音量說：「我在尋找真相，關於上一趟旅程的真相。」

教授面不改色，「繼續說。」

「我希望能找到一個人，任何人，一個也許記得發生什麼事的人。也許記得事故到底是不是玻璃引起的。」

「鐵路公司說是。」

「沒錯。」她迎上他的目光，說。「那是他們的說法。但我得知玻璃匠——」她該坦承到何種程度？「我得知他原本打算寫信給阿提米絲，搞不好他其實已經寫了，在信裡揭露了他在別處不能說的話。」

教授的臉上再次閃過一絲戒備。

「玻璃匠已經身敗名裂——」

「可是阿提米絲還是會聽的，不是嗎？如果真的存在被掩蓋的真相。這不正是協會的工作嗎？觀察，就算鐵路公司不希望協會這麼做。」

教授沉默不語。好一會兒後，他終於開口：「Per speculum verum videmus。」

「透過玻璃，我們看見真相。」瑪麗亞複述。教授說的是聖彼得堡玻璃同業公會的座右銘，用拉丁語寫成——向西方取經，一如那座城市常做的。

教授對她點點頭，瑪麗亞覺得自己好像通過了考驗。「妳認識他。」他說。

「只是久仰大名。」瑪麗亞搬出演練過的臺詞回答。「我來自聖彼得堡，我的家族也從事玻璃貿易。」

他推推鼻梁上的眼鏡。「原來如此。」他接著說，「不過，無論多認真去看，還是有看不見的時候。而有的時候，或許看不見還比較好。」教授給了瑪麗亞一個令她想起伯爵夫人的表情，彷彿準備拆穿她所有的祕密。「妳可知道鐵路公司的勢力有多大？」

「當然，全世界都知道。」

「但是妳真的了解多少？我想大多數人都不明白。」他的臉頰漸漸恢復血色。「妳可知道這條鐵路運送了多少噸的茶葉，多少布匹，多少瓷器嗎？它承載的思想和訊息多有價值？火車閒置在調度場的這些時間，妳知道公司承受了多少損失嗎？這些損失對於一間與議會、官員、宮廷關係盤根錯節的公司來說，是多麼難以想像的事嗎？火車非運行不可，這才是唯一重要的真相，而不是誰在途中身敗名裂。」

這才是唯一重要的真相。

教授示意她湊近。「去我們初次見面的那裡，看那扇窗戶，仔細看。」

瑪麗亞張嘴準備追問，但還沒來得及開口，就聽見鑰匙開鎖的聲音。教授靠回原位，閉上眼睛，瑪麗亞則從椅子上站了起來。

房門打開，露出的空間被黑色大衣填滿，彷彿公司的名諱一被提及，他們便自動現身。

「夫人日安。」他們走進醫務包廂，朝她欠身，動作的一致性令人發毛，讓包廂顯得過於狹小，牆壁離人太近。

「我們來查看病人，結果發現他已經有訪客了。」俄羅斯烏鴉操著一口流利的英文，發音清楚，比瑪麗亞講得好多了。「兩位先前就認識嗎？」

「不認識，我只是擔心——」

「我們在彼得堡有位共同好友。」教授沒看她一眼便插嘴。「請替我向他問好。」

瑪麗亞頓了一下。「沒問題。」她感覺烏鴉的視線在她身上掂斤估兩。「我正準備離開，教授累了。」

「感謝您的體貼，我們不會占用他太多時間的。」他們半推半送趕她出門。瑪麗亞努力回頭看，但教授的身影已消失在黑色衣料之後。

＊

她慢慢往回走，經過組員休息室，在進入三等車廂前的連結走廊停下。在她與教授第一次相遇的窗前，堆積了更多的箱子。她把那些箱子推開，祈禱不要有組員經過質問她在做什麼。好不容易，瑪麗亞清出了一塊空間讓自己擠進去，擠到教授指示的窗戶前，可以仔細觀察上面究竟藏了什麼祕密。起初，她什麼也沒發現，但不多久她就看見了——就在窗戶的右下角處，非常不起眼，不緊貼玻璃絕對看不見，而就算有人看見了，也很容易誤認為刮痕。她看見一個船隻造型的風向標；那是聖彼得堡的象徵——也是她父親玻璃工廠的標誌。

她愣住，然後伸出手指，撫過那艘小船，宛如在看她父親的簽名。經歷了這一切，在他們說了那些話，提出了那些指控與醜聞之後，鐵路公司仍然繼續使用他們聲稱有瑕疵的玻璃——他們聲稱荒境之所以入侵列車的關鍵。

這項證據要不坐實了鐵路公司在她父親的事上撒了謊，要不就證明了他們粗心得很，讓乘客暴露於危險之中——不論是前者還後者，都足以對公司聲譽造成傷害，足以幫她父親洗清罪名……但是，教授的話在她腦中迴盪：「妳可知道鐵路公司的勢力有多大？這才是唯一重要的真相。」

瑪麗亞盯著那艘船。窗外，藍色的火焰沿著地面和岩石上方劈啪閃滅，遙遙之外的天色開始暗了下來。

風暴來襲

荒境的天氣變幻莫測。夏日晴朗的藍天有機會積出雪雲，也有可能降下雨水，要下不下地懸掛在半空中。倘若你觀察得夠仔細，就能在雨珠上看見不可思議的圖案。風暴會在眨眼間形成，席捲平原，轉眼卻又消失不見，留下彷彿突然被抹乾淨的天空。薇薇就是在風暴中誕生的，主廚安雅．卡莎莉娜告訴她，隆隆的雷聲淹沒了她那可憐母親的叫喊。「至於妳呀，好像聽見了雷聲召喚似的，儘管妳的母親逐漸遠去，妳還是想要來到這世上。」每每說起她的母親，列車組員都悲傷地直搖頭。組員們把她母親形容得美麗又勇敢，但沒有一個人的描述方式讓她這個人聽起來真實可信。薇薇在想，自己是否也該感到感傷，但她似乎無法調動正確的情感。

「那是因為妳血管裡流著的是油，不是血。」教授總是這樣對她說。「那是因為妳是列車之子，而列車既不哭泣，也不抱怨，它只會繼續前進。」薇薇再次湧上一陣愧疚，她還是沒去探望教授，但她似乎沒辦法指揮雙腳帶她去醫務室。薇薇不忍看見他決定放棄使命的樣子，不敢去面對這次可能是他最後一趟旅程。他的血管裡也有油。油和墨水。

＊

凌晨時分，她被叫醒去站崗；她被派去瞭望塔協助槍手。風暴整夜都追在他們身後，雲層湧滾翻騰，閃電貫穿其中。

塔上沒有點燈，所以在灑入銀輝的昏暗之中，歐雷格看起來只是一塊弓著的黑影。他輕輕頷首，遞給薇薇一副雙筒望遠鏡。近距離看，風暴的烏雲看起來飽盈著雨水，沉甸甸的。得爆開來才行，她心想，這樣大地才能浸滿清涼的水。

一想到水，薇薇就意識到自己乾燥的喉嚨和幾天沒洗的肌膚。她用指尖摸摸臉。她的肺裡裝有荒境的灰塵嗎？她試著去偵察體內是否開始產生變化，就像兒時總愛去找鬆動的牙齒那樣，試探性地去感覺不對勁的地方，去感覺部分的自己變得陌生。她能夠察覺出來嗎？她不再那麼確定了。說到底，自從上一趟旅程後，她就不確定自己是否正常，失去記憶就像缺失了四肢一樣刺痛。

她看著雲層持續增厚、扭曲，詭異地與製圖師塔樓上的鳥群相呼應。雲層似乎追得更近了，快要追上火車的腳步。

「槍也無能為力。」歐雷格說。

要是槍能把雲給射下來，讓雨落下就好了。

「列車長有來這嗎？」薇薇問。

安靜了半晌。「來了一下，大概一個多小時前吧。她說她去駕駛室看一下。」

「她看起來怎樣？」

槍手咕噥地說。「就是一臺鬧水荒又忙著躲風暴的火車列車長的樣子。」

＊

隔天早晨，睡眠不足的乘客焦躁不已。風暴的烏雲越來越近，讓天空看起來閃爍著偏藍的光，彷彿瓦倫汀之火的焰苗躍上了空中。薇薇覺得風好像也在搖晃著車身，好似在測試火車的能耐。要是雨能下下來就好了。要是下雨，車上緊繃的情緒就能稍稍緩解。要是下雨，就能舒緩火車的渴，讓車再撐一會兒，撐到他們抵達水井，這樣他們就少一項要操心的事了。

薇薇避而不去頭等車廂，因為不想再費唇舌解釋自己也束手無策，不想再說她很抱歉，但風扇真的已經開到最強了，不想再說不好意思，目前沒有提供冰水。至少三等車廂的人不會要求和她的上級說話，他們只會發發牢騷，用一些「生動」的字眼表達不滿。縱然如此，眾人還是又熱又緊繃又不悅，窗簾緊閉，遮蔽外頭詭異的光線。「這很正常。」薇薇一遍遍安撫他們。「荒境的天氣就是這樣，我們都習慣了。」

然而乘客知道她在說謊，薇薇能從他們轉身離去的背影感覺出來，他們很氣工作人員對此竟然無能為力。

一位小男孩朝她的方向跑來，讓她心頭一沉。他的髮絲溼透貼在額頭上，溼潤的眼睛睜得大大的。「我媽媽生病了，請幫幫她，拜託。」他拽著薇薇的手，薇薇不情願地跟了過去，看見男孩的媽媽坐在下鋪，周圍都是旅途中產生的垃圾。

「它想幹嘛？」男孩的媽媽呻吟。「它怎麼會指望我們知道？」她背對著窗戶，雙手掩住耳朵。男孩小心翼翼地伸手搭上她的肩，卻被一把推開。儘管男孩企圖掩飾，但薇薇還是看見了他臉上閃過一絲難過。

「沒事，不用擔心。」她對男孩說。「這種事偶爾會發生，等風暴過去她就會恢復正常了。」但要是遲遲沒好轉，薇薇擔心，恐怕就得看醫生了。

「要是風暴一直沒過去怎麼辦？」

「會過去的，不用擔心，我們會甩掉它。」薇薇努力用令人安心的口吻說，但實情是，她也感覺到外面有股蓄意之氣，彷彿風暴會思考。

又起了一陣狂風，刮得火車搖搖晃晃，讓她想起此刻縮在天窗下的伊琳娜，一定口渴難耐。昨天晚上，薇薇給她帶去了更多的水，但限水越是嚴格，要做到就越困難。

「這些牆很堅固。」她繼續說。「火車也很堅固，比至今任何一輛火車都還堅固。」這句話就像是咒語，只要你說得夠多次，就會成真。它是真的。

「那鐵軌呢？」男孩抬頭看她。「鐵軌有多堅固？」

「比世界上任何一條鐵軌都還堅固。」薇薇話鋒一轉，「你叫什麼名字？」

「唐敬。」男孩小小聲地說，用袖子抹了抹鼻子上的鼻涕，讓她往後縮了一下。孩子不修邊幅的程度每每讓薇薇感到震驚，但父母似乎總能毫不在意地擁抱他們。

「你爸爸呢，他也有來嗎？」

小男孩指了指一群圍在一起打牌的男人。薇薇原本打算建議他待在父親旁邊，說父親會照顧他，不過這下看來不太可能。這時，她的目光被一塊突然出現的藍布吸引住。是伊琳娜。她緩緩穿過車廂，一下看看窗戶，一下又看看乘客，好像很冷似的摩挲著手臂。

「我等一下會再來看看她的狀況。」薇薇蹲下，對唐敬說，竭力壓抑扭頭望向伊琳娜的衝動。「你放心。」男孩卻轉身看了看車廂，又回頭看了看薇薇，眉間皺在一起。他不是唯一一個這麼做的人。乘客間掀起一小陣不安的躁動，紛紛讓路給伊琳娜。他們沒有看她，卻在她周圍騰出了空間。無論她先前用的是什麼招數，那招現在都不管用了。人們知道她在這裡。

「待在你媽媽身邊。」薇薇迅速交代唐敬。

一聲轟雷讓車身泛起顫動，彷彿閃電為鐵軌充飽了電。有人開始哀嚎。

「都是因為我。」薇薇走近時，伊琳娜低聲說。

「只是風暴而已。」薇薇說，一邊引導她離開車廂。伊琳娜的頭髮扁塌，缺乏光澤，手臂上有幾塊肌膚變成了青褐色。「我們回去儲藏室吧，讓妳好好休息。」

「不——妳看。」伊琳娜猛地拉開厚重的窗簾。閃電穿過低掛在泛黃天空的翻滾雲層，以巨大的「之」字形射向大地。薇薇湊近窗戶，放在窗框上的手指被一陣突然竄上的酥麻嚇得猛然一縮。

她身旁的伊琳娜緊張得顫抖著。「不是天上，是地面。」

一團黑影躍入她的視野。

「那是什麼？」其他人也看見了，那些忍不住拉開窗簾的人，驚呼聲在車廂間傳開。薇薇更靠近點看，難以置信地瞇起眼。「火車？」沒錯——地上長出了一輛影子火車。那輛火車將自己從地面拉拔起來，蜿蜒曲折，閃閃發光，煙霧從它甲冑般的肌膚下方孔隙噴出。它輕而易舉地跟上列車行進的速度，時而潛回地底，時而繞過途中的障礙。它以一種薇薇覺得噁心的流暢姿態平穩移動著。這不對勁，太不對勁了。

「它好像在嘲笑我們。」薇薇說。任何目的如此明確的事物，她暗忖，任何像那樣的東西，都一定有自己的思想。

「不。」伊琳娜喃喃道。「它們是在嘲笑我。」

又一道雷鳴劈下，火車再次搖晃，影子火車也跟著搖晃，彷彿大地飽含電力。有人開始祈禱，有人哭了起來。

「拉上該死的窗簾！」一位乘務員匆匆跑來，喊道。

薇薇轉向伊琳娜。「來吧，我們走——」然而偷渡少女已不見蹤影。

雷聲轟然震耳。

火車遇上鳥時，薇薇記得伊琳娜當時的樣子。她貼在窗前，臉上寫滿害怕與渴望。她是否從牠們身上感受到召喚？還是說，感受到驅逐？

預視降臨

每當風暴將近，亨利．格雷總覺得心頭沉重，嘴裡還會嘗到一股金屬味。他養的長毛獵犬愛蜜莉會在屋子裡來回走動、大聲吠叫，吵著要出去，走到門邊時卻又僵住了腳步，嗚噎著縮回屋裡。他自己則會守在門邊，感受空氣中凝結的企盼。大地和天空在那一刻彷彿朝彼此挨近，地面的拉力滲入骨髓。唯有等到風暴迸發，腦中的壓力才會減緩，隨著閃電釋放出來，隨後湧上一股振奮。他會開始坐不住，大步走向沼地，把管家淚眼汪汪的警告當耳邊風，說他肯定會被閃電劈到，燒成焦炭。在德國，人們有時會稱鍬形蟲為「Hausbrenner」，「燒房蟲」，因為德國人相信，鍬形蟲強而有力的鉗角上夾帶著煤炭，會讓房子被閃電擊中，這番形象令格雷深深著迷。人們還曾認為歐洲犁人甲蟲的振翅會導致打雷，因此每當他在風暴時踏出家門，心中有一部分的他都會默默渴望召喚雷電，看看雷電敢不敢劈中自己。

此刻，跟格雷同車的乘客都蜷縮在自己的包廂裡時，相同的感受找上了他。一陣興奮竄過他的皮膚，彷彿每顆毛囊都充滿了電，每一聲雷鳴、每一道閃光都往他的血管裡注入一股喘不過氣的刺激感。

隔著包廂，他能聽見禱詞不停重複的嗡嗡聲。一定是尤禮．佩托維奇跪在地上祈禱。聲音不大，卻又剛剛好能讓人聽見，煩得令人抓狂。

後來，他再也忍無可忍，決定動起來。格雷抄起筆記本和筆奔出包廂，還沒想好到底要去哪裡，雷聲便轟然響起，火車彷彿被一隻怒氣沖沖的手揪住衣領猛力搖晃。沒事，他心想，沒事。我們在上帝的庇蔭之下很安全。他伸手撫上窗臺，卻被一陣酥麻咬得猛然一縮。「上帝啊。」他不禁脫口而出。「主啊，求祢憐憫我們，求祢賜平安。主啊，求祢與我相近。」

外頭有些動靜。地上爬出不明生物，身上的殼光滑且呈褐色。巨人蜈蚣的一種？不對，牠們並非用腳在移動，但從那外殼來看肯定是甲殼類，殼下似乎還散發著一種類似煙霧的物質。格雷雙手壓上窗戶，想讓玻璃和鐵欄杆消失。那些生物跟著火車前進，像水流一樣滑過地面，以一種他前所未見的方式移動著，他心想——牠們在模仿。他得把這一幕記錄下來；畫素描也好，寫筆記也罷。就算之前有人見過這種生物，他也確定對方未曾留下過文字紀錄。格雷在腦中開始為牠進行分類，努力盯著，不讓牠們離開視線範圍。可是火車正在加速，似乎想甩開風暴，所以他只能遠遠地瞥見牠們。又一陣劇烈搖晃讓他一個踉蹌，車廂裡的燈光閃了幾下。就在那裡，數一數牠們的數量，觀察牠們移動的方式，專注在工作上。牠們是被風暴引來的嗎？還是牠們是荒境的燒房蟲，會召喚閃電劈擊火車？牠們的身體有分節，格雷在心中默想。無脊椎動物。車廂裡的燈在他進入的那刻熄滅，不過在閃電一閃而逝的光線下，他看見了。一個光芒環繞的身影，彷若聳立在教堂墓園中的大理石天使一樣莊嚴、一樣靜謐、一樣聞風不動。彷若幽靈。不過是乘客罷了，他理性的那一面想，在風暴的把戲下昇華成超自然的存在。但那可不是人類的身影，就連風暴也瞞不過去。他不禁向那東西伸出手，努力抵抗想朝它跪拜的衝動。

接著，遙遙之外傳來一聲轟鳴，像是大地裂開，金屬和木頭同時碎裂，一陣顫動從車身傳來，力度大到令他雙膝一跪。列車急煞的感覺讓他以為自己的骨頭被大力擠壓，彷彿有個力量在拉扯他全身的肌腱。越來越慢、越來越慢，火車彷彿就要四分五裂，這股巨大猛烈的壓力將會壓碎車上所有人，而他心想——終結之時，上帝降預視於我。

他感激涕零。

鐵道的盡頭

薇薇抵達頭等車廂餐車時，車上的燈光已經全滅，只能就著閃電的閃光摸索前進。她在門口駐足，上氣不接下氣，等待下一道閃電來臨。而當閃電劈下，映入眼簾的竟是伊琳娜，站在車廂正中央，渾身散發著光芒。

車廂的另一頭，門打開了。亨利．格雷出現，一臉茫然如夢，驚奇地注視著伊琳娜。

他們前方的鐵軌爆炸了。

THE CAUTIOUS TRAVELLER'S GUIDE TO THE WASTELANDS

第四部

第九天至十四天

有些人將大西伯利亞之所見視為純粹的非理性之美，認為其混沌的形式與他們本身崇尚的無政府主義、虛無主義與自由思想相契合。注意，我們不宜擅自將這種觀點視為年輕人的一頭熱而貶之——許多見識更廣的年長者同樣容易迷失。實際上，隨著日數增加，旅人可能會發現車外那片無法觸及的景觀變得越來越誘人，且越來越難抗拒對於新奇與未知的渴望。在車上神遊是很危險的。要是想沉浸在風景中的念頭變得太過強烈，建議可服用濃度高的生薑酊劑，據說能有效淨化身心。

《謹慎旅人指南：荒境篇》第四十八頁

幽靈軌道

火車以慢到令人抓狂的速度移動，一寸一寸前進，宛如某人試圖在懸於深壑的繩橋上保持平衡，時時刻刻擔心繩子夠不夠牢固，懷疑自己的平衡感是否能撐過這不可能的任務。火車正在切換到次要軌道，也就是幽靈軌道。薇薇努力讓自己不去想那些腐爛的木頭和鏽蝕的金屬，並在每次震動或顛簸時竭力保持鎮定。若她回頭，還能看到主要軌道上被閃電擊中的地方依然燒著熊熊大火，烈焰照亮了整片夜空。

乘客們一直在說好險好險，還好出事的地方就發生在主要軌道與廢棄軌道的交匯處。真的好險，彷彿當初建造軌道的人就在那邊守護著他們，為他們送來一根浮木。列車長成功引導眾人，為乘客做好切換軌道的心理準備，並向他們保證事情都在掌握之中。

「請貴賓留在自己的包廂和床位，不要擅自走動，並靜候工作人員指示。」擴音器讓列車長的聲音聽起來薄弱而遙遠，卻不聞一絲顫抖，薇薇心想，令人感覺被迫切換鐵軌不過是件尋常事，然而列車組員們都心知肚明列車長只是在演戲。真是高招。*她怎麼還有臉？*

薇薇很訝異自己內心的恨意竟然如此之深。

*

伊琳娜跑去哪了？薇薇盡她所能弄到些水，並把水壺留在天花板的夾層上，不過她也知道那瓶水有多輕，量又是多麼地少。現在，她只求伊琳娜乖乖躲好，沒被人發現。

＊

列車已經甩開了風暴，這才是乘客最關心的焦點。有人窩在床位上，有人在交誼廳舉杯慶祝，組員們決定不去打擾乘客享受這一刻的安心——這是他們唯一能給的仁慈。組員們也同意，乘客們非常幸運。

然而他們自己心裡有數。組員身上自信不再，他們的雙腿再也預測不到車廂的搖晃，因此走起路來像個醉漢。乘客們乖乖聽話，好像知道哪裡出了問題，卻看不見全貌，無法真正參透背後的意涵。只有組員知道——失去主要軌道，意味著失去他們唯一確信的事物。

主要軌道的維護是由特殊的維修車和維修團隊處理，負責修復製圖師和工程師反映的所有問題。幽靈軌道則沒有受到同等細緻的維護，而鈴木手邊有畫出這條軌道的地圖也已過時多年。他們無從得知次要軌道是否有受損、能否撐得住。這條路線實在廢棄了太久，如今除了幽靈，它什麼都不是。組員們每一步都踏得小心翼翼，彷彿擔心自己的體重會把腳下的軌道壓垮。

＊

清晨，天空失去了顏色，好像被前幾日的操勞給消磨殆盡。列車吃力地一哩一哩拖著自己前進，經過一片似乎朝他們步步進逼的景色，擠進無樹的山谷，穿過鋒利的岩壁，與即將蔓延開的黑影擦身而過。組員休息室的其中一扇窗戶旁，薇薇正跪在長沙發上。她如果夠仔細看就能分辨出岩石的顏色，卻怎樣也想不起它們各自的名稱。她讓雙眼失焦，一張張人臉便自崖壁浮現突出；人的大腦能夠看見它想看見的事物，教授老是這麼說。我們總能在樹皮上、壁紙上看見人臉，因為我們向來都在萬事萬物中找尋自己。但此刻薇薇看見的臉龐圓腫而扭曲，滿臉驚恐、坐困愁城。她移開目光。

「問題是，」吧檯後方的瓦希里說到一半，「你相信真的有一位來自天堂的訪客嗎？」

「你說什麼？」薇薇一聽，趕緊轉頭問。

阿列克謝哼了一聲，但薇薇能看出他是裝的。他整個人神經兮兮，一副心神不寧的樣子。即使每位組員自從火車離開主要軌道後就沒闔過眼，即使薇薇的雙眼現在已經累得發乾，她也和其他人一樣，不想一個人孤伶伶地留在床位。

「你剛剛說天堂的訪客是什麼意思？」她追問。

「車上都在傳——就在閃電劈下之前，有一個長得像天使的人現身警告我們。從目前的流言聽起來，似乎是你相信哪位神明，就是哪位神明派來的。」

「上帝才不會用這些操勞後的幻覺來救我們。」阿列克謝說。

「我只是轉述我從乘客那裡聽來的事罷了。」

薇薇努力抑制臉上的擔憂之情。

「你不應該放任他們說那些話，」阿列克謝說，「乘客已經被煽動得太狂熱了。」

瓦希里突然挺直了身子。「烏鴉來了。」

就連烏鴉的羽毛都亂了，薇薇心想。他們一貫淡定的表情如今略有緊繃之態，佩卓夫的領帶還是歪的。他倆之間的對稱不再。

「雖然目前出了點小意外，但我們相信大家一定都過得很好。」佩卓夫擠出一個小而乾的笑，好像他剛開了一個玩笑。沒人答話，甚至連他的夥伴都沒陪著擠出同樣的笑。他們之間的同步又出了差錯。

「我們會有加班費嗎？」阿列克謝發問，瓦希里聞言閉上眼睛。「畢竟這些意外會讓我們的行程多加好幾天。」

兩位烏鴉的視線落到他身上。李黃晉開口：「如你所知，西伯利亞鐵路公司向來不吝為員工提供合理的補償。話說回來，所以三等車廂的水切斷了沒？」

阿列克謝臉上閃過一絲痛苦。「我們斷了其中一節車廂——」

「我們說的是兩節都斷。你沒聽懂我們的命令嗎？」

「限水已經實施很久了，至少應該留一點給他們盥洗，或是——」

「為了火車，有人非得犧牲不可，我相信不用我們再強調一次。」李黃晉用甜膩的語氣說道。「這樣明天早上就能給頭等車廂的客人每人一罐水。三等車廂的人太多了，沒辦法這樣做。所以，與其讓所有人都沒水用，何不集中在一些人身上？乘客會理解的，就這樣說定了。」

阿列克謝臉色蒼白。「我只聽命於列車長。」

「列車長的立場就是我們的立場，當然你也可以自己去問她。」

烏鴉任由對話沉默。他們知道他不會這麼做，薇薇心想。他們很清楚，我們沒有人會這麼做。要是從她口中聽見這道命令，將會多令人痛苦。

「公司感謝你們的辛苦付出。」說完，烏鴉便大步離開，鞋扣隨著腳步叮噹作響。

薇薇看著他們的背影走遠，然後轉頭對阿列克謝說：「你不會照他們的話做，對吧？」

他誇張地大嘆一口氣。她忽然想起當年剛上火車的他，穿著過大的制服在火車上趾高氣昂的樣子歷歷在目，因為一個小女孩賭他不敢溜進他不該出現的地方而氣得跳腳。「妳可能不會因此惹上麻煩，但是我會。」

「我還能怎麼做？再說了，他們是對的——要省水，總得從一個地方開始。」他了無生氣地說，口吻自暴自棄。

「可是三等車廂的人已經很躁動了，如果繼續斷水，他們就會拿我們開刀。」

「那也沒辦法，他們只能忍耐一下了。我需要更多時間。」

「不過我們抵達水井之前就會回到主軌道上了，不是嗎？」薇薇感覺瓦希里變得異常安靜。「不是嗎？」

阿列克謝迎上她的目光。「鈴木說，我們不可能在水井之前開回主軌道上。」

「什麼意思？那我們不就——」

「很吃緊？沒錯，但沒有別的辦法。假設我們能更嚴格限水，大概還有機會撐到下一個井。」

「乘客一定會氣瘋的。會有人造反。」

「我們會告知大家是因為換了軌道的關係，不必讓他們知道真相。」

「但要是我們離開幽靈軌道後還得繼續限水呢？」

「先過一關是一關，到時候再說。」

「可是，難道——」

「我的鋼鐵啊！夠了，張薇薇！我們大家處境都一樣，沒有人的日子是好過的，但要為這一切負起責任的人是我，妳根本連責任兩個字怎麼寫都不知道！」他略微遲疑。「我不是那個意思。」

「我知道你是什麼意思。」她盡量用輕描淡寫的語氣說，但話一脫口便像是指控，只見阿列克謝緊抿雙唇。他隨便點了一下頭就邁步離開車廂。

「讓他一個人靜一靜吧。」瓦希里說。「他氣的是烏鴉，不是妳。」

「你不覺得奇怪嗎。」薇薇轉移話題，一部分的確是為了不要讓他注意到她漲紅的雙頰，但另一部分也是因為這問題困擾了她一早上。「這條軌道損壞的程度比想像中低？我以為它會更破爛一點。」儘管鐵道廢棄後，維修團隊還是持續維護了一段時間，以防有一天會派上用場，但最終他們還是放棄了，而且放棄至今已經過了好幾年。沒想到，在這樣一個生機勃勃的地方，一處兩趟行程之間苔蘚就能長滿整顆岩石的地方，一個藤蔓會活生生在你面前攀上樹幹的地方，幽靈軌道竟然光禿禿的，什麼也沒長。好像它一直在等待這天到來一樣。

瓦希里大笑一聲。「妳現在是在抱怨我們太幸運了嗎？」他走到掛在酒櫃旁牆上的聖像前，伸手輕撫畫像的鐵框，再摸摸聖人的臉。薇薇不禁也伸手去摸窗戶邊的鐵框。我們才沒有太幸運，她暗忖，而是運氣太背了。沒有一件事對勁——不光是幽靈軌道，還有風暴，和水。全都不對勁。教授說得對：有些改變規模太大，沒有回頭路可走。他一直都是對的。

＊

在車上行走所需的時間似乎變長了，因為列車實在開得太慢。廚房車廂內鍋鏟刀切聲四起，胡椒和香料的氣味直直竄入薇薇鼻腔。她知道廚房在做什麼：他們想蓋掉食物不新鮮的氣味，盡可能地延長食材的使用期限。還能撐多久？幽靈軌道會讓他們延宕幾天？薇薇盡量不去想伊琳娜的渴，她脣邊乾裂的皮，她緊貼在窗戶上凝望著風暴烏雲的樣子，也試著忘掉乘客們察覺陌生人混入而轉身面向她的那一幕。薇薇來到醫務室門口，深吸一口氣。

教授蜷著身子閉著眼睛躺在床上，眼鏡擱在床頭邊桌。沉睡時的他看起來是如此孱弱，好像一碰就會碎為塵土。

「教授？」

床上沒動靜。

她將椅子挪近床鋪，握住他的手。「是我。」她輕聲說。「你聽得見嗎？」

教授緩緩睜開眼，目光失焦，然後嘴角微微上揚。「妳回來啦。妳看見了嗎？玻璃上的東西？

我一直在思考……妳講的那些話。也許我太早放棄了，也許到了該再次提筆的時候。」

「太好了，教授。」薇薇捏了捏他的手指，不過心裡暗暗擔心他是不是開始恍神了。「等你身體好一點，我可以幫你，像以前一樣。」

他的臉皺在一起。「我什麼也沒告訴他們。他們想知道……他們懷疑妳謊報身分……」教授眨眨眼。「薇薇？」

她對教授微微一笑，盡量不讓臉上顯露擔憂，不讓他發現自己擔心他疲憊的臉龐和混亂的思緒。「有其他人來看過你？」

「我忘了她的名字……穿著黑衣……」他打了個呵欠，薇薇聞到一股熟悉的甜香味。

「瑪麗亞……」她說。「頭等車廂的乘客。是她嗎？」

「請叫她務必小心。」他的眼皮沉重。

薇薇等他繼續說下去，但教授的呼吸開始變沉、變得規律。她輕輕捲起他的袖子，只見他如紙片般薄的手臂肌膚上留有好幾個針孔。

＊

走出醫務室包廂，薇薇將額頭抵上玻璃。她應該早點來看他的。他真的有嚴重到要打麻醉藥嗎？她知道，要防止病患弄傷自己，這可能是最溫柔的做法。還是說背後藏有其他原因，和他與寡婦的會面有關？薇薇撓了撓汗溼的衣領。陌生的軌道讓火車節奏發生變化，使她很難專心。瑪麗亞·佩卓芙娜，老是問個不停，老是出現在她不該出現的地方。他們懷疑她謊報身分……薇薇可以現在就前往頭等車廂警告她，順便質問她究竟在打什麼主意。但或許，她不該現在就攤牌。如果說寡婦想從教授那裡問出些什麼……難道她已經得知他的真實身分？薇薇想到教授那失了焦的瞳孔，想到她握著他的手時那脆弱的觸感，心中便湧上一股難以抑止的衝動，想找個安靜的地方躲起來，緊緊閉上眼睛。她累壞了，不知道自己該怎麼做。沒了列車長，沒了教授，她只不過是——誰？一個背叛火車的叛徒。一個無名小卒。

一道細微的聲響讓薇薇抬起頭。是迪瑪，牠正沿著走廊朝後勤車廂的方向走去，鼻子嗅著地板，尾巴高高翹在半空，呈警戒狀態。

「迪瑪、迪米崔……」她蹲下，但牠不理睬，兀自從她身邊走過，散發一股毅然決然的氣勢。薇薇跪坐在腳跟上，感覺眼淚在眼眶刺痛打轉，自己也覺得有點荒謬。但接著，她聞到了——那潮溼、發霉的氣味，與伊琳娜相伴的氣味。她接著發現，仔細看的話，地毯上有一小塊一小塊溼掉的地方，上面留有一撮撮細細的雜草。薇薇咒罵一聲，用腳底摩擦地毯，將雜草塞進口袋，祈禱沒被人發現。乘客已經察覺到伊琳娜的存在，她記得很清楚——就在風暴逼近的時候，他們感覺到她就在那裡。還有格雷，亨利·格雷也看見她了。其他人會相信他嗎？相信他看見的景象？相不相信並不重要——謠言和恐懼散播的速度就跟火車飛馳一樣快。甚至更快。人們現在都開始留意了，留意格雷口中的訪客；天使、幽靈、怪物。

薇薇跟著迪瑪來到儲藏室，迪瑪在門邊停下步伐，刻意擺出漠不關心的姿態梳舔起自己的毛。

「迪米崔，謝謝你。」她摸摸牠的頭說。

只見伊琳娜坐在車廂地板上，身邊散著一箱箱打開的箱子，裡頭的貨物灑得到處都是。

「伊琳娜！不行！這樣其他人會發現有人來過這裡。」薇薇連忙動手收拾整理，但伊琳娜伸手拉住她的袖子。伊琳娜的手上已經開始出現發青的瘀斑，嘴唇也開始龜裂。

「我們怎麼動得這麼慢？什麼時候才會加速？」

「沒辦法，我們不確定這條軌道夠不夠穩。但應該快了。」薇薇努力抹去嗓音中的猶疑。

「我們來玩遊戲！輪到我了——不對，是輪到妳才對——換妳去駕駛室了。嘿——我會在這裡躲好，還有看——」

「不行，伊琳娜。」薇薇握住她冰冷的的手。「不可以。」薇薇牢牢抓住她，彷彿這麼做就能將偷渡少女困在原地。「有人看見妳了，一名乘客。妳得躲好才行，懂我意思嗎？不可以再去走廊上亂晃了。」

話才剛說完，伊琳娜人已經衝出門外。「現在沒人！我要玩——妳不玩的話可以在旁邊看。」她渾身上下散發著一股狂熱，某種躁動不安的能量，這種模樣，薇薇之前在那些患了荒境症的人身上見過幾次。這些人下一步通常會開始用力轉動通往外界的門把，使勁又拉又扯地與鎖奮戰，最後不是自己精疲力竭，就是挨了一針後癱軟倒下。

「回來！」薇薇盡可能地壓低聲音呼喚她。然後，薇薇看見伊琳娜的注意力飄到了窗外。「什麼？妳看見什麼了？」

「沒有什麼，沒事。來嘛，換我躲，妳來找我。」

「等等──」

窗外，有隻黑狗悄然溜過，牠的黃眼睛一轉溜，朝火車的方向看來。不對，薇薇心想，那是隻狐狸──牠的耳朵和尾巴都尖尖的。她繼續盯著看，突然又冒出一隻，好似一道從主人身上脫逃的影子，然後又一隻、再一隻，一分為二，二再變成四，一大群柔軟靈活的身軀就這樣漫溢在火車旁邊，與火車同步前進，毛皮綿延成一片閃著粼粼銀光和深紅鏽色的海洋。真美，薇薇默默讚嘆。這些狐狸和城市裡的狐狸不同，體型更大、活動更加靈巧，而且似乎能在時間的縫隙穿梭，來去自如──你沒辦法只盯著一隻看，你的眼睛做不到，儘管牠們的視線明明緊盯著火車不放。

「不可以看。」伊琳娜拽著她的手臂，語氣怪異。「妳得假裝沒看見。」

「牠們傷不到我們，我們在車上很安全。」狐狸的瞳孔是一道深色的直線，眼皮跟蜥蜴一樣朝斜上方眨。牠們在看我，薇薇心想。不對──牠們在看的是伊琳娜。

「拜託。」伊琳娜使勁一拉，不小心讓薇薇向後踉蹌，一頭撞在牆上。「對不起，」她說，「我不是故意的。」

「到底發生什麼事？快告訴我。」薇薇揉揉撞到的地方，說。「不光是水的問題，對不對？」

「我跟妳說過。」伊琳娜低聲說。「我現在已經搞不懂自己究竟是什麼了。自從我開始偷偷觀察火車、跟蹤火車並且試圖理解這一切後……就連牠們也搞不懂了。」

薇薇朝窗外一瞥。不出所料，那群狐狸的口鼻依然面朝玻璃，盯著窗戶裡頭的她們看。

伊琳娜說：「我現在已經聽不見牠們，也感覺不到牠們了。我不知道牠們到底是在嘲笑我，還是在喚我回去。」

祕密

瑪麗亞躲到了圖書室。她再也受不了一直悶在自己包廂，雖然那麼做的確能助她遠離其他乘客緊張兮兮的碎語。乘客們對於甩開風暴的欣慰之情已經轉為焦慮，憤而抱怨起緩慢的車速以及嚴格的限水措施。列車組員努力展現冷靜與效率，但瑪麗亞能看穿底下的破綻。平時都在圖書室當差的年邁乘務員不見蹤影，或許是因為圖書室裡的風扇似乎比其他地方轉得更遲緩，充其量只是將熱氣來回攪動而已。她在窗邊一張椅子坐下，身體陷進去。這裡就像個烤箱，肺裡都是熱氣，但為了這分令人愉悅的孤獨感，一點不適還是很值得的。

她很確定兩隻烏鴉一直在暗中觀察她。

列車行經一片樺樹林，與車身貼得很近，瑪麗亞覺得她好像看見黃眼睛的狐狸在樹幹之間穿梭躍行。沒有了主要軌道，也失去了羅斯托夫指南的庇護，她不禁覺得彷彿有條鍊子應聲碎裂，安全繩索被砍斷。她用指甲敲起玻璃。除了那一片，其他玻璃上都找不到她父親工廠的標記，但一片便足矣。她希望能再回去找教授聊聊。他還知道些什麼？絕對還有，毫無疑問。事實上，她越來越確定，確定自己知道他是誰。「這才是唯一重要的真相。」這不是阿提米絲寫過的話嗎？還有什麼比火車上更好的藏身之處，隱身在教授的學究面具之下，證明最危險的地方就是最安全的地方？可是她不敢再回去探望他。她不喜歡烏鴉神出鬼沒的方式，也不喜歡他們打量她和教授的眼神。要是她讓烏鴉找到阿提米絲怎麼辦？從頭到尾就藏在他們眼皮底下。要是這項祕密最終因為她而曝光怎麼辦？光是思考這個可能性就讓她反胃，而這種揮之不去的被監視感也讓她遲遲無法進一步搜索其他線索。

瑪麗亞花了一點時間才反應過來有人在叫她的名字。她嚇得轉身，迎上滿臉歉意的鈴木。「抱歉。妳看外面看得好出神。」

她緩了口氣，說道：「我很清醒，別擔心，我有對抗它的武器。」瑪麗亞攤開掌心，給他看那顆包覆著藍色漩渦的玻璃彈珠。彈珠觸感溫暖，好像剛才便一直被她握在手中，儘管她幾乎沒意識到自己已經把它拿出來了。

「哇。」鈴木湊近看。「妳一定覺得很光榮——薇薇很少願意把這些彈珠分給別人。」

「真的嗎？我一直以為她嫌我煩。」

鈴木笑笑。「那是她刻意營造的形象。這些彈珠是她很小的時候有人做給她的。」他繼續說。「我們的玻璃匠做的。當然啦，不管是誰，要是在最忙的時候踩到這些彈珠，都不得不在心裡罵他幾句。」

瑪麗亞捏緊彈珠。他的話難道藏有什麼深意嗎？她不敢抬起眼睛，怕臉上的表情被他看見；又或者說，她是害怕看見他的表情？

「抱歉，我希望我沒——」

「沒事，不用道歉。」瑪麗亞抬起頭，微微一笑。她在他臉上只看見關切，擔心自己說錯了話。他們目光交匯，她感覺兩人之間彷彿有條線被拉得很緊。

「想必您一定忙著研究這些舊軌道吧，應該很有趣。」她開口，然而同時間鈴木恰好也說：「我一直希望遇到妳——」

他們同時打住。

「公司代表，佩卓夫和李黃晉，一直在打聽妳的消息。」鈴木說。「我想有必要讓妳知道。」

「知道了。」瑪麗亞只能擠出這三個字。

「過去這幾個月來，他們都在忙著維護公司的名譽，也許是因為這樣才讓他們急著下結論。不過，」他補充，「他們一向不太信任別人。」

鈴木朝她站近一步，深邃的眼中帶有一絲擔憂。「我的意思是，妳要小心一點。不管妳想要的是什麼，追求的方法都應該更加謹慎。」瑪麗亞覺得他的手就快要伸過來抓住她的，但下一秒他就退了回去。

「我——」

門忽然被打開，打斷了她的話，年邁的乘務員匆匆進入車廂，急急忙忙坐到另一頭的椅子上。

「我恐怕離開崗位太久了。」鈴木說，姿態瞬間變得拘謹。

「我理解，您一定比以往更忙。」她迅速接話。

他欠了欠身，然後轉身離去，走遠前卻又停下腳步。

「我剛才請了佩卓夫先生和李先生來觀測塔聊一會兒。」他沒有轉身，背對著她說。「我想是該給公司的人親眼確認一下地圖的狀況。要完全解釋清楚，大概會花上半小時的時間。」

瑪麗亞凝視他的背影。讀不出什麼線索。

「知道了。」她重複這句話。

＊

中途，瑪麗亞經過自己的包廂，進房待了一下，打開珠寶盒翻東找西，不敢相信自己此刻的打算。她是否真有聽懂鈴木先生的意思？有，她很確定。他在幫她爭取時間——一個能不引起注意、不被撞見的機會。但至於他為何這麼做——這她就不懂了。

不過現在無暇擔心這些——找到了，特殊的髮夾，彎得恰到好處，這是她兒時在老家用來對付上鎖的門和靜悄悄的時光而累積的成果。她一直將它帶在身上，等待有一天她會像年輕時一樣勇敢。*就是現在*，她對自己說，想讓顫抖的雙手平復下來。*那一天就是現在*。

她繼續向前走，走到車廂盡頭，來到鑲著銀色數字「12」的廂門前。她將耳朵貼上光滑的木門，裡頭聽起來沒有動靜。她瞄走廊最後一眼，然後取出髮夾插入鎖孔。不多久，門鎖喀噠一聲開了，她隨即溜進房間關上門。

瑪麗亞發現自己置身一間套房，比她的包廂大，其中一側的牆上有兩扇門。主要的房間正中央擺了一張大桌，兩邊各放了一把椅子，周圍牆壁則釘了幾排書架。她很想坐在整潔的胡桃木桌前，用黑墨水在所有的文件畫上粗粗一槓，以表明到此一遊。

「別分心。」她低聲提醒自己，她無法肯定鈴木能拖住兩隻烏鴉多久。雖然每一道嘎吱聲都令她陡然一縮，每一次裙襬掃過桌子的沙沙聲都令她全身一僵，但同時，有部分的她卻也對這項高風險的機密行動感到亢奮。她速速翻閱桌面上的文件，沒發現任何可疑之處。不過話說回來，就算找到了，她能看得出來嗎？這上面清楚印刷著的每個名字和數字對她都毫無意義，書架上的帳本同樣讀不出名堂，不過她倒是認出了幾個人名——財政部部長、交通傳播部部長。都成了鐵路公司的走狗，她暗忖。

瑪麗亞蹲下，打開一個櫃子，裡頭擺了至少有六罐大瓶子，而且每一瓶都裝滿了水。她不屑地撇撇嘴。烏鴉們這一路上沒渴過，他們當然不會渴——公司向來予取予求。

牆上掛著一幅裱了框的地圖，在地圖的中心用金色標記出來的地方是串連各大陸的鐵路線，而從鐵路線上又延伸出無數條其他不同顏色的線，將世界上各個城市串連起來，當中有鐵路，也有海路。這幅地圖詳溯了火車的貿易路線——從中國西部運送瓷器和茶葉到北京、莫斯科，再送往巴黎、羅馬和紐約。從英國運送羊毛到北京——一條條淨是攸關權力與油水的紐帶。難怪鐵路公司如此急切希望火車恢復運行。

進房後，瑪麗亞就一直克制自己別往外看，擔心不小心陷入危險的迷濛狀態，然而此時窗外掠過的一道陽光引起了她的注意。她看見前方的樹林中有個地方閃耀著光澤。是水。這一定是火車減速的原因。她得加快動作才行。

瑪麗亞匆忙走向書架查看帳簿，所有帳本都記滿了一欄欄一列列的貨物和數字。她皺起鼻子，真希望自己過去有更仔細讀阿提米絲的專欄。專欄曾經提過公司涉嫌貪汙的醜聞，有人指控車上運載的絲綢和瓷器在抵達莫斯科前便整批蒸發，也有人指控公司挪用資金，帳本之間的數字對不上；不過沒有一項罪名被坐實。她瞄一眼牆上的鐘，她已經在這裡待十五分鐘了。

瑪麗亞打開一個被塞進角落的文件盒，裡面是一頁又一頁的報告，全都派不上用場。然而，就在這時，她看見最底下——

——是她父親的筆跡。

她抽出那幾張似乎一碰就碎的紙，雙手努力保持穩定。這幾張紙前面夾了一封紙質明顯更好的信箋，信上壓有西伯利亞鐵路公司的官方標誌，以英文寫成，箋封寫道：李先生與佩卓夫先生親啟。內文只有一行字，底下的署名是董事長。兩位先生日安，信上寫道。董事會收到以下內容，勞煩二位處理。我們相信二位的判斷，定能審慎辦妥此事。

瑪麗亞翻到附件，認出了上面的日期——就在她父親踏上最後一趟旅程之前——也看出那是一封她父親致西伯利亞鐵路公司董事會的信，不過信上的字句彷彿在她眼前舞動，難以捕捉：新的鏡片，連同其捕捉的攝影紀錄，已經提供了確鑿的證據，證明變異的速度正在變快，且與列車班次變密集的程度成正相關。無庸置疑，火車本身正是導致特定局部變異發生的原因。我們過去曾建議減少班次，但未獲下文。

這是一封發給公司的警告。她父親早就有所察覺——早在上次啟程之前。

列車猛地一震，瑪麗亞踉蹌了一下。火車又繼續減速了嗎？她逼自己繼續往下辨讀：事關數百條性命，我無法昧著良心保持沉默。

這信不只是警告——更像是威脅。

走廊盡頭別的包廂傳來敲門聲，接著有腳步匆忙經過，瑪麗亞趕緊摺起文件藏進緊身胸衣，將文件盒放回原位。她溜出房間，小心翼翼地把門鎖上。

我們相信二位的判斷，定能審慎辦妥此事。

禱告

另一邊，亨利．格雷在包廂裡雙膝跪地，身旁鋪滿了他畫的素描。那些狀如火車的生物在紙張間蜿蜒爬行，一下消失在張牙舞爪的光禿樹林間，一下又沒入錦簇盎然的花叢底。在這些畫面之中，有個蒼白的身影一再出現。亨利．格雷此刻的內心無比虔誠，思緒格外清明。沒想到他一開口祈求指引，指引就出現了。如今，他所需要的無非是耐心以待，因為答案終將顯現，他現在明白了。格雷吃力地從地板上爬起，痛楚灼燒他的胃。窗外，空氣因炎熱而波動，遠處的陽光穿透樹林燦然灑下，大地彷彿化為玻璃，泥土宛若消融成潭。就像約翰．莫藍的詩：〈天堂之鏡於水中〉。

有人敲門。「誰？」他不耐煩地問。

「讓我進去。」門後傳來工程師阿列克謝低沉的嗓音。

格雷一打開門，工程師便迅速閃進房間，把門關上。他一手勾著一串鑰匙，另一手則拿著一把小型麻醉槍，格雷曾在火車牆上上鎖的玻璃櫃中見過。

「火車等一下會在前面暫停。」他不等格雷開口便說。「前面有一片湖，我們要停下測量深度。我可以給你一小時的時間。」

格雷頓時感覺有道光流淌他全身，注入一股光榮的宿命感。他伸手搭上工程師的肩。「你做了正確的決定。」他說。「世人將會永遠記得你的貢獻。」一股共患難的強烈情感湧上，他的眼眶不禁有些溼潤。

「從這節車廂的最後一道門出去，餐車前的那道。」阿列克謝只講重點。「我會確保沒人往你那邊看。你要確認身上的防護裝和頭盔都有穿好，扣緊。外面的危險你是知道的。」

「我知道。」

他舉起鑰匙。「雙重門，兩道門各一把鑰匙，兩把鑰匙有不同的轉動方式，所以你要聽好了。銀色的這把用來開裡面的門——先左轉兩格，再向右轉五格。金色這把開的是外層門——向右轉四格，再向左六格。」

格雷抄寫下來。

「還有這個。」阿列克謝掏出麻醉槍。「只有麻醉功能，是我們在車上用來制服嚴重的荒境症患者用的，避免他們傷害自己，或傷害火車。裡面的麻醉劑要這樣裝。」他拿出一個小藥瓶和注射器，把它們裝填進槍裡。「對大型生物或移動很快的生物沒用，但多少能給你某種程度上的保護。藥瓶在這裡，為了不讓人起疑，我只能拿這麼多。」他遞出麻醉槍和藥瓶，格雷小心翼翼地將它們排列在桌上。「你只有一小時，而且我不能保證如果被總公司發現會有什麼下場。絕對不能供出我的名字，清楚了嗎？」

「知道了，不用擔心。」

工程師放下鑰匙，轉身離開，神情與格雷第一次見到他時的生澀年輕截然不同。

格雷緊緊抓著鑰匙和麻醉槍，像握住聖物一般。他銘感五內。火車緩緩減速，他站去窗戶邊。就在前方，他能看見水面上閃耀的陽光。灑滿上帝的指引與祝福。

水。粼粼的水光透出樹林的縫隙微微閃爍。列車緩緩駛近，薇薇能感覺組員們無不屏氣凝神。汲了水就能供引擎使用，起碼先應應急，幫助他們撐到切回主要軌道就好。然而就算只給鍋爐用，使用的風險還是很高……畢竟是來自於荒境，未經檢測，一無所知。誰知道會不會反倒造成隱憂？薇薇把臉貼在窗戶上，她能看見地面柔軟潮溼，草和土閃閃發光，讓前方的樺木林看似長在一座淺淺的湖泊上。薇薇突然意識到自己抓住扶手的力道之大，讓指節都隱隱作痛。

火車要停下來了。就全體組員的記憶所及，這將是列車史上第一次中途停下。各節車廂都籠罩在濃濃的緊張氣氛當中。*火車要停下來了。*

*

看到水時，薇薇的第一個念頭是想衝去告訴伊琳娜這個好消息——*就要結束了，妳很快就會好起來*——但是她打消了這個想法。要是那水被判定嚴重汙染，使用風險太高呢？她無法去想像伊琳娜的表情將有多失望。不過，除了這個原因之外，還有一個私心的念頭悄悄浮上——*「我不知道他們到底是在嘲笑我，還是在喚我回去。」*伊琳娜曾這麼說過。要是讓她看到水，讓她感受到水的呼喚……薇薇試圖從腦中驅逐這些想法。

「誰要出去？」她在組員用餐區遇見阿列克謝時上前質問。有人得負責出去測量深度，順便帶回一瓶樣本讓鈴木檢測。「修理工？」

「列車長。」他回答，面色凝重。

「你說什麼？但不可能啊，她不能——」按照規定，列車長不得離開火車。她太重要了，不能冒險。

「是她自己堅持要去的。偏偏在這種時候，她才終於願意現身。」他搖搖頭。

「可是……」薇薇感到一陣頭暈目眩。列車要停了，而且還是停在幽靈軌道上，一個甚至沒有鈴木的地圖可以參考的地方。「她怎麼能離開？車上需要她——乘客都嚇壞了。」

「她早就不在了吧？她真的有上車嗎？」

阿列克謝又酸又毒的語氣讓薇薇頓時語塞。

＊

三等車廂，乘客一如預期的陷入恐慌，各種質問大呼小叫，好險發現水源的好消息讓他們稍微恢復了鎮靜。薇薇希望這個好消息真的能兌現。她讓乘務員獨自去應付乘客，自己則悄悄前往頭等車廂，終於打算要去見瑪麗亞一面。

頭等車廂的貴賓被聚集在交誼廳，伯爵夫人高聲質問憑什麼把他們當小孩子一樣呼來喚去，乘務員們各個掛著為難的表情。

「夫人日安。您有看見瑪麗亞．佩卓芙娜夫人嗎？」薇薇問。

「早餐後我就沒見到她了。」伯爵夫人說。「我想她恐怕犯了頭痛，回房休息了。」

但是薇薇剛才已經去敲過門，那位年輕的寡婦並不在自己的包廂。「謝謝夫人，」她說，「我去看看她。」薇薇垂下頭，躲避伯爵夫人掃來的銳眼。

乘務員朝她點點頭。他們正在拉攏窗簾。「為了您的安全，夫人，」他們搶在伯爵夫人逮到機會抗議前說，「最好不要往外看。」也最好別被看見。

薇薇撤回工作人員區時，儘管走廊一位乘客也沒有，她還是順手將沿路的窗簾都帶上。她自己也不想去看。這裡四周都是水，有從樹枝和葉片上滴落的，也有聚積在地上的，這些水不僅捕捉了天空和樹木的顏色，也一併抓到了別的顏色，抓到那些並不存在於四周的顏色，她的眼睛所無法理解的顏色。

她走到三等車廂餐車，正準備拉上最後一組窗簾時，她聞到了。薇薇猛然轉身，「伊琳娜……」她不確定自己應該感到擔心還是慶幸。

「妳看見牠們了嗎？」伊琳娜皮膚上如蜘蛛網般的深色血管清晰可見，眼白也變成了淡綠色，瞳孔又大又黑。

她正在腐敗，薇薇心想，但她逼自己不能因此退縮。「妳狀況不好。」才剛開口，就被伊琳娜打斷。

「妳看。」伊琳娜指指外面，說。「牠們都在等。」

薇薇往外一看。起初，樹木間只是微微有點閃光，也許是火車揚起的塵埃使然，然而閃光逐漸變成了一個什麼，勾勒出某種剪影——不，甚至不是剪影，更像是某個東西的記憶，彷彿上千顆塵埃聚集成了一個想法、一道回音，某個人的想法和回音；它的髮絲被不存在的風給吹亂，衣服在周圍鼓動翻飛，目光直勾勾地注視著火車。下一秒——簡直不可思議——它舉起了一隻手臂。好似在模仿伊琳娜的一舉一動。

薇薇下意識向後一退。火車現在開得很慢，慢到她能看見其他鬼影一一現身，就像從畫中走出的人物，遠看貌似為真，近看卻只是堆疊的筆觸及圓點。

她覺得他們好像在招手。

「不可以看，這是妳自己說的。」薇薇兩手抓住伊琳娜的肩膀，感覺到她皮膚下凸出的骨頭，還有乾裂脫皮的肌膚。「那只是荒境的把戲。只要妳不看，他們就傷害不到妳。」

然而，伊琳娜還在看，而且臉上帶著一股駭人的渴望。薇薇想起她們看見狐狸時她說的話——「我已經再也聽不見牠們，也感覺不到牠們了」——薇薇張口欲言，沒關係，妳現在屬於這裡，但是已經太遲了。伊琳娜的心神越飄越遠，越來越封閉。

「等等——」語未畢，偷渡少女已經一溜煙竄離車廂，只留下一團手腳和髮絲的剪影。「伊琳娜！別跑！」但她轉眼間便消失得無影無蹤。下一秒，整座車身猛然一震，嘶嘶喘息，薇薇絆上門框，煞車在耳邊尖叫。列車停下了。

停下的列車

偉大的列車停下了。他們原以為自己坐擁的至尊之力似乎隨著最後一絲蒸汽消散在空氣中。乘客們不敢有所動作，彷彿生怕一動就會招引外頭所有好奇的、虎視眈眈的、飢餓的東西注意。乘務員確保窗簾維持緊閉。最好不去看，也不要被看。最好不要去思考自己有多渺小，也不要去想停在這片無垠之地的列車其實不如他們說服自己的那般偉大，不如他們向乘客吹噓的那般厲害。在這裡，所有溢美之詞都毫無意義，所有承諾都等著被打破。

*

瑪麗亞站在她包廂的窗戶前，手中捧著父親的信。儘管列車已經靜止，她依然很難讓那些文字靜下來。她無法讀懂所有細節，但讀得懂的部分已經足以洗刷父親的汙名，只要對外公開他曾經拚命向公司示警，希望公司理解火車所面臨——所造成——的危機就行。握有這項事實，再加上那片印有父親公司標誌的玻璃，肯定夠她翻案了。等到他們抵達莫斯科，她就會帶著父親給的線索直奔報社。或者，假如教授真的是阿提米絲的話，她也許能說動他再一次振筆疾書。

假如他們到得了莫斯科的話，瑪麗亞心想。

她的父親曾試圖阻止列車繼續運行。他知道繼續下去不安全。

我沒辦法再坐視不管，他寫道。雙眼之所見占據了我的心神，一天天壓得我喘不過氣。

瑪麗亞傾身，額頭抵上玻璃。

＊

身上穿著不屬於自己的防護衣和頭盔，亨利．格雷笨拙地移動摸索，將鑰匙插入第一道門鎖。要是工程師根本就記錯了開鎖方式怎麼辦？要是這一切到頭來都是徒勞無功？他閉上眼。好不容易來到這裡，卻在眼前功虧一簣……「先左轉兩格，再向右轉五格。」——門開了。格雷閃進一個小空間，關上身後的門。現在，就只剩外層的門了。「向右轉四格，再向左六格。」門鎖哐噹一聲，成功了。車門緩緩開啟，他循級而下。他的腳，隔著厚重的靴子，踩上了未被探索過的大地。

一位踏進伊甸園的探險家。

＊

薇薇急匆匆跑過一節節車廂，打算直奔儲藏室、天窗，和所有直覺告訴她伊琳娜可能會逃去的地方查看。伊琳娜能跑多快？很快，比薇薇快多了，更何況此刻有一群人正擠在組員用餐區的窗戶前，擋住了她的去路。

「看到了——她在那裡。」

眾人正在圍觀的是一個穿著防護衣和頭盔緩緩前行的身影，那人身上綁著一條長繩，另一端接著火車。是列車長，她身上背著幾個玻璃罐和一支測量棒。

「不應該由她親自出馬的。」其中一名工程師喃喃自語。

「她堅持要去，還說她不會讓任何一個人去承擔那種風險。」

沒人敢開口問——如果湖泊對列車來說太深了怎麼辦？如果檢測後發現水質不安全怎麼辦？最好還是閉口不言，靜靜向鐵路之神祈求就好。薇薇一邊試著悄悄溜過眾人身邊，一邊心想——大家的語氣仍帶著一絲自豪。大家仍愛戴著他們的列車長，依然想要相信她能導正這一切。

「張小姐。」一道嗓音令她停下腳步。薇薇閉上眼，盤算起是否乾脆無視繼續前進，但烏鴉擋住了她的去路。「妳跑這麼快，是要去哪裡？」

「妳不用擔心，」他們俯視著她說，「列車長有槍手保護，她會沒事的。」

但是烏鴉的表情露出了破綻，藏不住臉上的擔憂之情。他們開始失去控制了，她心想。

「我在幫一位客人辦點急事，」她說，「要去一趟儲藏室。是頭等車廂的貴賓。」

烏鴉盯著她看，盯了異常之久，然後才讓出一條路給她，可此時又傳來阿列克謝急切的呼喊，在喊她的名字。薇薇不得不壓下很想崩潰大哭的衝動。「這邊，妳看。」阿列克謝指著一個方向要她看，但她沒看，反而往相反方向一瞥，所以她是唯一一個看見第二道笨拙的身影跳下列車的人，那人身上背著好多個玻璃罐、網子和箱子。

是亨利．格雷。

她愣了一下。接著，火車附近出現一絲動靜，一抹藍色閃過，一抹糾結的髮絲和蒼白的肌膚飛掠而逝。這下薇薇知道自己完了，雙腳彷彿頓時力氣喪盡，快要撐不住自己。伊琳娜又渴又慌——假如格雷在她抵達水源前先發現了她，她一定來不及躲。他會像捕捉其他生物樣本一樣用網子困住她，將她囚禁在玻璃後方。

＊

瑪麗亞不確定自己要去哪裡，只知道自己包廂沒地方好躲。她父親曾對公司提出警告，卻被公司忽視。而且不僅僅是忽視——更遭人栽贓，一世英名毀於一旦。他們很快就會發現那封信不見了，他們早就在懷疑她。她不能輕易落入他們股掌。

我無法昧著良心保持沉默。

還有鈴木，瑪麗亞思索著。鈴木肯定知道發生了什麼事，他卻保持沉默。她感覺心揪了一下。他為什麼沒幫她父親說話？他是否猜到她會搭上這班列車，找到這封信？他知道她的真實身分嗎？

她心不在焉地來到交誼廳。

「妳可終於來了！妳一定要加入我們，我們剛才已經小賭了一把，好分散一下注意力，現在只能這麼做了。」伯爵夫人招手示意她過去。瑪麗亞在她身旁的位子坐下，捏起發給她的牌，盯著牌面，卻沒在看。

確定沒人注意時，她從胸衣抽出信件，塞進椅子縫隙，盡可能地往裡推。

一陣子後，蘇菲‧拉封丹從她的牌後抬起頭，問道：「話說，格雷博士上哪兒去了？」

＊

薇薇一邊奮力敲打窗戶一邊大喊，車廂陷入一片混亂。

「那是誰——」

「他是怎麼出去的？」

「他哪裡來的防護衣？」

「是亨利‧格雷。」薇薇說，嗓音彷彿從很遠的地方傳來。「那個博物學家。我在他的包廂裡見過那些玻璃罐。」

阿列克謝臉色瞬間刷白。

「他會害死列車長的。」

「還會害死自己……」

已經過了多久？伊琳娜跑了多遠？列車的牆彷彿流蜜般融化，薇薇感覺體內空無一物。她上次吃東西是什麼時候？她想不起來了。

「讓我去。我會把他帶回來。」她會抓住他，讓他離伊琳娜遠一點——這是她現在唯一能做的。薇薇盡可能無視腦中那個細微的聲音：*或者，妳可以讓那個男人自生自滅。妳可以去找伊琳娜，可以求她回來。*

空氣安靜片刻後，他們又繼續吵了起來。

「別胡鬧了，張薇薇，我去。」阿列克謝看著她的表情彷彿見到了鬼。「我們沒有多的繩子，太危險了。」

「不，她是對的。」佩卓夫和李黃晉開口，爭論暫且中斷。「在這麼關鍵的時刻，我們不能讓總工程師離開列車。張小姐過去已經證明自己迅速應對的能力，她的體型和速度也有優勢。」他們算計的目光轉到她身上，內心打的算盤實在明顯到幾乎令人發笑。要不是眼下這是唯一能出去的辦法，她絕對會氣烏鴉竟然如此不看重她的命。

「當然，我們不可能主動要求張小姐去冒如此高的風險，除非她本人確定——」

「她當然不確定，她不知道自己在說什麼傻話。」阿列克謝提高音調抗議。

「別再說了。」薇薇總結。「我們這是在浪費時間。」

＊

足足借了三人之力才幫她穿上防護衣。裝備太大件了，壓得她難以呼吸。透過頭盔上髒霧霧的玻璃，薇薇看見阿列克謝的臉——沉默、頹喪、痛苦。

「薇薇，妳真的不必這樣做。」他說。「他們不能逼妳，他們沒這個權力。」阿列克謝的話聽起來悶在一起。頭盔讓一切顯得遙遠而不真實。

她想說些什麼來安慰他，但她那驚慌飛馳的心跳聲讓她難以思考。現在過多久了？他看見伊琳娜了沒？還是她已經鑽進水裡或森林裡消失了？烏鴉盯著她不放，緊握的雙手放在身體前方。

「要是被教授知道了……」阿列克謝啞著聲音說。

「我們事後再告訴他。」薇薇答腔。「一定會是一個精采的故事。」

「不要讓鐵軌離開妳的視線。」他叮嚀。「沒有繩子牽引，妳只能靠自己。不能相信這片景色，只能相信鐵軌，明白嗎？不要讓鐵軌離開視線就對了。假如等到太陽升到那片森林上方，還是沒找到他的話」——他透過窗戶指指最高的那片樺木林——「妳就得掉頭，聽懂了嗎？」

薇薇笨拙地點點頭。阿列克謝上前一步，但下一秒似乎又改變了主意。「回來就對了。」

其他人連忙幫她打開第一道上鎖的門，那副逞英雄的樣子讓薇薇很想笑。她甚至還來不急戴上手套，鑰匙便塞進了她手中。當第一道門在她身後緩緩關閉，所有人的目光都集中在她身上，然後，砰地一聲，門關上了。薇薇將第二把鑰匙插進第二道門，向鐵路之神默禱了幾句後，大步跨下階梯，踏上了荒境之地。

外面的世界

亨利．格雷在陽光下弓著背，笨拙地在草地上小跑，膝蓋怨聲載道。幾天沒有活動，讓他全身上下這裡僵、那裡痛，卡在皮帶上的麻醉槍也一直戳到他的側腹。儘管頭盔讓所有聲音都悶得模糊，但格雷還是體會到了巨大的震撼：沒見過的鳥類淒厲尖鳴，啁啾婉轉，四周的昆蟲撲翅飛舞，嗡嗡作響。他很想把這些生物全都抓起來帶回家仔細研究，可惜數量和種類都太過龐大，他不可能帶得回去。

此刻的他不必再叨念禱詞。這個地方本身不就是獻給主的讚頌嗎？陽光穿過樹葉灑下斑斕點點。他抬頭望向樹木——銀白樺木那蒼白的樹皮像是質地精緻脆弱的紙張一樣片片剝落。多麼貼切啊，純潔的象徵。可是，好像有哪裡不太對勁。他原以為是樹幹老化而形成的裂縫，其實是一道道滲出的深紅色濃液。格雷看出那應該是樺木滲出的汁液；紅色的樹液，宛如樹在流血。區區一景居然飽含了如此豐富的意涵——怎麼會有人不覺得這裡充滿隱喻？他從背包取出玻璃罐和吸量管，雙手興奮得直發抖。但那紅色的樹液似乎在閃避他的觸碰——他拿著吸量管靠近的那瞬間，樹液便自己縮了回去。格雷瞪大了眼盯著看。也許是陽光太耀眼製造的錯覺。但不論他再怎麼試，一滴樹液都收集不到。真是令人大開眼界……它是在保護自己嗎？保護樹？真沮喪，但也令人著迷。可惜他的時間寶貴，還有其他的奇觀等著他去探索，無法在此逗留。

格雷已經偏離了鐵軌，但並未走得太遠。他沒怎麼考慮回程的事，再說吧。現在，他要準備好他的陷阱和網子。水源附近向來是生物聚集之處，假如他能非常安靜地待著不動——沒錯，就像現在——牠們就會飛來停在他的手臂上，好奇他的靴子。各式各樣的蜻蜓、甲蟲、食蚜蠅，全都前所未見，任誰都聞所未聞。半透明的翅膀在他臉頰附近撲閃，纖細的腿足掃過他的外套。它們當中任何一隻都可能使人致命，讓人瞬間猝死，或是折磨拖延、痛苦至極。格雷回想自己熟讀過無數遍的那些地圖。在變異發生之前，這一帶是由可耕地、森林和湖泊組成的。在當時，住著瘧蚊的沼澤或許藏有威脅生命的危險，但其他渺小的生物絕對不可能有辦法奪命。然而，如今，誰知道這些蒼蠅迷你的身軀裡會藏著怎樣的劇毒？這些纖細的蟲足又會在你皮膚上留下何等致命的毒素？

他應該要感到害怕，不過他知道如何保持不動，對擬態也頗有研究——也就是借用掠食者的外觀嚇跑敵人，或者是扮成某種無害的姿態，讓自己變成一顆岩石，或是一棵樹——這是他多年來待在家鄉的荒郊野外學會的，學會放緩他的呼吸，慢下動作，這樣一來，那些迅疾來去的生物根本就感知不到他的存在。

有個什麼掃過他的頭盔，格雷嚇得猛地伸手一揮。只是根藤蔓而已。他感到一陣難為情，然後允許自己為這荒謬的插曲笑一下——英國人的老毛病。藤蔓從四面八方的樹枝上垂下，閃著紅色的光澤，看起來宛如一張巨大的蜘蛛網，在樹木之間纏出複雜的圖樣，枝椏間依稀灑下的陽光讓它微微發亮。不，不對，蜘蛛網是錯誤的比喻，因為藤蔓並沒有精緻的對稱，也沒有耐心的重複；它們不規則隨機分布的程度令人心生恐懼。自然乃深思熟慮之物，這個道理他是懂的。自然素來縝密行事。這裡卻不是。

頭頂傳來一陣沙沙聲。他抬頭，剛好目睹一隻巨大的鳥飛過樹林最頂層，形影蒼白，狀似幽靈，在樹枝間振翅梭旋。他伸手擦了擦頭盔的玻璃，對於頭盔阻隔聲音的效果感到懊惱。他想感受迎面而來的空氣，想聞聞荒境的味道，想觸摸一切——他情不自禁地摘下了頭盔。剎時，他被無數種氣味淹沒，被嘈雜的鳥鳴震懾。他抬頭仰望那隻鳥，只見那彎曲尖銳的鳥喙滴著紅涎。格雷著迷地看著牠不斷咳出濃稠液體，在喙邊累積成一條長線後，便擇枝而棲，蘸上紅色汁液，然後再次起飛，在兩棵樹間來來回回，編織一張溼淋淋的網。他急忙在身上四處拍找他的筆記簿，恨不得能有多一點時間。要是能待久一點就好了，這裡還有那麼多事物等待他去發現、吸收、嗅聞、觸摸、記錄。要多久才算夠呢？怕是得花上一輩子的時間才能全盤參透。

某個東西用力從他身邊擠過，把他撞倒在地，讓他摔在滿地的尖石和斷枝上。疼痛令格雷回神，淚水奪眶而出。他抬頭想看，但視線模糊不清，旋即向後一倒。不知怎麼地，大鳥織出的那張網就在他面前，但他不記得自己有朝那裡走去。網上抓住了某個東西，一頭介於昆蟲和鳥類之間的生物，體型卻跟匹馬一樣大。牠的翅膀覆著黑色羽毛，身體毛絨絨的。格雷很想用這些特徵拼湊出點線索，但牠實在掙扎得太厲害，讓他力不從心。當那隻蒼白大鳥從棲身的枝頭俯衝而下時，那頭生物早已全身溼透，滴著紅色汁液，動作也開始變得遲緩。大鳥展翼而下，一對凝滯無神的眼珠緊盯網中掙扎的生物。這一幕絕望無比——巨翅猛烈拍打，紅喙突刺啄食，駭然的慘叫在林間迴盪，然後一切戛然而止。蒼白的巨鳥在自己的網上舒服地調整好姿勢，開始大快朵頤。格雷別過頭。不管那一頭撞進網中的生物是什麼，牠都救了格雷的命。

那張網做了什麼？難道是某種催眠效果嗎？他知道有些昆蟲會用這種方式騙殺獵物，但從未聽說鳥類也會。光是織網過程本身就已經夠震撼了，更別說那網對心智的影響——而且看起來不只是針對動物，對人的心智也有效……要是他能在萬國博覽會上向眾人展示的話……格雷不理會身上的疼痛，顫巍巍地從地上爬起。一個全新的物種，一種不曾被觀測的行為。還有什麼比這項發現更能代表他的「伊甸園新論」呢？

格雷小心翼翼地朝網子移動。只要取一小段當作樣本就夠了……他的手向前一伸——

那棵樹突然長出翅膀，活了起來。

伴隨著一連串刺耳鳴叫，各自踞在樹梢上的鳥一隻隻從枝椏躍起，蒼白的羽翼和亮紅的鳥喙遮蔽了整片天空。一見牠們翱翔、俯衝，咳出又粗又黏的絲，亨利．格雷開始拔腿狂奔，但一根根閃亮亮的紅絲線擋住了他的去路，纏上他的頭髮，黏住他的肌膚。腰帶上的麻醉槍不管怎麼用力拉就是拔不出，況且，寡不敵眾，麻醉槍又有什麼用呢？他看不見前方，但還是繼續埋頭猛衝；鳴叫聲嘲弄著他，翅膀撲動的聲音越來越近，就在鳥喙刺上來時，格雷腳下的地面下陷了。他跌跌撞撞踩進水中，水溫刺骨，他不禁倒抽一口氣。紅絲線繼續壓迫著他，鳥兒撕咬著他高舉保護頭部的雙手。他越陷越深。格雷向來討厭水；老家荒野上那座深色水池總是死氣沉沉，好似要把天空都給拽進水底。水給他一種被遺棄的感覺。那瞬間，他彷彿再度變回一位小男孩，在河岸淺灘苦苦掙扎，而他的同學則在一旁悠游下潛、濺起水花，一邊嘲笑他、抓住他的兩條腿，想將他拉進水深之處。

格雷緩緩下沉，水流強壯的臂膀纏住了他，一點一點把他往下拽。他離島的尖喙利爪越來越遠，卻與另一種黑暗越靠越近。格雷奮力掙扎，胡亂回抓任何纏住他的東西，但那強而有力的臂膀依然不為所動。不、不能就這樣結束，不能以我的失敗作收……他試圖在混濁的水中睜開眼睛，但什麼都看不清。黑暗開始滲入他的視野邊緣，水草在他眼前像髮絲一樣漂浮擺盪，閃爍著虹彩。

下一秒——一雙堅定有力的手臂抱住他，將他向上拉出水池，讓他躺在地上。眼前的水草和水逐漸化為一個人形，一名女人。不可能，這只是夢。格雷的肺灼痛起來。有隻手貼上他的臉，停在他的唇邊。他大口大口吸著空氣，把嗆進的水咳出來。他死裡逃生了，但這怎麼可能呢？格雷抓住臉上那隻手，摸到了纖細的手腕，瞥見了皮膚和眼睛。是人類，但又不完全是，而且有點眼熟。他見過這個人，在風暴中見過，那時格雷以為是上帝降下的預視，但現在，他知道自己錯了。

那是一隻荒境的生物。

深入蠻荒之地

列車之子蹣跚地朝樹林方向走去，身上的防護裝備彷彿有千斤重，壓得她腳步遲緩笨拙。薇薇回頭望向火車。她從來沒在這麼遠的地方看過火車，沒在車站以外的地方看過。平時總是覺得它無比巨大，讓周圍的一切都相形見絀，然而此刻在荒境遼闊的天空襯托下，火車越變越小。遠方的瞭望塔上有光忽閃忽滅——是他們在用望遠鏡和瞄準鏡看她，提防她周圍出現的動靜。

薇薇轉身繼續前進，努力忽視想掉頭的衝動，不去想她邁出的每一步有多麼大錯特錯。不過，等火車一從視野消失，薇薇便立刻摘下頭盔，大喘一口氣，同時被四面八方襲來的聲音和氣味嚇得縮了一下。她應該要感到害怕；她的確很害怕，但即便如此，她還是忍不住感到一陣純粹的興奮。如此自由，如此壯闊，還有那些色彩——比隔著玻璃看的時候還要更亮眼、更鮮豔、*更真實*。薇薇可以用雙眼大快朵頤：清澈的藍，奢靡的綠，四處都是翩翩飛舞、嗡嗡作響、活力十足的生物，宛如一顆顆會飛的珠寶，璀璨的翅膀堪比莫斯科教堂的彩繪玻璃。

＊

伊琳娜一定會直接去找水。但格雷呢？列車長會在水邊測量深度、收集樣本，帶回去供鈴木檢測，而格雷一定不希望遇上列車長，所以勢必會避開鐵軌與水源的交匯處。不對，他們兩個應該都會遠離軌道躲進樹林，樹林裡也有粼粼的水池。薇薇不知所措地環顧四周，高溫和嘈雜讓她的專注力漸漸流失。當她還在車上從窗戶望出去時，一切似乎很簡單，只要找到格雷就好。不要讓他靠近伊琳娜，幫伊琳娜爭取時間，讓她找到水、恢復體力。*但實際上沒那麼簡單，不是嗎？*此時此刻，置身其中，一股自私的欲望占了上風。*妳只是不希望她離開妳。*薇薇突然一陣暈眩，手搭在樹上穩住自己，但她一看見樹幹上的紅色汁液，手便又縮了回去。

薇薇覺得四周的景色彷彿在注視著她，觸摸她的肌膚，對她感到好奇，*也很飢渴*。她感覺得到每一根草，彷彿草兒在低聲哼鳴。

她繼續深入樹林，雙腳微微陷入地面，因為地底下有水。茂密的枝枒在她頭頂搭出一個高聳的拱形天花板，光線從樹葉縫隙間灑下，將地面染上綠影金輝，水面波光讓周圍一切全都動了起來，世界搖曳晃蕩，未曾止息。

薇薇感覺自己忘卻了時間流逝。她的人生似乎總是繞著時鐘、鐘點報時和日程打轉，但現在不是了，在這裡不是。她在這裡喪失了時間的確定性。

薇薇把頭盔夾在腋下，仔細觀察起這片溼地。那些她以為是白色樹枝散落一地的東西其實不是樹枝，而是骨頭，大小不一的骨頭，還有一些怎麼想都只能是牙齒的東西。直覺要她逃跑，但薇薇強迫自己穩住呼吸，待在原地不動。昆蟲在她身邊飛來繞去，不時碰到她的臉。空氣中有股甜而膩的氣味，混雜著她身上的汗味。薇薇向來很滿意自己的嬌小。嬌小可以讓你在這個世界悄然無息地穿梭、躲藏、潛行，同時保持安然無恙。然而在這裡，在這片樹林中，嬌小成了渺小，小到令人惴惴不安。她從未嘗過孤身一人的滋味，而在這裡，在這麼多東西環繞之下，她卻格外孤獨。這麼多的昆蟲、骨頭和嗡嗡聲，這麼多高聳入雲的樹木俯視著她，而她太小、太人類，太格格不入。

附近不遠處傳來一聲嚎叫。薇薇聽見那聲音，心想，有東西被吃了——這個念頭為她帶來一股原始的、下意識的逃跑衝動。嚎叫聲是從樹林更深的地方傳來，於是她往相反的方向跑。她沒有完全失去理智——不管阿列克謝平常是怎麼說她的。薇薇跑了又跑，直到肺在灼燒才不得不停下。她周圍的樹木起了變化，樣貌畸形，顏色詭異，樹皮上布滿了瘤，看起來像是滴著什麼而閃閃發光，折射出碧綠、豔黃與亮橙的光澤。這些樹令人難以直視，活像是高燒惡夢中才會出現的場景。薇薇側身緩緩靠近，看見那些瘤並不是樹上長出來的瘤，而是地衣，她這輩子見過最大、也最亮的地衣。那些地衣似乎在她的注視之下慢慢擴大、搏跳、以倍數增長，生生不息。薇薇連忙眨眼。這讓她想起了車上的彩繪玻璃，不過卻是突然有了生命的版本，開始依自己的速度移動，格外璀璨耀眼。盯著它們看有種快要頭暈的感覺，薇薇趕緊移開視線，驚覺鐵軌已完全消失在視野之內。她不確定怎麼會這樣，鐵軌本來一直在她右手邊，她不過才搞混了一下方向，不知為何就不見了。嚎叫是從哪裡傳來的？她的雙腿痠痛不已，上氣不接下氣。她怎麼會以為自己可以這樣大剌剌闖進未知的世界？她有什麼資格這麼做？

但就在這時，薇薇在樹林間瞥見了熟悉的身影。兩道人影。儘管她知道不能相信眼睛所見，還是拔腿朝他們奔去，而當她越來越靠近，對方的樣子也越來越清晰。她腳步踉蹌，停了下來。

只見伊琳娜俯身在倒臥著的亨利．格雷身旁。她的長髮垂在他臉上，也遮住她自己的臉，這個姿勢讓薇薇想到掠食者和獵物，回想起她們當初第一次在儲藏室相遇的光景。薇薇那時就感覺到，在她眼前的是個虎視眈眈、飢腸轆轆、強大猛烈的存在。非人類的存在。這種感覺，她從那隻想將她拉進浴缸的手感覺到過，也曾在玻璃上那個似像非像的少女倒影中見過。

薇薇後退一步看著格雷，他的皮膚慘白，雙眼緊閉，細如白線的植莖從他身旁土壤冒出，向他探去，而伊琳娜也湊得更近了些。薇薇忍不住脫口而出──「住手──」

伊琳娜猛地抬頭，雙眼圓睜，瞳孔放大。薇薇又後退了一步，張嘴想喊伊琳娜的名字，但話到嘴邊又嚥了回去。偷渡少女的視線始終沒有離開過薇薇的臉。

鳥群沉寂了下來，昆蟲也無聲無息地在空中盤旋。周圍無風，樹枝靜止，就連亨利．格雷身邊的白絲線似乎也放慢了動作。萬物屏息以待。

「住手？」伊琳娜緩緩站直身子，一雙眼睛緊盯薇薇的臉。

薇薇讀得出她的表情──恍然看清，深感背叛。

「我的意思不是──」

「他很快就會好起來。到時候妳就可以帶他回車上了。」

「伊琳娜，聽我說──」

「他被鳥群攻擊。」伊琳娜繼續說，口氣嚴厲。「牠們看出他既不是獵物也不是掠食者，而是小偷。」

小偷。帶著網和採集罐的小偷。

「我怕他會找到妳，把妳抓起來，所以我才跟著他。我以為妳會被他的網子抓起來。」薇薇啞著聲音說。

伊琳娜露出一個悲傷的微笑。「他抓不住我的，雜草會攔住他，鳥會把他的眼珠給啄出來，水會讓他溺死。」她突然打住，頭迅速扭向一側，像是薇薇見過的那些貓頭鷹。她豎耳傾聽。遠處傳來另一聲不像是人類發出的淒厲尖叫。

列車長在哪裡？她現在應該已經回到火車上了，薇薇對自己說。有槍手在後面保護她，她不會離鐵軌太遠。她不會有事。

「妳不應該來這裡的，」伊琳娜說，「你們都不應該出現在這裡。」

「可是……」如今伊琳娜就站在她眼前，薇薇反倒忘記了所有想說的話。親眼看見伊琳娜是這片景色的一分子，看見她踏著自信步伐赤腳走在地上的樣子，動搖了薇薇的想法。她曾經想要拯救伊琳娜。可是伊琳娜不需要被拯救。

「跟我回去。」一想到要失去她，薇薇就無法忍受，但即便此刻真的說出口，那話語聽起來也綿軟無力。「拜託。車上還有很多妳說妳想看的東西。」

伊琳娜直視薇薇雙眼。「我不屬於那裡。」她說。「妳剛才在害怕，妳以為我在傷害他。」

「不是——」

「就是。」然後，她輕柔地說：「我能理解，我真的懂。」

「那我留下來。」薇薇來不及仔細思考，這句話就脫口而出。「我可以留在這裡，妳可以教我怎麼在這裡活下去。我學得很快。」

伊琳娜沒答腔。她蹲下，雙手平貼在溼漉漉的草地上，沉吟半刻後頭也不抬地說：「我們殺了他，你們的羅斯托夫。」

薇薇聽得見風刮過樹枝的聲響，還有昆蟲的嗡鳴。血液在她耳邊砰砰作響。

「他回到這裡。」伊琳娜接著說。「他老了，他越過長城，躲過衛兵的目光。他想要寬闊，他想要土壤、草和石頭。妳知道的，他一直睡不好。他說我們總在夢裡召喚他，不讓他入睡。他跪在草地上哭泣。」

「我不懂——」

「我們殺了他。他的屍骨就埋在這片土地之下。他不屬於這裡。」

「不，不是這樣的，他發瘋了，失足掉進河裡。他……不可能有人能越過長城。」

「如果意志夠堅定，是有辦法越過的，但人類沒有辦法活下來，在這裡不可能。」伊琳娜仰望天空。「所以，妳看，妳不能留下來。」

「我不相信妳。」

格雷抽動了一下。「回來。」他喃喃自語，咳起嗽，咳出不少水。「拜託……」

伊琳娜閃身後退。「妳得帶他回去。這裡還有別人。」

「是列車長，她在測量水深……」

「不是她，是別人。」伊琳娜靜止不動，露出薇薇熟悉的姿態：蓄勢待發，高度警覺，身上每一寸都留意著風吹草動。「牠知道你們來了。」

薇薇順著她的視線看去。森林那頭是不是有動靜？空氣聞起來是不是有種腐爛的氣味？難道這就是羅斯托夫跪在草地上哭泣時所感應到的嗎？他是在等待大地擁他入懷嗎？他會怕嗎？

「我會支開牠。」伊琳娜說。「妳得趁這段時間把他帶回火車上。」她瞄了格雷一眼。「但他不能帶走任何東西，他沒有資格。」

「等等——」

「有東西要來了，薇薇。」伊琳娜臉上流露恐懼，開始向前跑。「快走！」

薇薇雙腳釘在原地。伊琳娜離開了，四周的噪音也越來越急促，但她動彈不得。環繞她周圍的樹木似乎忽然間急遽生長，樹枝延伸拉長、伸向遠方，土壤中有水汨汨湧出，她靴子的鞋尖上冒出一圈骨白色的迷你蘑菇——

直到格雷乾嘔的聲音將她拉回現實。

薇薇大叫一聲，用力甩著她的腳，跳離潮溼軟爛的土地。

「她剛才還在這裡……」格雷慢慢從臥姿爬起，想用四肢把自己撐起。他試著環顧四周，但隨即又癱回地上。他似乎不覺得薇薇出現在這有何奇怪之處。即使他違反了車上所有的規定，好像還是認為身邊有乘務員隨侍在側是天經地義的事。「妳有看見她嗎？妳得幫我找到她……她就是我一直在找的證據……」

薇薇感到一陣強烈的厭惡。他怎麼敢說伊琳娜是證據？他怎麼敢談論她？好像她是某種他能占為己有的物品一樣，好像他有資格對她這麼做。薇薇想像要是把他丟在這裡會怎樣——「他自己跑進了森林，我無能為力」——讓荒境的生物處置他。她覺得這個念頭十分誘人，不費吹灰之力就能辦到。一旦他消失了，伊琳娜的痕跡也會消失，往後也不會再有其他好奇的人類前來騷擾她。

「拜託，幫幫我。」格雷哀求。他整個人縮在地上，臉上沾滿泥巴。

薇薇抓住他的手臂，用力一拉。「我們得走了，這裡沒有別人。你剛才跌進了水裡。」

「不可能，是她救了我。某種生物……一個像是……太不可思議了。」他掙扎著坐起。

「大家都說荒境會讓人胡思亂想，先生。」薇薇說。「不是嗎？它會讓你的大腦欺騙你自己。」她左右張望，找到自己的頭盔，重新戴上。

「妳不懂。」格雷說。「我剛才就快溺死了——不對，是牠們攻擊我，那些鳥，我在水裡——」

「先生，」她蹲在他身邊說，「你被嚇得不輕，但我們真的得回去車上了，這裡太危險。」

格雷開始在地上亂抓，採摘剛才冒出來的蘑菇子實體。

「我們得走了。」薇薇提高了音量，但他緊緊抓住她的手臂。

「這裡有很多不得了的東西。妳難道不想它們獲得救贖嗎？」薇薇用力想甩開他的手，但他手勁很強。「妳懂的吧？妳難道不想把它們握在手裡嗎？我們有義務去研究它們……理解它們。」

薇薇很想逃離他，逃離他的渴切，逃離他似乎在自己身上找到的一種親近感。

「這些東西剛才想要殺了你。」她低聲說。「這裡的一切都很飢渴。」

但眼前的格雷也很飢渴，甚至可說是飢不擇食，薇薇看得見他眼裡的那道光，和伊琳娜在車上盯著窗外水池時的眼神一樣。而儘管薇薇不願承認，她自己其實也懂這種感覺。

格雷手腳並用爬起來，終於站穩。他拍拍身上的口袋，拿出一堆小棉布包。「我不會帶什麼大的東西回去，所以不會給火車造成什麼危險。」

「他沒有資格。」

薇薇猶豫不決時，目光瞥見一旁樹幹上的地衣，其中有一片長得像把女士用的扇子，顏色令她想起伊琳娜——藍中帶綠，呈現一種你看了也不太確定自己看見什麼的光澤。那片地衣宛如一件飾品，美得令人目不轉睛。薇薇瞬間被一股迫切感占有，堅信只要她能擁有它，一輩子帶在身上，就能填補伊琳娜消失後留下的那塊空洞。

一旁的格雷正在掰下地衣，將碎片裝進棉布袋裡。他拿出一個盒子，薇薇看出那一定是某種陷阱裝置；他跪下，雙手撐地，俯撐在盒子上方等待。儘管他全身溼透、臉上沾滿泥巴，儘管周遭危險重重，他仍舊一副不疾不徐的樣子，彷彿坐擁全天下所有時間。

薇薇應該要出聲制止，卻站在後方作壁上觀。趁他背對自己時，她把那片藍綠色的地衣掰了下來，塞進自己的口袋。

遠處傳來一聲震天怒吼，出自某種龐大的非人之物，就在那片樹林中。薇薇轉身看向格雷，他早已縮成一球，茫然望向天空。這時她忽然意識到，自己根本不曉得回火車的路。她迷路很久了，而他們來時留下的腳印似乎也已被土地吞噬。

「要往哪走？」格雷的嗓音流露著恐懼。

薇薇不知道。放眼望去，沒有一處眼熟。她每往一個方向看，那個地方就像是全新的路一樣，彷彿風景就在他們面前即時變幻。樹林中又傳來一道尖銳高昂的嘶吼，接著，他們聽見了——火車發出長長的汽笛聲，彷彿在回應那道嘶吼。

他們循著汽笛的聲音前進，不過目的地感覺遠在天邊。他們雙腳陷進軟爛的大地，每一步都彷彿在經歷一場夢，夢裡地面太過鬆軟，會把你吸下去、阻止你，讓你永遠也到不了目的地。

他倆好不容易穿出樹林，踩上更堅實的地面，一抬頭就望見了火車。它的存在是如此地突兀，以致他們停下了腳步。

一隻蟲子降落在薇薇的頭盔上，她把牠彈開，只瞥到它那細長的綠色身體和細緻的翅膀。是蜻蜓。又飛來一隻，薇薇一樣把牠彈走，接著又一隻。儘管戴著頭盔，她還是能聽見四周有個叮叮噹噹的聲音不停響著，好像有人頻頻敲擊著水量不一的玻璃杯邊緣，直到整個地方叮噹作響。薇薇發現一旁的格雷彎下了腰，雙臂抱頭。而在火車的一側，大量的蜻蜓正在聚集——足足有數百隻、上千隻之多。牠們發出的持續嗡鳴幾乎就像是一頭獨立的生物。

「動作快！」薇薇朝格雷大喊，然而她的聲音瞬間就消散在四周的噪音中。他們嘗試加快腳步，但很快她就瞥見蜻蜓盤旋處的地面上有一塊塊紅色的痕跡。她目睹蜻蜓降落，在紅色中停留片刻，然後再次起飛。是樹幹流出的汁液嗎？不，他們已經離開了樹林，來到了空曠的地方。那是血，灑落一地的鮮血。當蜻蜓飛起時，牠們似乎在顫抖，在視線中時隱時現，彷彿拍動翅膀不僅能讓牠們飄浮在這片空中，也能飄去別的地方。那是誰的血？叮叮噹噹的鳴響刺得她頭疼，腳下的地面沒在她所期望的地方出現，每走一步，地面都以比她預想中更快的速度向她襲來，要不然就是朝相反方向後退，把她的兩條腿骨震得喀喀作響。

又一聲嚎叫傳來，這次離他們又更近了。「你得再跑快一點！」薇薇大吼，但格雷的速度越來越慢，每跑幾步就會踉蹌一下。拉著他跑變得越來越吃力，當她開始希望乾脆把他丟在這裡自生自滅時，一個穿著防護衣的身影從火車上跑下來，直直衝到他們身邊，一把抓住格雷的另一隻手臂，把一半的他扛在肩上。

是列車長。

薇薇感覺自己的雙腿因為鬆了一口氣而軟了下來。他們加快腳步，儘管三人六腿的步伐磕磕絆絆，他們還是一點一點地朝火車靠近。

薇薇現在已經看得見窗戶後的一張張臉孔，視線在那些臉孔和越來越密集的蜻蜓螺旋之間來來回回。她能看見阿列克謝打著手勢，要他們再跑快一點，他身邊的人也一臉焦急。列車門打開，列車長先把他們兩個推上車，自己才跳上去，然後砰的一聲，關上身後的門。

*

一下子發生了太多事，薇薇的大腦難以消化。周圍每個人都在講話，她吃力地摘下頭盔，盯著列車長。列車長一如往常地冷靜，表情也高深莫測，但總算出現在她眼前，簡直像是奇蹟。她伸手搭上薇薇的胳膊，丟給她一個探問的眼神。

「我沒事。」薇薇說，聲音有些顫抖，雖然她其實有好多話想說。她不敢看向別處，擔心一旦移開視線，列車長又會消失不見。然而一陣驚呼聲讓她轉頭看向窗戶。起初，薇薇不太確定自己看見了什麼。那個東西由太多迥然不同的部分組成，沒有任何意義可言，根本不可能存在。那個東西太過巨大，太多。牠有著蜥蜴般的表皮，舌頭從長滿太多牙齒的嘴裡伸出來亂探。牠張開大嘴，一口吞下數百隻蜻蜓，然後用後腳站起，想吞下盤旋在最高處的那幾隻。牠的背上覆滿閃閃發亮的白色甲殼，形狀跟薇薇在北京海鮮市場看過的藤壺很像。淚水滑落她的臉龐，薇薇不懂自己為什麼會這樣，為何會出現這種生理反應。她氣自己好懦弱。

她看見格雷整個人貼在玻璃上。亨利．格雷臉上沒有淚水，只有驚嘆與著迷。薇薇突然覺得妒火中燒。她也渴望如此——也想體會這分驚奇。她希望這幅景象成為一分餽贈，像是分禮物，希望自己能像亨利．格雷一樣輕易收下這分大禮。然而，她卻只能感到害怕，並且湧上一股無法理解的挫敗。怪獸看向火車時，薇薇生怕自己跌進牠的眼睛，還好牠根本沒把火車放在眼裡，認為火車對牠的飲食或生存毫無助益，視線旋即轉回蜻蜓身上。薇薇環抱自己，感覺到那片長得像扇子的地衣擠在防護衣口袋裡，感覺到它尖銳的稜角，還有那奇特光滑的表面。它是深藍色的，也是翡翠綠。假如伊琳娜在這裡，她就會是這種顏色。

「這頭怪獸在你們快要跑到火車的時候突然從森林裡衝出來。」阿列克謝氣色蒼白，表情難看地說。列車長走到通話設備旁，對著黃銅話筒低聲下了幾句指令。幾秒鐘後，薇薇感覺到車身震動，引擎發動了。司爐工們一定早就準備就緒，讓火車隨時處於甦醒邊緣，靜候指令來臨。怪物頭一轉，望向冒著煙的火車頭。牠張開血盆大口，似乎在品嘗空氣中陌生的味道。

「加速！」列車長對著話筒下達指令，接著，眾人便立刻感覺到輪子嘰嘎碾壓，以及加速造成的反作用力。怪物在火車向前駛去時突然仰天長嘯，身軀拔地而起，那龐然而立的架勢讓薇薇判定牠一定會撞上來。窗戶被濺起的水花打溼，火車駛過樺木林，綠意遮住了他們的視線，也遮住了怪獸的爪子和鱗片。

「牠有跟上來嗎？」

所有人都繃緊神經，屏息以待，等待著即將到來的撞擊，等著那巨大的下巴重重砸上，等著那粗硬強勁的尾巴掃來，給予列車致命的一擊。沒想到，火車就這樣飛快疾駛穿過水池，一路暢通無阻。薇薇目不轉睛地盯著看，仔細留意窗外有無閃過一綹黑髮，有無掠過一抹沾了泥的藍色身影。

後果

「我聽說列車長這下可要完蛋了。」紀堯姆用一種缺乏八卦太久的竊喜語氣低聲說道。

「她自找的，不是嗎？」吳金縷附和。「他們吹牛吹了半天，說什麼這是世界上最堅固的火車之類的，結果還是被他給溜了出去。看來也沒那麼滴水不漏嘛。」

「傲慢之人，終有殞落之時。」嘉琳娜・伊凡諾娃虔誠地喃喃禱念。

此刻才剛入夜。火車又恢復了往日的節奏——晚餐以精美的瓷器呈上，葡萄酒由戴著一塵不染白手套的乘務員斟滿。限水措施解除的消息傳開後，車上的氣氛便輕鬆許多，儘管瑪麗亞注意到多數人的湯品碰也沒碰，就任由侍者撤下。她拿起湯匙在湯碗裡攪了攪，有那麼一瞬間，她看見表面浮出一層油光，蕩漾著一種她叫不出名字的顏色。

伯爵夫人問道：「有人知道我們英勇的逃兵上哪兒去了嗎？」

「我聽說他正在醫生那邊接受觀察。」吳金縷答腔。「應該說是隔離吧。他好像拿下了頭盔，不知怎地差一點淹死在沼澤裡。」

嘉琳娜・伊凡諾娃瑟瑟發抖道：「可是，他們要怎麼知道他是不是……他會不會已經，呃，被感染了？」

「我想應該很快就能得出答案，他們會採取所有必要的措施。」吳金縷說。

「英國佬啊英國佬。」紀堯姆感嘆。「我看他八成不會有事，英國佬向來如此。他們那邊惡劣的天氣已經讓他們免疫了。」

「那個女孩也一起出去了，出去把他追回來，你們知道的。」吳金縷順口一提。「那個火車上的孤兒。我聽說她想也沒想，不顧自己的安危就去了，還真是勇敢。」

「我聽人家說格雷好像有點精神異常，不知道自己在哪，也不知道自己在做什麼。」伯爵夫人興致勃勃地補充。

「可憐的男人。」紀堯姆說。「的確，有些人天生就是比較脆弱一點，承受不了那麼多。」他看起來頗為志得意滿，顯然認為自己屬於天生強大的那一群。

「還有那頭怪獸。」伯爵夫人說。「你們都看見了吧？害我現在每次往窗外看都忍不住覺得牠好像下一秒就會出現。」她的問題換來一陣令人不安的沉默。他們不願想起這件事，瑪麗亞心想。他們才不願想起那嘴尖牙，那孔武有力的下巴。還是聊聊亨利．格雷和他的人格弱點吧，那樣簡單多了。

「如果列車長得為這起過失負責，」嘉琳娜．伊凡諾娃說，「那格雷博士呢？他結束隔離後就能若無其事地回來嗎？我們要假裝什麼事都沒發生過繼續和他相處？」

「我想，我們那兩位總公司派來的紳士打的就是這等算盤。」伯爵夫人說。「西伯利亞鐵路公司顯然格外看重遺忘這項美德。」

兩位總公司紳士尚未現身用餐。瑪麗亞可以想像他們在包廂裡發現某位不速之客、某位大膽而粗心的小偷所留下的痕跡，臉上的表情從疑惑轉為憤怒。她想像他們仔細清點、計算，企圖列舉失竊的物品清單。她有不小心留下什麼東西嗎?她突然胃口盡失，杯裡的酒嘗起來也比想像的苦。她得和這些刻薄的談話保持一點距離。

「抱歉，我想先回去包廂休息了。」瑪麗亞擱下餐巾，從餐桌旁起身。

餐桌上其他的男士們紛紛起身致意。

「妳等一下會回來加入我們吧?」伯爵夫人的語氣與其說是詢問，更像是道命令。「等一下要打橋牌，我們缺一位。」

就在瑪麗亞搜尋著得體卻又不置可否的回覆時，車廂門打開，烏鴉二人組走了進來，身上穿著他們一貫的黑西裝，臉上也一貫地木然呆板。「當然，沒問題。」瑪麗亞回答。兩位公司代表打量著她，眼神銳利。「我很期待一起打牌。」她準備離去，然而烏鴉還站在門前的通道上，擋住她的去路。

「諸位貴賓晚安。我們希望今天發生的插曲並未給各位帶來太多驚擾。」俄羅斯烏鴉說。「如您所知，客人的安全與福祉是敝公司的首要之務。」

他們倆同時環顧四周，確認所有乘客都有在聽。「我們在此向您保證，今天所執行的科學探勘行動，全都是在最嚴格的規範下進行。我們會善用格雷博士的發現，推進我們對荒境的研究，幫助我們為旅客持續提供更安全的服務。」

瑪麗亞意識到自己嘴巴微張，盯著他們看，趕緊抿上雙唇。她回頭瞄向同桌，看見伯爵夫人也雙眉緊蹙。

紀堯姆的臉上展露曙光。「喔！所以一切都是事前計劃好的，是不是？唉呀，要是格雷早點知會我們一聲該有多好，省得我們大家為他瞎操心。」

瑪麗亞並不認為在場有任何人擔心格雷的安危，卻見烏鴉們的臉上露出了懺悔的表情。

「格雷博士堅持不能讓任何人知道這項探查計畫。我想諸位也都了解，博士是位謙虛之人，他不願引來過多關注，也不想為諸位徒增煩惱。」

伯爵夫人挑了挑眉毛，有些乘客也露出狐疑的表情，但沒人開口，唯有嘉琳娜·伊凡諾娃口氣輕快地說：「原來如此。我們總是在說，我們有多敬佩博士的敬業精神呢。」一些人緩緩點頭表示同意。

就像念咒語，瑪麗亞心想。讓話語變成現實。說出口就變成了事實。即便這套說法荒謬得可以。難道就沒人想過，如果這一切都是計劃好的，為什麼薇薇還要出去把他帶回來？難道公司代表自己說著說著也信了，深信自己的鬼話全是事實？原來這就是鐵路公司的威信。他們怎麼敢？她能感覺到這幾個字緊緊咬住她的喉嚨。騙子！這些人以漆黑筆挺的西裝偽裝，用那圓滑、天下太平的說詞文過飾非。她想一把扯下他們的面具，刮掉那層偽裝，讓他們內在的腐敗暴露在眾人面前。她的大腦一片空白，她看見伯爵夫人投來關切的眼神，但這件事伯爵夫人也插不了手。瑪麗亞覺得要是自己不說點什麼，一定會爆炸——

「需要我陪您回去嗎，夫人？也許我能順便帶您去看您上次問起的那本書？」

瑪麗亞一轉身，看見鈴木站在她身後伸手示意，停在她肘部附近。她感到一陣緊張。她還不想面對他，還沒準備好問他所有她想知道的事。

「上次我跟您提到的那段列車歷史，我在圖書館裡找到了，也請管理員先幫您保留起來。」他溫柔但堅定地引導她走向門口。「我想您一定會喜歡的。」

他們走到頭等車廂客人包廂區的中段，瑪麗亞才敢開口說話：「剛才沒必要——」

「如果是我誤判了，容我向妳致歉，因為我以為妳剛才要在我們總公司派來的友人面前，還有整節頭等車廂的乘客面前，揭露妳的真實身分。」

他們之間陷入一段長長的沉默。

「我說的沒錯吧，瑪麗亞．安東諾娃．費多羅夫娜？」

她耳鳴大作。瑪麗亞已經很久沒聽見自己的真名了。上次與鈴木談完之後，她的確覺得他一定已經看出來了，但瑪麗亞不想深究這個念頭，或者應該說，她根本不願去想他。「你怎麼發現的？」沉吟良久後，她終於開口。

鈴木看她的眼神一半是覺得好笑，一半是不可置信。「妳問的那些問題，還有妳懂得怎麼操作那臺望遠鏡……也許妳覺得我這人沒有什麼，但我不笨。」瑪麗亞臉紅起來，但他繼續說：「然後我就想，當然了……安東．伊凡諾維奇的女兒當然會來查明真相。」

「真相。」她說，努力保持嗓音平穩。「所以真相是什麼？」

鈴木瞥了一眼身後的走廊。「跟我走，」他說，「讓他們繼續相信我們的小故事。」他領她進入圖書室，角落有個乘務員原本正在打盹，一聽見他們進去便驚坐挺身。鈴木湊近那乘務員耳邊交代了幾句，那人便咧嘴一笑，匆匆走出車廂，離去前還不忘回頭瞄瑪麗亞一眼。

「與其加重烏鴉的疑心，不如給列車組員一點茶餘飯後的話題。」鈴木解釋，但避開她的眼神。他走到其中一個書櫃前，抽出一本厚厚的書，放在桌上攤開，並點亮桌上的閱讀燈。「要坐一下嗎？」他問。瑪麗亞注意到他的黑眼圈，而儘管他表情平靜，他那纖長的手指卻躁動擺弄著襯衫袖口，不停想把袖子拉得更低一點，遮住他的手。他的手足無措讓瑪麗亞也開始覺得不太自在。

「我站著就可以了，謝謝。」她回答，並心想，她不會再給他更多的好臉色，她要硬起心腸面對他臉上流露的痛苦。

「想問什麼就問吧。」鈴木開口。「我會盡可能地告訴妳真相。」

「那些我不該自己去找的真相。」瑪麗亞答腔。聞言，鈴木臉上閃過畏縮之色，彷彿她剛才賞了他一巴掌。她接著說：「他們說事故是玻璃造成的，這是真的嗎？」

「不是，這不是真的。」他伸手觸摸窗戶，猶如觸摸一尊聖像，敬畏的姿勢和神情讓瑪麗亞呼吸一緊。鈴木的指尖繼續抵在窗戶上，接著說：「當然，玻璃是破了沒錯。」

瑪麗亞才剛輕鬆起來的心情瞬間又盪到谷底。「可是——」

「玻璃破了，這就是公司想要的答案，想要拿它來回答那個難以回答的問題：哪個環節出了錯？這個答案再簡單也不過，他們一定為此鬆了一大口氣。的確，所有人都看見玻璃破了——三等車廂的一扇窗戶，那就是悲劇的起點，引發了後來那些歇斯底里，還有那些喪失的記憶。但他們卻全然罔顧妳父親曾經向公司提出的警告，警告列車的運行太過密集，也不去管假如我們要把火車如此頻繁地操到這種程度，那麼車窗玻璃就應該更常替換——然而最終，他們想要的答案，他們想出的解方還是這個：都是玻璃和玻璃製造商的錯，是他們讓荒境入侵火車。」

瑪麗亞這才發現他很生氣。氣公司，也氣他自己。不知怎麼，他的憤怒讓她的怒氣有所減緩。

「那你為什麼說玻璃不是罪魁禍首？」

鈴木收回抵在玻璃上的手，彷彿這才意識到自己的行徑。「因為變異老早就開始了。」

瑪麗亞盯著他。「這是什麼意思？」

她任由他倆之間的沉默蔓延，靜靜聽著軌道的聲音和牆上時鐘的滴答聲。

鈴木開始娓娓道來：

「妳父親跟我有共通的興趣，」他說道，「我們喜歡在地圖上繪製出荒境的樣貌，盡可能仔細地觀察每一處變化，無論那變化有多不起眼。我們想要看得更近，一次比一次更近。妳父親借用了天文學的研究基礎打造出新的鏡片，但他想讓我們觀察的不是夜空，而是我們周圍的世界。」

「這些我知道。你辦公室塔樓上的望遠鏡，那臺原型……讓他整個人魂不守舍。他著迷於那個想法，他渴望靠得更近，近到足以觀察花瓣是怎麼形成的，好一窺生命的構成要素。然後那些人就把望遠鏡搶走了，你服務的公司，你們所有人。如果他有更多時間，他可以讓它正常運作，他還有好多可以發揮。」

沒想到鈴木搖了搖頭。瑪麗亞還沒來得及質問他憑什麼反駁她，鈴木便接著說：「他做到了。他的望遠鏡原型可以正常運作。」

瑪麗亞試圖理解他在說什麼，努力想把一切拼起來。「但你明明說它有問題……」不過細想，那時在塔樓上，他的聲音確實藏了什麼。是恐懼，她想。

「出乎意料的成功，不過，我們卻難以理解。我們一直不明白，直到——」他打住，瑪麗亞知道他在整理思緒，就像整理他的地圖一樣仔細。「我們在北京測試那些鏡片時，看見了奇特無比的景象。透過一組小到可以搬上階梯的望遠鏡，竟能數出一．五公里外的屋頂上有幾塊瓦片。當我們用它來觀察荒境時，竟然看見——」他甩了甩頭。「我們看見貫穿每一個活物的血管，像絲線一樣，將它們統統串在一起……實在很難解釋……那就像同時看見了一幅織錦的正面和反面——同時看見了圖案，也看見了圖案是怎麼形成的。這樣講聽起來合理嗎？不，我想一定很不合理……」

雙眼之所見占據了我的心神，一天天壓得我喘不過氣，她父親在信裡寫道。他看見的景象說服他認為，火車必須停止運行。

「繼續說。」瑪麗亞說。

「那是令人嘆為觀止的發現。從北京到莫斯科的路上，我們幾乎無法將視線從望遠鏡上離開。起初，我們假設那只是小範圍的現象，只是特定局部地區發生變化，而我們之前從未發現而已。但，我們很快就發現，那些線、那些血管——我們兩個有各自喜歡的稱呼——貫穿蔓延整片荒境，連接起一切。我們還發現，我們可以追蹤變化發生的模式——我們看見天上鳥群盤旋的軌跡如何在花朵中心刻下螺旋，蘑菇的子實體如何在生長過程中模仿昆蟲翅膀上的斑紋。」

瑪麗亞可以想像父親會有多開心。他曾說：「這些都是窺看世界之窗，它們全都是。」他舉起單筒望遠鏡讓她看。他該有多驕傲呀。

「我們也看見了火車。」鈴木接下去說。「以圖樣的形式出現——我們在樹葉上看見火車，在樹幹上看見鐵軌。我們在覆滿岩石的地衣上看見了車輪。」

「先前的那些生物，」瑪麗亞緩緩地說，「那些蟲子，或不管是什麼的東西，牠們好像在模仿火車。」

鈴木點點頭。「我們在觀察的同時，也反過來被觀察著。」

「父親對這件事感到害怕。我找到了他寫給總公司的信……你知道我會找到它，對不對？你知道這封信就收在烏鴉的辦公室裡。」

「我們一抵達莫斯科，他就堅持要向公司董事會報告這項發現。他說我們手上有證據證明荒境有學習能力，而這正是我們一直以來擔心的——真正的危險根本不是變異的不可預測性和隨機性，真正該怕的是，那些變異背後是有意義、有意圖的，而我們現在能親眼看見那些意圖。」

「也就是那些圖案，以及形成圖案的過程。」瑪麗亞喃聲說道。

「我努力想阻止他。」鈴木繼續說。「說來慚愧，我拒絕和他一起署名那封信，我認為我們需要更多時間去沉澱我們看見的一切。信寄出後，莫斯科公司沒有回應，老實說我鬆了一口氣。」他閉上雙眼。「接著，在返回北京的火車上——也就是列車的上一趟運行——我們一出長城，就又在外頭看見了那些圖案，只不過這一次裡面也有，就在車廂內部。我們在車身木板上看見蕨類的輪廓，在窗簾上看見水的波紋。我們開始懷疑自己的理智，懷疑我們的眼睛，然後……」他頓了一下。「然後，一切就陷入黑暗之中。無論到底發生了什麼，都從我們的記憶中消失了。等我們清醒過來，車子已經停在北京長城，那片玻璃已碎裂，我們在車廂上看見的那些圖案也連帶消失了。而妳父親……」他開始哽咽。「妳父親認為是自己的錯。他太急了，急著為玻璃擔起責任，急到忽略了我們所看見的東西，選擇成為公司口中所謂最合理的解釋。」

「那你當時為什麼不站出來替他說話？這件事毀了他，毀了他的名譽，也毀了他的生計。最後害死了他。」

鈴木的神情被悲傷淹沒，他緊緊抓住椅背，好似下一秒就要昏倒。「因為我是個懦夫。因為這輛火車是我的所有。假如通往荒境的門永遠緊閉，我就一無所有了。從我離開日本的那刻起，我就成了一個沒有國家的人，成了公司的子民，火車的子民。要是失去了火車，我就失去了依靠。我不夠堅強……也不夠無私，不敢去想要是公司因為我們的發現而垮臺怎麼辦。」

「這間公司應該垮臺！它讓我們所有人陷入危險——你讓我們所有人陷入危險。」

鈴木看起來徹底崩潰了。「我一直努力說服自己，是我們看錯了。我們看見的只是荒境的把戲，這臺火車就跟公司吹噓的一樣堅不可摧。我把那臺新望遠鏡藏起來，上鎖。儘管去看、去觀察才是賦予我生命意義的東西，我卻逼自己不要去看。」

瑪麗亞竭力穩住顫抖的雙腿。她不知道那是出於悲傷、憤怒，還是別的什麼，一個太過複雜以致難以名狀的事物，一個太過巨大、就算試圖去抓也只是枉然的事物。而此刻她就站在這裡，站在這昏暗的車廂，置身這陌生的鐵道上。

「而你現在想要贖罪。」她悄聲下了結論。

籠中之鳥

亨利．格雷的衣服和鞋子都被拿去燒掉了。他全身被反覆刷洗，洗到皮膚泛紅且刺痛。現在，他被關在醫務室的一間包廂裡，床又小又硬，鋪了軟墊的牆隔絕了外面的聲音，也讓他自己的呼吸聲變得異常響亮。可真令他難受不堪的，是這房間竟然半扇窗戶都沒有。他懇求相關人士讓他留在自己的包廂裡，發誓在隔離期間無論發生什麼都不會離開房間半步，然而列車長和醫生態度堅決。

「這是為了你的安全著想，」醫生對他說，「因為你接觸到了外面的空氣，沒戴頭盔，甚至還碰到水。」

「我向你們保證，我現在感覺一切正常。」

但是醫生忙著測量他的額頭大小，為他抽血，還用小手電筒照他的眼睛。「我們只是以防萬一。」他這麼說。醫生臉上戴著口罩，全身上下散發消毒水味。

後來兩位公司代表也來了，不過他們只待在門外，沒有進來，僅透過門上一小扇與頭部齊高的滑窗和他交談。他們用迂迴官腔的措詞向他表示，公司對他目前不方便的處境表示歉意，並提醒他，根據他登車前簽署的同意書，公司對他暴露於外界環境而引起的所有症狀無須負擔任何責任。接著，他們問了一個又一個問題，關於他是怎麼出去的，是否有人幫他，以及他出去的目的。格雷昂首高聲強調，一名真正的英國紳士絕不會屈服於他們淫威之下。

此刻孤身一人的他，只剩一樣東西可依靠，那就是：當所有人都注意著從森林衝出來的巨獸時，竟然還有心思命令他交出外套的那名少女。他傻愣愣地把外套遞給她，外套口袋裝著他抓緊時間收集到的幾個珍貴樣本，而他就這樣眼睜睜看著她消失，片刻後空手折返。真是太不可思議了，他的兩位救命恩人竟然以如此出乎意料的型態現身。一位是瘦弱的火車少女，一個是荒境的生物。

格雷在硬邦邦的床上伸了個懶腰。一會兒後，他感覺冰涼的池水再次圍繞他，鳥兒在他頭頂高聲鳴叫，放眼搜尋。也許是水面上反射變幻的陽光讓牠們難以辨識，因為牠們顯然遍尋不見格雷。牠們尖銳的鳥喙在他四周瘋狂啄刺，他持續下沉，意識緩緩消失，手腕和腳踝被水草纏上，準備將他拖到陽光無法穿透的幽暗之中。這時——一雙強而有力的臂膀架住他，水草瞬間變成了頭髮，在水中又黑又亮，然後靈巧地化為一鬚鬚觸角捲在他身上，將他拖出水面、放到地上，讓他重獲新生。在格雷的記憶中，他睜開眼睛想看，但陽光和陰影將她的臉切割成不吻合的碎片，他無法拼湊。他挫敗地大聲呼喊。不久後，他聽見喀噠一聲，另一扇小窗滑開了。是他和醫生之間那堵牆上的小窗。

「格雷博士？你沒事吧？」

他睜開眼睛，看見醫生的臉正隔著柵欄望著他。「沒事，只是做了惡夢。」他簡短打發。

「你能描述一下做了什麼夢嗎，格雷博士？」他聽見紙張窸窸窣窣，是醫生正在翻動筆記本的聲音。「什麼都可以，任何細節都行。」醫生毫不掩飾他語氣中的急切，那雙小眼睛貪婪地注視格雷，讓他的胃一陣翻騰。

「好吧，我是記得幾個細節，雖然都不是很清楚……」

「什麼都可以，格雷博士。趁你還沒忘記，想到什麼就說什麼……」

「有一個女人——」

「嗯哼？」

「她的穿著很像家母以前的打扮，但當我靠近她，她就變成了女王陛下的模樣……」他很得意看見醫生的表情閃過一絲失望，隨即聽見筆記本收起來的聲音。

「這會是荒境在我身上留下的後遺症嗎？我親愛的母親已經長眠在她墳裡二十年了。」

「當然有可能，當然。」醫生回答，語氣就像在表揚一位表現遲鈍但用心良苦的孩子。「很好，嗯，好吧，如果你需要我的話，我就在這裡。如果你開始感覺不太對勁，一定要馬上叫我。」

小門關上。格雷雙臂抱胸，心中升起一股小小的滿足。但醫生的話還在他腦海迴盪。他現在有覺得對勁嗎？他已經不太確定了，不確定對勁是什麼感覺。胃部的疼痛依然陪伴著他，但還有別的東西在他肋骨處戳拉，某個自從風暴來襲那晚他看見幽靈後，就一直縈繞不去的牽引之力。

他倏地坐直身子，速度太快以致眼角一黑。他見過她，她真的存在，無論那位火車女孩有多麼努力想說服他。她曾經出現在列車上，也出現在水裡。她一定是在跟蹤他——她在確保他安然無恙。格雷翻身下床，再也無法忍受自己待著不動。肋骨底部的壓力越來越大，彷彿有什麼東西正在用一根細到看不見、卻又強勁如結繩的線拉扯著他，突然使力的腿部也疼了起來。他在書上讀過這種描述——意外生還後的狂喜，一種重獲新生的感覺。他總是把這種感受歸結為脆弱的感情用事，但他此刻所感覺到的，不僅僅是感激或喜悅，而是更強烈的熾熱之情。撿回來的命就是借來的命，遠比他所能想像的還要更脆弱、更璀璨。他的命不再是他自己的。格雷感覺他內在所有的懷疑、所有的猶豫都付之一炬。「一個新的伊甸園。」他喃喃低語。「嶄新的伊甸園。」

他會準備好要在萬國博覽會上展示的樣本。他還有時間，來得及研究他們，來得及思考如何呈現最能驚豔全場。但這些樣本僅僅只是開端——僅僅只是道入口，通往他即將獻給全人類的知識。

醫生為他送來晚餐，也一併帶來更多的問題以及更多的檢測。他回答流暢，甚至可說是娓娓道來。這些謊言足以使醫生相信他積極配合的態度，但也不會有趣到讓他繼續被關太久。不多久，公司代表再次現身，而這一次，格雷聽懂了他們的意思。他們說，他的小壯遊全是計劃好的，是事先獲准的。實際上，正是公司渴望研究荒境的熱情，才促成此次行動發生。他只不過是代為執行。

「那我要怎麼……抱歉，我是說，我們預期透過這次行動獲得什麼成果？其他人不會要求我展示研究成果嗎？或是問我發現了什麼？我能展示給人看的，只有破破爛爛的衣服，還有身上的抓痕，外面的一切我都不記得了。」除了麗蠅飛行的嗡鳴，甲蟲五彩斑斕的翅鞘，滴著紅色汁液的網，巨鳥的白色羽毛，救他的人身上的泥土味，她的秀髮拂過他肌膚的觸感。

公司代表露出淡淡的笑容表示，他們相信像他這樣學富五車的紳士一定很擅長臨機應變。

「我想知道，公司這麼做的理由是？」格雷相當肯定自己清楚對方的算盤，但還是想聽他們自己說出口。他不喜歡這種混淆視聽的手段，也不喜歡用層層文字和說法去掩蓋真義，卻又不禁多少感到竊喜——鐵路公司出於本身的貪婪，選擇囤積大量知識不放，竭力隱瞞荒境的豐沛，不讓任何人得知。這下正好，就讓他們看看他有多少本事吧。

「自然是以列車的利益為優先，格雷博士。」佩卓夫說。

「我們想讓顧客相信事出必有因。」李黃晉補充。「同樣地，若是讓客人發現任何有違我們說好的情況，公司會對您採取進一步的懲戒措施。當然，是依法進行，請放心。」

公司代表目光嚴厲地盯著他。格雷回答：「是的，我理解，當然。」然而他心裡在想——是啊，或許真的是這樣沒錯。事出必有因。於是，一陣欣喜再次湧上他心頭。或許真是這樣沒錯。

突變

薇薇的臉因為長時間裝出一副無辜的表情而痠痛不已。她非常渴望一個人靜一靜，醫生卻老在她身邊打轉，窮追猛打，問她感覺如何，問她在外面可曾有任何一刻脫下頭盔或防護衣（她回答當然沒有），以及是否感覺頭暈想吐，或是頭痛。當薇薇保證自己感覺一切正常時，醫生看起來相當失望，並要她等一下再回頭找他檢查一次。還有廚工，也一直跟在她屁股後面問個沒完，要她講講外面是什麼樣子。薇薇繼續使出那副表情，餵給他們一些夠毛骨聳然、卻又不至於透露太多的細節，讓廚工心滿意足地離開。於此同時，她一直在找阿列克謝，但他不知去向。

當他們剛返回車上、現場一片混亂時，薇薇趁亂去了一趟組員休息室，將那些罐子和棉布袋藏進自己的床位，用毯子蓋住。她只能希望暫時不會有人在如此高昂的氣氛下想到要抽查這件事。現在，她終於有空溜回休息室，好好利用她因為救了格雷而被視為英雄，因此獲准暫時不必工作的好處，躲在這裡閃避所有好奇的疑問和目光。薇薇真希望自己能更放寬心享受這天上掉下來的自由，可惜相反地，她卻感到一股孤獨感襲來。沒想到她這麼快就習慣了伊琳娜的陪伴，習慣飛快完成分內工作，好找她一起去探險；習慣坐在黑暗中朗讀羅斯托夫的指南，被伊琳娜用一個個她通常答不出來的問題打斷。薇薇伸出手指，滑過銀藍色的地衣鱗葉，心裡默默期待著它們會融化成水。這個，她絕對不會還給格雷。這是屬於她一個人的，是她的荒境，是她的伊琳娜。

然而偷竊的罪惡感重重地壓在她身上。這是羅斯托夫想要的嗎？想要某樣他得不到的東西？薇薇想知道森林裡的那頭怪獸會不會知道有東西不見了，會不會憤怒地張開牠的血盆大口。她也想知道，這麼做會不會讓伊琳娜感覺身上多了道傷口。

車廂廣播器傳來的一陣劈啪聲打斷了她的沉思。她正準備把頭埋進枕頭裡，卻聽見自己的名字從廣播中流洩而出。「張薇薇……請立刻至列車長室報到。」她猛然坐直身子，聽見廣播又再複述一次。列車長一定知道了，薇薇緊張萬分地想。她一定得知了伊琳娜的事，也知道偷來的生物樣本。這將會是多大的罪？

「張薇薇，妳要讓列車長等多久？」一名乘務員朝她喊道。她從床位爬下時，迎上了底下一群殷殷期盼的面孔，帶著既擔心又羨慕的表情望著她。

*

薇薇發現自己腳步紊亂。火車重新汲滿了水，照理說這意味著他們可以加快速度，不過，由於他們對輪下的鐵道並不熟悉，所以還是繼續小心翼翼地行駛。然而，鐵軌發出的噪音似乎較平時來得大，顛簸的節奏也令人心煩意亂，好像她身體和火車之間的界線正一點一滴削薄當中，彷彿活塞、齒輪這些阿列克謝再熟悉不過的零件正反映著她劇烈的心跳與奔馳的脈搏。

薇薇敲敲門。儘管自己是被叫來的，她還是不太相信門會打開。不過，列車長親自開了門。她上下打量薇薇，然後踱到桌邊，從一瓶棕色的罐子裡倒了一杯東西遞給她，用下巴朝一張扶手椅示意。「妳臉色很不好，把這杯喝了。」

薇薇依言坐下，啜了口杯中的液體，火辣的灼燒感嗆得她咳了幾聲。

列車長揚眉。「好點了嗎？」

「好多了。」薇薇咳著擠出回答，但這反應只讓她顯得更慘。她覺得身上的骨頭依然震得發癢。難道吸進荒境空氣的後遺症還是發作了嗎？

列車長自己沒有喝，而是站在窗邊。薇薇這才發現自己幾乎沒怎麼看過列車長坐著的樣子，就好像她無法忍受自己鬆懈下來陷進椅子裡這個概念一樣。

*來吧。早死早超生。*隱瞞了這麼多祕密之後，這下終於要解脫了。無論會領受怎樣的懲罰，都是她罪有應得；因為她背叛了火車，拿了她不該拿的東西。

列車長總算轉過身——動作突然得很，彷彿她方才才下了這個決定。「稍早的小冒險，沒讓妳受傷吧？」

薇薇打算同時點頭和聳肩，結果不小心把酒灑倒了制服上。

「要是我問妳，是誰暗中幫格雷溜下火車的，我想妳一定會回答不知道，所以我就不侮辱妳對火車的一片忠心了。」*這趟旅程讓列車長額頭上的皺紋加深了*，薇薇心想。不止額頭，她的顴骨也更加突出，皮膚變得又薄又皺。不過，在列車長將薇薇和格雷拖回火車上時，薇薇還是能感覺到她的力氣之大。

薇薇張嘴想回話，卻又閉了回去。想讀懂列車長的表情是天方夜譚，但她感覺列車長的話中藏著一些她應該要理解的東西，一些她應該要能識破卻失敗的深意。薇薇從很小的時候就意識到，列車長從來沒有把自己當孩子看，但她有時會希望，列車長如果能這麼做就好了。她希望列車長能告訴她，一切都會沒事的。

列車長踱至桌前拿起酒瓶，又轉念放下。「公司要我走人。」她說。

薇薇靜靜坐著，一動不動，甚至不覺得自己有能力動。

「當然，我會把大家帶到莫斯科萬國博覽會，在那之後會有新的列車長上任。這不是我理想中離開火車的方式，不過……最近我做得很差，沒能好好領導大家。所以這麼做對火車最好。」

薇薇感覺血往上竄，在耳邊砰砰作響。「妳為什麼要跟我說這個？」

「等時機成熟，我就會向其他的組員宣布。我想提前和妳說，是因為妳有權利知道，因為妳和這輛火車有某種連結……」她頓了一下。「一種我們其他人無法體會的連結。」

「那妳為什麼之前不好好當我們的列車長？」薇薇的聲音顫抖，但她已經不在乎了。「妳和這輛火車也有連結，但這陣子妳人都在哪？妳為什麼要讓他們把妳踢走，為什麼不反抗？」她很想跺腳，想氣到大哭，想讓地板像著了瓦倫汀之火一樣熊熊燃燒。

列車長再度轉身背對她，面向窗戶抛下一句。「就這樣。妳可以走了。」

＊

薇薇幾乎沒意識到自己走出了列車長室。她麻木地沿著走廊走回床位，回到那安全的所在。她腦筋一片混亂；她無法想像這輛火車沒有列車長，怎樣都說不過去。她得告訴其他組員——假如他們能團結起來，也許就能逼公司拒收她的辭呈。他們可以罷工，可以找報社放消息……

然而，薇薇還來不及細想，鞋扣的叮噹聲就先傳來。烏鴉彷彿聞到了不忠的惡臭，翩然而降。他們要她坐在下鋪床上，兩人則站著，如盯著獵物一般盯著她。縱使她知道自己只是太累又操煩過度，但她總覺得烏鴉的西裝似乎鬆垮垮地垂在手臂上，肩胛骨也突出許多；不再像烏鴉，但也不是人類，而是落於兩者之間的拙劣模仿。

「我們聽說列車長找妳過去，張薇薇小姐。我必須很遺憾地說，她未先徵詢我們同意。」

「要是她有來找我們，我們會請她別沒事讓妳煩心。」

薇薇參不透他們的表情。她仰望他們，甚至難以分辨誰是誰，分不清是誰在說話。「我很好。」她咕噥道。

「我們相信妳明白，不管她跟妳說了什麼，都是我們之間的祕密。」

「沒錯，祕密。」

「我們不希望事情變得複雜，除非絕對必要，否則不應透露太多細節。我們自然十分重視阿列克謝·史蒂帕諾維奇以及他對火車的貢獻。我們相信妳也會同意，一次的愚蠢行動不應該毀了一個人的職涯，但假如列車長的決定傳出去——」

「假如組員們認為列車長受到不公平的對待——」

「那麼真相就必須大白。」

薇薇竭力控制表情。他們怎麼知道是阿列克謝做的？但他們當然知道——阿列克謝的內疚全寫在臉上，他素來不像她一樣擅長說謊和偽裝。薇薇感到一陣反胃。她沒有人可以傾訴了。她什麼也做不了。

＊

那晚，薇薇蜷縮在床位上，很想就這樣閉上眼睛，墜入忘卻的幸福之中。她多想要一覺醒來，發現傷害她的一切都已煙消雲散，再也沒有人說要離開，他們又駛回正確的軌道上，發現開在幽靈軌道上的這些日子不過是惡夢一場，不過是荒境的詭計。夜裡某些時刻，薇薇感覺身上傳來迪瑪溫暖的重量，感覺牠在床墊上伸展四肢。但即使是牠，似乎也無法在她身邊找到安寧，於是一蹦一跳地離開。

薇薇把藏在毯子下的生物樣本拿出來，排在牆邊的小架子上。她已經和格雷博士一樣習慣如此稱呼這些東西了，生物樣本。不過她自己的那片地衣扇子不一樣。它不是任何東西的樣本，它就是它自己，是她的，沒有任何人事物能將它奪走。薇薇把它放在離自己最近的地方，這樣當她側躺在枕頭上時，它便剛好落在視線最近之處。博士收集的昆蟲則被她放去最遠的地方，還用布蓋住。她不喜歡那些昆蟲用前肢敲擊玻璃的模樣，也不喜歡牠們頭上細細的觸角擺動的樣子，好似在品嘗著空氣的味道，品嘗著她。其中一個棉布袋裡裝了一捲深沉黝綠的苔蘚。這個她喜歡。薇薇想像自己躺在上面，陷進苔蘚帶著泥土氣味的清涼中，沉沉睡去。

當她悠悠醒轉，薇薇聽見黑暗中傳來一個陌生的聲音，好像有什麼東西正在敲打著玻璃。好像有什麼東西正在生長。

THE CAUTIOUS TRAVELLER'S GUIDE TO THE WASTELANDS

第五部

第十五天至第十七天

荒境的部分現象已為人類所研究、認知，天氣和大氣壓力的改變能製造出海市蜃樓——好比說，前方突然出現貌似紮營的形影，旗幟在帳棚頂端飄揚——以及瓦倫汀之火的妖魅之光。然而其餘景象則挑戰了我們對自然界的一切認知。這些景象迫使我們像閱讀一本以失傳之語寫成的書一樣去閱讀荒境，閱讀一連串我們無力破譯之符號。

《謹慎旅人指南．荒境篇》，第五十五頁

深夜闇影

瑪麗亞夢見大地長出血管，夢見她的皮膚變成樺樹皮，夢見周圍的一切都起了變化，樹葉生長、凋零、掉落、再次生長。她醒來時，發現手腳都被扭轉的床單纏住。瑪麗亞摸摸自己的頭髮，深信會摸到乾枯的樹葉夾雜其中，也確定手指甲縫一定卡著乾掉的泥土。

牆上的鐘顯示現在是凌晨三點鐘。她無視所有建議揭開窗簾，迎來一片清朗的夜空。火車靜靜穿越一塊滿是沼澤和水潭的區域，灑下的月光讓地面一片銀銀閃閃，一路延伸至遠方，散落在起伏的地形間。夜晚會使人的感知扭轉；那些銀潭看起來離車很近，近到她能一躍而上，從一個跳到另一個，就像她小時候那樣，在自家鄉間別墅外的小徑上從一個水坑跳到另一個水坑，看著天空和樹影在她腳下碎裂。若是在聖彼得堡，總是會有某個大人緊緊牽住她的手，逼她走在他們身邊。只有在鄉下，她才能遠離那些監視的目光，盡情地跳躍、自由地嬉水。

瑪麗亞瞄了一眼桌上的包裹，然後別開頭。這個包裹是昨晚稍早送到的，上頭附著一張來自製圖師的字條，字條上只寫著：這是妳父親的東西。她猶豫了一下，莫名害怕自己會發現什麼。等她終於撕開牛皮紙，裡頭迎接她的是五本素描簿。瑪麗亞用不穩的手翻開第一本：深色的線條旋繞扭轉成一朵玫瑰，藤蔓攀爬穿梭於瘦弱的樹枝上，纖細的白根在土壤中鋪展，紫色的果實在綠籬上結實纍纍。還有一隻蛾，翅膀大張，露出兩個像貓頭鷹一般的圓眼珠。這些畫跟她從前見過父親畫的裝飾用作品都不一樣。用來裝飾火車的彩繪玻璃簡單而樸素，大自然以最簡單的型態在玻璃中固定不動。可是在這些素描簿中，每樣事物都在綻放、在生長，充滿了生機，瀰漫著成熟的氣息，令她惶惶不安。

這些事物是如此生機蓬勃，甚至讓她父親下了會帶來危險的結論。

一陣心血來潮，瑪麗亞想要比包廂的小窗戶更多的天空，於是在睡衣外披上睡袍，悄悄踏上走廊。別的包廂門扉緊閉，走廊盡頭有名乘務員頭枕著手臂睡覺。她穿過空蕩蕩、只各自亮著一盞燈的交誼廳和圖書室，來到鈴木研究室外的走廊。瑪麗亞發現通往觀測塔的門虛掩著，光線從門後灑出，落在地板上。於是她加快腳步通過。

觀景車廂內沒有點燈，唯有玻璃、水和月光充盈其中。她在門口猶疑了一下才逼自己走進去，覺得自己身著睡衣站在這裡的景象一定有點可笑。放眼望去，眼前的景致美麗非凡：水面像面鏡子平靜無波，地平線消融於黑暗之中。瑪麗亞緊握著拳，再往裡走了一點，抵抗那種在開闊的天空下行走的古怪感，直直走到車廂底部。她覺得自己站在車廂盡頭，比起置身火車，更像是站在一艘船上，下方的鐵軌就像是船身劃過水面留下的痕跡。她的臉幾乎能感覺到夜風習習吹來，嘴裡彷彿嘗到空氣中的溼潤和鹹味。雲層晃過月色面前，讓景色一下被黑暗吞沒，一下又吐出來。這裡一個人也沒有，她心想。在我與被我們拋在千里之外的長城之間，沒有任何人。

空間中隱隱約約傳來一個細微的聲響，瑪麗亞迅速轉身去看。一股潮溼的泥土味自附近飄來，她的頸項感覺溼漉漉的。

車廂空無一人，唯有矮桌和扶手椅沐浴在淡淡的光輝中。但是在最盡頭靠近門邊的地方，有塊陰影占據著最遠的位子。瑪麗亞嚇得一驚，心想，有人在那裡。那種暴露的感覺回來了——暴露於夜穹下，暴露於外界，暴露在任何向外或朝內張望的人面前。她動彈不得。「是誰在那裡？」瑪麗亞張嘴想問，卻沒有聲音傳出。是誰，會在黑漆漆的大半夜躲在陰影之中？不，她一定是得了大家都在說的那種病。教授和三等車廂的人常把那種病掛在嘴邊，唯有頭等車廂的人始終不願正面承認，好像他們的財富和奢華的包廂能讓他們免疫一樣。

「誰在那裡？」瑪麗亞這次喊得更堅定了些。她從玻璃邊步向門口，心中滿確定那道陰影很可能只是抱枕，她聽見的聲響不過是火車發出的嘰軋聲，那股氣味只是腦中鄉間別墅和小徑的記憶在作祟。然而，當她靠得更近，瑪麗亞十分確定那邊有東西在動；她很確定有人在那裡，躲藏著、注視著。

若換成是瑪麗亞·安東諾娃，換成過去被保護在手掌心的她，一定會立刻逃跑。她會跑去別處、縮成一團，等待有人來告訴她沒事了，因為總是會有人來告訴她沒事，總是有人會照看她。她的家人，還有一任任的家庭教師。可是瑪麗亞·佩卓芙娜不會這麼做。瑪麗亞·佩卓芙娜堅定不移。她沒什麼好害怕的，因為她並不存在。或是有沒有可能，她的存在其實比另一個瑪麗亞更真切？如今她已經不確定了。也許她真的得了荒境症，也許她母親說對了——月光對年輕女孩來說太過危險。

「我知道你躲在那裡。」瑪麗亞說，並向前踏了幾步。

此時一朵雲飄過，遮住了月光，讓車廂陷入一陣短暫的黑暗，順道也帶走了黑暗中的陌生人。她聽見腳步聲和布匹摩挲的沙沙聲，接著便剩下一片寂靜。那朵雲移開後，車廂又回到空無一人的狀態。單純出於確認心態，瑪麗亞戳了戳抱枕，但隨即覺得自己的行徑真蠢。

唯有那股氣味尚存。

她等到心跳稍微減緩，才小心地離開車廂。應該是三等車廂的某個孩子，她推測，偷偷離開父母身邊，想來一趟夜間冒險，因為被發現而慚愧不語。沒錯，一定是這樣。現在，瑪麗亞走在光線充足的走廊上，身旁淨是放在玻璃櫥櫃後面的科學儀器，她的理性又回來了。

但是孩子肯定會咯咯笑，要不就是哭。他們一定會露出馬腳。瑪麗亞腳步一個不穩，趕緊抓住黃銅扶手。正當她對自己這副行徑感到惱火時，製圖師塔樓門口洩出了更多的光，還在扣襯衫扣子的鈴木出現在階梯底層。

他們的目光在玻璃的倒影上相遇，瑪麗亞覺得臉頰一陣熱辣。多麼可笑啊，她竟然大半夜穿著睡袍在外遊蕩，像個手腳拙劣的間諜一樣在他的車廂外被逮個正著。

鈴木推開門，踏到走廊上。「您還好嗎？您看起來——」他突然止住，彷彿突然意識到自己衣衫不整，襯衫未紮，袖口鬆垮。

「我以為我聽見有人的聲音。」瑪麗亞僵硬地回答。「結果只是我自己在亂幻想。抱歉吵醒你了。」是這樣嗎？難道她沒有希望他和她一樣坐立難安，甚至希望他在眺望鐵路的時候，心裡也在想著她嗎？

「你的手。」她突然注意到。「那些線……」起初她以為那只是墨漬，但她現在確定自己從中看見了圖案。

鈴木後退一步，想把袖口再往下拉，手腕卻被瑪麗亞一把抓住。瑪麗亞也愣了一下，被自己的大膽嚇到。「讓我看看。」她輕聲說。

他身體一僵，但還是推上袖子，露出手臂上纏繞的墨線。刺青？她只在市集上見過，一位渾身刺滿神話故事的男人，抽動著身上的肌肉，讓上面的老虎跳動、樹木生長。但眼前的似乎不是刺青。鈴木靜靜佇立，看起來幾乎沒在呼吸，然而那些線條卻在動，而且它們不是單純的線條，而是河流、地形、蜿蜒的小路，還有一條粗線，是鐵軌，像是從手腕延伸上去的血管，一條在他皮膚上繪製這趟旅程的線。

瑪麗亞瞪大了眼睛，無法理解自己眼前所見。「你也得了，那種病……」

「不是的，不是那樣——」

「你還隱瞞了一件事。」

「拜託，妳得聽我說。」塔樓傳來一個聲響，鈴木轉頭去看。「火車很快就要回到主要軌道上，我得先走了，但我會仔細向妳解釋——」

但瑪麗亞退縮了。她得和他保持距離，遠離他的身體；他的身體是一幅銅版畫，刻著外頭那片飢餓的大陸。她得離他那不安分、不斷變化的皮囊遠一點。

跨越交界

「就快到了。」瓦希里說。

「我看到了！」一位廚工盧卡大喊。

「騙人，人的視力不可能那麼好。」一位行李員用手肘頂了他一下，讓他從桌上滾了下來。

「我真的看到了，就在前面。」盧卡高聲辯駁。

大家聚在三等車廂餐車，桌子全被推到一邊靠牆。自從他們切換回主要軌道後，車上的氣氛頓時輕鬆許多，提升回來的車速帶來一種近乎暈眩的如釋重負。交界就在眼前，他們即將跨越。

薇薇伸長脖子一探，就在那裡——一塊白色的石頭，大約與人等高，不太顯眼，被雜草和藤蔓遮去了一大半，另一塊則立在鐵軌的另一側。就這樣，地球兩塊大陸的交界，便由這兩尊樸素的記號給標誌出來。

她記得很小的時候有人跟她說過這個故事，也記得有一次火車經過這兩塊石頭時，教授把她抱到窗前，告訴她鐵路工人的故事。

當初建造時，那些待在北京和莫斯科公司辦公室裡的人希望能用俄羅斯阿爾漢格爾斯克礦場開採的黑石頭，並且在上頭刻上詩句，分別歌頌兩個偉大帝國的詩句。然而，負責蓋鐵路的人卻希望刻上那些在工程中壯烈犧牲的工人姓名。雖然後來雙方無法達成協議，因此兩顆石頭最後一片素淨，但工人方成了笑到最後的贏家。他們改而訂購純白的石頭——哀悼的顏色。等消息傳進那些坐辦公室的人耳中，想插手已經為時已晚。就這樣，那些在鐵路上逝去的靈魂終於有了一處屬於他們的安身之墓。

火車每次經過這裡時，薇薇總是覺得時間被拉長，那種感覺每每令她起雞皮疙瘩，覺得第一批鐵路工人的魂影好像正拄著鐵鍬，瞇起眼睛，列隊目送火車經過，注視著火車飛快從他們的屍骨上碾過。組員們會摘下帽子致意，或是伸手去觸摸鋼鐵。薇薇朝乘客那邊瞥了一眼；有人因為遠離舊土、駛入另一片大陸而憂心忡忡，有人則因為看見熟悉的土地而欣慰。那位拉小提琴的乘客開始演奏一首既激昂又悲傷的曲子，懇切而重複的旋律讓廚工抄起手邊的湯匙和平底鍋加入伴奏，乘務員也吹起不成調的口哨，隨性地哼唱。接著，乘客也紛紛加入。起初眾人還有些猶疑，不多久便化為自信的音量，響徹整節車廂。歌曲就這樣在好幾個八度間跌宕起伏，循環反覆，變化不息，伴著他們一路往歐洲大陸駛去。

薇薇環顧四周，看見葡萄牙裔牧師閉起雙眼，頭隨著節奏輕點；看見南方來的三兄弟，將小酒杯裡的酒一杯杯一飲而盡；看見好幾對伴侶、好幾個家庭，以及因為三等車廂氣氛使然而自然萌生友情的單身旅人，他們之間的連結拜小提琴手的樂音之賜而更加緊密。薇薇的耳朵捕捉到旋律中的奇怪之處，這才發現小提琴手將一首中國民謠和一首俄羅斯歌曲混在一起，兩首曲子的音調衝突、融合、然後再度撞擊。他演奏時閉上了眼睛，讓薇薇好奇那般沉浸其中會是什麼感覺。廚工唱起歌來，她感覺自己的腳也開始隨著節奏擺動，他們的歌聲就像是在旋律中新增了一部打擊樂聲道，「跨過交界，跨過交界，跨過交界。」唱著唱著，行李員也一一加入，接著是乘務員，最後是乘客。眾人執行起行之有年的迷信，進行著一項儀式——交界終究該被標記，該被提醒。不過話說回來，一條線為什麼會讓人有想要越過它的衝動呢？他們碾過交界時，薇薇感覺腳下的地板隨著車身震動，「跨過交界，跨過交界，跨過交界。」因為交界被守護著，而守護交界者素來需要有人告訴他們，那些越過邊界之人無所無懼。

薇薇深呼吸。車廂裡的人臉上都洋溢著一股狂喜。這就是為什麼我們需要有儀式，她心想。這就是儀式存在的意義——好讓我們可以暫時忘卻自我。

她真希望自己也能忘卻自我，忘掉伊琳娜消失後留下的刺痛空虛，忘掉自己不再受列車長和教授保護的迷惘空洞，忘卻自己是不是為火車帶來禍害的擔憂。

小偷。叛徒。倘若這些正在搖擺起舞的乘客得知她做了什麼，假設他們發現她讓外面的東西進來，會作何感想？薇薇想起地衣在黑暗中生長的鱗葉，想到在小小的繭中等待破繭而出的昆蟲。她相信此刻它們也在跟著搖擺，彷彿同樣感受到了音樂。她很確定自己感覺到它們都在長大。

這股確信令她天旋地轉。

「頭等車廂的人正在灌醉自己，把一切拋諸腦後。」阿列克謝突然出現在她身邊，臉色潮紅，嘴裡飄出酒氣。自從薇薇從外面回來後，他幾乎沒和她說過話。也許他在嫉妒，薇薇心想，嫉妒她代替他去。

「而且還傳言說走廊上有鬼。」

「什麼？」

「有人在傳頭等車廂的浴室鬧鬼。我都忘了跨越交界的前後有多討厭了。」

＊

「嘿！你！」薇薇走到第一節臥鋪車廂時，見一個小巧的身影疾奔而過，她一把抓住企圖閃躲的小男孩，讓他在她手下不停扭動。這個遊戲薇薇自己已經玩了數不清多少次了，練出一副比任何北京街頭流氓都還矯健的身手，況且她也不打算貼牆閃避，這只會正中那些專心致志的玩家下懷。

「跟我說說那個鬼。」

「什麼鬼？」唐敬被突如其來的問句給愣住。

「我聽說你一直到處散布浴室裡有鬼。」她猛地把他拉近。「你難道不曉得提到鬼會帶來厄運嗎？鬼會聽見你，認為你想見他們。」

男孩試圖掙脫。「但我說的是真的。我看見她了，就在鏡子裡，在裡面。」他指了指頭等車廂的其中一間浴室，然後哭喊：「妳弄痛我了！」

薇薇鬆開剛才一把拽住他的手。「在裡面？」

他內疚地點點頭。

薇薇猶豫片刻，然後趁自己還沒來得及多想，她抓住男孩的肩膀，推他一起走到浴室門前，打開門，胃出於某種情緒而不停翻攪——是期待？還是害怕？

水龍頭滴著水的聲音突然被寂靜放大。浴室裡沒有水蒸氣，這個時間點不會有人洗澡，即便現在已有充足的水可以這麼做也一樣。浴缸空空如也，沒有水淹出浴缸邊緣，沒有溺水的女孩浮上來。一陣撲天蓋地的失望湧上，快要把薇薇自己也淹沒了。

「什麼都沒有。」她的聲音太大。「沒有鬼。」

唐敬看起來很沮喪。「之前在的。我在鏡子裡看見她了。」

「你只不過是看到了一位乘客。」

「才不是，是鬼。」

薇薇很欣賞他的固執——固執也是她的優點——所以她沒多說什麼，只用了一種他鐵定很討厭的方式揉了揉小男孩的頭髮，然後帶他走出浴室。「你明知道這一區你不能進來，對吧？你這樣亂跑，爸媽不會擔心嗎？」

「他們才不會發現我不見了。」

薇薇覺得他說的沒錯，但不予置評。「好吧，但是乘務員已經注意到你了，所以如果你繼續這樣亂跑，闖進不該進的地方，他們就會逼你像個可憐的小工人一樣在火車上工作。」

「真的嗎？我可以在火車上工作？像妳一樣？」

「呃，這個嘛——」

但她看得出來，男孩已經開始在想像自己穿上制服，大步流星走在火車走廊上的樣子。他甚至現在就已經挺直了腰板。

薇薇帶他往回走，一走到三等車廂餐車，就被音樂和跳舞的群眾包圍。

「來吧，我帶你回去你的車廂。」她才剛說完，唐敬就驚呼：「妳看！」然後薇薇就看見男孩那已經全然康復的母親，和他父親一起擠坐在一張桌旁，正在熱熱鬧鬧地打牌玩骰子。男孩父親抬起頭，伸出一隻手臂。

「來來來，小賭徒，說不定你會帶給我們好運！」另一個玩家高喊，男孩隨即被拉進那一桌，擠在父親的大腿上，母親同時摟住丈夫和兒子。

薇薇別過身。他們難道不曉得就快要守夜檢查了嗎？臨時充數的鼓聲敲個不停，震得她骨頭隱隱作痛。空氣黏膩倒胃。一陣高亢的笑聲傳來，接著伴隨玻璃摔碎的聲音。她看見三等車廂乘務員正在和一個好鬥的農民爭執不休，也看見手持酒杯的阿列克謝。三等車廂的燈光比頭等車廂來得少，也暗得多，在這片昏暗之中，薇薇感覺眼前的場景好像在溶解；乘客消融在陰影之中，小提琴手化為剪影，宛如寺廟牆壁上那些褪色的人形，在喧鬧的人群中成為靜止的一個點。她溜到厚重的窗簾布後面，額頭抵上玻璃休息，感激玻璃帶來的相對涼爽。薇薇閉上眼睛，彷彿回到了兒時，感覺窗簾另一側的世界消失了，即便只有如此薄的一層屏障，也能將聲音隔絕在外。

睜開眼睛，她看見一片黑暗。乘務員經常責罵她不要在夜晚盯著外頭看那麼久。很危險，他們總說，不要那樣盯著看，妳不會想看見外頭有什麼也在盯著妳看。但是她的確想看，她一直都很想看。薇薇盡可能地睜大眼睛，直到外面模糊不清的形影漸漸凝成一幅她能看懂的風景。那裡。遠處有動靜。有翅膀從樹影中竄起。是貓頭鷹，她推測；狩獵中的貓頭鷹。

下一刻，她的目光被吸引住。不是窗外的景象，而是更近的東西。車窗玻璃外側緩緩浮現白色的形影，出現黴菌般的紋路，有如鹹水留下的一圈線，就在她眼前生長。薇薇往後退一步，撞上了某人，聽見一聲低沉的驚呼。

「我只是在打掃。」她從窗簾後現身，獲得一片微醺的掌聲，好像她剛秀了一手魔術——從布幕後方變出一位女孩——眾人高喊：「還有誰躲在後面？」

薇薇掀動另一片窗簾，小心不讓乘客看見每扇窗戶上都逐漸出現同樣的圖案。她摸了摸玻璃，那東西肯定是長在外側，可是……她想像那些從荒境竊取的生物樣本不停增殖，想像牆上長出了鱗片，空氣中誕生孢子，所有東西都在生長著。她的指尖透過玻璃感覺到這一切，感受到生命正在拓展的低鳴，猛地縮回手指。

薇薇奮力擠出車廂，穿過有人在吃東西、玩骰子的員工用餐區，抵達組員臥鋪。

車廂內一片漆黑，悄無聲息，連呼吸聲都沒有。薇薇站在門口，享受著這片空曠以及沒人在看的自在感。然而當她往裡走了幾步，她想——不對。寂靜中有個什麼。她把手貼上牆壁時可以感覺得到，就在那裡，在火車和鐵軌的聲音背後，她再次察覺——有什麼東西正在生長。

薇薇並未停下查看窗簾後面，同時大步走向自己的床位，不需要燈的指路，甚至摸黑爬上梯子。爬到頂端後，她伸手去探她的地衣小扇，卻發現地衣不在那裡——

薇薇瞬間凍結。等到她的眼睛逐漸適應了黑暗，她看見牆上出現了圖案，而且已經不是在窗戶外側，而是內側；只見那地衣的銀藍色鱗葉朝著天花板向上蔓延。她床角的另一頭出現動靜，是一個蹲伏著的身影——

「小偷。」伊琳娜厲聲道。

伊甸園

「一個新的伊甸園。」亨利·格雷博士說。他剛結束隔離，汗水浸溼了他的衣領，看起來已經好幾天沒刮鬍子了。他的嗓音有些瑪麗亞之前沒注意到的顫抖，令她想起彼得堡碼頭邊那群偏激的傳教士。「這就是我們正在努力的，一座新的伊甸園，更完美、更驚豔、更富含生機，更多——」

「更多的毒蛇？」紀堯姆舉起酒杯，引發一片讚賞的笑聲，頷首示意乘務員替他斟滿。亨利·格雷似乎不受影響。他整個晚上都在滔滔不絕地向任何願意傾聽的人傾訴，並且一次又一次地用他那傳福音的熱情提起那座偉大的玻璃宮。

瑪麗亞身旁，蘇菲·拉封丹正在畫她的素描。

「妳畫得真美。」瑪麗亞讚嘆，用手指指著那些輕巧掃出樺樹的灰色線條。「看得我都想伸手去摸摸看那些樹皮了。」

蘇菲朝她笑笑。「也許我可以送給格雷博士。」她說。「不過，跟他心目中的伊甸園相比，恐怕是單薄許多。」蘇菲移了移紙張，隱約露出底下那張紙，紙上的素描人像引起了瑪麗亞的注意。那幅素描只有簡單幾筆，勾勒出一位站在門口的年輕女人，但蘇菲的畫筆為她添了一絲動感、些許生動。瑪麗亞無法明說原因，但那幅畫令她忐忑不安。也許是因為儘管人臉模糊不清，卻依然明顯讓人覺得那女人在看著什麼。

蘇菲匆忙遮住那幅畫。

「那位是乘客嗎？」瑪麗亞問。

「也許是三等車廂的人吧。」蘇菲回答，然後壓低聲音接著說。「妳一定會覺得我很蠢，而且我也知道，都是因為我的技術不好，沒有別的原因。但是啊，儘管我在車上見過她很多次，卻從來無法捕捉到她的臉。」她翻了翻素描簿中的其他頁，瑪麗亞在那幾頁上都看見了同一個人，張張都站在門邊或牆邊，五官總是模糊不清，彷彿是在移動中被相機給捕捉下來。

「不，」瑪麗亞說，「我認為妳一點都不蠢，技術也沒有不好。」她想起自己在觀景車廂那晚千真萬確的感覺，想起當時她有多麼確定那裡有人。她想起亨利．格雷提過的天使。

「我們也同樣被觀察著。」鈴木曾這麼說。瑪麗亞努力從腦中逐出關於他的思緒，抹去他肌膚上的變化。

「親愛的，妳沒有在用無聊的話題打擾我們的朋友吧？我相信，比起這些登不上大雅之堂的作品，現代新女性應該有更多別的話題可聊，對嗎？」紀堯姆俯身靠到妻子旁邊，從她手中抽走素描簿，漫不在乎地將它扔到旁邊的座位上。

瑪麗亞聞得到他嘴裡飄出酒味。「我們聊得很愉快，謝謝您關心。」她答腔，毫不掩飾語氣中的冷淡。

「難道你不明白嗎？」亨利．格雷拉高了音量，「現在，我們認識了這座花園。我們是嶄新的人類，是Homo *Scientificus*，也就是科學人。在我們眼前的是一個嶄新的機會，重來一次的機會。我們絕對不能浪費，不能有半點分心，這就是我即將在萬國博覽會上展示的……」

「我願意憐憫他，」伯爵夫人嘆道，「但我擔心他會誤以為是鼓勵。」

瑪麗亞試著答腔，但她發現自己很難集中精神。夜已深。整個晚上她都沒有聽見時鐘的報時聲，都被四周越來越吵的噪音和樂手帶來的歡樂歌曲給蓋過，然而樂手本人卻像在演奏送葬輓歌一樣憂鬱陰沉。車子跨越歐亞交界時，所有人為慶祝駛入歐洲而乾了一杯，然後又一杯、再一杯。此刻已屆深夜，演奏也已結束，但大夥仍不願上床睡覺。

「想當然耳，這個可憐的男人什麼都拿不出來，不過只有幾箱死掉的蝴蝶，還有過剩的自信心罷了。」伯爵夫人高雅地啜了一口她的黑醋栗果汁。

瑪麗亞的思緒飄至鈴木手上的線條，想著它們緩慢、細緻的變化。要是格雷看見了，他會怎麼做？這些線條在他口中的伊甸園，會扮演怎樣的角色？

「我真希望他別再說了。」瑪麗亞突然冒出一句，語氣比她的本意更強烈。「為什麼大家都這樣放任他高談闊論？」

「他鐵定會繼續講個沒完的，不意外，這些男人都一樣。」伯爵夫人不以為然地擺擺手。瑪麗亞瞥見教士尤禮．佩托維奇在椅子上扭動，身上蓄積一股即將爆發的能量。在他身旁，伯爵夫人靠著椅背，一臉坐看好戲的表情。

「你這是在褻瀆上帝！」尤禮一拳敲上椅子的扶手，然而旁邊的伯爵夫人依然氣定神閒。「新伊甸園？我這輩子沒聽過如此危險、盲目的荒謬之言。你以為你在這片荒野中找到了上帝？你找到的是撒旦的謊言！你被騙了，就像其他那些軟弱的傻瓜一樣！」

這番話讓車廂頓時鴉雀無聲，但尤禮．佩托維奇占據舞臺中心的時刻卻被一個突然出現的小男孩打斷。他撞門而入，一見到一張張朝他轉過去的臉龐，便又掉頭衝了出去。

「尤禮．佩托維奇，你嚇到孩子了。」紀堯姆喊道，但教士的怒火並未因此從目標身上移開。

「你難道感覺不出來嗎？你不曉得這些人都覺得你很可笑嗎？我們都來到地獄了，你還在那邊說什麼天堂。這些養尊處優的貴客，這些來地獄一遊的觀光客，他們都把你當傻瓜！」

「冷靜點。」紀堯姆說。蘇菲和其他乘客紛紛尷尬地別過視線，但瑪麗亞無法分辨他們是替自己還是尤禮．佩托維奇覺得丟臉，搞不好甚至是為了格雷。格雷本人則依然沉浸在他的狂熱當中，根本顧不上這些。

「永遠都會有懷疑論者。」他幾乎是自言自語地說。「也永遠都會有人選擇不去看。他們有在看，卻沒看見，因為他們待在荒蕪裡太久了，他們沒有體會過被真理碰觸的感覺。這是一項天賦……」格雷舉高雙手，像是在祈禱，瑪麗亞覺得自己看見他臉頰上閃著淚光。

「你說誰沒——」尤禮．佩托維奇倏地站起。

「好了好了，兩位。」吳金縷的反應快得出奇，迅速移動到教士身邊，一副剛好出現在那裡的樣子，手也搭上了對方的胳膊。

「他誹謗我。」教士低吼。

「是你先的，閣下，是你指控我褻瀆神明——」

「你可真有臉，竟膽敢稱自己是神的信徒！你們所有人，成天在這邊飲酒作樂，都應該感到羞恥。你們已經墮落了，屈服於外面的誘惑。我會為你們的靈魂祈禱。」尤禮・佩托維奇甩開吳金縷的手，大步衝出車廂。

「說得還真狠啊。」伯爵夫人幽幽點評。瑪麗亞注意到她得意洋洋的表情已經去了大半。沒想到格雷站了起來，身子搖搖晃晃。「我得點醒他。」他說。「這件事太重要了——」

「也許明天吧。」吳金縷插話。「你看起來需要睡一覺。」的確，這位英國佬已經步履蹣跚。瑪麗亞起身幫忙撐住他，吳金縷投以感激的眼神。「走，我們帶你回去包廂。」

他們小心翼翼地扶著他，帶他走出交誼廳，沿著走廊走回臥鋪車廂。

「我看見她了。」格雷咕噥地說。他的樣子就像瑪麗亞過去在彼得堡遇過的醉漢，從河邊的酒館跌跌撞撞地走出來。「她救了我一命。」

「他是在說外面那個女人，森林裡的。」吳金縷揚了揚眉毛，替他補充。

「不對。」格雷突然止步不前，讓他們三人不得已堵在路中間，擠在狹窄的走廊上，樣貌滑稽。「她來過這裡，我是先在這裡看到她的，在火車上。」

瑪麗亞腦海中立刻浮現蘇菲畫中的人物。總是在門口徘徊，注視著。

「只是風暴在作祟罷了。」吳金縷冷靜地說。「風暴讓我們全都神經兮兮的。來吧，你的包廂就快到了。」

他們笨拙地進房，還無暇開燈，就先讓格雷重重跌坐在其中一張扶手椅上。瑪麗亞伸手想去開桌上的檯燈，卻驚呼一聲縮了回來。

格雷沒把窗簾掩上，或者也可能是乘務員忘了，因此窗戶與外面的景色就這樣暴露在眼前。不過吸引他們注意的不是景色，而是玻璃上的紋路。儘管夏日炎炎，窗戶上卻像結霜一樣布滿了紋路，也宛如鐫刻著花朵的魂魄，花紋的樣態甚至比她父親的手藝還要精緻。

「我就說吧。」格雷說。「上帝眷顧著我們。」

「是黴菌。」絲綢商人倒退一步，說。「但是長得好快，太快了。」

他說的對。黴菌就在他們眼前不停繁殖生長。「我們應該把窗簾拉上。」瑪麗亞說。她很害怕，突然非常害怕。

「不，別拉——」格雷抗議，但她啪地點亮檯燈，將窗簾密實地拉攏。

瑪麗亞和吳金縷對看一眼，她能從他臉上看見自己的恐懼。商人用手帕壓了壓額頭上的汗。

「我想這在火車上應該不算什麼新鮮事。」吳金縷說，儘管他身上平時散發的自信此刻已蕩然無存。

他們身後傳來一陣聲音，瑪麗亞轉頭看，只見門口出現陰影。「諸位晚安。格雷先生感覺好點了嗎？」

是烏鴉二人組。

「從來沒這麼好過。但我有工作得做，我得把它記錄下來才行……」他把手伸向窗簾，瑪麗亞大步上前擋住。

「格雷博士只是太累了。」*他們一定會把他關起來*，她心想。*他們會說這是為了他好。*她看向他顫抖的雙手，很確定他鐵定熬不過這一關。

「博士只是需要好好睡一覺。」吳金縷幫忙補充。

公司代表雙雙點頭，微笑，不過眼睛卻毫無笑意。他們開始漸漸露出破綻，褪去了一些光鮮亮麗。這趟旅途誰都不好過。

「這是當然，」李黃晉說，「我們無意耽誤格雷博士工作。」也許是看見了瑪麗亞的表情，他接著說道：「畢竟我們已經邀請他蒞臨敝公司在博覽會的展位上演講。他將代替敝公司展示我們在荒境的科學研究領域所取得的豐碩成果，相信對我們所有人來說都是難得的機會。」是她的想像，還是他的語氣中真的有種欲蓋彌彰的感覺？

「原來如此。」吳金縷答腔，不過臉上閃過一絲疑惑。瑪麗亞悶聲不語，烏鴉那老謀深算的目光頭一次令她感到恐懼。她很想嘲笑自己的天真。在尤禮・佩托維奇這樣的教士眼中，格雷是個褻瀆者，沒想到對鐵路公司來說卻是福音的使者。他們自然樂見博士的狂熱，因為他對公司有益。*來看看我們創造的奇蹟吧，這些奇蹟是上帝的垂憐。*

「瑪麗亞・佩卓芙娜夫人，您身體還好嗎？」*他們知道了*，她想。*他們知道我究竟是誰。他們看透我了，宛如我皮膚上刺著所有真相。*他們怎麼發現的？難道她露出了破綻？*還是鈴木？*不——她不相信。她不願相信。

她試圖讓自己冷靜下來，但耳鳴大作，包廂又太小，小到難以呼吸。她得出去透透氣，但烏鴉擋住了門，彷彿伸展著翅膀，漸漸將周圍的空間占為己有。

「瑪麗亞·佩卓芙娜夫人？您能跟我們走一趟嗎？」

「你們要做什麼？」吳金縷質問。

「先生，這也是為了您好。」佩卓夫上前一步，抓住她的手臂。瑪麗亞猛地縮手，撞上了桌子。格雷惱怒地驚呼一聲。

「我們懷疑瑪麗亞·佩卓芙娜夫人身體不適。為了她的健康以及其他乘客的安全著想，我們需要她跟我們走一趟，就這麼簡單。」

瑪麗亞目睹佩卓夫和吳金縷交換了一個意味深長的眼神，然後吳金縷便從她身邊走開，全程低頭盯著自己的腳。

「我能向兩位保證，我好得很。」她努力讓聲音聽起來嚴肅且堅定，但她能感覺到自己的喉嚨在顫抖。

「您不必太擔心，只是簡單檢查一下而已。」

「別把事情鬧大。」她腦中的母親說。母親生平最怕把場面鬧大，但這正是眼下她該做的。她應該要扯嗓大叫，吸引其他乘客跑過來看，在眾目睽睽之下揭露這兩個男人是騙子，警告大家危險的人是他們才對，他們只顧保護自己、保全公司，不計任何代價。

但是吳金縷此刻的表情削弱了她的決心。他真的怕她，他不知道如果瑪麗亞被病魔控制會做出什麼事來。她當然可以跺腳、尖叫，發誓她的健康狀況一切良好，沒有任何問題，但這麼做只會讓他們更加深信不疑——他們會搖搖頭，用禮貌的口吻低聲強調這樣做對所有人都好。她當然可以信口開河指控公司——但如果他們認為她病了，就沒有人會相信她。

烏鴉身後出現動靜，瑪麗亞看見矮小幹練的駐車醫生在門口徘徊，一手插口袋，笨拙地掩飾口袋裡凸起的注射器。佩卓夫抓住她的胳膊把她拽離包廂，瑪麗亞回頭看見格雷俯在書堆前振筆疾書，而吳金縷則垂著頭，不敢抬眼與她對視。

外敵入侵

偷渡女孩給人的感覺與以往不同。薇薇無法確切說出原因，但伊琳娜的存在感似乎更堅實了些，好像比之前占據了世界更多空間。她們在薇薇的床上各踞一端。

「小偷。」

伊琳娜讓床位與天花板之間本就窄小的空間顯得更小了。

「我不是故意的。」薇薇說。「我不知道會這樣。」是嗎？牆上的紋路在動，地衣在她眼前蔓延生長。

「妳為什麼要拿走不屬於妳的東西？」

因為我想要，薇薇很想這麼說。我想要握住它、擁有它。我想要一個不會離開、也不會失去的東西。但她說出口的卻是：「對不起，我很抱歉。」火車在她腦中轟鳴，軌道在她骨頭深處傾軋作響。這不是伊琳娜的錯，是她自己，都是她的錯。是她讓外面的世界侵入火車，而眼看守夜檢查近在眉睫，她竟無計可施。她腦中再次浮現阿列克謝那寫滿擔憂的臉，看見圍繞在他身邊的愧疚，讓她的罪惡感更強烈了。「妳為什麼會回來？」這句話的口氣很衝，但薇薇不是故意的。「亨利．格雷一直在找妳。」他即將如願以償，她心想。格雷就像羅斯托夫，也像她自己。他們都在追尋著什麼，都對現狀有所不滿。「他覺得妳是信使，是天使……」

「不是怪物嗎？」伊琳娜觸摸牆壁，牆上的地衣就像水面上的漣漪向外蕩漾，隨後向內捲，探索拍擊著她的手指。

「不，不是那樣——」

「妳不就是那樣想的嗎？難道我說錯了？在外面的時候，妳以為我傷了他。因為怪物就會那麼做，那就是我們的本性。」

「不是的……」話雖如此，但薇薇腦中浮現當時的畫面：亨利．格雷倒在地上，伊琳娜俯在他身上。「住手！」然後伊琳娜抬起頭，臉上露出遭到背叛的表情。

「不是妳想的那樣。」薇薇握住她的手，但自己也心知肚明，明白話語的效力有多單薄。伊琳娜永遠會是偷渡少女，車上的不速之客；她永遠會是一頭怪物——被人畏懼，被人追捕，被人逮住。「我會幫妳找個安身之處。」薇薇說。「火車很快就會抵達俄羅斯，到時候，妳就可以看到所有妳想看的世界，所有妳想像中的東西——」

但伊琳娜抽回她的手，用手指纏玩起頭髮。

「怎麼了？」

「我不是為了這個回來的。妳不懂。」

「但我想要搞懂，否則我要怎麼消化現在發生的這一切？這些變化……」她得收拾自己捅出的妻子。薇薇轉身面牆，開始嘗試用指甲把已經蔓延到天花板的地衣給摳下來——

「薇薇！不要——」

——下一秒，她的意識彷彿被一片灑出來的墨水淹沒，世界頓時陷入一片漆黑、空洞，直到墨水被沖走，薇薇才——

——出現在某個她不該出現的地方，是引擎室。這裡噪音震耳欲聾，司爐工朝著火車的血盆大口投餵糧食，火焰倒映在他們的護目鏡片上，手套上滿是焦痕。隔著灰濛的窗戶，薇薇能看出他們距離俄羅斯長城不遠，顯然列車才剛出發不久。是上一趟旅途嗎？是記憶？不，不是記憶，而是別的東西。橘紅色的星火飛濺，落在皮膚上時卻不感覺燙——這些東西不是火花，而是朝火箱飛舞而去的孢子，尋找為火車提供動力的熱量來源。她看見孢子從火中冒了出來，視線追著其中一顆孢子的軌跡，隨著它落到了牆上。她蹲下去看，看見一塊斑斕的金屬光澤在牆上成形，很像金屬車身的一部分，只不過不停地在生長，伴著引擎的轟鳴與鐵軌敲擊的節奏一張一縮搏動著——

——接著，頭等車廂爆發了衝突。乘客眾口如一地抱怨睡不安穩，說是在窗戶玻璃上看見了不屬於自己的倒影。他們砸碎了三等車廂浴室的鏡子。薇薇低頭看向右手掌，看見一道被玻璃碎片劃傷的鮮紅傷口。她也看見了，自己在玻璃中變成了一頭猙獰的爬行動物，臉上露出飢渴的表情。她起身，手上的血隨之滑落，滴在浴室黑白相間的磁磚上。她無法將視線從玻璃上移開。

「我非得這麼做不可。」一名女人背對著牆，盯著鏡子碎片，雙手沾滿了血。「它在說謊，它在說謊。」

但薇薇想，也許它說的是實話——

——列車長怒目盯著窗外景色。她們現在人在瞭望塔上，望出去是大湖，湖面幾乎被夏末的陽光映成白燦燦的一片，地平線融進褪色蒼白的天空之中。列車長正在朝她大吼，要她關上百葉窗，把外面的景色遮住。

「要我去叫醫生嗎？」

「不必。」

「還是我去拿杯水來……」薇薇很想離開瞭望塔，遠離此刻令人感到陌生的列車長。她朝門口走去。

「我們該怎麼撐過去？」

薇薇停下腳步。

列車長抬起頭，蒼白的臉被冷汗沾溼。「妳沒感覺到嗎？荒境企圖闖入這裡……不管我們做什麼，不管我們有多強大，它們總是在那裡，總是不停生長……妳都是怎麼撐過去的？」

薇薇瞪大了眼，被列車長熾熱的目光壓制得動彈不得。眼前的列車長卸下了武裝，毫無掩飾——她在害怕。害怕外面的世界。薇薇從未想過原來列車長也有會感到害怕的一面。頓時，列車的牆顯得沒那麼結實了，地板也不復以往堅固。

「妳一定是累了。」薇薇輕聲說。「我送妳回房吧。」但她的提議被列車長擺擺手拒絕了。

「別管我。」

「但妳現在狀態——」

「我說了別管我！」列車長凶惡地別過身，把薇薇給吼了出去。她走下瞭望塔的階梯，遁入黑暗之中——

——下一幕，她來到了三等車廂的臥鋪。這裡一片死寂的程度比她見過的任何景象還令人震驚。乘客們全都以一種她得確認是否還有生命跡象的方式熟睡著。好險，他們都還活著，胸口仍看得出緩慢起伏，嘴脣微張。車廂裡的燈還沒燒完，但窗簾開著，露出外頭的濃濃夜色。薇薇隱約聽見一個細微的聲響，一個劈啪聲。方才她在引擎室牆上見過的金屬光澤，此時也出現在離她最近的窗戶上，活生生地跳動著。她伸手貼上玻璃，感覺到了同樣的脈搏在緩緩跳動。她手貼著的地方開始蔓延出銀閃閃的血管，從一扇窗戶延伸到另一扇窗戶。劈啪聲再次響起，窗戶玻璃應聲綻裂——

——「醒醒！回來！」

薇薇猝然縮手，從牆上的地衣抽回，只見伊琳娜傾身湊在她面前。「妳還好嗎？是不是看見了什麼？」

薇薇試著說明，但玻璃的觸感仍在，栩栩如生，隨即消失無蹤。她似乎還能看見那些螢螢發亮的孢子漂浮在黑暗之中。是上一趟旅途被忘卻的回憶。火車發生變異，遭到入侵。

「不是因為玻璃。」她低聲說。「總公司搞錯了。火車早在玻璃碎掉前就被攻破，外面的東西早就滲了進來。」那些朝鍋爐飛舞奔去的孢子仍歷歷在目，散發一種意有所圖的感覺。

「發生什麼事？」薇薇認得伊琳娜臉上的表情，與她望著外頭那群鳥、那群狐狸、那些召喚著她卻又不讓她靠近的東西時露出的，是同一副渴望的表情。

「我們都是這一切的一部分。連結在一起。」薇薇氣若微絲地說。她的手指摸到手掌上突起的疤痕，回憶起將玻璃碎片從皮膚上挑出來的感覺，想起自己的身影倒映於碎裂的玻璃中，又小、又刻薄、又飢渴，彷彿見到自己不為人知的一面。「它讓我們看見自己的不同面貌，然後……」玻璃就碎了，連結中斷。她能感覺到那處空缺，就像每次火車停下時她內心會湧上的那股酸楚。「這就是妳感覺到的嗎？」薇薇終於問出口。「空虛？」

「空虛。」伊琳娜複述她的話，彷彿在品嘗這個詞，然後才開口說：「在外面，在草地上、樹林間、水面下，我能感覺到自己再次充滿力量。我覺得我好像回到了家。」

薇薇等她繼續說下去。

「但我背叛了我的家。我離開了它，而它不再歡迎我。它也在學習成長；它變了。」

薇薇心想，它學習的對象是我們。外面一直在學我們——好的壞的，什麼都學。她感覺自己的太陽穴怦怦直跳。「可那又代表什麼意思？」

伊琳娜往後一倒，靠在牆上說：「那代表荒境不會停下腳步。不論火車有多堅固，都已經不重要了。再也沒有任何東西能阻止得了它們。」

千絲萬緒

晨光照亮窗戶上的紋路，為它注入了鮮活的生命。亨利．格雷動了動他蜷縮的手指，探向玻璃。他很確定他能感覺到那些霜粉狀的物體正在生長，迸發出一股迫不及待的能量，召喚著他皮膚上的每顆毛孔。格雷但願自己能摸到它、捕捉它、將它夾進書頁，就像他家裡書架堆放的一冊冊野花收集簿那樣。

他這幾天都沒吃東西，胃痛讓進食的念頭變得難以忍受。況且，他的觀察成果太過豐碩，有太多知識要消化，實在沒空休息，只能馬不停蹄、全心全意地投入其中。桌上的一本本筆記簿越變越厚，裡頭記滿了他出去一趟的所見所聞、所有他在外面遇見的事物，以及層出不窮的想法。他得在那些想法溜走之前追上它，為自己標記出一條必須繼續深挖的路，否則就再也找不回來。

格雷蹲下身子，打開底部一個小櫃的鎖，他在那裡存放他的生物樣本。列車少女把這些樣本拿回來還他時面有懼色。「格雷博士，這些東西正在變化。」她這麼對他說。這個罐子裡曾經裝著一隻甲蟲狀的生物，身上有著一雙閃著虹彩的翅膀，還有一對孔武有力的黑色鉗子，不停敲擊著罐身玻璃。然而，此刻裡頭靜悄悄的，毫無動靜，只有一個覆著薄絨毛的乾燥棕色物體好像在呼吸。這些生物在黑暗中靜靜生長。這是屬於他的一小片荒境，蟄伏靜候現身的好時機，等待在萬國博覽會的舞臺上亮相。格雷的背脊因為興奮而打顫。還沒，再等等。他闔上櫃門，小心翼翼地上鎖，將鑰匙放回外套口袋後，隨手拂去一根長長的白色絲線。格雷皺了下眉，雙手在西裝上擦了擦。他今天早上換過衣服了嗎？他發現自己越來越記不住這種事，就連他家小屋和花園的模樣都很難回想起來——跟生機蓬勃的荒境一比，英國的一切都黯然失色。話說回來，這根白線——難道有人來過他房間東查西探嗎？他定睛仔細一看，赫然發現那根本不是線，更像是一條特別細的根，被他拂開之後仍然飄在空中。是菌絲，格雷心想，真菌類的菌絲。看，別的地方也有，是從牆壁長出來的，延伸到地板上。他跪下身子，觀察起它們細如絲狀的頂端，它們移動的樣子似乎是在尋找新的著陸之處。上帝沙漠般的花園，他默默揣想，然後用指甲摳起包廂的牆，想碰觸牆後冒出的生命，抓住裡面的菌絲體。摳著挖著，一塊木片被他摳了下來，露出了底下更多的細白菌絲。「太驚人了。」格雷說，渾然不覺手指流血疼痛。

包廂突然響起一陣敲門聲，把他嚇得驚跳起來。他隨手從床上抓起幾個靠枕抵在牆邊，掩蓋損壞的痕跡。

「是誰？」門外無人回應，於是他把門推開一道小縫。「我在忙，不想被人打擾——」但阿列克謝一把將他推入包廂，並迅速在身後關上了門。

「你答應過我會小心的。」阿列克謝厲聲說道。他鬍子沒刮，雙眼充滿血絲。

「親愛的孩子——」

「你讓我們所有人都中了毒。」

「我絕對沒做那種事！」格雷臉上一陣熱辣。

工程師抹了抹額頭，環顧包廂。「不管那東西到底是什麼……你得在它造成更多傷害前把它處理掉。」

「真的沒有必要這麼……大驚小怪。我才沒讓任何人中毒。你看。」他把工程師帶到桌邊，給他看看昆蟲都安全地待在玻璃罐，睡在牠們的繭裡。「我只拿了這些，你什麼都不必擔心。這些都是死的。」格雷看著工程師，心裡十分確定——幾乎可以肯定——他鐵定認不得蟲蛹。

阿列克謝緊盯著玻璃罐，然後抬頭看看窗戶。玻璃外側的黴菌紋路正好起了變化，在光線下蠢動。他雙肩一癱。

「再說，窗上那些東西真的和我有關嗎？」格雷問，口氣就像對小孩子說話一樣。「那是在車子外面，所以肯定扯不到我們頭上。而且，難道這不正是我們想要的嗎？留待個人去詮釋這些變化的意義，讓人自行思考理解的方式？我們不是說過，鐵路公司一定隱瞞了什麼嗎？等我們抵達了博覽會，之後傳頌在眾人口中的，將會是你我的名字。後人會記得我們，親愛的孩子，我們會成為解開荒境祕密的人而流芳百世。這些祕密被公司隱瞞了太久，剝削牟利了太久。」

但工程師只是搖了搖頭，態度退縮。「我不該聽信於你。是我錯了。」

「嘿，別這樣。我知道你現在不知所措，那很正常。每個在偉大宏圖中找到自身目標的偉人，在面對任務時都曾惴惴不安。但真正的偉人絕不會因此退縮。」

「可是，格雷博士，我們得先真的平安抵達莫斯科才行，你也知道，不是嗎？我們得通過守夜檢查才行。」語畢，年輕人同來時一樣匆忙步離包廂。橫跨荒境的重擔讓他壓力太大了，格雷心想。可憐的孩子。

＊

工程師離去後，格雷再次蹲下查看牆角，發現菌絲依然不停冒出，不受控制。他環顧四周，走廊上的每個腳步聲都讓他擔心房門下一秒就會被撞開。他企圖把細線塞回牆內，但不管試了幾次都徒勞無功，因為它們數量實在太多了，生長的速度也太快。他感到一陣恐慌。他不可能把它們藏起來，也沒有人會相信這些東西與他無關。儘管如此，他還是一屁股坐下，觀察起移動的菌絲，看它們試探性地伸出牆，爬上地毯。格雷對眼前所見驚豔不已，歡喜地想笑。他的周圍滿是生機，列車已被新的伊甸園所攻占。

失去的時間

薇薇盯著伊琳娜看，兩人不發一語，氣氛緊繃。

「張薇薇！」車廂另一端傳來高聲呼喊，嚇了她一跳。薇薇趕緊爬下鐵梯，不讓聲音的主人有任何靠近的機會。

「頭等車廂有騷動，要妳過去幫忙。」一名乘務員說。

「我馬上就去。」她回答。千萬別抬頭，她告誡自己。妳一抬頭，他也會抬頭。

「不行。現在就跟我走。」他堅持。

薇薇安靜地跟在他身後，並確定自己感覺到地衣從後方朝她探來、追趕著她。她真希望自己的頭可以不要再痛了，但火車不可能停止轟鳴，伊琳娜也不會停止在她腦中呢喃。「再也沒有任何東西能阻止得了它們。」薇薇跟著乘務員的腳步踏進交誼車廂，只見副乘務員在伯爵夫人咄咄相逼的攻勢下露出一副手足無措的樣子。

「我現在就要見她。我堅持。」伯爵夫人說。

「夫人，醫生說——」

「醫生懂些什麼？她昨天分明還好端端的，沒有理由拒絕訪客探視。」

一陣不祥的預感襲來，薇薇張望四周，想看看誰不見了。是瑪麗亞．佩卓芙娜。薇薇瞬間被內疚淹沒。教授明明警告過她——「請叫她務必小心。」但她卻置若罔聞。薇薇沒把瑪麗亞．佩卓芙娜的安危放在心上，這下她真的被帶走了。她果真病了嗎？薇薇一直擔心到處打聽又充滿好奇心的她會發現伊琳娜的存在，但現在薇薇懷疑，瑪麗亞苦苦尋找的或許是另一道題目的答案。

交誼車廂一片嘈雜，疑竇四起。

「可是，我們和她共餐了這麼多次，我們自己豈不是也很危險嗎？」有人說道。「這病到底會不會傳染？」

「我感覺沒事，只是有點頭痛，我想應該只是太擔心佩卓芙娜夫人……」

「我倒是很想知道為什麼那兩位男士可以這麼突然把她帶走……」

「要是她真的病了，去那邊對她來說最安全……」

「妳能不能做點什麼，親愛的？」伯爵夫人將注意力移到薇薇身上，不理會乘務員的話。「昨天她在深夜被人帶走，這真的太奇怪了。」

「我想應該只是為了夫人的健康而採取的預防措施。我們的醫生對荒境症很有一套。」薇薇試著安撫她，但自己也說服不了自己。

伯爵夫人用精明的目光盯著她。「我擔心的不是荒境症。」伯爵夫人這話說得聲如細蚊，只有薇薇能聽見。

＊

薇薇匆匆穿過臥鋪車廂，朝醫務室走去，決心要挽回她沒事先提醒瑪麗亞的錯誤。才走到半路，便撞見阿列克謝從亨利．格雷的包廂走出來。鬼鬼祟祟的，她暗忖，不過隨後就被他臉上的表情怔住。阿列克謝雙眼通紅，滿臉絕望，薇薇太過震驚，以致忘了趕緊躲起來，也沒掉頭往相反方向走，假裝自己沒看見。阿列克謝看見薇薇，憤怒地抹了抹眼睛。「又發生什麼事了？」他身上的制服又皺又亂，下巴還留有鬍碴。「我的鋼鐵啊，張薇薇，妳到底在看什麼？」

他粗暴的語氣傷到了她。「你去他房間做什麼？」薇薇質問。

「他──」阿列克謝說到一半停住，雙手掩面向後一倒，靠在牆上。「都是我的錯。」他的嗓音糊在一起。

「這話是什麼意思？」

他露出臉來，手指了指窗戶上的黴菌。「這一切，都是我的錯──是我害妳落入險境。」

「跟你沒關係。」薇薇輕輕拍上他的手臂。

阿列克謝看著她，眉間的皺紋越來越深，然後一股腦兒脫口而出：「是我拿鑰匙給格雷，讓他溜出去的。都是因為我妳才差點送命，還害列車長不顧生命危險衝出去救你們，還有現在這奇怪的一切。是我讓火車被荒境入侵的。」他跪了下去，開始用指甲猛抓地毯。

「你在做什麼？別抓了！你會弄傷自己。」薇薇施力想拉他起來，但阿列克謝強壯得多。

「妳看！」

在他使勁猛抓之下，地板冒出了蜿蜒而上的細白絲線，有幾條朝著薇薇伸去，冉冉上竄，惹得薇薇踉蹌後退了幾步。她但願自己能像過去一樣對待他。有話就說，說個沒完沒了，就像他口中總嫌她像的親妹妹。可是此刻她的目光無法從那一根根白線挪開，被眼前的起伏的流線和那背後的意圖給深深攫住。

「跟你無關，會發生這一切不是你的錯。」她急切地說。

「妳沒辦法斷定，妳不知道真相。」

我知道，薇薇很想說出口。我真的知道。

他們注視著對方。在一片沉默中，列車突然警報大作。

＊

響起的是入侵警報。雖然這種警報他們至今只在演習時聽過，薇薇一樣曾在不平靜的夜晚驚醒，以為自己聽見了警報聲。入侵警報是一串持續不停的不和諧噪音，意在指示組員將頭等包廂的乘客送回包廂，引導三等車廂的乘客回到自己的床位上，然後全體至工作人員用餐區集合。不知道伊琳娜會作何反應？她會不會怕？

多數人臉色蒼白，驚恐萬分，努力假裝鎮定，但阿列克謝的臉色看起來最為糟糕。薇薇看見許多人轉頭過去看他，感覺他整個人在注視下越縮越小。她很想捏捏他的手臂以示安慰，卻無法讓自己動起來。因為此刻房間內充斥著慌張與恐懼，她就算用盡全副意志力，也只能勉強站穩而已。

製圖師無聲無息溜進門。這趟旅途，薇薇幾乎沒見過他幾面，所以對他的現身大吃一驚。他臉上寫滿倦意，彷彿好幾天都沒闔過眼。

警報聲終於歇停，列車長走了進來。

組員間明顯一陣騷動。薇薇赫然想到，對很多人來說，這一定是他們自啟程以來第一次見到列車長本人。列車剛出發時激憤又困惑的群情已經轉變成另一種氛圍——儘管身體不適和能力不足的傳言仍未散去，列車長在外面的英勇事蹟已經像瓦倫汀之火一樣蔓延。跨越歐亞之界時，薇薇也聽見廚工彼此轉述列車長是如何從荒境巨獸的大顎中救出亨利．格雷，並徒手將怪獸擊退。就這樣，有關列車長的神話又添了一件。

然而此刻她人就在這裡，神情肅穆，不苟言笑，組員們無不立正站好，整理沒扣好的領子，拉下不該捲起的襯衫袖子。薇薇試著讓自己面無表情，但當列車長的視線射過來，她立刻垂目閃躲。她感覺一旁的阿列克謝捏起拳頭又鬆開。

列車長一直等到最後幾位姍姍來遲的人到齊才開口。「請坐。」接著她便直切重點宣布，列車上發現不明生命體，來源尚待釐清。她的語調冷靜，一如既往的強悍自持，令人幾乎感覺什麼都沒變，幾乎讓人以為秩序總算恢復了。

薇薇猶記當她摸到地衣時看見的情景——列車長在她眼前展現出害怕——儘管她很清楚，若是需要的話，車上每位組員都會不假思索發誓世上絕對沒有任何事能嚇倒眼前這女人。

眾人慢慢消化列車長的一字一句，掀起一陣不安的躁動，只見列車長舉起手，示意大家安靜。

「從現在開始，各位必須避免接觸車上任何東西。我們的維修團隊已經著手處理，但我們仍然得提高警覺。任何異常狀況都必須直接向我報告。從現在起，所有組員將被派至各個車廂巡邏，讓我能隨時掌握車上每一處的狀況。我宣布，列車此刻起全面進入最高警戒。」

聽眾的沉默更加凝滯了。最高警戒，也就是允許動用各項「緊急措施」，得以採取保護列車的一切必要手段。

列車長朝車廂角落迅速瞥了一眼，薇薇也跟著轉頭去看，看見躲在陰影中的烏鴉。周圍的人明顯與他們隔了一段狹窄但明確的距離。薇薇心想，他們一定會做好最壞的打算，也就是眾人想都不願去想的那種可能性。*封鎖車門，將列車拉去特殊管制區，讓總公司眼不見為淨，也避免髒了長城上任何貴客的眼。寂靜逐漸降臨。*老一輩的組員說過，駐車醫生的房間備著一種特殊的藥——能讓死亡不那麼痛苦的藥水，就像在大雪中輕輕閉上眼睛。只是，老一輩的組員說，儲備的藥量不夠分給每個人，只有幸運兒才喝得到，只有幸運兒才有幸加速死去。其他人都得苦苦地等，等空氣變得汙濁，等氧氣終至耗盡。

薇薇甩甩頭，想把這個念頭甩掉。

等列車長下令解散，薇薇用手肘頂了頂阿列克謝。「跟我來。」她拉著他追趕已經閃身大步循著走廊離去的製圖師。「瑪麗亞·佩卓芙娜被帶去醫務室了。」她喊。

鈴木轉身，臉上僅有的一絲血色消失得無影無蹤。「什麼？」

「他們說她染上了荒境症，但伯爵夫人認為那是無稽之談。我想你可能會想要——」

「什麼時候的事？」

「昨天晚上。顯然事發突然。」薇薇覺得製圖師有種馬上就要衝去醫務室的感覺——為什麼？她是你的什麼人？——但她隨即發現他猶豫了一下，便順著他的目光看去。烏鴉正站在門口看著他們。鈴木深吸了一口氣。

「她為什麼這麼重要？」薇薇低聲質問。「現在就告訴我，否則我現在就過去告訴烏鴉我覺得她是間諜。我會說我看她在車上鬼鬼祟祟，到處探聽。」

鈴木迎上她的目光，沉吟半晌，然後開口：「跟我來。」

薇薇和阿列克謝跟著他進入組員寢室。鈴木確認房裡沒人後，便轉身面向他們。儘管多數組員時常因不耐車上高溫而違反規定捲起袖子，鈴木的袖子還是垂得好好的。就連發生了這種事，薇薇心想，即使他看起來快要崩潰了，我們的製圖師還是乖乖照規矩來。

「我不懂。」阿列克謝看看薇薇，又看看製圖師。「你怎麼會和這位客人扯上關係？」

「我們所有人都和她有關。」鈴木說。

薇薇在腦中回想這名年輕的寡婦，回想她問過的那些問題，思索自己都在哪裡撞見過她。「她想知道上一趟旅程的事。她想要……」薇薇恍然大悟。瑪麗亞·佩卓芙娜，笨拙地闖進三等車廂，偷偷溜去找製圖師，總是問東問西。「她和安東·伊凡諾維奇有關，對吧？」

鈴木肩膀一癱。她能看出他正在猶豫是否要和盤托出。「她是他的女兒。」鈴木坦承。

阿列克謝往牆上一靠，吹了一聲口哨。

「教授知道她的身分——所以才想警告她。」薇薇說。「我卻沒有……」是她太自私了，太自私又太懦弱，不願意幫助任何人，沒幫到瑪麗亞，也沒幫到阿列克謝。她一直以來都只想著她自己，做事情老是自我中心，沒有為組員或乘客著想。更沒考慮到火車。

迴盪在她腦中與骨骼中的嗡鳴聲越發響亮。薇薇能感覺到地衣正在車廂遠處的角落中隱隱鼓動著。公司究責的時候，他們當中可曾有人努力幫玻璃匠辯護？還是顧全了自己便如釋重負？

「我們都有錯，」鈴木說，「但最大的責任在我。安東．伊凡諾維奇曾經試著拯救我們，他本來有機會讓我們免於這些東西的威脅。」他指了指一旁在他們談話時已經漸漸擴散至整片牆面的白線。「他一直很擔心，他覺得我們不該那麼密集地穿越荒境，而且早在上一次啟程前就這麼覺得了。事實證明他是對的。」薇薇和阿列克謝靜靜聽著鈴木分享玻璃匠用他設計的新望遠鏡發現了什麼，以及他們在上一趟運行時看見的景象，一切描述都與伊琳娜的話不謀而合：「再也沒有任何東西能阻止得了它們。」安東．伊凡諾維奇看見了她沒有看見的東西。而現在一切都太遲了。

「那瑪麗亞做了什麼？」阿列克謝問。

「她手上有證據能證明她父親曾經試過警告公司。」鈴木回答。「公司的人搜過她的包廂，但我不認為他們有找到什麼。」他開始邁步朝車廂的另一頭走去。

「你要去哪？」

「去找瑪麗亞．安東諾娃．費多羅夫娜。開始贖罪。」

「對她來說已經太遲了吧？」阿列克謝冷冷地說。

鈴木停下腳步。「沒錯，是太遲了。」語畢，他繼續前進。

薇薇一把抓起阿列克謝的手腕。「我們走。」當他們前進到車廂盡頭，她抬頭瞄了一眼自己的床位，向鐵路之神祈禱伊琳娜依然好好地躲在那裡。床位上看不出偷渡者的痕跡，但明明才沒過多久，牆上的地衣已經擴散得更廣了，很快就會引起注意。不過一旁的阿列克謝倒沒發現，反而盯著門邊的時鐘看。

「鐘停了。」他說。「員工食堂裡的那個也是。」

他們被時間拋下了。

翅膀

瑪麗亞整個人恍恍忽忽。沒有窗戶令她精神渙散，無所適從。羅斯托夫是怎麼描述這一區的？樹木消失在空氣的皺摺之中，紫色花朵盛放於大地之上。要是能有本書就好了，幾張紙也可以，任何能讓思緒不至於潰散的東西都好。她人所在的這間房一定是之前教授待的隔壁那間。教授還在嗎？隔著防撞消音牆，她什麼也聽不見。

過了好一陣子，一名緊張兮兮的廚工端著銀托盤送早餐來給她：熱騰騰的粥和麵包，還有一杯熱咖啡；不過這些平時會令她食指大動的味道此刻卻只讓她反胃。況且，出於原則，瑪麗亞堅決拒吃送來給她的食物。吃下那體面銀托盤上的東西就等於接受了她的處境，*等同釋出我知道自己為何在這的消息*。她拒絕接受。瑪麗亞拍打過牆壁，逼得醫生不得不來房門外查看；她也曾嚴詞要求他們出示證據，交出把她關在這的理由，但醫生只是結結巴巴地解釋這是為了她好。

她的思緒不停飄向鈴木和他肌膚上的地圖。變化萬千。*就像她父親*。肌膚變成製圖的一部分，雙眼也成了玻璃。那是什麼感覺？會痛嗎？瑪麗亞努力將父親雙眼空洞的模樣從腦海中趕出。他生前的最後幾個月一直飽受折磨，身體每況愈下，身邊也沒有能夠傾訴的對象，一個理解他的人都沒有。而她如今也推開了鈴木。她實在不忍看見這種事再次發生，不忍心看見這位善良、憂鬱、孤獨，被內疚感深深折磨的男人經歷同樣的苦痛。她一定得離開這裡，去告訴他自己的父親所經歷的一切，阻止憾事重演。

瑪麗亞繼續用力敲打房門，大吼大叫直到聲嘶力竭，沒想到最終回應她的卻是警報聲。房裡迴盪起一連串不協調而難聽的聲響，一聽便是危險來臨的警告。她聽見門外有腳步匆匆經過，但無人停下，醫生也沒現身安撫。她感覺四面牆彷彿正在朝她靠近，她的肺掙扎著想吸入足夠的空氣。這個小房間突然變得太熱，又太擠；她快要不能呼吸。

瑪麗亞強忍著不適將額頭靠在牆上，抵抗驟然襲來的恐慌。就在這時，她發現乳白色的軟墊牆中透出一小塊深色的地方，於是皺眉湊近查看，某個形影逐漸在她眼前浮現——有隻飛蛾被困在軟墊裡。她能看見飛蛾的翅膀還在撲動。忽然，某個東西擦過她的頭，她連忙伸手揮除。又是一隻飛蛾——牠們是怎麼飛進來的？瑪麗亞向來不喜歡牠們那無意識又無意義的飛行軌跡，也不喜歡牠們繞著她頭髮打轉的樣子。越來越多飛蛾出現，就連牆壁也在動；她再度與恐慌奮戰，努力壓下跟這群拍動的翅膀被困在一起的恐懼。

一隻蛾降落在瑪麗亞的手背上。正當她準備甩開，那隻蛾卻張開了翅膀，露出兩顆濃郁深沉的黑色圓點，好似貓頭鷹眼睛一般，外圍鑲著一圈金黃。瑪麗亞把手抬高，牠竟靜靜地繼續站在那裡，纖細的觸角在空中搖擺試探。這隻蛾長得就像他父親畫裡的那隻，像那張沒有機會躍上玻璃的草稿。也許牠是從紙上搖身一變飛出來的。忽然間，瑪麗亞沒那麼害怕了。

警報聲停止。她聽見醫生房傳來一陣嘈雜，還有東西砸碎在地板上的聲音。醫生哭了起來，但她毫不在意。這隻飛蛾是如此精緻、如此完美，瑪麗亞明白為什麼父親會想要讓牠在玻璃中化為不朽。她站去房間正中央，雙臂大展，讓飛蛾在她周圍盤旋飛舞，讓牠們的翅膀拍擊她的肌膚，上百對貓頭鷹的眼睛睜了又闔，闔了又睜。

牠們湧向通往走廊的門，聚集的數量越來越多，彷彿想要把門擠開。

忽然，門真的打開了，出現一名身穿髒兮兮藍色連身裙的年輕女子，好奇地往裡探頭張望。

「妳好。」她用俄語說。幾隻飛蛾停在她的頭髮和肩膀上，宛如為她披上一件柔軟的灰色披風。她也有一雙深邃大眼，跟飛蛾翅膀上的花紋很像，露出的手臂肌膚則略顯斑駁。

瑪麗亞盯著她看。她見過她——一抹總是驚鴻一瞥，總是下一秒就消失的身影。會是她嗎？亨利・格雷的天使，蘇菲筆下的無臉少女。

「我聽見飛蛾的聲音。」她說，回答了瑪麗亞沒問出口的問題。「我想來找牠們。」

這理由還真合理啊，瑪麗亞心想。「隔壁房還有一個人。」她逃出房間，踏到走廊上，努力讓自己保持冷靜。「妳也能救他出去嗎？」

「當然沒問題。」女孩正經八百地回答。如果今天換個場合，瑪麗亞可能會覺得好笑。女孩舉起手，讓十幾隻飛蛾降落在她手掌心上，在她手指上爬來爬去。她輕輕一吹，將牠們吹向房門。飛蛾降落後張開翅膀，為木門妝點圖樣，然後團團包圍門把，直到門把轉動。女孩回頭看向瑪麗亞，臉上露出孩子想被誇讚聰明的表情，瑪麗亞配合地驚呼一聲。

教授出現在門後，雙眼圓睜，頭髮和鬍子各自糾結雜亂。*教授就跟這女孩一樣不修邊幅*，瑪麗亞默默地想，好像剛從荒郊野外走出來一樣。彷彿他才剛走出一個夢境，又要踏入另一個。她挽住他的手。「很高興見到您，阿提米絲。我沒說錯吧？」瑪麗亞說。

教授微微一笑。「我以為我已經把這名字拋到腦後了。不過現在……我又想起來了。」

女孩直直瞅著他。「我知道你。」她歪頭，像是在端詳一幅畫一樣上下打量著他。「你經常在車窗後面向外看。很多年了。」

教授深欠了下身。「格里高利．丹尼洛維奇。也有人稱我為——」他看向瑪麗亞，輕點致意，「阿提米絲。很榮幸認識您，女士。不過，您這樣顯得我很失禮……」

女孩看看他，又轉頭看看瑪麗亞。

「他的意思是，可以請問妳的芳名嗎？」瑪麗亞說。

追本溯源

如伊甸園般的蠻荒之地。他循著走廊追趕菌絲，一下失去它纖細的蹤影，一下又發現它從窗框上竄出，又或是像條幽靈之線般在地毯上穿進穿出。車上的警報在響，但他盡力不予理會。他很確定那頭生物——他的夏娃——和這些絲線有關。他在火車上見過她，在風暴時也見過，然後又在外面相遇，再加上現在所有跡象，這些從火車上迸發的生命體……她想必是來通風報信的，向任何願意讀懂訊息的人揭露世界的真理。

「先生，您必須待在自己的包廂裡。」一名年輕的乘務員竟然大膽地抓住格雷的手臂，卻被他一把甩開。

「你沒看見我在工作嗎？我說過不准有人打擾！」他大吼，那名男孩畏畏縮縮地退下，匆忙離開時還差點被自己的腳絆倒。

格雷搓了搓臉。他剛才想到哪裡？喔對，要順著生長的方向找出菌絲的源頭。他過去有過許多次類似的經驗，在野外大步前行，低頭留意著那些能帶領他找到萌芽之處、找到誕生之源的種種跡象。找到她。他準備好了。格雷拍拍外套，確認麻醉槍和麻醉劑在身上的重量。他一直把槍藏得很好，很安全。他已經錯失了她兩次，絕不會再有第三次。

餐車空無一人。格雷感覺現在應該是午餐時間，但牆上的鐘停了，他也想不起自己上一次進食是什麼時候。他一陣頭暈，不得不靠在一張桌子上歇會兒，等待視野邊緣的黑暗逐漸退去。

這裡是三等車廂。亂到不行，也吵到不行。車廂門口站著乘務員，但他們正在忙著阻止人潮湧進頭等車廂，而非相反方向，所以他趁沒人注意時溜了進去。

格雷持續挺進，來到了乘客止步的區域。他突發奇想：難道他們把她藏在這裡？難道公司的人一直都知道她的存在？不可能。他驅逐這個念頭，但他發現思緒越來越難集中。想想那座雄偉的玻璃宮吧，他對自己說。想想那些展品吧，各自都貼好標籤，安全地隔著玻璃呈現。想想史書上記載亨利・格雷的名字。

他來到了列車長的車廂。他肯定自己來過一次，但那感覺像是好久以前的事了。這裡沒有厚重的地毯和拋了光的木頭阻撓，更容易看清菌絲的去向。前方有幾位列車組員試著把那些絲線拉出來，被他大聲喝止，但他們只是一臉茫然地看著他。格雷開口要求見列車長，他們便開始粗魯地想架住他；他以前可從未受過這種待遇。他一抬頭，看見那位列車少女跟著工程師一起行動。（格雷當然會假裝不認識他了——他竟敢指控他是騙子，質疑他的誠信？）他們身旁還跟著製圖師。「親愛的！」他呼喚女孩。她如此年輕，可能理解他身上背負多麼重要的使命嗎？更何況她還是位中國人，對伊甸園又能了解多少？但這不正是他想追求的目標嗎？將上帝的訊息傳播給所有人？

「格雷博士？」少女對他說了些什麼，但他沒聽清，因為就在這時，格雷看見她了，就在走廊的另一端，就站在車廂門口。她身後不知為何跟著那名年輕寡婦，還有一位格雷不認得的老先生。

她的衣服破爛不堪，髮絲糾結，但就是她沒錯——那頭荒境生物。正如他所推測的，白絲線果真把他帶到了她身邊。

她的髮絲隱約晃動，好似身上自帶一股荒境之風。然後他發現，那是昆蟲在動——是飛蛾，會模仿掠食者樣貌的那種蛾，翅膀上睜著兩隻大大的眼睛，鑲著金邊。

格雷隨即意識到，不只有飛蛾在模仿，她也是。此刻他看見的不再是身穿髒衣、頭髮上停著飛蛾的邋遢少女，而是一名頭披蕾絲紗巾的年輕女子，穿著打扮猶如會出現在他老家教堂的虔誠婦女。下一秒，他什麼也看不見了；她消失了。她讓自己和背景融為一體，就像守在湖畔伺機撲向獵物的掠食者。*她絕對還在這裡*，格雷對自己說。*只是需要認真去看*，就像她一樣。他可不是好對付的獵物。他能看穿表面，沒錯，就在那裡……

人們在四周大呼小叫。工程師抱住他的腰向後拖，乘務員上前拉開寡婦和老人，好像他們應該對少女感到害怕，好像少女會汙染他們一樣。可是，看呀——她是如此完美，她的身影在光線下逐漸顯現……

格雷舉起麻醉槍。

門上的絲網

薇薇不假思索便往格雷和他手上那把光滑閃亮的麻醉槍撲去。她很清楚注射器裡裝著什麼：一種萃取自罌粟籽的高濃度藥劑。「對人無害。」醫生這麼說，但她親眼見識過那藥的效果，所以她知道那絕非實話。她不能讓那種毒藥流進伊琳娜的血液裡。阿列克謝大吼她的名字，但薇薇眼中只有那把槍。她縱身一撲，把槍口撲離伊琳娜的方向，偏去了天花板角落，那裡蔓延著一片閃動著銀藍光澤的地衣。

飛鏢射了出去，扎進地衣的鱗葉——

——薇薇被一陣痛感淹沒，彷彿有什麼東西正在撕扯她的筋骨，讓她墜入一片漆黑。

——當她再度睜開眼睛，感覺應該只是幾秒鐘後的事，薇薇看見鈴木整個人縮在地上，瑪麗亞飛奔到他身邊；她看見天花板上的地衣鱗葉，還有地板上的細白絲線；她感覺到火車與大地、大地與火車相互交織，而她自己也是其中的一部分；她感覺到麻醉鏢刺進地衣裡的尖端，感覺到藥劑緩緩滲出。

「妳有沒有受傷？」阿列克謝的臉出現在薇薇上方。他在她的肩上拍來拍去，好像以為能摸到傷口。她很想回答有，但她搞不懂自己是怎麼受傷的，只知道全身上下都有一種悶悶的痛感在錘打著。她不知道該如何將感受化為言語，眼前發生的每件事似乎全都攪在一起，區分不出誰是誰。

伊琳娜一動不動地站在那，全神貫注盯著薇薇，彷彿完全沒意識到車廂裡還有其他人存在。另一邊則是亨利．格雷。他的手在麻醉槍的裝置上摸索。要是她能讓雙腳正常運作，要奪走他手中的槍不是問題，但她越是嘗試靠近，格雷似乎就離她更遠。薇薇奮力擠出話語警告伊琳娜。快跑！但她口乾舌燥，什麼聲音也發不出來。

此時，她身後傳來剛才沒有的腳步聲，輕盈、急促但堅定。是列車長。最高警戒，薇薇想。列車長不僅有權下令發射麻醉鏢，還可以採取任何必要的手段，甚至可以叫槍手從瞭望塔上下來，槍口對準伊琳娜。薇薇再次試圖大喊，要伊琳娜快跑，這裡太過危險，但還是沒有聲音出現。教授朝伊琳娜靠近，伸出雙臂，好像在安撫一位孩子，但偷渡少女完全不理他。伊琳娜抬頭望向釘在天花板地衣上的麻醉鏢，深色的線條從鏢尖處向外擴散，滲進地衣的血管，彷彿讓地衣喝下鏢裡的毒藥。薇薇感覺得到毒藥汩汩流入自己的血管，鈍化她的大腦，讓她的思緒變得遲緩混亂。阿列克謝為什麼要晃她的肩？她參不透他臉上的表情，他在生氣嗎？薇薇沒有盡到她的職責，她有該做的事要做，不該打混摸魚——

哐噹一聲，地板震得薇薇一陣疼痛。格雷扔下了槍，向伊琳娜的方向移動。他雙手交握，彷彿在祈禱，但不是，他手裡握著一個什麼東西，一道光從銀色針頭上反射出來。是麻醉鏢的針頭。伊琳娜之於他而言不過是另一個生物樣本，一件要被捕捉、被收藏在玻璃後方的物品。

伊琳娜縱身一躍——那不是人類能做到的動作。撲到一半的格雷向前一摔，針頭戳進一片虛空。她以非人的姿態彈到牆上，四肢彎折俯臥，像隻蜘蛛爬到天花板上，握住麻醉鏢一扭，把它從刺入的地方拔出來。

薇薇頓時覺得全身一鬆，感覺有片浪潮沖刷過那片地衣，像場高燒被涼水舒緩。

但她同時也感覺到一旁的列車長緊繃起來，看見阿列克謝一臉驚恐地呆在原地，顯示他赫然驚覺：火車上出現了荒境生物。伊琳娜的身分已經完全曝光。她蹲踞在天花板角落，擺出隨時準備出擊的姿態，俯視著他們所有人。

薇薇瞥見阿列克謝伸手去搆格雷方才扔下的麻醉槍。

「別——」她用力擠出氣音，不過當阿列克謝轉身過來看她時，伊琳娜再次躍起，四肢輕巧著地，雙眼只盯著薇薇一人。就是現在，快跑！她想大喊。躲得遠遠的，再也不要現身——他們不會善罷干休的，他們會帶上麻醉槍和麻醉劑追捕妳——這裡不歡迎妳。薇薇覺得伊琳娜聽見了她內心的吶喊。因為偷渡少女丟下一個眼神，隨即轉身溜進隔壁車廂。

亨利．格雷發出一聲激動而含糊的呼喊，粗暴地擠過教授追了上去。

薇薇努力想要起身。她得阻止格雷，也得警告伊琳娜提防這個人，不要以為這男人看起來又笨又蠢就掉以輕心，他眼裡可是閃爍著瘋狂。可惜她的雙腿不聽使喚，最後是靠著阿列克謝和列車長一左一右攙扶，才將她從地上扶起。

「穩住。」列車長說。薇薇突然閃過一個念頭，認為列車長是刻意放棄追趕，選擇和她一起留在這裡。她想繼續細究列車長的行為，但阿列克謝開口說話，而且聲音中滿是即將爆發的怒氣。

「妳一直都知道，知道那東西在車上。」他厲聲說。

「她才不是東西。」薇薇反擊。她的嘴還是乾得要命，不過至少擠得出話了。「她叫伊琳娜，她不會傷害我們。她——」

「不會傷害我們？」阿列克謝打斷她。「光是她的存在就足以帶來破壞。妳都沒考慮過後果嗎？妳忘記有守夜了嗎？妳有沒有想過我們會面臨什麼下場？」

「你還好意思說我。」她怒斥，感覺像是瞬間回到他們過去拌嘴的樣子，指著彼此的鼻子糾正對方的過失，覺得自己被輕視或受不公對待而互相指責。

「夠了！你們兩個！」列車長厲聲喝斥。

薇薇注意到，車廂另一頭的鈴木在向瑪麗亞和教授保證他沒事。他們頭上的天花板已經被地衣所覆蓋。

「不，」薇薇說，「讓我說完。她真的不會傷害我們——這些事不是她造成的，不是她的錯，也不是你的錯。」她迎上阿列克謝的目光，直視良久，希望能成功說服他。阿列克謝動也不動，看上去幾乎沒在呼吸。至於列車長，要是你夠了解她的話就會知道，她的臉上向來是半點波瀾也沒有。但薇薇能讀懂她嘴唇細部的變化，以及眼下隱約跳動的肌肉是什麼意思。列車長認為這一切都是她自己的錯，一直被強烈的罪惡感折磨。

薇薇暗地想著——而這是個殘忍、自私的念頭——讓她再愧疚久一點吧。

「我得去找伊琳娜。」她對列車長說。「格雷一點都不了解她，他會把她抓起來，他們會互相傷害。拜託，讓我去找她。」但其實，不了解對方的不是格雷，而是伊琳娜。伊琳娜先前一直在觀察並模仿人類，以為這代表她搞懂了人類的運作模式，可是有些陰暗面她並不知曉，比如設下陷阱，比如捕捉展示的欲望，比如為了占有而占有的衝動。

列車長不發一語。她在權衡各種可能發生的狀況，她一向如此。這臺火車仍歸她管，薇薇帶著一絲希望心想。列車長還是他們的列車長。

「去吧。」列車長說。「這裡我來處理。」

「但是她要怎麼去找他們？」阿列克謝望向車廂盡頭。通往醫務室的門已經被無數條縱橫纏繞的白絲擋住，當薇薇湊近查看，發現這些絲線已經織成了網，而且依然不停蠢動、生長，阻斷了她前往尋找伊琳娜和亨利．格雷的去路。

「別碰。」列車長說。薇薇聽出她口氣中的恐懼，選擇抗令——她將手伸向白絲，而白絲竟然就在她眼前挪動、重疊，彷彿在為她開路。

「格雷手上還有兩管麻藥。」阿列克謝突然迸出一句。「小心一點。」

列車長也點了下頭，儘管幅度難以察覺。

薇薇望向窗外，從如今已開得密密麻麻的黴菌花之間的空隙看出去，遠處逐漸浮現一條與地平線平行的黑線。俄羅斯長城初次乍現。

她撥開絲網，邁步向前。

THE CAUTIOUS TRAVELLER'S GUIDE TO THE WASTELANDS

第六部

第十八天至第二十天

守夜給我們所有人一次機會，讓我們去做一些在漫長人生旅途中往往難以實現的事：暫停、反思、沉澱。我們不僅能省思過去所經之處，計劃往後的方向，更重要的是，也能認清當下所處之境。守夜那晚，我夢見河水暴漲，將我們悉數吞沒；隔著包廂車窗，我看見水生生物把臉貼在玻璃上；我聽見長城被大洪水一推而無力倒塌的轟然巨響。於是我跪倒在地，開始向不存在的上帝祈禱。

《謹慎旅人指南：荒境篇》，第二一〇頁

變異

火車在變。飛蛾圍繞著醫務車廂的燈飛舞，每扇包廂門都纏滿了細白絲線。四周冒出一些陌生聲響——她把耳朵貼上艙壁，就能聽見裡頭傳來滴答作響、嘰嘎傾軋，彷彿木頭本身也在延展生長。她瞬間想起了置身荒境的時光——想起那種無拘無束、邊界無境蔓延的感覺，儘管此刻四周只有火車的牆。就連醫務車廂裡平時慣有的消毒水混雜油的氣味也消失了，逐漸被泥土的芳香取代。

她的視線循著如今已糾纏打結的白線望去，看見一道道色彩在糾結中擴散開來：有深淺不一的黃、綠，還有詭異地一閃一閃的紅，宛若一張開開闔闔的嘴。有些絲線攀附上牆，有些像樹根一樣鑽進地板。她目不轉睛地盯著絲線。這就是羅斯托夫的感覺嗎？他被荒境召喚回去時，是否也曾感受過這種既厭惡又驚奇的複雜心情？他是否也如履薄冰地跨出每一步？

身後，廣播系統忽然響起，傳來列車長的聲音。「我們即將抵達俄羅斯長城……」一陣劈啪作響。「請各位旅客保持冷靜……」

長城

「真難看。」瑪麗亞說。灰色的石頭將本就黯淡的天色幾乎吞噬殆盡，連前方的河流都被襯得死氣沉沉。

「長城的重點是堅固可靠，不是美觀。」鈴木說。

它是俄羅斯帝國無情的面孔，鐵青著臉守護它所環抱的領土，將威脅拒於門外。對於那些即將進入荒境的人而言，這是最後一道嚴峻警告：你將離開沙皇如父般的可靠懷抱，出了城外，秩序與安全將不復存在。而對於那些從世界另一端風塵僕僕抵達的人，俄羅斯長城則是一項挑釁：這裡不歡迎你。

我們如今成了威脅，瑪麗亞暗忖。

他們人在製圖師的塔樓上，她和鈴木和教授一起。鈴木的氣色還是很差，額上浮著一層汗珠，但他始終拒絕瑪麗亞的提議，不願被扶去椅子上休息。

「我沒事，我不會就這樣倒下。」他說。

「你剛才就倒下了。」她氣呼呼地說，語氣比她預期的嚴厲。教授輕咳了一聲，轉過身去格外仔細地研究起其中一架望遠鏡。

「你也被傷到了，」她繼續說，「麻醉鏢刺進地衣的時候，你和薇薇都受傷了。」

「我真的沒事，那不是病，沒什麼——」

「但你的狀態從那之後就很差，而且持續惡化，你自己感覺不到嗎？就快要守夜了，你得去醫務室給醫生看一下，以免情況越來越糟。」父親的身影浮現，他空洞的雙眸流出泥水。瑪麗亞不能接受，不忍看見悲劇再次重演。

「看醫生沒用。」

他說的對。醫生能幫上什麼忙？不，她父親救不了自己，但鈴木還有救。

「我要看我父親的望遠鏡。」瑪麗亞說，眼睛沒有離開過製圖師的臉。「那臺測試中的原型。如果你說的事情是真的，那麼，在我們抵達長城以前，這是我能親眼見證的最後機會。把鎖打開讓我看看。」

教授一臉困惑，目光從她移到鈴木身上。

鈴木搖搖頭。「不行，我不會讓妳看的。」

「為什麼不行？它壞了嗎？你說你這輩子不想再見到那景象，但我想。我想看看父親的手藝能讓我看見什麼。我想看那些線，那些血管。這是你欠我的。」瑪麗亞大步走到望遠鏡前，一把扯下遮布，語氣強硬起來。「現在就給我看。除非你有更好的理由阻止我。」

鈴木沉吟良久，小聲地說：「妳知道我為什麼不讓妳看。」

她當然知道。一直以來，她所掛念的只有父親的結局，但現在，她想起了父親生前最後幾週的光景，想起他總是轉身離去，房門深鎖。她知道了他亟欲隱藏的東西究竟是什麼。瑪麗亞開口：「我發現父親屍體的時候……」這些話讓她的嘴乾燥不已，但她逼自己繼續說下去。「那天早上……我發現他的時候……桌子上有水，他臉上沾著沙。他的雙眼無神地睜著，好像變成了玻璃，玻璃又再化成水和沙子。彷彿他用眼淚沖掉自己留在世上的最後一些功績。」原先，她一直擔心這些話說出口後會讓脆弱的回憶化為烏有，帶著父親的身影一同消逝。然而，當她向鈴木與教授坦承她如何清理掉桌上的水與沙子，如何幫父親閉上眼睛，好不被別人看見這幅景象時——她感到解脫。

「那時的我認為他是被荒境給汙染了，他得了荒境症。」

「那現在呢？」鈴木從椅子上站了起來。「妳現在是怎麼想的？」

瑪麗亞走向他。「我想，父親做的望遠鏡不只能讓人看見那些圖案和變化。我想，它還改變了你們兩個。」她緩緩推高他的袖子，小心不碰觸到他的肌膚，儘管如此，心裡還是被自己的大膽嚇了一跳，也為這舉動有多親密感到震驚。鈴木小心翼翼地保持不動。當他手臂上的圖案露出時，瑪麗亞聽見教授倒抽一口氣。「我說對了吧？」她往後站一步，說。

鈴木直視她的眼睛。「事情發生在我們開始使用新望遠鏡之後的第二趟旅程。」他緩緩啟齒。「那時我們發現身上開始產生變化，好像外頭的景色將自己銘刻在我們身上。起初我試圖掩飾，但妳的父親來找我，告訴我他的視力變了——變得像稜鏡一樣，他如此形容。他說即使沒有望遠鏡，他也能看得又遠又細，太細了，那種感覺真是美妙，但也很可怕。」鈴木暫停半晌，然後又接下去。「妳父親認為那是個警告，警告我們太傲慢了——太自不量力。他說我們不該看得太仔細。這顯然是另一個跡象，告訴我們該停下來，永遠停駛，以絕後患。我們大吵一架。我記得我們最後幾次交談都在吵架。」

鈴木臉上悲傷滿溢。瑪麗亞得提起全副意志，才有力氣抬起下巴指了指望遠鏡，說：「我要看。我要看你們到底看見了什麼。」

「不行，太危險了，妳怎麼能在聽了這些之後還——」

「你怎麼還看不出來？」她拉高了音量。「剛才插進地衣裡的針頭，不是傷到你了嗎？就好像藥滲進的是你的血管一樣。你看見的那些東西，以及它所帶來的改變……要是我父親說錯了呢——那不是警告，也不是病，而是一種連結？他為此所傷，放棄了荒境。我們以為他是因為身敗名裂、因為失去生計而死，但顯然事實不只如此。失去荒境的一切才是摧毀他的主因。」瑪麗亞揚手，朝他們置身的塔樓和周圍的玻璃一擺。玻璃上的黴菌已經從邊緣緩緩滲入，地板上開始出現一片片碧綠的地衣。「你千萬不能試圖阻止，企圖打破這種連結——你得繼續注視著它。」

鈴木沒有答腔，但她感覺得到他的姿勢不再那麼緊張。

「你不是公司的人。」瑪麗亞輕聲說。「你是火車的人，也是荒境的人。兩邊都是。」

她知道鈴木心裡有數，就像她始終明白父親的遭遇是怎麼一回事，儘管她先前一直不願意對自己承認。「我想看看我父親見過的景色。」瑪麗亞重申。「都已經到了這個地步，事情還能變得更糟嗎？」

鈴木悶聲不吭，默默從抽屜取出一副鑰匙，解開目鏡蓋子上的鎖。瑪麗亞將一隻眼湊上目鏡玻璃，調整了一下視野，花了一下子才明白自己看見了什麼——一根根閃閃發光的線，活像反射了陽光的絲，在草原上往四面八方無盡延伸。她終於懂了鈴木的意思：放眼望去，就像同時看見一匹織錦的正反面，看見上頭的圖樣，也看見那些圖樣是如何形成的。

瑪麗亞讓出位置給教授看。當教授挺身遠離目鏡，她看見他伸手擦去眼角的淚水。

「我觀察這塊土地這麼多年，」教授說，「現在竟然能親眼目睹這些。」然而他的聲音變得有力，整個人的站姿也出現了一股新的使命感。

「也許阿提米絲還有很多工作要做。」瑪麗亞說。

＊

一會後，重生後的阿提米絲宣布他要回到他的車廂，著手開始工作。「我就不打擾你們——」他含糊地揮了揮手「——的談話了。」

「我曾經對自己的觀察力感到很自豪。」教授走後，鈴木說道。「我真想把我所有的資格證書都交回去。」

「他藏得很好。」瑪麗亞說。「只有薇薇知道。」

「薇薇！當然了，除了她還能有誰。」

「我們現在該怎麼辦？」她問。「我先去幫你倒點水來喝。」

鈴木的目光移到她的髮絲上。「妳頭上有位客人。」他說。瑪麗亞抬手去摸，發現有隻飛蛾還纏在她的頭髮上。於是她解救那隻飛蛾，重獲自由的牠停在她的手上。

「真美的小東西，不是嗎？」她說，但鈴木的目光只落在她一人身上。他握住她的另一隻手，十指交叉。瑪麗亞低頭一看，發現鈴木手上的線條開始延展，蔓延到她的手上，纏上她裸露的手臂。瑪麗亞倏地抽回手，紋路隨之消失。在那短短的幾秒內，她感覺到了——感覺到荒境的遼闊、它的無邊無際，以及蘊藏的可能性。所有這些線條都在向遠方延伸——所有這些輪廓及路徑，都伺機而動。

鈴木把手抱回胸前。「抱歉，我不是故意——」

她深吸口氣，平復內心的悸動。接著換她伸手握住他。鐵軌、河流與長城，銘印在他們的肌膚之上。

＊

列車減速駛近大橋，車身搖擺的節奏也隨著他們駛離堅實的地面而有所變化。河流和長城在他們兩側向遠方延伸；夾擊在一高一低的地勢間令瑪麗亞產生一種暈眩感。

水面下閃現一道影子，大概是某頭巨獸的身體，自顧自地朝前順流而下，完全不把鐵軌上的火車放在眼裡。現在，長城幾乎就快逼至眼前，城牆高聳入雲，無法置信的高，前方佇立著一道沉重且無情的鐵門，即便是最最厲害的火車也得在它面前臣服。

鈴木用指腹揉了揉她的指關節，額頭輕輕碰上她的額頭。瑪麗亞感覺到火車煞車的反作用力，聽見火車在嘰嘎聲中停下。蒸氣遮住了窗外的景色。

他們皮膚上的線條靜止了。

森林

靜止下來的火車讓格雷腳步踉蹌。他覺得身體忽冷忽熱，衣服緊緊黏在皮膚上，耳邊似乎有聲音在嗡嗡作響。他穩住腳步後才發現，儘管車輪已經停止轉動，內部卻沒完全靜止。窗戶上纏繞的藤蔓往地面探去，細瘦的枝椏劈開門框，樹葉在枝頭綻放。「Jasminum polyanthum。」他喃喃念出素馨花的學名，手指輕撫粉色的星狀花朵。有些植物他很熟悉，有些則不曾見過——長著捕食用尖牙的果莢，荊棘狀突起的花瓣，如幽魂般蒼白的蘭科植物，以及被他的鼻息掃過而顫動開闔的葉子。昆蟲在熱烘烘的空氣中嗡鳴，翅殼的敲擊聲不絕於耳。格雷不得不努力壓抑動手收集的衝動，克制自己不要貼到地板上去感受指尖下不停冒出的新生命。他沒有時間了——他們可能就在他身後，列車長或那兩位公司派來的代表。少女不能落入他們手中，太不安全了，他們可不像他一樣了解她。格雷轉過身，隱隱期待瞥見黑西裝的身影閃過。列車組員都是怎麼稱呼他倆的？烏鴉。嗯，這名稱相當貼切，儘管烏鴉向來背負了太多不公平的誹謗——生物本無善惡之分，不像人類生來純潔良善，邪惡是靠後天習得的。命名很重要。不過格雷的確從他倆眼中看出一絲貪婪。萬一他們也想抓她怎麼辦？他們會用烏鴉的爪子攫住她，將她占為己有。

他逼自己大步向前挺進。他們的博覽會將是何等壯觀的光景——他們會集聚眾人之力，將雄偉的玻璃宮變成一座遺世獨立的森林。沒有陳列櫃，也沒有天鵝絨托盤——不，觀眾將撥開樹葉、推開枝枒，自行深入一探究竟；他們會在每個轉角遇見嶄新的事物，將先進絢麗的萬千世界盡收眼底。不過，最令人驚豔的依然會是亨利．格雷的新伊甸園——或是他的新夏娃。他此生從未像現在一樣感覺與神聖如此靠近。他正漫步其中，在新世界的山腳下徘徊。

格雷被樹根絆倒，整個人撲上一旁的窗戶。他被玻璃上不斷增生的花朵迷住，雙眼越湊越近；隔著花朵，他看見鐵絲網和高聳的塔樓，看見如雕像般站著的男人肩上扛著步槍。這時，一道陰影翩然而降，蓋住他們所有人；是一堵極其巨大的牆，在他們眼前拔地而起。格雷眉頭緊蹙，不懂這幅畫面是什麼意思。然而下一秒，他猛然直起身，男人、鐵絲網和圍牆瞬間煙消雲散，統統被他拋諸腦後。因為他瞥見一抹藍色從視野邊緣閃過。

「別走！」他大喊，但她總是轉瞬即逝。他眼中的走廊彷彿變窄了；她就站在那裡向他招手，還是說，她剛才是從他身邊掠過，掉頭往來時的方向去？她會不會已經化為一隻輕巧的飛蛾，從他手中溜走了？

腹部一陣刀割般的劇痛讓他停下腳步，痛苦地抱著肚子。他的內部也有什麼正在生長著，從潰瘍處迸發、破土而出；他感覺得到樹葉、感覺得到蜷曲的藤鬚，也感覺得到荊棘穿刺而出的痛苦。

遊戲，重新開始

薇薇用力拔起雙腿，強迫自己繼續邁進。她進入儲藏室，那裡看上去已與先前大不相同，而且仍然持續變化著——窗戶外頭的黴菌花已經開進了玻璃內側，蔓延至牆上，把自己刻進在她眼前延伸生長的樹枝上。「伊琳娜！」薇薇大喊，但回應她的只有樹葉的沙沙聲。此刻火車已經停下，整座車身失去了它曾有的心跳聲，變成一個中空的回音室。薇薇吃力地踏出每一步，走廊不斷延長拓展，而且越來越綠。她被一股極為沉重的疲憊壓得喘不過氣來，信心也越來越薄弱。薇薇努力不去想守夜哨的水鐘，不去想它已經滴滴答答開始倒數。

此時前方冒出一個身影，跌跌撞撞朝她走來——是亨利．格雷。他頭髮上夾著樹葉，外套上沾了泥土，彷彿剛從地底爬出來似的。薇薇心中燒起一把怒火。他好大的膽子，竟然認為自己有辦法逮住伊琳娜，將她占為己有？他竟敢去做對火車不利的事，傷害她的火車？她感覺自己的手氣到發抖，湧上一股想要報復的衝動，想要從他手中奪走那把愚蠢的槍，用她那突然自信十足的力量把他推回地底，牢牢壓制在地。

怪的是，眼前的格雷彎著腰，一隻手還環抱著腹部。當他抬起頭，薇薇發現他面無血色，還不時閃過痛苦的病容。她上前，但並不是要將他推回地底，反倒伸手攙扶。此刻的他孱弱不已，無法對任何人造成傷害。

「妳看得見她嗎？」他喘著氣說。「就在那裡——在前面，在向我揮手。」

薇薇轉身去看，但除了越來越綠、越來越窄的走道以外，身後什麼都沒有。格雷捏了捏她的手臂。「感謝。」他說。他的雙眼溼潤、布滿血絲，目光緊緊鎖在前方的車廂。「謝謝妳。」他踉蹌地繼續往前走，沿路抓住從上方垂下的樹枝穩住自己。

「我們應該跟緊他。」一個聲音在她耳畔說道。

薇薇閉上眼睛，感覺到伊琳娜的鼻息噴在她臉頰上。「他怎麼了？」她問。

伊琳娜的身影襯著一片綠光浮現。「他快死了。」伊琳娜語帶哀戚，出乎薇薇意料。「他體內有道無法癒合的傷口。」

「伊琳娜，」薇薇低聲說，「妳得離開這裡。車上發生了這一切，火車絕對過不了守夜檢查，整輛車很快就會被封死。妳懂我的意思嗎？妳可以從天窗溜出去，只有妳能不被發現。我們沒時間跟著他了，我們幫不了他。妳得現在就走。」

伊琳娜的雙眸在薄弱的光線下閃閃發亮，彷彿置身水中。「還不行。」她回答。「還不是時候，再一下下。」她牽起薇薇的手，拉著她走。

「不可以。」薇薇說。

「但是火車會幫助我們。」

她們周圍的藤蔓持續爬行、捲曲。

「我們要去找亨利．格雷。」伊琳娜宣布。「遊戲開始。」

＊

遊戲的規則跟之前不一樣了，變成一場速度與觀察力的考驗。她們在蕨類與吊掛的樹枝間穿梭，俯身穿過醫務室門上破掉的絲網。變異已經擴大蔓延到每一節車廂。暗處開始出現一些不像是人類的身影：背上有著翅膀的女人、頭上長出鹿角的男人，還有一位頭戴枝葉頭冠的人影向薇薇伸出手，掌心上躺著幾顆看起來鮮嫩多汁的白色小蘑菇。

「要是我的話不會吃。」一個聲音從她身旁傳來，是阿列克謝。他的眼神深沉，瞳孔放大。「如果妳還想好好站在地上的話。」

「扣一分。」伊琳娜從植被中冒出來，說。「兩分。」

「妳找到格雷了嗎？」阿列克謝問。他護送她們穿過三等臥鋪車廂，在植物叢中開出一條路讓她們過。她們經過一名牧師，見他像是數著念珠一樣用手指數著閃亮亮的莓果；往前又經過了小男孩唐敬，看他從一張床跳到另一張床。

「還沒，還在找。」薇薇說。阿列克謝沒有再繼續追問，安靜地加入她們的行列。

臥鋪旁的車廂擠了許多乘客，其中也混雜著乘務員、行李員和頭等車廂旅客的身影，所有身分界線都逐漸變得模糊。迪瑪跟在他們身邊來回走動，化身為一抹灰色的影子，雙眼像燈籠一樣炯炯有神。「也許牠想起了牠的祖先。」伊琳娜說，她蹲下身，輕撫迪瑪的毛。「也許牠正在牠們的夢境裡穿梭。」

他們看見遠處閃過一個跌跌撞撞的身影，下一秒卻又不知去向。他們在沙沙作響的綠意中繼續朝深處挺進。

厄運之鳥

瑪麗亞四處張望搜捕烏鴉的身影。她漫步穿越一節節車廂，手指輕輕掠過在夜間盛放的花朵，以及精緻纖細、露水欲滴的羽葉植物。車外的燈光像月光一樣灑進車廂。她在三等餐車的人群中看見教授低著頭在沾有泥土的紙上塗塗寫寫。他已非當初她在醫務室與之交談的羸弱老人；他蛻變了，彷彿卸下了歲月的重擔。瑪麗亞發現自己和教授的處境似乎有種奇妙的不對稱性——他披上阿提米絲的外衣後變得更像自己，成為了一直以來都更為真實的那個自我；反觀，她則是在卸下了借用的身分後，才變回真正的自己。可是不對，她心想，錯了。她早已失去了舊的瑪麗亞，而此刻，在這裡，在這被暫停的時光中，她徹頭徹尾是一個全新的人。

「唉呀，親愛的。我已經活得夠久了，但妳……」教授的聲音漸弱。

在那些她本該擁有的歲月，她會做些什麼呢？在涅瓦河畔欣賞日出日落，推開窗子吸進大海的氣息，在無邊無際的樺樹林中散長長的步，被一隻手緊緊牽著——是的，她本可以和一個不屬於任何國家的男人一起過著這種生活。失去這種可能性的念頭令她難以自持。

「好了。」教授的聲音回到她的思緒中。「阿提米絲的最後聲明。等事情落幕，火車解封，世人會讀到這封信。人們會記住妳的名字，還有妳父親的名字。他們會記得我們所有人。」

距離那天還得花上幾年呢？瑪麗亞心想。大概要等到他們都化為塵土消逝的時候吧。然而她沒把心裡話說出口，改以「透過玻璃，我們看見真相」回應。她環顧四周糾纏在鋼鐵管線上的藤蔓，視線掃過桌子下方地板冒出的一簇簇亮黃花朵。

「真相！」教授一拳敲上桌面，揚起一片花粉和灰塵，有人歡呼起來。她不禁想，這些人真的知道嗎？他們真的知道車上發生了什麼事嗎？還是只想視而不見？這不是他們想要的真相，不想要如此痛苦的真相。

「謝謝你。」瑪麗亞說，捏捏教授的手。時間所剩無幾，這位新的瑪麗亞還有很多事要做。

＊

舊有的秩序在不停低語變幻的荒誕中瓦解。三等和頭等、乘客與組員間的界線正在消融。前方出現兩個影子。找到了——厄運之鳥，她在心裡說。他倆以一種乘客和組員身上已蕩然無存的態度移動，目標明確，瑪麗亞很好奇他們要飛去哪裡。她幾乎可以發誓她在他們的大衣下瞥見黑色羽毛。他們神神祕祕、鬼鬼祟祟地穿過三等臥鋪，走向組員車廂，沿途不時回頭查看，他們一回頭她就把身體縮進陰影裡。她也變得鬼鬼祟祟。她學會藏有祕密。

車廂的輪廓在她尾隨的過程中逐漸淡去。叢生綻放的黴菌及交織成網的白絲隔絕了組員用餐區窗戶外灑進的光線，寂靜中只剩樹葉沙沙，窸窣輕嘆。瑪麗亞脫掉鞋子，並把它們塞進兩株樹苗交纏出的凹洞裡。她沉吟片刻，接著把長襪也脫掉了，赤腳踩在冰涼的青苔上，偶爾在似乎已成小溪之處踩出水花。

瑪麗亞跟著他們一路進到後勤車廂，看見他們在其中一扇門前停下，這才意會烏鴉的打算。

他們要下車。

藏伏於一叢叢蕨類後方讓她感覺自己好像在很遠的地方觀察他們。他們看起來像是在等待某個訊號，瑪麗亞默默推測。他們已經打開了通往外面兩扇門中的第一道門，目不轉睛地盯著窗外。其中一人從外套掏出一只懷錶，輕敲錶殼，眉頭緊皺。不意外——他們當然事先買通了後路。他們把火車的價值吃乾抹淨，現在又準備開溜。「該行動了。」她對自己說，但她挪動不了腳步，無法讓自己離開蕨類的庇護。結局真的會是這樣嗎？烏鴉所坐擁的財富與權力還是會保護他們，幫助他們全身而退。

她無意識地將手指伸向宛如泉水般從地板汩汩湧出的流水，享受水的清涼。當她低頭一看，手裡竟多了一樣細長而尖銳的物體，彷彿水流變成了堅硬而鋒利的玻璃。她舉高它，在光線下顯得美麗非凡，如水一般清澈透亮，映出周圍的鬱蔥之色。

她朝烏鴉走去。手中的刀刃堅實無比。

烏鴉轉過身。

「兩位要去哪裡？」她用輕鬆的口吻問。

瑪麗亞想起北京那晚他們和父親說話的方式，想起他們冷冷地向她母親問候致意。烏鴉朝她身後望去，確認她隻身一人後，佩卓夫拚命想保有一絲的威信，開口說：「做為公司代表，我們享有特殊許可，可以提早下車。當然，我們會陪伴所有貴賓，一起等到守夜結束才離開。但為了您的健康著想，夫人，我們必須請您立即回到醫務室。」他努力站直身子，想讓自己看起來更高一點，但他的個子比她記憶中更矮，背也更駝。

「你們願意等？」瑪麗亞說。「那你們可真有耐心，要等一輛即將被封鎖的火車。」

「還有機會——」

「有機會怎樣？沒時間了，家父早就知道。安東．伊凡諾維奇早就警告過你們。他警告你們會發生這種事，但是你們什麼都沒做。」

烏鴉這時才注意到她手中的玻璃匕首。她看見他們後退了一點。

「夫人，我們必須請您退後——」

玻璃匕首彷彿在她的碰觸下歌唱。再簡單不過了。她感覺自己是如此強大，手握正義的工具。但她動搖了。在匍匐的藤鬚和蕨類中，在這片不斷變化生長的荒誕景象，她仍然有選擇的餘地。

瑪麗亞鬆手，眼睜睜看著玻璃匕首融化為水灑在地板上。

她身後傳來一個聲音說：「我想妳聽見這個會很開心：他們怕妳。」

伊琳娜褪去了她的飛蛾頭紗，肩上留下細細的一層金粉，髮尾還滴著水。她看起來好像在發光，瑪麗亞驚嘆。在伊琳娜身後，她看見薇薇和那位年輕的工程師就站在陰影處。

「我知道。」瑪麗亞說。她垂目望去，看見蒼白的鬚狀物從地板冒出，蜿蜒著向他們探來，中途停頓片刻，似乎在嗅著空氣，然後繼續又動作。菌絲，瑪麗亞在心裡念道。鈴木就是這麼稱呼它們的，說它們連結起一切。

烏鴉想開口反駁，卻發不出聲音。他們看不見鬚狀物，因為那些菌絲纏上了他們的脖子，不過腳邊的白絲線倒是清晰可見，它們爬上他們的腳，越纏越多、越纏越緊。他們發出非人的叫喊，活像兩隻鳥在叫；他們的手指頭被擠壓地發出嘎吱嘎吱的聲音，樹枝從本應該是指甲的地方竄出。瑪麗亞想別開視線，但無法，只能眼睜睜看著他們喉嚨痙攣，一顆顆光滑的蛋型突起在皮膚下形成，從嘴裡冒出，形狀中空，表面呈藍綠色，最終在齒間碎成殘片。她釘在原地，不動如山，看著他們的肉體一塊塊分崩離析，看兩位公司代表就此消失，只剩下一小堆羽毛、骨頭，幾枚閃亮亮的硬幣，幾顆黑得發亮的石頭，還有一些疑似是廢棄已久的巢穴中殘餘的渣滓。

瑪麗亞盯著那堆碎屑看了良久，然後轉身面向伊琳娜。「是妳下的手。」

伊琳娜聳聳肩，那模樣令瑪麗亞立刻想起薇薇。列車少女此刻正站在陰影處，眼睛盯著烏鴉的殘骸。

「我什麼也沒做，瑪麗亞．安東諾娃。」伊琳娜說。「我不需要動手。」她暫停了一下。「妳也不需要。」

外頭的一陣聲響讓她們同時轉頭去看。那景象實在太久不見，以致瑪麗亞過了一會才看出端倪。下雨了。

伊琳娜望著窗外，臉上露出奇怪的神情。瑪麗亞心想，那可不是模仿。那是她真正的表情——既高興又悲傷。少女整個身子貼在玻璃上，彷彿能隔著玻璃感覺到雨水，彷彿她能將雨一飲而盡。

「玻璃是可控制的。」瑪麗亞的父親如此說過。「玻璃是時間，是暫停的一瞬。」但是在她的想像中，玻璃全變成了水——勢不可當的洪水。她想像長城轟然頹倒，荒境傾洩蔓延。她感覺自己被超乎想像的喜悅沖個滿懷。

亨利．格雷的結局

他在暗處目睹了一切。看見公司代表轉化為另種形式。罪有應得，他心想。他的新夏娃不僅心地善良，處世手腕更是公平公正。他之前怎麼會認為她是形而上的存在？他的新夏娃是血肉之軀。

窗外開始下起了雨。格雷見她朝雨水落下之處舉起雙手，雙眼望向天堂。

「於水中所映，於天空所現，」他喃喃低語，「乃天堂之鏡，乃上帝之眼。」

痛感來襲，從腹部向外擴散，讓他不得不靠在一棵樹幹上。他體內長出了荊棘。他的心臟在狂奔，彷彿快從胸腔裡迸出，為四周幽闇的森林添一朵又紅又溼的花。他雙腿一軟，任由自己倒臥在鋪滿地板的深綠苔蘚上。這是他一直以來的心願——去感受生命在雙手底下綻放，感受加速的心跳和大地沉穩的脈搏。去追溯生命的源頭，去閱讀造物的地圖。此刻他終於來到這裡，在起點，也在終點。

「格雷博士……」他睜開眼睛，看見那位年輕寡婦跪在他身邊，身後站著列車少女。「這是伊琳娜。」

然後格雷看見她了，她在上頭俯視著他。她燦然生輝。

「伊琳娜……」命名很重要。格雷總能從認識、分類與記錄中獲得滿足。這是一項信仰之舉，透過辨認，進而理解上帝創造出的萬事萬物。「妳救了我一命。」他說。「在外面的時候，在水裡。為什麼？」

「曾經有另一位男人，」女孩開口說，伊琳娜開口說。「他和你相像，一點點像。他想知道世界的真理，他想弄明白。他在尋找一種……共融。」

「沒錯、沒錯……我也是卯足了勁想要……這輩子的使命……妳也救了他一命嗎？」格雷努力想睜大眼睛，想要一直看著她，但要做到很難。他已筋疲力盡。

「沒有，他沒有得救。我很遺憾。」

亨利．格雷頷首。「我知道妳是什麼。」他輕聲說。「妳就是我這些年一直在尋找的。」是他苦苦追尋的盡頭。新的伊甸園。如今終於被他找到了。除了放下、休息，再也沒別的事可做。「但妳更完美。」他說，又或許他只是在心裡想。萬事萬物終其一生，都有不停追求完美的動力。

「你可以放心去睡，」格雷聽見她說，「如果你累了的話。」長期以來棲宿在他身上的疼痛消失了，留下一處空盪的空間，就像是玻璃宮裡寬敞明亮的大廳。

他閉上眼睛。他已別無所求。

決定與風險

他看起來像是睡著了，薇薇想。睡在苔蘚和樹葉的軟墊上。

「他身體不好。」瑪麗亞·安東諾娃說。「我們無能為力。」她挪動亨利·格雷的雙手，疊放在他胸前。伊琳娜快速眨了好幾下眼，雙眉緊蹙。薇薇和阿列克謝站在一旁，宛如在葬禮上俯視墳墓悼念的賓客。

「我該做點什麼的。」阿列克謝說。「他從在北京的時候就不舒服了，他的胃有問題，醫生曾經要他多注意。」

「我想他可能也聽不進去。」瑪麗亞說。

沒錯，薇薇忖想。他不是會聽勸的那種人。他太堅持己見，太看得起自己在這大千世界中扮演的角色。

她用腳頂了頂佩卓夫和李黃晉留下的殘骸，亮閃閃的鞋扣在一堆羽毛、枯枝和石頭中叮噹作響。火車上的正義。然而她不禁想，這足以一解瑪麗亞·安東諾娃心頭之恨嗎？玻璃匠的女兒此刻一臉茫然，宛如遭逢意外後發現自己幸運獲救的倖存者。薇薇正想說些什麼，鈴木走了進來。令她驚訝的是，他一來便將瑪麗亞·安東諾娃攬入懷中。

「我知道我答應過妳不跟過來。」他說，但瑪麗亞只是笑笑搖頭。他倆之間有種無須言語的溝通，薇薇無從明白，但能感覺自己目睹了極為私密的一幕，趕緊轉過身，卻見伊琳娜沒有這種顧慮，饒富興味地盯著他倆看。

「我們走。」薇薇說，拉著她離開。剩下的時間分秒必爭。

*

他們把格雷留在原地，只見他的身體已經被樹根和藤蔓緊緊圈住、下拉。他們一行人走進組員用餐區，看見樂師站在椅子上拉著一首小調華爾滋，樂音歡樂卻又無比哀戚。瓦希里正在斟酒，酒瓶在樹影的映照下閃著金銀的光輝。頭等和三等車廂的乘客們不分你我翩翩起舞，或穿金戴銀，或衣衫襤褸，在這段懸而未決的時間，所有的身分標籤都被拋諸腦後。薇薇看見蘇菲·拉封丹獨自一人閉著眼睛搖擺，看見以研究科學為雅興的紳士和商人們手勾手跳舞，看見那對南方來的兄弟舉杯一飲而盡，看見常春藤蔓沿著燈蜿蜒向上，看見地衣爬滿天花板，閃爍耀眼的銀藍光澤。

伊琳娜不再躲藏。乘客似乎已不再害怕屬於變異一部分的她。她向伯爵夫人伸出手，只見伯爵夫人仰頭發出一串輕笑，說：「小姐，我太老了，不過薇拉倒是願意接受妳的邀請。」侍女的表情在伊琳娜牽起她跳起華爾滋時略顯猶豫，但隨著音樂變得熱鬧歡快，神情也旋即興奮起來。伊琳娜在旅客之間悠遊穿梭，最後停在薇薇面前。薇薇想起那個從水中浮起的女孩。重獲新生。

「敬我們的旅程！結束了！」一個聲音喊道，人們紛紛舉起酒杯。有人哭了起來，教士尤禮·

佩托維奇低聲禱告，但他的聲音被樂師壓過，演奏變得又急促又大聲。薇薇由著伊琳娜帶著她起舞，一曲又一曲，直到她笑得頭暈目眩，感覺她們又回到了敞開的天窗下，回味起當時那股盡情釋放的快感。

「你們快看！」

樂師的小提琴弦突然斷裂，樂音戛然而止，以一聲不和諧的音調做結。跳舞的人們鬆開彼此。

「外面那些人在幹嘛？」阿列克謝擦了擦其中一扇窗戶玻璃，指著外面肩上扛著槍跑來跑去的衛兵，還有聚在燈光下的其他人。他們的身影因雨水而模糊，他們的步伐將守夜場的地面踩成一攤爛泥。

「離十二小時還早吧？」仍然氣喘吁吁的薇薇質問。「天都還沒亮呢……」

阿列克謝抬頭看向水鐘，薇薇發現他突然一僵。

「怎麼了？」她順著他的目光看去。「不可能──」水鐘流出的水量不合理地多出許多。

「他們把鐘調快了。」他說。「他們快把水流光了。守夜即將結束。」

火車要被封鎖了。

阿列克謝一掌用力拍上窗戶，車廂內一片譁然。薇薇胸口一緊，彷彿室內的空氣已經開始稀薄了起來。

「妳必須馬上離開，伊琳娜，現在就走！」她大喊，努力蓋過周圍的喧囂。薇薇拉起偷渡少女的手──如果有必要，她會把她拖去天窗──經歷過這麼多事之後，她絕對不允許伊琳娜留在這裡一起陪葬。十萬火急的緊迫感讓她全身格格作響，彷彿火車又有了生命，彷彿火車的心臟再度開始跳動。

「薇薇。」伊琳娜說，這是她第一次呼喚薇薇的名字。但薇薇忙著堅持自己的立場，沒有理會她的呼喚。「聽著。」

「沒有時間了——」

「聽著！」

伊琳娜的吼聲讓整節車廂安靜了下來。這時薇薇感覺到了。她感覺到鍋爐的召喚，感覺到它的嘴渴望著煤炭與熱能，車輪渴望碾上前方持續延伸的軌道，渴望踏上未竟的旅程。她感覺到火車正在甦醒。

製圖師和瑪麗亞一起出現。

「出事了。」鈴木捲起袖子，伸出手臂。薇薇看見他手臂上有一些痕跡，和工程師每完成一趟旅途就添加的刺青很像，卻又不完全相同——反而像是地圖上會有的細膩線條和標記。她瞥見一旁的阿列克謝也正盯著看。

「它在召喚我。」鈴木說。他手臂上的地圖似乎在眾目睽睽之下動了起來，雖然十分細微，就像是相機突然失了焦。「妳有感覺到嗎？」他問薇薇，而她有，真的有。她感覺得到火車和大地、大地和火車，全都牽連在一起。她感覺得到骨頭裡的嗡鳴聲逐漸放大成轟鳴。

「火車想出發。」薇薇說。「火車想移動。」她轉向其他人。「我們為什麼要停下？我們不是比外頭所有東西厲害嗎？」她用下巴朝衛兵和守夜場指了指。「我們總自詡為有史以來最大、最堅固的火車。如果我們想上路，又有什麼能阻止得了我們？」

「城門可以。」阿列克謝反駁。「假如我們還在全速疾駛，或許還有可能衝過去，但現在已經不可能了。」

伊琳娜用手指敲了敲窗戶。「要是城門是開著的呢？」

＊

他們在薇薇十分確定列車長會在的地方找到了列車長——駕駛室。這裡的牆也隱隱閃著綠中帶藍的斑斕光澤，一絲一絲的橘紅錯落其中，彷彿熱能在底下伏流鼓動。白色地衣那一根根乾燥、尖銳的指頭包圍著鍋爐本身。列車長坐在司爐工坐的凳子上，雙眼凝視著炭火。過去其他趟旅程，只要是清閒的夜晚，薇薇知道列車長都會來這裡靜靜坐著，彷彿在留意火焰釋放的訊息。然而漸漸冷卻中的炭火此刻寂靜無聲，列車長喪氣地頹著肩。就連他們一行人走進駕駛室時，她也沒抬起頭。

「列車長？」薇薇被眼前令人困惑的景象一刺，問道，眼角瞥見伊琳娜欣喜地瞪大眼睛，環視整間駕駛室和閃閃發光的牆，以及漆黑鍋爐裡僅剩的一絲餘燼。薇薇在列車長前立正站好，說明他們的計畫，當她講到最後一部分時，列車長的頭抬了起來，起身環顧四周，彷彿剛從一場大夢中甦醒。「如果我沒聽錯的話，妳的意思是要⋯⋯」她搖搖頭。「就算我們能做到，這件事會影響的範圍還是太廣了，一定會改變⋯⋯一切。不能由我們來決定。」

「那該讓誰決定呢？」瑪麗亞卸下偽裝後嗓音也變了，薇薇心想。瑪麗亞望向伊琳娜。「妳覺得呢？」她問道。

「我可以幫忙。」伊琳娜說。「我可以幫忙打開城門，我知道操作方法。別忘了，我可是兵營幽魂，我看了這麼久，學了這麼久。我可以幫你們爭取一點時間。」她雙眼炯炯有神，目光堅定不移，讓薇薇意識到：原來在場的人中，改變的不只有瑪麗亞而已。伊琳娜也變得不太一樣了，變得更有自信，更活在當下，彷彿卸下重擔，彷彿下了某種決斷。「我可以用這場雨當掩蔽，他們不會發現我的。」伊琳娜轉向薇薇。「妳知道我做得到。拜託，讓我幫忙。」

所有人的視線都落到了列車長身上。阿列克謝、鈴木、瑪麗亞——全都在等她下判斷。這是只有列車長才能做的決定，此刻依然。

列車長面色凝重。她向後倚，靠上牆壁，似乎在向列車求援，請列車再支持她一下下。她和荒境間的抗爭已經結束了，薇薇忽然意識到。

「妳真的願意為我們冒這個風險嗎？」列車長問伊琳娜。

「願意。」伊琳娜回答。她望向薇薇，然後又說了一次：「我願意。」

列車甦醒

於是，偉大的列車再一次徐徐甦醒。煤炭的火光冉冉升騰，鍋爐噴出陣陣轟鳴，雨水答答打在滾燙的金屬車身。司爐工回到自己的崗位，駕駛員候於一旁待命，乘務員拂去衣襟上的塵埃，將制服往上扣至第一顆，行李員一一確認所有艙門關好關緊。火車即將再次上緊發條，乘客們也各就各位。伯爵夫人摘掉了披巾，改戴上一頂樺木枝葉織成的花冠，坐鎮指揮交誼車廂。教授安撫起膽小害怕的人，有信仰的人開始向任何可能正在聆聽的神明祈禱，沒信仰的人則向鐵路之神祈求，尋求鍋爐、活塞、動能的庇佑。讓巍峨的城門敞開，讓衛兵的槍力有未逮，讓全世界原諒我們即將要做的事。

＊

「記好了，妳要回來的時候，要跑到火車的最後一扇門上車。」薇薇叮嚀。「我會確保那扇門是開著的。動作越快越好。妳一定要跑得比任何時候都快。」

「我會跑得比任何時候都快。」伊琳娜複述。聞言，薇薇終於想通伊琳娜是哪裡不一樣了——她不再模仿旁人。她的姿態和表情已經完完全全屬於她自己，只屬於她一個人。

薇薇牽起伊琳娜的手並往後退了一步，在彼此之間拉出一小段距離，就像她還小的時候某些乘客會做的那樣，打量讚嘆她的早熟，以及她身上迷你的制服。她好不想放開伊琳娜的手。「是什麼地方變了？」她說。「為什麼妳和以前不一樣了？是因為雨嗎？」她很想哭，但硬是把眼淚逼回去。我們會成功的。

伊琳娜笑笑。「妳不是也變了嗎？」

薇薇勉強擠出一個介於笑與嗚咽之間的聲音。「我已經搞不清楚自己到底是什麼東西了。」

這回換伊琳娜後退了一步，像薇薇方才那樣抬高她倆牽著的手，上下打量她。「妳不只是一種東西。」伊琳娜輕輕頷首，說。「妳是很多很多種。」她猶豫了一下，然後猛地給薇薇一個大力的擁抱。她原先身上潮溼腐爛的氣味消失了，如今的她聞起來帶有一股青綠、蓬勃生長的味道，像是下過雨後的泥土。薇薇不想放開手，想叫她不必去冒這個險。薇薇希望時間能倒轉，水鐘倒流，火車的輪子循著軌道往回走，回到列車之子和荒境少女在黑暗中玩著探險遊戲的時候，回到她們講著故事、仰起臉望向天空的時候。她真希望時間能暫停。

「我們會成功的，」伊琳娜輕聲說，「等等見。」

下一秒她便閃身爬上儲藏室的天花板，消失在薇薇的視線中。薇薇趕緊跑到走廊窗戶邊，臉貼上玻璃，但視野全被車底冒出的蒸汽占據，只見衛兵的影子消失在氤氳的白霧裡。

＊

瞭望塔上，槍手歐雷格用單眼抵著步槍，列車長立於一旁眺望城門，手裡拿著銅製話筒。「等我指令。」她向駕駛室的駕駛員下令。列車急著脫離靜止狀態，薇薇感覺得到複雜的機械正在逐一移動就位。

「等我指令。」

列車長回頭望向火車，看見鈴木和瑪麗亞．安東諾娃在對面的塔樓上用望遠鏡眺望著。但守夜場依然毫無動靜。

「我看不到她。」薇薇說。她的眼睛緊緊抵著望遠鏡，一陣緊張、反胃的感覺湧上。「到處都看不到。」

「那就代表對方也看不見她。」列車長說。

歐雷格將步槍望鏡瞄準守夜場，說：「在那裡。」與此同時，薇薇也在雨中看見了極度細微的波動。伊琳娜抵達城門了。

「預備。」列車長下令。

巍峨的城門緩緩打開。

衛兵全都動了起來，歐雷格開始向守夜場掃射，把他們從大門口引開。衛兵開火反擊，儘管他們的彈藥對火車而言不過是幾顆小石子。

「預備。」

此時，城門敞開的角度已經能看見前方延伸的鐵軌，但沉重的城門移動的速度太慢，期間有越來越多的衛兵自長城的瞭望臺不停湧出。

薇薇一心留意著伊琳娜的動向，但人實在太多了，蒸汽和煙硝更使身影難以辨認。火車蓄勢待發，每處零件機關皆嚴陣以待，但移動中的城門卻停了下來。

「發生什麼事了？」她使勁湊近望遠鏡，壓得眼窩都痛了，還是看不清下面的情況。「你們看得見她嗎？」

「等我指令。」列車長語帶緊張。一陣絕望捲上薇薇心頭。

「列車長——」

槍手遲疑的語氣吸引薇薇抬頭。她順著他的目光看向城牆主樓附近的一小塊地面，起初並不明白自己看見了什麼。接著她看懂了——在一片狼籍的泥濘中，一株株纖細的綠芽破土而出。儘管一陣砲火讓它們短暫消失，但很快便又長出更多的綠芽來。參差不齊，卻意志堅定，緊緊纏繞上衛兵的腳踝。

「你們看……」涓涓泥水循著城牆朝天逆竄，宛如長長的手指探詢是否有隙可乘。泥濘的地面開始融化成液體，槍火的攻擊跟不上雜草蔓延的速度。

「你們看河邊！」

槍手大喊，薇薇跑去遠處另一頭的望鏡往回看，那景象令她暫停呼吸。河水潰堤，河面以不合理的速度迅速上漲。「就像羅斯托夫的夢……」他那知名的、最後的末日預言。她孩提時曾為這段描述所撼動，每次火車行經那條河時，她都殷殷期盼河水會上漲。此刻竟然成真了，河水正朝他們湧來。

「我們完蛋了。」槍手用絕望的口吻說。「都白費了……」

「不。它們是在幫她。那些土，還有河……」再也沒有任何東西能阻止得了它們。

鐵製的城門再度動了起來。

「就是現在。」列車長一聲令下，一股強大的力量發動，窗外的景象瞬間蒙上一層灰霧；火車開始動了。薇薇已經在奔往車尾門梯的路上。她穿過列車上層層樹海，跑過一節節正衝出城牆的車廂，列車向前疾駛，她往後狂奔，熟悉的韻律從腳下的軌道傳來。外頭的水位仍然持續上升，遠方的城牆已被沖倒，碎為波浪湧來。阿列克謝守在最後一道門前，頭髮和制服都被雨水淋溼了。

「你有看見她嗎？」

「快退後——」忽然一波泥水朝他們捲來，阿列克謝即時把薇薇拉離門邊，只淹到他們的腳。有那麼一瞬間，她感覺火車像在水面上漂，失去了重力，滑出大門，被洪水不停捲向前方。

「伊琳娜在哪？」薇薇兩手抓住門框，身子探出去張望。「我們得等她，我得去叫列車長等等。」她很確定伊琳娜隨時會浮出水面，相信她一定會一路踩著水花朝火車奔來，雙臂大張。

雨水和洪水讓薇薇冷得打了個顫，但她還是撐住自己，再往外探一點。他們正在加速，就快要甩開洪水。

「薇薇，我們不能停下來！」阿列克謝得扯開嗓子大吼才能蓋過洪水的轟鳴。

「但我們都是靠她才出得了城門！都是她的功勞……」薇薇的聲線破碎。「我們不能丟下她，絕對不行。」

＊

薇薇能感覺到鐵軌敲擊的節奏，堅定而熟悉，也感覺得到火車加速時釋出的力量。列車已經不可能停下，不會等待被拋下的事物。她抬頭仰望長城，發現牆上出現了裂縫，水和草正奮力從石縫中擠出，彷彿荒境掙扎著想逃跑，彷彿長城在哭泣。

THE CAUTIOUS TRAVELLER'S GUIDE TO THE WASTELANDS

第七部

第二十一天至第二十三天

乘坐西伯利亞特快車的旅人也許會發現一種奇怪的現象——發現自己對於「抵達」心生恐懼。通常，這種恐懼會以倦怠感的方式出現，而這種感覺相當危險：坐在窗前的旅人發現自己無法將視線從景色挪開，對即將映入眼簾的車站感到焦慮，或是提不起勁整理任何衣物行李。在火車上度過了這麼些漫長時日，旅人開始害怕起靜止這個概念。

《謹慎旅人指南：荒境篇》，第二四〇頁

全速前進

列車勢不可當。他們飛駛穿越大地，抵達俄羅斯帝國境內出現的第一座城市，輕鬆吞噬長城與城市間的距離，沿途行經木造教堂尖塔的鐘聲，掠過守望塔窗戶後方一張張蒼白驚恐的臉。他們直直衝過架設在軌道上方的路障，衝破鐵欄杆和鐵絲網，穿過士兵的槍林彈雨。他們勢不可當。

接下來呢？他們已然駛入未知。他們拋下了羅斯托夫和他的指南，駛出了地圖的範疇，遠離那些會有俄羅斯軍隊與總公司勢力進駐的城市，朝他們一無所知的大地駛去。他們經過一座座站牌老舊褪色的小車站，月臺上出現高舉十字架的牧師身影，一身黑衣的女人們握起雙手祈禱。可是也有另一些人，大膽地踮在月臺邊緣，趁列車經過時伸手拉扯車身上懸吊的藤蔓，彷彿想取一點奇異當作紀念。

我們要開去哪裡？他們沒有想法，只能繼續向前、向前繼續。薇薇看見乘客和組員的目光紛紛向她投來，好像期待她給出他們需要的答案。就連列車長下達指令時都變得猶豫不決，好像在等待她的指示。「但我一點頭緒也沒有。」薇薇對他們說。「我也不知道該怎麼做。」伊琳娜不在就沒辦法，與她之間的距離分分秒秒持續拉長就沒辦法。停下來，薇薇想大喊。掉頭。她站在觀景車廂凝望鐵軌，視野每掠過一抹藍色她就轉身去看，以為能看見伊琳娜走出樹叢陰影，對她揖身致意——感謝您欣賞我剛才的演出……她不是一向善於消失又現身嗎？然而，似像非像的少女依然不見蹤影。

乘客們統統聚在一起，想睡哪就睡哪，可以睡在長滿青苔的地板上，也可以窩進以柳條為簾的床位裡。教授和瑪麗亞正在收集大家的故事，一一寫在紙上，這些故事將成為阿提米絲最新專欄的素材。教授說這將是老阿提米絲的最後一次遠遊，但同時，也是新阿提米絲的第一趟冒險。再也沒有一件事是確定的。他們只知道，自己必須繼續前進。

薇薇站在瞭望塔上，夜晚的光輝自窗戶灑進。她能感覺到火車正在拖著他們向前。她知道火車想帶他們去哪。

玻璃宮

萬國博覽會的宮殿自大地拔起，同時又自天空浮現。四面八方的光線被兩千片玻璃捕捉，充盈飽滿，彷彿整棟建物是由空氣製成。

瑪麗亞的父親曾說，這座宮殿的玻璃用量足足能在涅瓦河上搭起三座橋。這些玻璃也是她們家生產的，從彼得堡工廠上船運至莫斯科，供全世界的遊客前來觀賞讚嘆，讓費多羅夫的名號為世人景仰傳頌。在親眼目睹這棟建築，這棟美輪美奐、華而不實的展宮之前，瑪麗亞不曾為父親流過一滴淚。直到此刻，她才終於有了哭泣的衝動，想哀悼她所失去的一切。瑪麗亞將父親的信從她藏匿的地方取出，雖然在交誼廳的椅子下壓皺了，但依然安在。這封信是父親曾經挺身而出的證明，足以洗刷他的冤屈。即便事到如今，世人很可能再也無從得知真相，但對她而言這就夠了。只她一人相信便足矣。

＊

他們正在減速。這是列車衝過長城、甩開洪水之後，第一次慢下來。

「他們一定會在終點等我們。」瑪麗亞對鈴木說。「鐵路公司，還有俄羅斯軍隊。」為了防堵城外令人恐懼的事物，帝國將傾盡全力，架起槍砲彈藥等著他們。「要想安然脫身，肯定……」她說不下去。

列車行駛在為了博覽會而新建的軌道上，兩側都站滿了人，男女老少都有，有衣冠楚楚的富裕階級，也有窮途潦倒的貧民；孩童們在前方蹦蹦跳跳，指著火車和宮殿興奮大喊，他們的母親和保母則在一旁連忙阻攔，急著把他們拉回身邊。有人站在原地看得目瞪口呆，也有人轉身就跑。我們帶來了恐懼，瑪麗亞心忖。他們認為我們帶來了荒境有毒的空氣。鐵路公司讓他們學會害怕。

*

列車肯定就快停了。玻璃宮在他們頭頂越升越高，瑪麗亞有種火車就要直直撞上玻璃的暈眩感，總覺得下一秒就會聽見上千片玻璃碎裂、往他們身上砸來的聲音。但那只是幻覺。她發現，火車並非朝著展場駛去，而是直驅而入，開進一處由高聳的拱頂天花板籠罩的空間。刺耳的煞車聲響起，伴隨一大片濃濃的蒸汽，他們停了下來，停在這座由玻璃、精煉後的鋼鐵與空氣修築而成的巍峨宮殿正中心。

隔著蒸汽，瑪麗亞看見士兵腥紅色的制服和灰色的槍砲，然而士兵的前方還站著大批的民眾，擠在圍起月臺的欄杆後方。有的人拍手鼓掌，有的人睜眼直瞪，一些人指指點點，一些人嚇得後退——所有反應都是衝著變異後樣貌古怪的列車而來。列車搖身成了一項展品，一項象徵西伯利亞鐵路公司榮耀的紀念碑。父親會多麼痛恨這一刻啊。

往大廳深處眺去，瑪麗亞能看見其他的機器展列其中，包含工業機具、科學儀器和軍用科技，這些機器的金屬手臂昂然挺立、高高舉起，彷彿在迎接新世紀的到來，姿態得意且篤定。

「原來成為現代世界的奇蹟是這種感覺。」教授不知何時來到她和鈴木身邊，手裡不停翻弄他剛寫滿的紙張。

阿列克謝將臉貼在窗戶上。

「我想格雷博士一定很高興我們抵達了這裡。」瑪麗亞伸手搭上他的手臂，說。

「你們快看。」鈴木喊。

擺滿各式裝置與火車模型的玻璃櫃前出現幾名身影，黑西裝和那凝重的表情怎樣都錯認不了：是西伯利亞鐵路公司的人。

列車之子

薇薇步下列車階梯，踏上月臺，現場頓時陷入一片寂靜。她沒和任何人討論過——列車長僅向她點了下頭，原本擠在窗戶前的乘客與組員們便讓出一條路讓她通過。眾人屏息以待的沉默讓展廳顯得無比巨大，遠大過她這輩子去過的任何一棟建築，讓她忽然感到分外渺小。一座座看臺沿牆林立，如樹一般高大的機具發明高高矗立於基座上；一尊比真人大上許多的俄羅斯沙皇雕像騎著駿馬居高臨下，彷彿時光被暫停於馳騁沙場的瞬間；一排排高大的玻璃櫃比鄰而立，一路延伸到她視線所及之處；有的櫃子裡擺放著死去的生物，雙眼無神，有的則關著會爬會飛的生物，毛絨的身體不停撞擊著玻璃。這就是萬國博覽會的宗旨——看看人類偉大的成就，看看我們創造了什麼，再看看我們與別的物種有何不同。

薇薇伸手觸摸火車，把手貼上火車溫熱、爬滿植物的側身，感受它的力量像脈搏一樣跳動，彷彿它和那些被困在玻璃後方的生物一樣具有生命。觀眾們一定也感覺得到，她推測，因為此時大廳飄出陣陣耳語。同時，她也感覺到一些不安、不信任的目光向她投來，感覺千餘對眼睛同時聚焦在她身上。

這時，公司的人動作了。他們循著月臺匆匆走近，兩隻手貼在身側緊捏成拳。這些人跟烏鴉二人組一樣穿著黑西裝，也跟他倆一樣無形無名，全是公司塑造出的一具具空殼。他們身後則是列隊行進的士兵，制服和手中的步槍印燙著所屬階級。士兵數量眾多，數都數不清，彷彿舉國兵力都被調派至展場，軍靴踏步的聲音迴盪於整個空間。士兵擋在觀眾與火車之間，步槍上肩。薇薇腦中瞬間掠過其中一種結局：火車最終臣服於槍砲、規定與時間的威嚇之下，秩序被重建，西伯利亞鐵路公司奪得勝利，舊世紀輕鬆被新世紀整併。她看見眼前堅守教條的男人，充滿自信，不可動搖。

「列車長呢？」說話的人是西伯利亞鐵路公司的董事長，他蓄著白鬍，一臉氣急敗壞，身材算是高大，不過與身後的士兵相比顯得矮小不少，沒有薇薇印象中那麼魁梧。「現在就叫她來見我。還有，我們的顧問呢？他們在哪裡？」

不在了，薇薇很想據實以告。變成了一堆鵝卵石、樹枝和枯骨，再也無力回天。然而，她還來不及開口，就被一抹飛掠的藍吸走了注意力。她忽然蹲下，無視此舉觸發了身旁軍靴踏步與金屬的撞擊聲，充耳不聞群眾發出的驚呼，也聽不見身後傳來阿列克謝的叫喊。周圍的步槍一齊就發射位置，槍口鎖定在她身上——薇薇知道，但她的視線就是無法從一小塊長出寶藍色地衣的地方移開，只見滿布皺摺的鱗葉上有銀色的血管在爬。她伸手，指尖碰觸到地衣的那剎那，她感覺到——

——這裡。一種存在，一顆猛力跳動的心。存在著，就在這，就在這裡。她感覺到一根絲線從荒境一路延伸至此，延伸到伊琳娜身上——就在這裡——然後開始朝新的方向延伸。大地因為期盼、因為改變而富饒豐沛，生機勃勃，讓薇薇感覺彷彿肌膚上有火花在躍動。

「張小姐，我們在問妳話。」董事長咬牙切齒地說。兩名士兵向前踏一步，與薇薇的距離近到她能聞到步槍強烈的金屬味，還有厚重軍靴上的鞋油。這時，教授突然出現在她身後，溫柔地扶她起來。教授轉過身，背對著士兵和董事長對她說：「妳好像讓這些男士們很擔心。」他低語。「但有樣東西，我覺得妳應該看一下。」他遞給她一張紙，臉上露出微妙的表情。

來自阿提米絲的最後聲明，薇薇開始讀。下一秒，紙上的文字便像火車上那堆蜿蜒纏繞的白絲線一樣，開始在她眼前移位、挪動。

「很有趣的現象，不是嗎？」教授隔著眼鏡鏡片盯著扭動的文字。薇薇看得入迷，盯著彎曲的西里爾字母自己展開，朝紙張邊緣匍匐前進，然後一個個墜落、落到地板，掉到地衣鱗葉上，將地衣染成更深的墨藍色。

「你們到底有沒有在聽？你們可知道這——」董事長的話被周圍群眾議論紛紛的聲音蓋過。薇薇順著群眾指向上方的手指、抬起的頭、睜大的眼睛和張大的嘴看去，看見了玻璃在變化。玻璃漾起漣漪，就像水面，也像銀藍色的地衣——但更像是一潭墨水，文字在裡面逐一形成，扭動爬過展場的牆和天花板，在人群間掀起一陣混亂與恐慌。有些觀眾轉身就跑，推開所有擋住去路的人直直衝向門口，引起一波騷動。薇薇擔心場面就要失控，擔心擋住他們的欄杆會被推擠撞倒。好險，儘管人群中有人哭泣、有人尖叫、有人當場昏厥，欄杆還是挺在原地。

而也有人只是站著不動，靜靜讀起方才形成的文字。

我，阿提米絲，今日提筆寫下這些，是想告訴任何可能讀到這段文字的人……儘管以我一介之力實在難與西伯利亞鐵路公司抗衡，我仍希望有一天我的聲音能被人聽見，讓你，我忠實的讀者，能夠看見鐵路公司的貪婪……無盡的傲慢……看穿公司對你們撒下的謊言。

「這是誹謗！」董事長尖聲叫喊，其餘的公司代表也紛紛怒斥文字蓄意中傷，大罵有人故意興風作浪。董事長面紅耳赤，衝上前一把搶過薇薇手中的紙，撕成碎片，任由紙片飄到地面，並一腳踩上。

「太遲了。」薇薇冷靜地說。「上面的字都已經跑走了，都在玻璃上，大家都看得見。」

……玻璃製造商安東・伊凡諾維奇・費多羅夫冒著賠上名譽與生計的危險找到了證據……證明鐵路公司一心只想提高列車運行次數，以此牟取利潤……卻罔顧那些由列車所直接造成的荒境變異，以及伴隨而來的危險……

薇薇不再看向怒髮衝冠的董事長。她轉身，看見鈴木伴著瑪麗亞・安東諾娃走下火車。她眼眶帶淚，嘴角卻含著笑。教授對她欠了欠身，說：「稱不上能洗刷冤屈，只希望能聊表安慰。」

「不。」瑪麗亞說。「這份聲明對我來說意義重大。」

是公司的貪得無厭傷害了火車，傷害了這塊土地。這就是真相。我並不認為自己真能參透荒境的意義……也無意主張荒境是否真有任何意義可言……

人群安靜了下來。車上的所有乘客也都下車，站到了月臺上。所有人都抬起頭，仰望著玻璃上的字。他們都在等待。猶如玻璃、鋼鐵、藤蔓、花朵、樹皮一般，靜靜地注視，靜靜地等待。

……至於協會的種種理論之爭，也爭得夠久了。如今大門已然敞開。鐵路公司的末日已降。是時候讓我們看看一直以來被藏匿的東西了。

薇薇感覺她的骨頭再度低鳴共振。她感覺到火車、感覺到地衣、也感覺到玻璃。她感覺整座展場廳堂開始震動，一連串的變化席捲而來：織布機、武器和印刷機的金屬機身浮現出斑斑鏽跡；如幽魂般蒼白的地衣綻放，隨後又消失；白色絲線深入各種裝置與鐘錶，讓它們開始運轉；櫥窗玻璃碎裂成水，再交匯升騰為噴泉，讓鳥兒與昆蟲自在齊聚汲飲；沙皇的駿馬揚蹄飛奔出宮，獨留沙皇碎落一地。

董事長怒吼著要士兵開火，但士兵早已放下步槍，向後撤退，留下公司高層在前方接受群眾越來越熱烈的指責嘲弄，被上方長廊扔下的食物和垃圾砸個滿身。此起彼落的閃光燈正好捕捉到這一幕，原來是報社記者帶著他們的攝影器材抵達現場。

薇薇轉身，對著她身後正步出火車的列車長說：「在長城的時候，那些水、那些土，他們不只是在幫助伊琳娜——也是在幫助我們。他們希望我們繼續前進。」

列車長遲疑了一下，然後幾乎難以察覺地點了下頭。

薇薇環視每位乘客的臉，再望向此刻已靜下來的觀眾。觀眾看向她宛如看向一位正在神聖土地舉行儀式的牧師。

軍隊已經撤出展廳，公司高層則被人群吞沒。

薇薇回頭望向火車，第一次清楚看盡它的全貌：原始凌亂、雜草叢生，一部分是森林，一部分是山，一部分則是機械。火車滿載著過去所有的旅程，滿載著未來尚未實現的遠征。

她聽見引擎呼嘯而生。

尾聲

摘自《謹慎旅人不再》前言，第一至四頁
瑪麗亞．費多羅夫娜著
莫斯科米爾斯基出版社，一九〇一年出版

＊

毫無疑問，諸位早晚會聽說我們的事。那輛自神祕而來、往神祕而去的列車，所經之處留下的傳說如雨後春筍般冒出，增生的速度快得跟城市石板路縫中冒出的植被一樣。諸位早晚會看見我們的身影被鏡頭捕捉，刊登在報紙上，或是在一明一滅的投影布幕上跳動。諸位將會追尋我們穿越大陸的足跡，在夜裡因為聽見火車的聲音而停下腳步；會豎耳留意所有關於我們的傳聞，卻不知道該相信什麼。

是時候讓我們來講述自己的故事了。

＊

頭幾個月在我腦海中只剩下一團模糊的記憶，混雜著懼怕、驚奇與懷疑諸多情緒。我確定我們會被攔下，但我也同樣篤定，沒有人能阻擋我們。對於我們帶來的東西，我們嚇壞了。我們自問：要是我們開到了鐵軌的盡頭，該怎麼辦？然而我們始終不曾遇到盡頭，車輪下的大地向我們保證這點——軌道不會有盡頭。新上任的列車長帶領我們向前奔馳，穿越歐洲，駛進那些赫赫有名且光鮮亮麗的城市，行經一片片薰衣草田，飛越一波波金黃色的麥浪。每當我們開至陸地的盡頭，便會轉往另一條新的路徑，一節節軌道會自動出現在前方，為我們鋪設一條能穿越大陸的道路。

我不會假裝知道我們到底在做些什麼。我將這項任務留待科學家去處理，讓他們用顯微鏡去破解這些謎團；也放心交給鈴木健司，他會將我們製造的改變一一繪製下來。但是，軌道的祕密就連他們也難以參透，因為這些軌道總是很快就在我們身後消失，像骨頭一樣坍塌碎裂，被大地吸融，然後繼續在別處重生。

與消失的軌道不同，變異倒是持續存在。新生命在我們所經之處誕生：幼嫩的藤蔓攀上古老的房屋，土壤中冒出綠芽，自然史上從未見過的植物和動物紛紛降生。至於該如何應對這些嶄新的生命，該如何做出所有人都要面對的選擇，我們決定留待每個人自行判斷——無論是要排拒這些變異，擊敗它，或是逃跑。抑或欣然擁抱。

＊

關於我們的傳說中提到，所有旅客都選擇留在車上，但這並非事實——有的人選擇了離開，那些難以拋下責任、與親人和土地連結更深的人，那些不願意或終究無法將自己交給火車的人。也有一些乘客因此被拆散：妻子在車門口猶豫不決，搖搖頭，對丈夫說自己屬於這裡、屬於大家，而當生氣的丈夫想伸手把她拉下車時，車上的枝葉阻止了他，再也不讓他上車。至於那位終其一生都在火車上度過，終其一生都在挑釁荒境的前任列車長，她跟著我們上路了一陣子後，加入了長城倒塌後選擇移居大西伯利亞的那群人，前去尋找祖先失落的家園。

不過多數人的確選擇了留下，每年也有越來越多新的人加入。有些人跟著我們搭了幾天，有些人待了幾週，也有些人從此未曾下車。乘客的數量及組成不停波動變化，一如萬事萬物之必然。

＊

當然，也有人很害怕我們。儘管鐵路公司已經倒閉，剩餘的資產移交法院並與銀行上演爭奪戰，依然有人相信公司的說詞。有人怪罪我們散播妖魔鬼怪，將那些長著翅膀的、有爪子的、有利齒的東西帶到世上，逼得人類不得不採取新的共生方式。教士尤禮．佩托維奇像個心有不甘的鬼影緊跟著我們不放。我們在報紙上看到他的照片，看他在各個城市廣場和偏僻的小車站月臺以恐懼煽動眾人。他這人可說是不屈不撓，我想這點倒是頗令人欣賞。他的追隨者都稱他為先知，他們帶著惶恐不安又渴望救贖的心對他趨之若鶩，渴望相信眼前這位教士能參透這變化多端的世界。尤禮聲稱我們的行徑有違上帝的旨意，說列車罪不可恕，絕對不得繼續行駛，也說變異必須被逆轉，怪獸必須被撲殺乾淨。他的追隨者對此深信不移。每當列車穿越國境，就會有戴著面具的年輕男子朝火車投擲燃燒瓶；烽火在我們經過時被點燃，通知信徒準備好陷阱，響應的人也還真不少。這些後來被稱為「佩托維奇派」的成員什麼方法都試過——封鎖道路、施放炸藥、發射子彈，然而火車仍不為所動，他們不停狩獵的怪獸也是，甚至越獵越多。

＊

我也該花點筆墨談談我們的列車長，她曾經是列車之子，此刻也還是。我們這些之前就認識她的人依然可以在她身上看見過去那位少女的影子：機警、聰明、永遠處於備戰狀態。當然，她現在不太一樣了。

她不停尋覓著一個身影，尋覓了好幾個月。不論我們去到哪裡，她總是在留意伊琳娜的蹤跡，那位被她拋下的荒境少女。這是一段身為讀者的你永遠無從得知的往事。要知道，這一切都是從一位偷渡客開始的。一切的改變，都源自一段友誼。

我們第一次反向穿越西伯利亞的那段日子，列車長整趟旅程都沒怎麼睡，幾乎時時刻刻站在瞭望塔窗前，確信伊琳娜一定會聽見火車的召喚，就像很久很久以前那樣。我們驅車深入自從變異發生便無人涉足之境，那裡的樺樹樹皮上有眼睛圓睜，倒臥在地的動物胸腔中有暗影浮動，如教堂尖塔一般高聳。我們穿進一塊遭水淹沒的陸地，軌道載著我們滑過閃耀發亮的水面，某些特定角度的光線讓我們以為在淺灘中瞥見了她的身影。

那段日子的列車長陷於絕望與思念中。但隨著時間流逝，幾個月過去，當我們駛進了新的世紀，我們目睹了她的轉變。她臉上褪去了我們熟悉的那股渴望，站得更直更挺，舉手投足展露自信。她越來越能讀懂眼前大地的語言，知道該帶我們去哪，哪裡會有最可口的果實，哪裡又會湧出乾淨的水源。偶爾，我們會看見她把雙手伸出窗外，彷彿在和某位等在空中的人打招呼。後來我們才逐漸明白，她終究還是找到了她一直以來在找的東西——我們認識的那位荒境少女是這片風景的一部分，一如列車長是火車的一部分。我們因而領悟：她們永遠不會離開彼此。

*

我在製圖師的塔樓有張自己的書桌，這本書的內容便是在書桌前寫下的，我的手早已習慣順著火車行進的節奏動筆。現在是早晨，火車上非常熱鬧。我們剛從南京接了幾位乘客上車，此時正在南下的路上。伯爵夫人和薇拉正在花園車廂備土，騰出位置迎接可能會遇見的新種子。教授正在印刷機前工作。阿列克謝正在教孩子煞車與汽門的運作原理。鈴木正忙著繪製地圖，安靜地從一臺望遠鏡移動至另一臺。他經過我時，有時會拍拍我的肩，有時則為我端來一杯茶。

羅斯托夫的著名指南總是在一旁伴我寫作。我會翻開作者照片那頁，好讓他看見他筆下曾經描寫的風景如今已從束縛中解放。讓他跟著我們一起旅行，感覺是我們理當該做的，而我相信他也明白，我們不可能繼續當個謹慎旅人，而是必須對世界滿懷好奇，這似乎是唯一的選項。我私自認為，他會為我們感到驕傲的。

整個夏天我們都開著窗，吸進改變後的空氣。這起事件所改變的不僅僅是這片景色，我們的身體也跟著煥然一新。我看見陽光灑落我的肌膚，讓新長出的銀色鱗片微微閃著光。我舔掉脣上的鹽。我寫這本書，是為了記住我們的過去，也是為了在這個新世界中找到通往未來的道路。

＊

偉大的列車將帶我們去向何方？我們站在敞開的窗前眺望，只見地平線離我們越來越近，越來越近。

致謝

我想向下列人士與單位獻上無比的謝意：

我最棒的經紀人，Nelle Andrew。感謝她從一開始就相信這本小說，也謝謝她一路以來的耐心與熱忱。以及 Rachel Mills 經紀公司團隊的 Rachel Mills、Alexandra Cliff 和 Charlotte Bowerman。

我的編輯團隊。謝謝他們提供的建議，並總是如此親切仁慈地對待我，不遺餘力的支持我：謝謝 W&N 出版社的 Federico Adornino 簽下這本書，也謝謝接手的 Alexa von Hirschberg；謝謝 Flatiron 出版社的 Caroline Bleeke。能擁有三位如此出色的支持者，我感到萬分幸運。

我在 W&N 與 Orion 出版社的團隊：Alice Graham、Javerya Iqbal、Lindsay Terrell、Aoife Datta、Esther Waters、Ellen Turner、Paul Stark、Jake Alderson 和 Lucinda McNeile，還有 Flatiron 出版社的 Sydney Jeong，以及 Simon Fox 和 Holly Kyte。

謝謝 Emily Faccini 畫了如此精美的火車地圖，還要感謝 Steve Marking 設計的絕美的封面。

感謝露西．卡文迪許獎（Lucy Cavendish Prize）為這本書的旅程扮演至關重要的角色。其中，我想特別謝謝 Gillian Stern 對這本書不離不棄的支持。

謝謝北英格蘭新秀作家協會（New Writing North）在二〇二一年頒給我最佳新人小說獎，為我提供了支持與鼓勵，謝謝 Harminder Kaur、Rob Schofield 和 Gareth Hewitt。

感謝里茲大學作家協會（Leeds Writers' Circle），他們不僅（據說！）是英國歷史最悠久的作家協會，還是資源、建議與友誼的寶庫（我確實刪掉了第一段）。特別謝謝 Suzanne McArdle 在我遇到瓶頸時給予我信心和靈感。

感謝北方短篇小說獎作家培育計畫（The Northern Short Story Academy），還要謝謝 SJ Bradley 和 Fiona Gell 為了里茲大學的作家們辛苦付出。

感謝我最棒的 Clarion West 作家營二〇一二年班同學以及主辦單位和指導老師。沒有你們就沒有這本小說，謝謝你們在這本書出版前親手寫給我的諸多意見，那些建議成為了這本小說的一部分，一路走到今天。還有 Laura 與 Greg Friis-West，很開心總是能和你們聊書、聊寫作、聊生活。

謝謝 Interzone 奇幻與科幻文學雜誌與編輯 Andy Cox，謝謝你們願意刊登我的短篇小說，也就是這本小說的原型。

感謝我在里茲的朋友與里茲大學的同事，特別是 Frances Weightman 和 Zhang Jianan。

謝謝聖安納斯的 Walker 先生、Houghton 太太、Yeadon 小姐和 Birch 先生，謝謝他們無意中把我從一個海濱小鎮帶去世界的另一端冒險。

最後要特別感謝我的家人，不論是這本書的誕生，還是一切的一切，都是多虧了你們：我的父母 Chris 和 Linda，我的兄弟 Michael，還有 Jerry、Celia、Dan、Annette 和 Willow。謝謝 Calum 總是無條件支持我，為我泡了很多、很多杯茶。

國家圖書館出版品預行編目 (CIP) 資料

荒境列車之旅 / 莎拉・布魯克斯 (Sarah Brooks) 著 ; 艾平譯 . -- 初版 . --
臺北市 : 小異出版 : 大塊文化出版股份有限公司發行 , 2024.07
392 面 ; 15 x 21 公分
譯自 : The cautious traveller's guide to the wastelands

ISBN 978-626-98317-0-8(平裝)

873.57 113007690

Trans+

Trans+

Trans+

Trans+